닌자의 딸

MARRIAGE IS DIFFICULT FOR A NINJA

닌자의 딸

MARRIAGE IS DIFFICULT FOR A NINJA

요코제키 다이 지음
권하영 옮김

BOOK PLAZA

목차

일러두기

본문의 각주는 모두 옮긴이 주입니다.
인물의 시점이 바뀔 때마다 각각 다른 모양으로 시작합니다.

✦ - 호타루
🔪 - 고로
▲ - 우라

프롤로그

∶
∶

✦

새가 운다. 츠키노 호타루는 굴뚝새라고 추측했다. 새를 관찰하는 취미는 없지만, 어릴 적부터 자연과 함께 자라서 그런지 울음소리만 듣고도 어떤 새인지 대충 예상이 됐다. 굴뚝새는 일본에 서식하는 야생조류 중에서도 무척 작은 편이지만 몸집에 비해 큰 울음소리로 유명하다.

챙겨온 짐은 커다란 배낭뿐이었다. 그 안에는 캠핑 도구가 간결하게 들어 있었다. 주말이면 시끄러운 도시를 벗어나 산속에서 캠핑을 한다. 호타루의 취미였다. 아니, 필요 불가결한 의식 같은 것에 가까웠다. 도시의 일상은 숨이 막힌다. 숨 돌릴 곳이 필요했다.

계절은 봄. 오후 세 시를 지난 참이었다. 아직 벚꽃이 필 시기는 아니지만, 봄답게 부드러운 햇살이 쏟아졌다. 여기는 산 전체가 캠핑장이라서 입산료 개념으로 요금을 내면 원하는 곳에 자유롭게 텐트를 칠 수 있었다. 오랜 단골이 개척해 놓았는지 텐트를 치기 좋은 평평한 장소가 산 곳곳에 흩어져 있어서 호타루도 마음에 드는 자리를 세 곳 정도 점찍어 두었다. 호타루는 그중 한 곳을 향해 걸었다.

저녁 메뉴는 야채튀김이다. 배낭 안에는 마트에서 사 온 버섯과 고구마 같은 채소 말고도 방금 딴 머위 꽃이 들어 있었다. 머위 꽃에는 푸키놀릭산이라는 성분이 있어 기침이나 화분증에 효과가 있다고 한다. 텐트를 치고 나면 강가에 가서 미나리를 찾아볼 생각이었다. 튀긴 채소에 소금을 뿌려 먹을 것이다. 호타루가 좋아하는 음식 중 하나였다.

길을 벗어나 숲속으로 들어갔다. 잔가시를 헤치며 한참을 나아가자, 마침내 탁 트인 공간이 나왔다. 호타루가 점찍어 둔 자리인데, 오늘은 먼저 온 손님이 있었다. 카키색 텐트가 설치돼 있었고 그 앞에 한 남자가 앉아 있었다. 남자는 주물 냄비로 무언가를 조리하는 것 같았다.

다른 곳으로 갈까. 호타루가 점찍어 둔 다른 장소로 가려고 돌아설 때였다. 남자가 말을 걸었다.

"안녕하세요."

무시하기 뭐해서 호타루는 인사를 받았다.

"안녕하세요."

"혹시 여기 노리고 있었어요?"

남자가 그렇게 말하며 땅을 손가락으로 가리켰다. 여기에 텐트를 치고 싶었냐는 의미 같았다. 호타루는 어정쩡하게 대답했다.

"예에, 뭐."

"여기가 숨은 명당이죠. 경치도 좋고 물탱크랑도 의외로 가깝고요."

나이는 호타루와 비슷해 보였다. 동갑이거나 호타루보다 약간 많을 듯했다. 그는 호타루를 향해 살가운 미소를 지어 보였다. 나쁜 사람은 아닌 것 같다. 그것이 첫인상이었다.

"괜찮으시면 잠깐 얘기하다가 가요. 아, 저는 쿠사카리 고로라고 해요."

처음 만난 남자와 나눌 이야기 따위는 없었다. 그런데도 호타루가 걸음을 멈춘 이유는 남자의 해맑은 미소 때문이었을까. 아니면 이렇게 스스럼없는 대화가 오랜만이라서였을까. 남자는 일어나서 자기가 쓰던 의자를 호타루 쪽에 놓더니 땅바닥에 엉덩이를 붙이고 앉았다.

"여기 앉으세요."

그렇게까지 하는데 거절하기가 어려웠다. 잠깐 얘기만 하는 거니까. 호타루는 자기 자신에게 그렇게 변명하며 의자에 앉았다. 편안한 의자였다. 텐트도 유명한 외국 브랜드 제품이었다. 호타루가 앉은 의자도 비쌀 것 같았다.

"커피 탈게요."

"너무 신경 안 쓰셔도 돼요."

남자가 주전자를 화로대 위에 놓으며 물었다.

"어디서 오셨어요?"

"도쿄요."

"반갑네요. 저도 도쿄에서 왔어요. 아, 반가울 일은 아닌가. 주차장에 있던 차들도 대부분 도쿄에서 온 거던데."

지난 몇 년간 캠핑 붐이 일어서인지 호타루가 막 이 캠핑장에 다니기 시작한 때보다 손님이 많이 늘었다. 그렇다고 다른 캠핑장을 새로 찾고 싶지는 않았다. 호타루는 이곳이 마음에 들었다.

"아. 서로 직업 맞히기 할래요?" 동의하기도 전에 남자가 멋대로 시작했다. "어디 보자. 회사원 느낌은 아닌데. 으음, 간호사 아니에요?"

정답은 아니지만 터무니없는 오답도 아니었다. 호타루는 대답했다.

"틀렸어요. 간호사는 아니에요."

"그럼 다음은 그쪽 차례예요. 내 직업은 뭐 같아요?"

나만큼 경계심이 강한 여자는 없다. 늘 그렇게 생각했건만, 호타루는 자신이 경계의 고삐를 늦추고 있음을 자각했다. 파장이라고 해야 할까. 이 남자와는 마음이 잘 맞을 것 같다. 그런 예감이 벌써 들었다. 그런 생각이 드는 것 자체가 호타루에게는 드문 일이었다.

호타루는 남자를 바라봤다. 팔뚝이 의외로 굵다. 이 남자의 직업은 뭘까. 호타루는 진심으로 고민하기 시작했다.

제 1 장

오월동주:
이가와 코가가 한배를 타다

"그러니까 말했잖아. 결혼할 거면 같은 업계 여자랑 했어야지. 내가 몇 번을 말했냐?"

귀가 따갑다. 쿠사카리 고로는 생맥주잔을 테이블에 놓았다. 맞은편 자리에서 친구 오토나시 유키가 조금 전부터 설교를 늘어놓고 있었다. 지금까지 수도 없이 들은 이야기였다.

"우리 업계는 특수해. 그러니 일반인이랑 결혼해서 잘될 수가 없지. 나처럼 맞선으로 같은 업계 여자랑 사는 게 최고라니까. 나는 상상도 못 하겠다. 일반인이랑 결혼이라니. 아, 여기요, 자몽 사와 한 잔 추가요."

유키가 지나가던 점원을 불러 세워 음료를 추가했다. 사쿠라신마치역 근처에 있는 술집이었다. 퇴근한 직장인들로 가게 안이 북적였다.

"애초에 어떻게 일반인이랑 결혼을 하지? 제수씨랑 어떤 대화를 해? 도무지 이해가 안 된다, 난."

유키와는 고향이 같아서 유치원 때부터 친구였다. 고등학교까지 계속 같이 다녔다. 닌자 학교 동기이기도 해서 절친이라 해도 될 만큼 허물없는 사이였다.

"어떤 대화를 하냐고? 최근에는 대화도 거의 안 해."

"그렇지? 그렇다니까. 결국은 그렇게 되지, 일반인이랑 결혼하면. 그런 점에서 난 달라. 집에서도 업계 소문 같은 걸 얘기할 수 있다고. 게다가 오늘도 내가 집에 들어가면 와이프가 공손히 '다녀오셨어요?' 하면서 마중 나올걸."

"진짜?"

"그럼. 진짜고말고. 여자는 남자보다 세 걸음 뒤에서 쫓아오는 존재라고 똑똑히 교육받았으니까. 어이쿠, 여기요, 이 그릇 좀 치워주세요."

유키는 음료를 들고 온 점원에게 빈 닭꼬치 접시와 생맥주잔을 내밀었다. 점원이 떠나기를 기다렸다가 유키가 다시 입을 열었다.

"고로, 너 집에서 어떻게 사는 거야? 집 안에 일반인이 있으면 훈련도 못 하지 않냐?"

"집에서는 스마트폰으로 몰래 동영상을 봐. 훈련은 밖에서 하고."

"한심하다, 한심해. 이가 닌자라는 놈이."

고로는 '이가 닌자'의 후예다. 물론 유키도 마찬가지다. 일본 전국시대*부터 오래도록 이어진 닌자 일족에서 태어나 어릴 때부

---

* 15세기 말에서 16세기 말, 일본 각지에서 영토를 놓고 전란이 빈발하던 시대

터 닌자가 되기 위한 엄격한 훈련을 받았다. 고로와 유키는 우체국에서 일하며 평소에는 아주 평범한 일반인으로 지내지만, 그것은 어디까지나 표면적인 모습이다. 그 이면에는 닌자가 있다. 다만 아무에게도 말할 수 없는 비밀이라 같은 닌자끼리만 이런 대화를 나눌 수 있다. 지금도 조심하면서 대화하고 있다.

고로가 결혼한 것은 2년 전, 스물여덟 살 때였다. 결혼 상대는 두 살 어린 일반인 여성이었다. 당연히 부모님은 반대했다. 유키처럼 이가 닌자와 결혼하라고 했지만, 그때 고로는 마치 로맨스 드라마의 주인공이라도 되는 양 부모님의 반대를 뿌리치고 결혼했다.

행복한 시기는 처음 반년뿐이었다. 고로가 닌자라는 사실을 당연히 모르는 아내에게 마음을 터놓기는 힘들었다. 평소에도 닌자라는 사실을 주위 사람들이 눈치채지 못하도록 늘 조심하며 살고 있다. 그런데 편안한 공간이어야 할 집에서조차 자신의 참모습을 드러낼 수 없었다. 스트레스가 쌓이기까지는 그리 오랜 시간이 걸리지 않았다. 사소한 일도 말다툼으로 번져서 부부 싸움이 끊이지 않았다.

오늘 아침에도 그랬다. 긴히 할 말이 있다고 운을 뗀 아내가 꺼낸 이야기는 화장실을 사용하는 방식에 관한 것이었다. '당신이 화장실을 쓴 뒤에는 항상 소변 방울이 바닥에 튀어 있어. 그러니까 앞으로는 소변볼 때 변기 시트를 내리고 앉아서 싸.' 아내는 그렇게 말했다.

이 무슨 웃기지도 않은 소리인가. 그러지 않아도 나는 매일 스트레스를 안고 산다. 화장실 정도는 내 마음대로 쓰게 내버려 두

란 말이다.

생각만 그렇게 하고, 말하지는 못했다. 다만 알겠다고 답하는 대신 아아, 어어, 하며 대충 얼버무린 뒤 집을 나섰다. 아침부터 다퉈서 그런지 오늘은 종일 기분이 좋지 않았다.

"그 침울한 표정은 뭐야? 또 호타루 씨한테 한 소리 들었구나?"

유키가 꿰뚫어 본 듯 말하자, 고로는 오늘 아침 아내가 말한 화장실 문제를 털어놓았다. 소변을 볼 때 앉아야 할까, 앉지 말아야 할까. 그런 화두가 세간의 남자들 사이에 존재한다는 것을 고로도 알고 있었다.

"야, 고로. 속없는 소리 하지 마." 고로가 설명을 마치자, 유키가 어이없다는 듯 웃으며 말했다.

"우리는 닌자야. 닌자로서 자존심이 있지, 어떻게 앉아서 소변을 봐? 조상님들이 웃으시겠다."

"역시 그렇지?"

"당연하지. 앉아서 싸는데 적이 습격해 봐. 상상만 해도 끔찍하다. 그대로 죽으면 후대까지 수치스러울걸."

유키가 내린 결론은 고로가 속으로 예상한 것과 같아서 금방 수긍되었다. 그렇다. 나는 닌자다. 닌자가 앉아서 소변을 보다니, 절대 있을 수 없는 일이다. 언제 적이 습격할지 모르지 않나. 사실 지금은 전국시대가 아니라서 습격할 적 같은 건 없지만….

"그래. 절대 안 앉아. 서서 쌀 거야."

"암, 그래야지."

갑자기 성난 목소리가 들려왔다. 돌아보니 가게 입구 쪽에 우락부락한 남자가 서 있는 게 보였다. 가슴에는 문신이 있었다. 점원을 붙잡고 무어라 트집을 잡는 듯했다.

"…됐으니까 책임자 나오라고 해. 너랑은 할 얘기 없어. 이 정장이 얼마짜린 줄 알아? 이 덜떨어진 새끼가."

금방 상황을 이해했다. 점원이 실수로 잔에 든 음료를 남자에게 쏟은 모양이다. 남자는 이를 빌미로 점원에게 시비를 거는 것 같았다.

"…가게 꼴 잘 돌아간다. 손님이 우스워? 나는 피해자라고."

남자가 쩌렁쩌렁 소리쳤다. 가게 안의 분위기가 불쾌해졌다. 손님들은 대화를 멈추고 상황을 지켜봤다.

유키가 눈짓을 보냈다. 오랜 친구라서 그가 하려는 말이 무엇인지 바로 알았다. 고로는 고개를 끄덕이고 품에 숨겨둔 길쭉한 쇠붙이—길이는 10센티쯤이고 끝이 뾰족하게 갈려 있다—를 꺼내서 테이블 밑으로 유키에게 건넸다.

봉표창이었다. 일반인들은 표창 하면 별 모양이나 바람개비 모양을 떠올리지만, 가장 실용적인 표창은 막대 형태인 봉표창이다. 던지기도 좋고 찌르기도 좋고 때리기도 좋다. 이가 닌자의 필수품이다.

남자가 소란을 피우는 위치는 정확히 고로 뒤쪽이었다. 고로는 몸을 비스듬히 기울여서 유키를 위해 공간을 만들었다. 유키는 잽싸게 주위를 둘러보며 손님들이 아무도 이쪽을 보지 않는 것을 확인한 뒤 봉표창을 던졌다.

고로와 유키 말고는 무슨 일이 일어났는지 파악한 사람이 아무도 없었을 것이다. 마치 하이킥을 맞고 녹다운 된 킥복싱 선수처럼 남자는 무릎을 굽히며 맥없이 쓰러졌다. 칼날 부분이 아니라 손잡이 부분이 뒤통수에 맞았다. 전부 유키의 계산대로였다.

손님들이 숨을 삼키는데, 고로는 천연덕스러운 얼굴로 일어나서 계산대 쪽으로 향했다. "괜찮으세요?" 남자의 몸을 걱정하는 척하면서 바닥에 떨어진 봉표창을 회수했다. 경찰차 사이렌 소리가 들려 왔다. 가게 직원이 부른 모양이다.

주위에 서서히 사람이 모여들자, 고로는 자기 자리로 돌아갔다. 유키의 모습은 보이지 않았다. 화장실에 갔나 보다. 아무 말 없이 집에 가버리는 녀석이 아닌 것은 고로가 잘 안다.

깊은 밤 주택가는 고요했다. 세타가야구 츠루마키에 있는 한적한 주택가였다. 고로가 집에 도착한 것은 자정이 다 되어 가는 시간이었다.

고로는 아파트가 아닌 단독주택에 살고 있다. 임대였다. 지어진 지 10년도 안 되었는데, 집주인이 갑자기 해외로 전근을 가게 돼서 싸게 내놓은 귀한 매물이었다. 집 구조는 단순하지만, 단독주택이라서 꽤 마음에 들었다.

초인종을 누를 수는 없었다. 고로는 열쇠로 현관문을 열었다. 실내는 깜깜했다. 안쪽 거실에만 작은 불이 들어와 있었다. 신발을 벗고 짧은 복도를 지났다. 일부러 발소리를 내며 걸었다. 닌자로 수행해 온 덕에 당연히 발소리를 내지 않고 걸을 수 있다. 닌자답게 가만가만, 살금살금. 하지만 아내에게 괜한 의심을 사고 싶지 않았다. 남편이 걸을 때 왜 소리가 나지 않는지 의문을 품지 않도록 조심해야 했다.

거실에 들어갔다. 안쪽에 있는 부엌에서 컵에 물을 따라 마셨다. 아무래도 TV를 켤 만한 시간은 아니었다. 샤워를 하고 자기로 했다. 넥타이를 풀다가 요의를 느꼈다. 맥주를 너무 마셨나 보다.

거실을 나가 화장실로 들어갔다. 변기 뚜껑이 닫혀 있었다. 뚜껑과 함께 변기 시트를 들어 올렸다. 지퍼를 내리고 소변볼 준비를 했다. 그때 문득 오늘 아침 아내에게 들은 말이 뇌리를 스쳤다.

'제발 이제부터는 앉아서 싸. 당신은 모르는 것 같지만, 항상 여기저기 튀어. 청소하는 내 입장도 생각해 줘.'

고로는 자신의 물건을 붙든 채 잠시 생각했다. 약간 취하긴 했어도 정신은 또렷했다. 지금이라면 소변이 한 방울도 튀지 않게 변기 중앙에 얼마든지 조준할 수 있다. 건식 화장실 장판을 더럽히는 일은 결코 없을 것이다.

머릿속에서 다른 목소리가 들려왔다. 과연 정말로 가능할까. 다소 취기가 있으니 혹시 어떻게 될지 모른다. 나도 모르는 새에 튈 수도 있다.

그러나 나는 이가 닌자의 후예다. 앉아서 소변을 보라니, 자존심이 허락하지 않는다. 언제 적이 습격할지 모르지 않나. 아니, 잠깐. 이렇게 평화로운 시대에 누가 습격한다는 말인가?

고민을 거듭한 끝에 고로는 변기 시트를 내렸다. 바지를 내리고 시트에 앉았다. 굴욕적이었다. 아내가 시키는 대로 했다는 것이 분했고, 무엇보다 닌자로서 자존심이 구겨진 느낌이었다.

어쩔 수 없지 않나. 고로는 자기 자신을 타일렀다. 취했으니까.

지금 상태로는 조준에 실패할 가능성이 있었다. 그래서 앉았을 뿐이다. 맨정신이었으면 서서 쌀 수 있었을 것이다.

변기 시트가 조금 따뜻해서 위로받는 느낌이라 괜히 배알이 꼴렸다. 볼일을 보고 욕실로 가서 샤워했다. 샤워하는 동안에도 굴욕감이 가시지 않았다. 머리를 말리고 이를 닦은 뒤 2층으로 향했다.

2층에는 방이 두 개뿐이었고, 그중 하나가 부부의 침실이었다. 아내는 당연히 자고 있을 테니, 고로는 조심스레 침실 문을 열었다. 넓은 침실에는 싱글 침대 두 개가 동쪽과 서쪽에 따로따로 놓여 있었다. 농쪽 침대에서 아내가 자고 있었다.

신혼 때는 독신 시절부터 쓰던 각자의 싱글 침대를 가운데에 붙여 놓고 더블 침대처럼 사용했다. 반년쯤 됐을까. 회식에서 늦게 돌아오는 날이 연잇던 언젠가, 집에 와보니 침실 구조가 이렇게 바뀌어 있었다. 아내가 표하는 무언의 항의로 해석했다.

고로는 서쪽에 있는 자기 침대에 누웠다. 등을 돌리고 자는 아내가 보였다. 그 등이 실제보다 멀게 느껴졌다. 두 싱글 침대 사이에 베를린 장벽을 방불케 하는 높고 살벌한 벽이 존재하는 것 같았다.

호타루는 눈을 떴다. 정확히 오전 다섯 시였다. 알람을 설정하지 않아도 체내 시계 때문에 이 시간이면 항상 눈이 떠진다. 맨 먼저 확인하는 것은 날씨다. 밖을 보지 않아도 실내 온도와 습도로 대충 날씨가 짐작된다. 오늘은 분명 맑을 것이다.

호타루는 침대에서 나와 커튼을 살짝 열고 창밖을 확인했다. 어슴푸레했지만, 하늘에 구름은 보이지 않았다. 남편 고로는 아직 자고 있다. 호타루는 침실을 나가 옆방에서 잠옷을 운동복으로 갈아입고 1층으로 내려갔다.

냉장고에서 우유를 꺼내 컵에 가득 따라 마셨다. 세면실에서 세수하고 이를 닦았다. 한여름이면 선크림을 발랐겠지만, 지금은 9월이라 동이 트려면 멀었다. 호타루는 모자를 쓰고 조깅화를 신은 다음 밖으로 나갔다. 아직 어슴푸레했고 피부에 닿는 서늘한 공기는 상쾌했다.

일단은 걸었다. 걸으면서 몸 상태를 확인하고 발목과 어깨를 스트레칭했다. 그러고 나서 천천히 속도를 높였다. 아스팔트를 차는 소리가 귀를 울렸다. 오늘도 몸 상태가 좋다.

달리는 코스는 정해져 있다. 신호에 자주 걸리지 않고 마음껏 달릴 수 있는 코스를 호타루 나름대로 짜 놓았다. 달리는 시간은 약 한 시간 정도. 거리로는 17이나 18킬로쯤 될까. 시간을 재보지 않아서 확실치는 않지만 제법 빨리 달린다. 강아지를 데리고 산책 나온 노인들을 가끔 마주치는데, 달리는 호타루를 보면 그들이 감탄을 뱉을 정도였다.

호타루는 아침 조깅이 괴롭지도 않았고, 오히려 꼭 해야 한다면 두 시간이고 세 시간이고 똑같은 페이스로 달릴 자신이 있었다. 어릴 때부터 거듭해온 수행 덕분이었다. 그렇다. 호타루는 '코가 닌자'의 후예다.

호타루가 자란 곳은 나가노 산속에 있는 오두막집이었다. 원래 별장으로 쓰이던 곳이라 초등학교까지 걸어서 편도로 두 시간이 걸렸지만, 언니, 여동생과 함께 벌레나 물고기를 잡으며 즐겁게 다녔다.

도쿄에 온 뒤로 마음껏 몸을 움직일 기회가 줄었다. 헬스장에도 등록해봤지만, 호타루가 진지하게 운동에 임하면 다른 회원들이 깜짝깜짝 놀랐다. 그리하여 최종적으로 정착한 데가 새벽 조깅이었다. 비만 오지 않으면 늘 이렇게 달린다.

남편 고로에게는 예전부터 육상부 활동을 해서 달리기가 습관이 됐다고 말해 놓았는데, 둔한 남편은 애초에 아내가 뭘 하든 무관심했다. 지금도 침대 안에서 늘어지게 자고 있을 것이다. 그러고 보니 남편은 어제도 늦게 들어왔다. 침실에 누웠을 때가 오전 한 시경이었다. 자는 척했지만 사실 호타루는 깨어 있었다. 아니, 깨어 있었다기보다 호타루는 어릴 때부터 수행해 온 탓에 완전히 잠에 빠져드는 법이 없었다. 80퍼센트는 자면서도 20퍼센트 정도는 의식을 유지했다. 그래서 어젯밤 남편이 집에 들어온 시간도 알고 그가 앉아서 소변을 본 것도 안다. 화장실에 들어가는 소리는 들렸지만, 그 이후에 평소처럼 쪼르르 하는 소리는 들리지 않았다. 적어도 그 점은 칭찬해주고 싶었다.

호타루는 한 시간 동안 조깅하고 귀가했다. 옷을 갈아입은 뒤 아침밥을 준비했다. 그래 봤자 딱히 어려울 것은 없었다. 샐러드와 토스트가 이 가족의 아침 식사였다.

결혼해서 3개월이 지났을 즈음, 남편 고로가 아침 식사를 하면서 자기는 아침으로 일식을 먹고 싶다고 말했다. 밥에 된장국, 생

선구이, 낫토를 곁들인, 소위 말하는 일본식 아침을 먹고 싶다고
했다. 그때 호타루는 이렇게 제안했다. 그럼 돌아가면서 아침밥을
만들까. 그러자 그는 대번 발을 뺐다. 그럴 거면 애초에 말을 꺼내
지 말라고 호타루는 속으로 생각했다.

여섯 시 반쯤, 드디어 남편 고로가 1층으로 내려왔다. 그 모습
을 보고 호타루는 빵을 토스터에 넣었다. 그리고 어제저녁에 만
들어 놓은 샐러드를 냉장고에서 꺼내 랩을 벗겼다. 이제 빵이 구
워지기를 기다리면 끝이다. 간단하다.

닌자는 모름지기 합리적이어야 한다. 목적을 달성하기 위해 가
장 빠른 길을 찾아내고 노력하는 것이 닌자다. 그래서 아침부터
식사 준비에 시간을 쏟거나 냄새가 강한 낫토를 먹는 것은 근본
적으로 있을 수 없는 일이다.

세수를 마친 남편이 거실에 들어왔다. 머리가 아직 까치집이다.
때마침 토스터에서 소리가 나면서 빵이 완성되었다. 컵에 우유를
부어 테이블 위에 놓았다.

"안녕."

"안녕."

냉랭한 아침 인사를 나눴다. 고로는 TV를 켜고 아침 정보 프로
그램을 틀었다. 조금 졸린 눈으로 아침을 먹기 시작했다. 요즘은
귀찮은지 샐러드를 빵 사이에 끼우고 마요네즈를 잔뜩 뿌려서 먹
는다.

2년 전, 호타루는 이 남자와 결혼했다. 물론 애정이 있었고, 결
혼해도 닌자로 활동하는 데 지장이 없으리라고 생각했다. 게다가

일반인과의 결혼은 좋은 위장술이라고 생각했다. 이 나라에는 기혼이라는 이유만으로 사회에 적절히 녹아든 사람이라고 인식되는 경향이 적지 않으니까.

과연 내 판단이 옳았을까. 호타루는 최근에 그런 의문이 들었다. 결국은 완전한 남이었다. 집에 돌아오면 남이 있다. 게다가 그 사람은 아침으로 일식을 먹고 싶다고 하고, 서서 볼일을 보며 바닥을 더럽히고, 아침부터 신통찮은 정보 프로그램을 본다. 심지어 자기가 사용한 그릇조차 절대 설거지하지 않는다. 어디 하나 맞는 구석이 없다.

"오, 또 쳤구나."

고로가 만족스럽게 말했다. 정보 프로그램 스포츠 코너에서 메이저리그 속보가 나왔다. 일본인 타자가 홈런을 친 모양이다. 그야 치겠지, 야구 선수니까. 호타루는 목구멍까지 올라온 말을 참으며 토스트를 한 입 먹었다.

"좋아, 좋아. 그래야지. 내일도 꼭 쳐라."

고로의 입가에 마요네즈가 묻어 있었지만, 귀엽고 자시고도 없었다. 애도 아니고 그게 뭐냐고 한 소리 하고 싶었지만, 호타루는 겨우겨우 말을 삼켰다.

고로의 직장은 세타가야 중앙 우체국이다. 세타가야구의 거의 중심에 있는 큰 우체국이다. 고로는 주로 집배를 담당해서 빨간

전동 바이크를 타고 담당 구역을 도는 것이 업무였다.

오전 집배를 마치자 점심시간이 되었다. 구내식당에서 점심을 먹는데, 맞은편 자리에 유키가 앉았다. 구내식당 메뉴인 카레라이스를 먹는 고로와 대조되게 유키는 아내가 만들어 준 도시락을 들고 있었다.

"고로, 어떻게 됐어? 앉아서 쌌어? 아니면 서서 쌌어?"

듣고 싶지 않은 질문이 불쑥 날아들자, 고로는 시치미를 떼며 대답했다.

"당연히 서서 쌌지."

"그렇지? 앉아서 싸는 건 말도 안 되지."

유키는 내근이다. 낮에도 우체국 안에서 바쁘게 손님을 받으며 일한다. 작년까지는 세타가야구에 있는 다른 우체국에서 근무하다가 올해부터 같이 일하게 되었다. 우체국 직원 중에 이가 닌자의 후예가 많은 것은 세간에 알려지지 않은 사실이었다.

이가 닌자의 발상지인 이가 지방은 산으로 에워싸인, 현재의 미에현 서부 지역이다. 이가 닌자의 기원에는 여러 설이 있지만, 가장 활발히 활동한 시기는 전국시대였다. 다른 지역보다 영주의 지배력이 약해서 마을 사람들이 강한 단결력으로 독자적인 정치를 구현했다고 한다. 정치의 중심이던 교토와 가까워서 정보도 많이 들어왔을 것이다.

이가 닌자의 이름을 세상에 알린 것은 전국시대에 강력한 영주였던 오다 노부나가와 벌인 두차례의 전투였다. 첫 번째 전투에서는 오다 노부나가의 공격을 물리쳤지만, 두 번째 전투 때 5만 대군의 침공을 받아서 결국 화친하는 형태로 분쟁을 마무리 지었다. 그때 이가 전체에서 30퍼센트 이상이 희생되었다는 말도 있다.

하지만 지형을 고려한 기습이나 횃불을 이용한 교란 작전이 오다 노부나가의 골치를 아프게 한 덕분에 이가 닌자의 이름이 단숨에 전국으로 퍼져 나갔다. 그러자 다른 지방의 영주들은 가만히 있을 수 없었다. 이가 닌자를 돈으로 고용해 자신의 영토를 확장했다.

그런 이가 출신 닌자 중에서 가장 유명한 건 '핫토리 한조'였다. 정사에는 전해지지 않지만, 핫토리 한조는 수많은 이가 닌자를 통솔하며 각 지방의 동향을 살피거나 사람을 심어서 정보를 수집했다. 고로의 조상도 그런 이가 닌자 중 한 명이었다.

전국시대가 막을 내리고 에도시대*가 열린 후에도 이가 닌자들은 주로 에도성 경비를 맡았는데, 그중 몇몇은 자신의 능력을 살려서 장사를 시작하거나 의사가 됐다고 한다. 하는 일은 바뀌었어도 닌자의 기술만은 대를 이어 전승되었다.

시간은 흘러 메이지 시대**. 1871년, 우편 사업이 시작되면서 도쿄와 교토 및 오사카 사이에서 우편이 취급되었고, 같은 시기에 전국적으로 우편 통신망이 구축되기 시작했다. 그런 시대에 마침 정부의 높은 사람이 이가 닌자를 눈여겨보고 우편 사업에 등용하기로 한 것이다. 민첩한 몸놀림과 어마어마한 체력. 지형을 보는 눈까지. 이가 닌자의 활약으로 우편 통신망은 눈 깜짝할 사이

---

* 1603~1868년. 에도막부가 일본을 통치하던 시기
** 1868~1912년

에 완성되었다.

그런 역사가 있어서 요즘도 우체국에는 이가 닌자의 후예가 많고 채용되기도 쉬운 경향이 있다. 고로의 본가는 시즈오카다. 마지막 쇼군*이 살던 곳이라 그를 경호하려고 많은 닌자가 이주해서 시즈오카에는 지금도 닌자가 많다. 고로는 도쿄에 상경해 대학을 다녔고 졸업한 뒤에는 바로 우체국에 들어갔다. 이가 닌자로서 당연한 길이라 다른 선택지는 생각하지 못했다.

"그러고 보니 임무가 시작되나 봐."

유키가 약간 목소리를 낮추며 말했다. 임무는 이가 닌자에게 주어지는 일을 가리키는 말이다. 오랫동안 에도성을 지켜온 업적 덕분인지, 요즘도 가끔 극비리에 일이 내려온다. 주된 임무는 정치인의 집을 경비하거나 취급에 각별히 주의가 필요한 편지를 배달하는 일이다. 인터넷이 보급된 오늘날에도 정치인들은 종종 편지로 의사소통을 한다. 그것이 매우 중요한 내용일 때도 많다.

"어떤 임무야?"

"글쎄. 조만간 메시지가 오겠지."

아무래도 요즘 세상에는 그런 연락이 전자 메시지로 온다. 다만 인터넷 쇼핑몰에서 보낸 광고로 위장하는 등 철저한 보안을 거친다. 첨부된 문서를 여는 데 30분 가까이 걸릴 정도다.

"제수씨가 요리를 잘하는구나."

유키의 도시락은 2단으로, 한쪽에는 닭튀김과 계란말이 같은

---

* 에도시대 일본의 최고 지도자

반찬이, 다른 한쪽에는 밥이 들어 있었다. 밥 위에는 김이 깔려 있었는데, 그 아래에는 간장으로 간을 한 가다랑어포가 있는 것 같았다. 엄청난 진수성찬이었다.

"뭐, 그렇지"라고 유키가 대답했다. "우리 와이프는 전업주부잖아. 기본적으로 한가해. 그래서 음식 같은 데 공을 들이더라고. 나쁜 현상은 아니지만."

유키의 아내도 이가 닌자의 후예다. 우체국 상사가 주선한 맞선으로 결혼했다. 아내는 닌자의 기술을 계승하지는 않았지만 어릴 적부터 닌자 일가에서 자란 덕분에 여러모로 융통성이 있는 모양이었다. 집에서 닌자라는 사실을 감추지 않고 당당하게 지낼 수 있다는 게 무척이나 부러웠다.

고로는 닌자라는 단어가 뜻하는 바* 그대로 집에서도 자신을 숨겨야 했다. 정말이지 닌자도 쉬운 일이 아니다.

아오조라 약국 세타가야점. 호타루가 근무하는 조제약국의 명칭이다. 맞은편에 구립 종합병원이 있어서 그런대로 바쁘다. 다만 양옆에도 약국이 있어서 자연스레 손님이 분산된다.

"…졸음을 유발하는 성분이 들어 있어서 운전이나 기계 조작은 피하시는 게 좋아요. 이건 아침 점심 저녁 식후에 드세요."

호타루 앞에는 작업복을 입은 남자가 서 있었다. 교통사고로 편타성 손상이 생겼다고 한다. 호타루는 여기서 약사로 일한다. 대학교는 약학부를 나왔고, 국가 고시에도 합격했다. 원래는 다른 약국에서 일했지만, 결혼하고부터는 집에서 가까운 이 약국에서 일하고 있다.

"…이건 파스예요. 효과는 하루 동안 지속되니까 환부에 붙여 주세요. 따갑거나 간지러우면 사용을 중단하세요."

닌자와 약사는 떼려야 뗄 수 없는 관계다. 애초에 코가의 마을이 있는 오우미 지방은 약초 산지로 유명해서 천황에게 약을 바쳤다고 한다. 약장수로 분해서 다른 나라에 잠입할 때도 있었던 모양이다. 어릴 때부터 산과 들을 뛰어다니며 유소년기에 상처를 달고 산 호타루는 산에서 캘 수 있는 약초에 무척 친숙했다.

"안녕히 가세요."

남자가 떠났다. 이곳에서 일하는 약사는 총 다섯 명으로, 세 명이 창구에서 손님을 받았고 두 명이 뒤쪽에서 약을 지었다. 호타루는 주로 창구에서 손님을 맞았다.

"다음 분 오세요."

한 여자가 창구로 다가왔다. 꽤 고령이었고 지팡이를 짚었다. 여자는 들고 있던 지팡이를 카운터에 걸듯이 내려놓았다. 그 모습을 본 호타루는 속으로 나사를 죄었다.

신호다. 예로부터 닌자는 다양한 것을 통신수단으로 이용했다. 대표적인 수단으로 고시키마이라고 불리는 5색 쌀이 있다. 길 곳곳에 5색 쌀을 뿌려서 동료에게 정보를 전달했다고 한다. 그밖에도 나무에 줄을 묶는다든가, 자갈을 쌓아 올린다든가, 온갖 방법이 있다.

그런 비밀 신호가 지금도 이어져 내려온다. 자연을 이용하는 방법에 국한하지 않고 몸동작이나 행동 패턴까지 활용해서 닌자끼리 접촉한다. 호타루가 지금 주목한 것은 여자가 지팡이를 놓은 방식이었다. 틀림없는 신호였다. 그녀가 심부름꾼이라는 증거였다.

"안녕하세요."

호타루가 그렇게 말을 걸자, 여자가 앉으면서 말했다.

"오늘도 덥네요. 접시 물이 바싹 마르겠어요."

"그거 캇파* 말씀하시는 거죠?"

서로 암호를 대 암구호가 성립되자 여자가 심부름꾼임이 확실해졌다. 그녀는 처방전을 카운터 위에 놓았다. 처방전에 적힌 이름은 야마다였다. 호타루에게 접근하는 심부름꾼은 매번 다른 사람이지만 이름은 모두 야마다였다. 처방전 밑에 종이 한 장이 있었다. 그냥 흰 종이처럼 보이지만 정중앙에 QR코드가 있었다. 호타루는 그 종이를 흰 가운 주머니에 감추며 처방전을 뒤쪽으로 가져갔다.

"잘 부탁드립니다."

다른 약사가 약을 만들었다. 종류가 한 가지라서 금방 완성되었다. 약을 들고 카운터로 돌아가서 다시 야마다 앞에 앉았다.

"야마다 씨, 오늘 약 수첩 갖고 오셨나요?"

---

* 물에서 사는 요괴. 거북과 비슷하게 생겼고 머리 위에 둥그런 접시가 있다. 그 접시에는 항상 물이 차 있는데, 접시 물이 마르면 캇파가 힘을 잃거나 죽는다고 한다.

"아니요."

"그렇군요. 감기약이 처방됐네요. 아침 점심 저녁 식후에 드세요. 졸릴 수 있으니까 운전은 자제해 주시고요."

"알겠습니다."

야마다는 요금을 내고 떠났다. 호타루는 다음 손님을 불렀다. 이것저것 처리하는 사이에 오후 한 시가 넘었다. 한 시부터 두 시 반까지는 휴식 시간이었다. 호타루는 흰 가운을 벗고 자신의 가방을 챙겨서 약국을 나섰다.

도보로 3분쯤 떨어진 신사 부지 안으로 들어갔다. 혼자 있고 싶을 때나 남의 눈에 띄고 싶지 않을 때 찾는 곳이었다.

나무 벤치에 앉아서 야마다에게 받은 종이를 꺼냈다. 그리고 자신의 스마트폰으로 QR코드를 스캔해 화면에 표시된 파일을 확인했다. 거기에 이번 지령이 적혀 있었다.

지령. 코가 닌자에게 맡겨지는 미션 같은 것이다. 한 달에 한두 번 정도 호타루에게 지령이 날아온다. 지령의 내용은 밀담을 나누는 정치인들의 사진을 찍거나 정부 고위 간부의 집에 잠입해서 컴퓨터 데이터를 훔치는 등 다양하다. 보통 현 정권에 타격을 주기 위한 지령이 많았다. 호타루의 선조이기도 한 코가 닌자의 배경 때문이다.

코가 지방은 시가현 남부에 있어서 그 유명한 이가와도 인접해 있다. 이가와 마찬가지로 코가도 독자적인 인술을 구사하여 각지의 영주에게 고용되었다. 호타루의 본가인 츠키노 일족은 전국시대에 유명했던 영주를 섬기던 닌자로, 겉으로는 드러나지 않은 수

많은 무공을 세웠다고 한다.

전국시대가 막을 내리고 에도시대가 시작되면서 정부에 붙은 이가 닌자와 달리 코가 닌자는 입지가 좁아졌다. 코가 닌자가 뿔뿔이 흩어지는 가운데, 츠키노 가문은 대대로 인술을 계승하며 어둠 속에서 활약했다.

그 흐름이 현재까지 끊이지 않고 이어져서 지금도 이렇게 호타루에게 반정부적인 지령이 내려온다.

호타루는 파일을 읽었다. 아카마키라는 정치인의 스캔들을 폭로하라는 지령이었다. 50대인 아카마키는 중의원 선거에서 두 번 당선된 국회의원으로, 공공연하게 드러나지는 않았지만 이가 쪽 사람이라는 것을 호타루도 알고 있었다. 이가 닌자는 요즘도 세력을 유지하며 이렇듯 국회의원까지 배출한다고 하니 놀라울 따름이었다. 원래 이가 닌자는 통신과 운송 쪽을 휘어잡았다고 들었다. 남편인 고로가 근무하는 우체국도 이가 닌자와 관계가 있는 곳으로 유명하지만, 남편이 일반인인 것은 결혼할 당시에 꼼꼼히 조사해서 확인했고 평소 태도만 보아도 명백했다. 이가 닌자라면 소변을 화장실 바닥에 튀게 하지는 않을 것이다.

파일에는 사진이 첨부되어 있었다. 닌자답지 않게 몸집이 컸다. 불법 약물에 손댔을 가능성이 있으니 그 결정적인 순간을 포착하라는 것이 이번 지령이었다. 아카마키는 여당 의원이라 그가 무너지면 정부도 타격을 입을 터였다.

호타루는 출근 전에 편의점에서 산 주먹밥을 꺼냈다. 포장을 벗기고 주먹밥을 먹기 시작했지만, 호타루의 신경은 온통 지령을 수행할 방법에 쏠려 있었다.

　남편의 기분이 확연히 좋지 않았다. 호타루가 "밥 다 됐어" 하
며 부르자, TV 앞에 있던 고로가 테이블 쪽으로 왔다. 식탁에 차
려진 저녁 메뉴를 보자마자 남편의 기분이 나빠졌다. 냉장고를
열어 맥주를 꺼낸 고로가 거칠게 냉장고 문을 닫았다. 나는 기분
이 나빠. 그렇게 티를 내는 움직임이었다. 귀찮았지만 마지못해 물
었다.

　"왜 그래?"

　"점심에도 카레 먹었어."

　"흐음, 그래?"

　고로는 우체국에 있는 구내식당에서 점심을 먹는다. 거기서 점
심에 카레라이스를 먹었나 보다. 두 번 연속으로 똑같은 메뉴여
서 골이 난 모양이다.

　"'흐음, 그래?'라고?" 남편은 분노를 곱씹는 표정으로 말했다.
"이거 인스턴트잖아. 손수 만든 카레였으면 나도 아무 말 안 해.
근데 그래봤자 인스턴트잖아. 그럼 데우기 전에 말했어야지. 그러
면 대처할 수 있었을 거 아니야?"

　말씀하신 대로 인스턴트 카레다. 미리 사둔 제품을 데웠을 뿐
이다. 하지만 밥은 직접 지었고, 무 절임도 꺼내놨다. 마트에서 20
프로 할인으로 팔던 크로켓도 전자레인지에 데웠다.

　"그래봤자 인스턴트라니, 그 말은 너무하네." 호타루는 무심히
반박했다. "인스턴트도 훌륭한 한 끼 식사야. 인스턴트 식품을 만

드는 분들이 들으면 얼마나 기분 나쁘겠어? 나도 오늘은 급한 미팅이 있어서 바빴어. 그래서 인스턴트로 차린 거야."

호타루는 그렇게 말하면서도 꺼림칙한 마음이 없지 않았다. 사실 급한 미팅은 거짓말이고, 일이 끝난 뒤에 아키하바라에 들러서 다음 지령에 필요한 전자제품을 살펴봤다. 그 탓에 귀가가 조금 늦어져서 인스턴트 카레를 꺼낼 수밖에 없었다. 호타루는 자신에게도 잘못이 있음을 알아서 오히려 강경하게 나갔다.

"인스턴트가 싫으면 앞으로 절대 인스턴트는 안 살게. 아, 컵라면도 먹으면 안 되겠네."

고로는 아무 말도 하지 않았다. 부루퉁한 얼굴로 의자에 앉아 있었다. 호타루는 덧붙여 말했다.

"억지로 먹지 마. 먹기 싫으면 안 먹어도 되니까."

"안 먹는다고 한 적 없어."

고로는 마지못해 숟가락을 들고 카레를 먹었다. 호타루도 의자에 앉아서 카레를 먹었다. 인스턴트 카레는 좋지도 나쁘지도 않은 맛이었다.

둘 다 말없이 식사했다. 숟가락과 그릇이 부딪쳐 달그락거리는 소리만 들렸다. 부부 사이의 대화가 사라진 것은 언제부터였을까. 결혼한 지 반년쯤 됐을 때 이미 지금과 비슷한 상태였던 것 같다.

고로를 처음 만난 것은 2년 반 전, 장소는 이즈 지방에 있는 캠핑장이었다. 그날도 여느 때처럼 산에 올라서 텐트를 칠 장소로 걸어갔다. 전망이 좋아서 즐겨 찾는 장소가 산 중턱에 있었는데, 그날은 공교롭게도 먼저 온 손님이 있었다. 그 사람이 고로였다.

고로가 먼저 말을 걸었다. 평소였으면 경계했을 테지만, 남자의 천진난만한 미소에 마음이 풀려 대화에 응했다. 그걸로 끝일 줄 알았다. 그런데 그로부터 2주 후, 또다시 같은 장소에서 고로를 만났다. 그쯤 되니 자연스레 마음이 들떴다. 그날부터 연애가 시작되었다.

그전에도 남자를 사귀어 봤지만, 매번 정보 수집을 겸한 연애였다. 다른 목적 없이 사귄 남자는 고로가 처음이었다.

데이트는 항상 캠핑장에서 했다. 호타루는 스물여섯 번째 생일날 그에게 프러포즈를 받았다. 호타루는 상상 이상으로 기뻐하는 자기 자신을 깨닫고 솔직히 놀랐다. 자신은 결혼에 맞지 않는다고 생각했건만, 자기도 모르는 새에 그가 내민 반지를 받아들었다. 속으로 어느 정도 계산을 끝낸 것도 사실이었다. 약사가 사는 세계는 좁아서 동료 약사들에게 "호타루 씨는 남자친구 없어?"라든가 "호타루 씨, 다음에 남자 소개받을래?"라는 말을 자주 들었고, 병원의 젊은 의사가 연락처를 물어봐서 곤란해진 적도 많았다. 왼손 약지에 이 반지를 껴 버리면 그런 귀찮은 일로부터 해방될 수 있겠다는 생각이 순간적으로 들었다.

"잘 먹었어."

고로의 목소리에 잡념에서 빠져나왔다. 고로는 그릇을 설거지통에 넣더니 그대로 거실에 가서 충전 중인 스마트폰에서 케이블을 뽑았다.

"잠깐 나갔다 올게."

고로는 그렇게 말하며 거실에서 나갔다. 기분이 어지간히 상했나 보다. 당분간 인스턴트 카레는 내놓지 말아야겠다.

호타루는 문득 무언가를 깨닫고 일어섰다. 전자레인지를 열어 보니 깜빡하고 꺼내지 않은 크로켓 두 개가 내열 접시 위에 가지런히 놓여 있었다.

"미안해. 갑자기 불러내서…."

"됐어. 우리 사이에 뭘."

유키가 그렇게 말하며 잔을 내밀자, 고로는 자신의 잔을 들어서 쨍하고 부딪쳤다. 눈앞에는 차이나 드레스 같은 의상을 입은 여자들이 있었다. 이곳은 역 앞에 있는 술집이다. 카레라이스로 이미 배가 불러서 이런 가게밖에 떠오르지 않았다. 평범하고 조용한 바에서는 바텐더의 귀를 신경 써야 해서 진지하고 복잡한 이야기를 할 수 없다. 하지만 이런 가게에서는 여자가 오지 않게 해달라고만 말해 놓으면 소란스러운 가운데서 비밀스러운 이야기까지 할 수 있다.

"그래서, 무슨 일이야? 또 싸웠지?"

"싸웠다고 하기도 뭐한데…."

저녁 메뉴 때문에 화가 났다고 하려니 아무래도 민망해서 그 이야기는 묻어 두었다. 그래도 대충 눈치로 파악했는지 유키는 물 섞은 위스키를 마시면서 말했다.

"그렇게 예쁜 여자는 화나면 빡빡하다고 할까, 아무튼 무서운데가 있지."

유키가 고로의 아내 호타루를 본 건 결혼식 피로연 때뿐이었다. 그때 받은 인상이 강하게 남았나 보다.

"어제도 말했지만, 역시 일반인이랑은 결혼하지 말았어야 했어. 이미 늦었지만. 뭐, 너만 마음의 준비가 돼 있으면 헤어진다는 선택지도 있지."

심적으로는 상당히 지쳤다. 이혼해도 상관없다는 마음도 적지 않았지만, 그것은 선택지에 없었다. 그렇다. 이가 닌자의 세계에서 이혼은 금기였다.

이혼이 불가능한 것은 아니다. 일반인과 마찬가지로 이혼 서류에 도장을 찍어서 관공서에 제출하면 금방 이혼이 성립된다. 하지만 이가 닌자에게 이혼은 남자로서 실격이라는 낙인이 찍히는 행위라 평생 그 오명을 지고 살아야 한다. 출세할 가능성도 없어지고 심하면 우체국에서 잘릴 수도 있다. 이혼은 절대 안 된다. 성별을 불문하고 이가 닌자에게는 그런 가르침이 뼛속 깊이 새겨져 있다.

"이혼은… 어렵겠지."

고로가 한숨을 쉬며 말했다. 유키가 이에 동조했다.

"그렇겠지. 잘못하면 집안 문제로 번질 테니까."

"맞아. 우리 집안은 하급 닌자라서 더 떨어질 데도 없지만."

"야, 야, 고로. 상급이니 하급이니 나누지 마."

"미안. 나도 모르게."

이가 닌자는 문벌을 중시한다. 현재 정식으로 등록된 이가 닌자 가문은 500개 정도다. 이들은 상급 닌자, 중급 닌자, 하급 닌자라는 계급 제도에 묶여 있다. 에도시대에는 지금보다 엄격해서 상급 닌자와 하위 닌자가 말을 섞는 일조차 없었다고 한다. 참고로 유키의 집안인 오토나시 가문은 상급 닌자, 고로의 쿠사카리 가문은 하급 닌자다. 상급 닌자는 전체의 10퍼센트이고, 40퍼센트는 중급, 50퍼센트는 하급 닌자로 구성된다. 더 나아가면 그 안에도 서열이 있는데, 쿠사카리 가문은 하급 닌자 중 3번대 갑(甲)조다. 하급 닌자 중에서도 딱 중간쯤 되는 위치였다.

이 순위는 3년에 한 번 갱신된다. 젊은 이가 닌자들 사이에서는 이혼하면 가문의 순위가 떨어질 거라는 그럴싸한 소문이 돌지만, 실제로 어떨지는 알 수 없다. 누가 이혼했다는 이야기를 들어 본 적이 없기 때문이다. 실례가 없으니 확인할 방법이 없다.

"이혼이 안 된다면 적당히 숨 돌릴 구멍을 찾는 수밖에."

유키가 그렇게 말하며, 지나가는 여자 종업원에게 눈길을 던졌다. 가슴이 상당히 큰 여자로, 본인도 그 사실을 아는지 의상의 가슴 부분이 훤히 벌어져 있었다.

"네가 원하면 나도 협조할게."

"됐어. 안 해."

이가 닌자 사회는 폐쇄적이라서 형식적인 것이 많다. 상급 닌자, 하급 닌자 같은 계급 제도도 있고, 여름과 겨울마다 고마운 사람에게 감사 선물을 보내는 풍습을 오늘날에도 지켜야 한다. 이가 닌자 조합이라는 단체도 있고, 거기서 가하는 구속도 상당하다.

다양성을 추구하는 세상이 도래하면서, 세간에서는 많은 기업과 자치단체가 새로운 가치관을 기반으로 업무 방식을 개선하고 있다. 하지만 이가 닌자는 과거와 똑같은 낡은 가치관에 갇혀 있다. 전통을 중시하는 미덕은 고로도 이해한다. 하지만 순번을 매기는 계급 제도로 닌자들을 얽매는 방식은 고로의 눈에 고리타분하게만 보였다.

고로는 몇 년 전부터 그런 데에 신물이 나서 주말에 혼자 캠핑장을 찾게 되었다. 그러다가 호타루를 만났다. 고로에게 호타루라는 일반인 여성은 자유의 상징과도 같았다.

부모님이 고로의 아내를 열심히 물색하고 있는 것도 알고 있었다. 어차피 앞으로도 이가 사회에 묶여 살아야 한다면, 적어도 결혼 상대만은 스스로 선택하고 싶었다. 그래서 고로는 결심을 굳혔다. 처음 만난 지 반년 후, 그녀의 생일날 프러포즈를 했다.

그런데 이제 와 생각해 보니 너무 성급했다. 캠핑할 때는 자유의 상징으로 보이던 호타루도 집에 들어오니 평범한 일반인 여성이었다. 게다가 내향적인 성격 때문인지 호타루는 집에서도 책만 읽었다. 똑같은 책—대체로 일본 역사소설—을 질리지도 않고 몇 번이나 반복해서 읽었다. 그녀가 독서에 집중할 때면 말을 걸 수 없어서 자연스레 부부 사이가 식어갔다. 그야말로 악순환이었다.

"저기요, 잠깐 대화 상대 좀 해줄래요?"

유키가 지나가던 여자 종업원을 불러 세웠다. 조금 전에도 앞을 지나간 가슴 큰 여자였다. 머리는 갈색으로 물들였고 화장은 짙었다. 머리부터 발끝까지 호타루와는 정반대였다.

"물론이죠. 손님은 뭐 하시는 분이에요?"

"저희는 보잘것없는 우체국 직원이죠. 이 자식은 내 친구인데 아내랑 싸웠나 봐요. 위로 좀 해줘요."

"안 돼요. 유부남이잖아요."

"대화 상대면 돼요. 이름이 뭐예요?"

유키는 멋대로 대화를 이끌었다. 내키지는 않지만 가게 종업원과 이야기하는 정도라면 별문제 없을 것이다. 고로는 스스로 기운을 북돋우며 잔에 담긴 술을 들이켰다.

호타루는 집 거실에 있었다. 부부 공용으로 쓰는 노트북 앞이다. 오늘 호타루는 오후부터 일을 쉬었다. 약사끼리 근무 시간을 조정하다 보면 가끔 이렇게 평일 오후에 쉬게 될 때가 있다.

컴퓨터 화면은 새까맸다. 화상 채팅 앱을 켰지만, 상대는 오프라인이었다. 약속한 오후 두 시는 이미 지났다. 한참 기다린 끝에 드디어 반응이 왔다. 화면 속 모습은 야외였다. 운동장처럼 드넓은 공간을 배경으로 어떤 여자가 이쪽을 보고 있었다. 긴 머리를 뒤로 묶고 운동복을 입은 모습이었다.

"…어? 이상하다. 연결이 안 됐나? 여보세요? 호타루, 내 말 들려?"

소리가 났다. 호타루가 대답했다.

"들려, 언니."

두 살 많은 언니 츠키노 카에데였다. 뒤에 작은 건물도 보였다.

마구간이었다. 한 손에 호스를 들고 청소하는 남자의 모습이 멀찍이 보였다. 이바라키현 미호에 있는 경주마 훈련장이었다. 그렇다. 호타루의 언니 카에데는 일본 중앙 경마회 소속의 경마 기수다.

예전에는 미모 덕분에 기수계의 아이돌로 인기를 얻었는데, 최근 몇 년 사이에 우승을 놓고 남자 기수와 겨룰 정도로 실력 있는 기수로 성장했다. 다만 호타루는 경마를 잘 몰라서 언니가 말을 타는 모습을 본 것은 손에 꼽을 정도였다.

"잘 지내나 보네, 호타루."

"그럭저럭. 언니야말로 목소리가 좋네."

카에데가 경마 학교에 입학하기 전까지는 계속 나가노 산속에서 함께 살았다. 호타루 아래로 여동생이 한 명 있어서 세 자매가 늘 함께였다. 특히 카에데는 세 자매 중에 운동신경이 가장 뛰어나서, 호타루는 무엇을 하든 언니를 이겨 본 적이 없었다. 언니가 경마 기수가 되겠다고 했을 때, 호타루는 놀라지도 않았다. 경마 기수가 어떤 직업인지는 몰라도 어릴 때부터 야생 멧돼지를 타고 놀던 언니의 모습을 봐 온 동생으로서 승마쯤은 언니에게 식은 죽 먹기라고 생각했다.

"결혼 생활은 어때? 제부도 잘 지내?"

"잘 지내는 것 같아."

"응? 말투가 심상찮은데. 호타루, 혹시 부부 싸움이라도 했어?"

역시 언니에게는 숨길 수가 없다. 호타루가 요즘 부부 사이가 좋지 않다고 이야기하자 화면 너머에서 카에데가 웃었다.

"제부 마음도 이해는 된다. 카레를 두 번 연속으로 먹어야 하면

나 같아도 화나."

카에데는 고로와 면식이 없다. 고로가 호타루를 천애고아로 알고 있어서, 호타루는 결혼식에도 가족을 초대하지 못했다. 다만 예식장 도우미로 변장한 언니와 동생이 웨딩드레스를 입은 신부를 멀리서 지켜봤다는 것은 호타루도 알고 있었다.

"그렇다고 술 마시러 가는 건 이상하잖아. 그것도 여자가 있는 가게에 간 것 같아."

"정말?"

"응. 아침에 빨래할 때 살짝 향수 냄새가 났어."

호타루의 코를 속일 수는 없다. 여자가 있는 가게에 간 것이 분명하다.

"그건 열 받네. 닌자를 우습게 보지 말라고 한 소리 하지 그래?"

"그런 말은 못 하지. 닌자인 걸 숨기고 결혼했잖아."

"그렇네. 결혼 생활도 쉽지 않구나."

정말 그렇다. 한 이성과 계속 한 지붕 아래서 지내는 어려움. 그것을 통감했다. 애초에 호타루는 일반인이 아니라 닌자다. 남편 몰래 지령을 수행하느라 신경이 쓰였고, 들키지 않도록 애를 써야 했다. 다행히 지금까지는 별문제 없이 결혼 생활을 이어왔지만, 이쯤 되니 눈치채줬으면 하는 마음도 없지 않았다. 남편이 둔하니 그 나름의 고충이 있었다. 들키면 그건 그것대로 힘들어지겠지만.

"이혼하고 이쪽으로 이사 오면 어때? 여기 좋아. 산도 있고 호수도 있어. 옛날처럼 또 캠핑하자. 주말에는 나도 바쁘지만, 평일에는 시간 낼 수 있어."

카에데는 경주마 훈련장에 있는 숙소에서 산다. 녹음이 우거지고 가스미가우라라는 호수와도 인접해 있어서 경치가 장관이라고 들었다.

"이혼 말고는 방법이 없어, 이렇게 되면. 아내를 두고 딴 여자랑 시시덕거리다니, 닌자가 우스워? 무조건 이혼이야. 오케이, 결정."

언니는 원래 승부욕이 강한 성격이다. 자기가 이야기하면서 자기가 열이 오르는지 화면 너머에서 쩌렁쩌렁 목소리를 높였다. 그 소리를 누가 들을까 봐 불안했지만, 언니 주위에 사람은 보이지 않았다. 한적한 풍경만 펼쳐져 있다.

"진정해, 언니. 이혼을 그렇게 쉽게…."

"할 수 있지. 이혼 신고서에 도장만 찍으면 되잖아. 호타루, 일반인이랑 같이 사는 것 자체가 무리야. 우리 예전처럼 같이 살자. 월세도 도쿄의 절반밖에 안 돼. 넌 약사 면허가 있으니까 여기 와도 어려움 없이 일할 수 있잖아."

일본 전역 어디에나 조제 약국은 있다. 실제로 전국 각지를 옮겨 다니며 사는 약사도 있다.

"무리하지 마, 호타루. 너 혼자만 지령을 수행하게 해서 나도 늘 마음이 쓰였어. 아마 스즈메도 그럴걸."

스즈메는 호타루보다 네 살 어린 여동생이다. 도쿄에 살면서 언더그라운드 아이돌로 활동하고 있다. 언니는 경마 기수, 동생은 언더그라운드 아이돌. 공교롭게도 두 사람 다 대중에게 얼굴을 드러내는 직업을 선택하는 바람에 차녀인 호타루에게만 지령이 내려온다.

"같이 살면 나도 도와줄 수 있을지 몰라. 스즈메한테도 말해서 셋이 캠핑 가자. 낚시도 하면 좋겠다. 나 항구에서 일하는 아저씨랑 친해."

마음이 몹시 흔들렸다. 과연 나는 지금 같은 생활을 평생 이어갈 수 있을까. 그렇게 자문해보니, 떠오르는 답은 'No'였다.

평생은 못 하겠다. 지금은 스물여덟 살. 여든 살까지 산다고 가정하면 앞으로 52년이나 지금처럼 살아야 하는데, 도저히 안 되겠다. 집에 돌아오면 남편이 있는 삶을 52년이나 이어갈 자신이 없다.

"내 말 알겠어, 호타루? 우리는 닌자야. 항상 고독을 마주하면서 암흑 속을 질주해야 해. 그게 우리의 본성이고 유전자에도 새겨져 있어. 그러니까 일반인 남자랑은 못 살아. 이대로 가다가는 네가 터져 버릴 거야."

호타루는 언니의 이야기를 들으며 서서히 마음이 확고해지는 것을 느꼈다. 역시 이대로는 안 된다. 진지하게 이혼을 고려할 시기가 왔다.

"알았어, 언니. 곰곰이 생각해 볼게."

"그래, 그렇게 해. 나는 언제든지 네 편이야. 제부가 이러쿵저러쿵 군소리하면 차라리 없애버리는 게 빠를지도 몰라. 그때가 오면 나도 아낌없이 협조할게."

"아니, 언니, 죽이는 건 좀…."

아무리 호타루여도 사람을 죽인 적은 없다. 다만 극약을 준비하라는 식의 아슬아슬한 지령은 여러 번 받았다. 일반인들은 닌자 하면 새까만 옷을 입은 세련된 이미지를 떠올리지만, 사실 닌자는 상당히 더러운 일—암살이나 방화, 허언으로 민중을 혼란스럽게 하는 등 일반인이 꺼리는 잔인한 일을 전문으로 담당해 왔다.

"언니, 고마워. 마음 정리가 된 것 같아."

"고맙단 말은 됐어. 그보다 그 사람은 잘 지내?"

"글쎄. 안 그래도 볼일이 있어서 잠깐 얼굴 보고 오려고."

"그래. 안부 전해줘. 그럼 끊자, 호타루. 또 연락해."

전화가 끊겼다. 마음이 완전히 확고해졌다. 오늘 밤 고로가 집에 오면 솔직한 속마음을 전부 털어놓아야겠다. 그가 어떻게 반응할지 궁금했다.

하지만 그 전에 할 일이 남아 있었다. 호타루는 컴퓨터 전원을 끄고 일어났다.

그 공동주택은 나카노역 북쪽 출구에서 도보로 약 10분 거리에 있었다. 나카노 거리에서 한 블록 들어간 골목과 인접한 목조 건물이었다. 2층 바깥 복도를 지나서 가장 안쪽에 있는 방으로 향했다. 문 근처에 쌓여 있는 상자 몇 개를 발견했다. 어제 아키하바라에 있는 대형 할인점에서 이쪽으로 택배가 오도록 주문했다. 남편이 보면 안 되는 지령과 관련된 물건은 항상 이 집에 보관한다.

문을 따고 상자를 실내로 옮겼다. 예상한 것보다 집이 깨끗해서 놀랐다. 평소에는 발 디딜 틈이 없을 정도로 난장판이고 이불이 깔린 채 방치돼 있을 때도 있다. 하지만 지금은 안쪽 방까지 깔끔하게 정리돼 있다.

아무도 없는 듯했다. 이 집의 주인은 츠키노 류헤이. 호타루의 친아버지다. 코가 닌자의 후예이자 츠키노 가문의 가장이 사는 곳치고는 허름했지만, 이것이 닌자의 현실이었다.

부엌 가스레인지 위에 냄비가 있었고, 그 안에 어묵탕이 들어 있었다. 냄비가 아직 따뜻했다. 싱크대 근처에 놓인 작은 종이에 '데워 먹어요'라고 얌전한 글자가 적혀 있었다. 호타루는 깨달았다. 동생 스즈메가 왔다 간 모양이다.

아버지가 없을 때 스즈메가 와서 집을 정리하고 아버지를 위해 음식을 만들었나 보다. 효녀다. 다음에 고맙다고 말해야겠다고 다짐하며, 밖에서 들여온 상자 안을 확인했다. 전에도 비슷한 도구를 써 본 적이 있어서 딱히 문제는 없을 것 같았다.

오후 네 시가 넘었지만, 아버지가 돌아올 낌새는 없었다. 호타루는 아버지의 집을 뒤로했다.

나카노 브로드웨이 뒤쪽 골목에 음식점이 늘어선 변두리가 있어서 그중 한 곳으로 걸음을 옮겼다. '산적'이라는 가게였다. 포렴을 젖히자 "어서 오세요" 하는 목소리가 맞아주었다. 카운터석만 있는 세로로 길쭉한 가게였다. 이제 겨우 해 질 녘인데도 남자 다섯 명 정도가 벌써 술잔을 기울이고 있었다. 닭꼬치를 굽는 듯 맛있는 냄새가 식욕을 자극했지만, 호타루는 이를 참으며 안쪽으로 들어갔다.

"…그래서 내가 이렇게 상대의 칼을 피하고 확 달려들었단 말이지. 그런데 그놈도 꽤 하는 놈이었어. 나무 위로 획 뛰어 올라가길래 솔직히 놀랐어. 하지만 질 수 없지. 나는 손에 들고 있던….”

얼굴이 벌건 남자가 닭꼬치 꼬챙이를 휘두르며 열변을 토했다. 아버지 류헤이였다. 옆에 있는 남자는 익숙한 단골손님인지 아버지의 이야기를 듣는 둥 마는 둥 했다. 호타루는 아버지의 어깨를 두드렸다.

“…그놈도 훌륭했어. 천하의 내가 그렇게 허를 찔릴 줄이야. 응? 오, 호타루잖아.” 자신의 둘째 딸을 알아본 류헤이는 호타루의 어깨에 팔을 둘렀다. 그리고 카운터 안쪽에 있는 가게 주인에게 소개하듯 말했다. “여봐, 형씨, 얘가 내 딸 호타루야. 세 자매 중에 중간. 현역으로 바쁘게 일하는 닌자야. 대단하지?”

호타루는 난감한 표정으로 눈인사했다. 이 가게에 온 것은 처음이 아니었고, 가게 주인과도 낯이 익었다. 띠로 머리를 동여맨 고령의 가게 주인은 쓴웃음을 지으며 말했다.

“류헤이 씨, 따님은 전에도 여러 번 봤어.”

“어어? 그랬나?”

“지난달에도 왔잖아. 잊었어?”

“맞아, 맞아. 그랬지. 요즘 자꾸 깜빡깜빡해서 큰일이네, 이거. 나 참, 코가 닌자의 후예라는 놈이. 이래서야 조상님들 뵐 면목이 없어.”

정말 그 말 그대로다. 호타루는 속으로 그렇게 생각했다. 의사에게 진단을 받지는 않았지만, 아버지는 알코올중독인 것 같았다.

호타루가 어릴 때부터 아버지는 항상 술을 마셨다. 집에는 한 되짜리 술병이 늘 굴러다녔다. 그런 아버지도 하루에 몇 시간은 맨정신으로 돌아올 때가 있었는데, 그럴 때면 혹독한 수행이 세 자매를 기다렸다. 하지만 세 딸이 다 자라자, 가르칠 상대를 잃은 아버지는 맨정신을 유지하는 시간이 지극히 짧아졌다.

"형씨, 내 얘기 좀 들어 봐. 호타루는 말이야, 이렇게 젊은데도 닌자로서 완전히 자립했어. 그게 여간 어려운 일이 아니거든. 게다가 우리 츠키노 가문에는 한 대에 한 명한테만 전승하는 비기가 있는데, 그걸 이어받은 애도 여기 있는 호타루야. 대단하지?"

호타루는 연달아 닌자라는 단어를 뱉는 아버지를 보고 작게 한숨을 쉬었다. 자신이 닌자라는 사실을 술집에서 떠들어 대다니, 닌자로서 퇴출당해도 싼 짓이다. 가게 주인과 다른 손님들이 아버지의 이야기를 진지하게 듣지 않아서 그나마 다행이었다. 가게 주인에게는 아버지가 젊은 시절에 시대극의 단역으로 여러 번 TV에 출연해서 그때의 영향을 받아 자신이 닌자인 줄 안다고 설명해 두었다.

"호타루, 그거 좀 해봐. 표창을 던져서 상대의 손등에 맞추는 거. 너 잘했잖아."

"내가 그걸 어떻게 해? 무슨 소리야, 아빠."

"그럼 그건 어떠냐? 뛰어올라서 천장에 매달리는 거. 셋 중에 네가 제일 몸이 가벼웠잖아."

"아빠, 그만해. 여러분, 저희 아빠가 소란스럽게 해서 정말 죄송합니다."

단골손님들은 온화한 눈으로 이쪽을 보았다. 아버지가 나쁜 사람은 아니라서 이런 곳에서도 인기가 있나 보다.

"실례지만, 잠깐 괜찮으세요?"

호타루는 카운터 안쪽에 있는 가게 주인을 불러서 아버지와 조금 떨어진 곳으로 오도록 유도했다. 그리고 가방에서 지갑을 꺼냈다.

"외상값 드릴게요. 얼마죠?"

"항상 고마워. 못 이기는 척 받을게."

아버지가 외상으로 마시는 것을 약 반년 전에 알게 된 호타루는 가끔 이렇게 들러서 밀린 외상값을 갚는다. 52세인 아버지는 현재 무직이다. 애초에 아버지가 일하는 모습을 한 번도 본 적이 없다. 원래 52세면 은퇴할 나이가 아니라서 현역 닌자로 활약해 마땅하지만, 실상은 눈 뜨고는 못 볼 꼴이었다. 그래서 딸인 호타루에게 지령이 내려온다. 정말 제멋대로인 아버지다.

호타루는 2만 엔쯤 되는 외상값을 내고 단골손님들에게 인사한 뒤 가게를 나섰다. 오후 다섯 시가 되어 갔다.

저녁 메뉴가 고민되었다. 이틀 연속 인스턴트 카레를 하기는 그렇지만, 한편으로는 또 카레를 하면 남편이 어떻게 반응할지 궁금했다. 하지만 관두기로 했다. 고기나 구워야겠다. 고기를 구워놓으면 보통 군소리 없이 먹는다.

"잘 먹었습니다."

고로는 그렇게 말하며 젓가락을 내려놓았다. 배가 부르다. 오늘은 스테이크였다. 그다지 비싼 고기는 아닌 듯했지만, 캠핑장에서 바비큐를 자주 해서 그런지 아내 호타루는 의외로 고기를 잘 구웠다. 오늘도 미디엄 레어로 굽기가 적당해서 밥이 술술 넘어갔다. 캠핑장에서 쓰는 만능 조미료 덕분일지도 모르지만, 아무튼 맛있으면 그만이다.

빈 그릇을 설거지통에 넣고 냉장고에서 하이볼을 꺼냈다. 술을 홀짝이면서 2층 침실 옆방—창고로 변해버린 방에서 스마트폰으로 동영상을 보며 시간을 보내는 것이 평소의 흐름이었다. 하지만 오늘은 동영상을 볼 수 없었다. 방금 임무 내용을 메시지로 받았다. 내용을 꼼꼼히 읽고 머릿속에 새겨 넣어야 했다.

"잠깐만."

2층에 가려고 하는데, 뒤에서 불러세우는 목소리가 들렸다. 돌아보니 아내 호타루가 서 있었다. 앞치마를 벗으면서 "앉아 봐" 하고 테이블을 가리키기에, 고로가 물었다.

"왜? 무슨 일인데?"

"할 얘기가 있어. 일단 앉아 봐."

"미안하지만 잠깐 2층에서…."

"그냥 앉아."

강한 말투에 고로는 마지못해 의자에 앉았다. 호타루가 맞은편에 앉아서 대뜸 말했다.

"헤어지자, 우리."

귀를 의심했다. 하지만 호타루의 얼굴은 전에 없이 진지했다. 농담하는 것 같지도 않았고, 농담으로 할 말도 아니었다. 이혼하고 싶다. 아내는 그렇게 말했다.

"잠깐만." 고로는 목소리를 짜내면서도 그 목소리가 떨리는 것을 느꼈다. "갑자기 무슨 소리야? 그것 때문에 그래? 어제 내가 인스턴트 카레가 싫다고 해서? 그건 너를 공격하려고 한 말이…."

"그것 때문만은 아니야. 여러 원인이 누적된 결과야."

"여러 원인이 뭔데? 구체적으로 말해줘야 알지."

"음, 예를 들면," 호타루는 주위를 둘러보다가 부엌에 시선을 고정하며 말했다. "저거. 설거지를 늘 내가 하잖아. 당신이 사용한 그릇까지 전부 내가 씻어. 언제부터 그런 규칙이 생긴 거야?"

부엌 설거지통 안에 저녁때 사용한 그릇이 쌓여 있었다. 스테이크를 구운 프라이팬도 그대로 가스레인지 위에 놓여 있었다.

규칙이라고 할 것도 없었다. 집안일은 아내가 한다. 고로는 그게 당연하다고 생각했다. 막 결혼했을 때부터 그랬다. 고로의 머릿속에는 설거지를 하겠다는 발상 자체가 없었다.

"나보고 설거지를 하라는 거야?"

"그건 한 가지 예일 뿐이야. 설거지는 빙산의 일각이라고. 캠핑 때도 그래. 희한하게 당신은 캠핑할 때만 의욕이 넘쳐서 평소에는 하지도 않는 요리를 하잖아."

두 사람이 처음 만난 곳도 캠핑장이었고, 청혼한 장소도 캠핑장이었다. 그래서 요즘도 한 달에 한 번은 꼭 캠핑하러 간다. 다만 텐트는 따로 쓴다. 각자 결혼 전에 쓰던 1인용 텐트를 사용한다. 언젠가 아이가 생기면 큰 텐트를 사기로 했다. 그러는 사이에 2년이 지나 버렸다.

"얼마 전에도 새로 산 샌드위치 메이커로 자랑스럽게 핫 샌드위치를 구워줬잖아. 그래, 핫 샌드위치는 맛있었는데, 샌드위치 메이커를 설거지한 사람은 나였고, 남은 식자재를 정리한 사람도 나였어. 항상 그런 식이야. 정리는 내 담당이라고 처음부터 정해져 있는 것처럼."

전부 사실이라 아무 말도 할 수 없었다. 입도 뻥긋 못 한다는 게 바로 이런 것인가. 요리뿐만 아니라 청소와 빨래도 전부 아내에게 맡겼다. 왜 나만 집안일을 해야 하나. 호타루는 그런 불만을 줄곧 가슴속에 품고 있었나 보다. 그 불만이 지금 한꺼번에 터져 나온 것이다.

하지만 이혼은 안 된다. 이가 닌자로서 실격이라는 낙인이 찍히는 데다 부모님을 뵐 낯도 없다. 이혼만은 무슨 일이 있어도 피해야 한다.

"알았어. 이제 집안일은 나눠서 하자."

"그런 문제가 아니야."

"그럼 어떤 문제인데?"

호타루는 대답하지 않았다. 테이블 위의 한 점을 바라보며 골똘히 생각에 잠겼다. 평소 집에서 책을 읽을 때와 똑같은 표정이었지만, 어쩐지 형용할 수 없는 카리스마가 있었다.

"역시 다른 사람이야." 이윽고 호타루가 속삭이듯 말했다. "다른 사람이야, 우린. 같이 살 수가 없어. 다른 사람이니까."

"당연하지. 완전히 다른 사람끼리 같이 사는 거, 그게 결혼이잖아."

무심코 그렇게 반박했지만, 사실 고로는 호타루의 발언에 어느 정도 동의했다. 다른 사람일 뿐만 아니라 닌자와 일반인이라는 깊은 단절까지 존재한다. 좀처럼 메워질 수 없는 부분이었다. 하지만….

고로는 일어나서 싱크대 앞에 섰다. 뒤돌아보지 않고 앞을 바라본 채로 말했다.

"알았어. 오늘부터 내가 설거지할게. 그러면 되지?"

수세미를 들었다. 그리고 주방 세제를 집어 들었지만 공교롭게도 용기가 비어 있었다. 그래도 한 번 쓸 정도는 있겠거니 하며 용기를 눌러 보았다. 거품이 살짝 나올 뿐 설거지할 수 있는 양은 아니었다.

"이거, 세제가 없어."

고로가 그렇게 말하며 뒤돌아보자, 호타루가 미소 지으며 말했다. 어딘가 체념한 미소였다.

"세제가 없으면 채워 넣으면 되지. 어려운 일도 아니잖아."

그 말에 고로는 싱크대 밑 서랍을 열었지만, 식용유 같은 재료들만 늘어서 있었고, 주방 세제는 보이지 않았다. 다른 서랍을 뒤져 봐도 역시 없었다. 뒤에서 아내의 목소리가 들려왔다.

"바로 이런 거야. 당신은 아무것도 몰라. 리필용 세제가 어디에 있는지, 그것조차 몰라. 당연하지. 지금까지 집안일에 손도 안 댔으니까. 나를 식모쯤으로 생각했지?"

"뭐? 나는 그런….."

호타루는 일어나서 거실로 걸어갔다. 그리고 TV 앞 소파에 앉아서 책을 펼쳤다. 이제 할 말이 없다는 태도였다.

그러라지. 나는 절대 이혼 못 해. 아무리 찬바람이 불더라도 사이좋은 부부를 연기해 주겠어. 이가 닌자의 끈기와 자존심을 걸고.

부엌 근처에 있는 모든 선반과 서랍을 샅샅이 뒤졌다. 마침내 리필용 주방 세제를 발견하고는 귀찮아서 그대로 수세미에 부었는데, 너무 많은 양이 나와서 세제가 설거지통에 쏟아졌다.

제기랄. 이혼 따위 할까 보냐.

고로는 팔을 걷어붙이고 설거지를 시작했다.

호타루는 차를 몰았다. 부부가 함께 사용하는 국산 SUV였다. 원래는 남편 소유인데, 최근에는 한 달에 한 번 캠핑할 때 말고는 쓸 일이 거의 없었다.

오후 여섯 시가 넘었지만, 아직 밖이 밝으니 문제는 없을 듯했다. 세타가야구 고급 주택가에 왔다. 이번 지령의 대상인 여당 의원 아카마키의 자택 근처를 달렸다.

저 집이 좋을 것 같다.

호타루는 자동차 속도를 줄였다. 어느 모로 보나 빈집 같은 곳을 발견했다. 그 집 앞에 차를 세우고 잠시 관찰했다. 역시 사람이 사는 낌새는 없었다.

차에서 내렸다. 트렁크에서 상자를 꺼내 양손으로 그러안고 빈집 부지로 들어갔다. 집 뒤편에 뜰이 있어서 거기에 상자를 내려놓았다. 스마트폰으로 지도를 켜서 현재 위치를 확인했다. 대상자의 집은 여기서 남서쪽으로 50미터쯤 가면 나오는 곳이었다. 거리상으로도 괜찮을 듯했다.

주변 환경을 확인했다. 저녁 시간대라 그런지 사람 있는 집이 많은 것 같았다. 하지만 누가 호타루를 보더라도 큰 문제는 없었다. 일단은 모자도 썼고 마스크도 착용했다.

호타루는 상자를 열고 미니어처 헬리콥터 같은 물건을 꺼냈다. 그저께 아키하바라에서 산 소형 드론이었다. 카메라까지 달린 실속 있는 물건이다. 스마트폰으로 조작할 수 있다. 예전에도 지령을 수행하면서 비슷한 드론을 사용해 봤다.

기계 장치나 첨단 기기에 강할 것. 그것이 현대 닌자에게 필요한 자질이라고 아버지에게 배웠다. 예컨대 무기만 해도 닌자 하면 보통 표창이나 칼을 떠올리지만, 그건 옛날이야기고 현대의 닌자는 시대에 맞는 무기를 사용해야 한다는 것이 아버지의 철학이었다. 그래서 호타루가 겨드랑이 밑에 찬 총집에는 자동 권총이 들어 있었다. 칼이나 표창보다 훨씬 효율적인 무기다.

하지만 고전적인 인술도 소홀히 하지 않았다. 발소리를 없애는 닌자 특유의 보법이나 도주술 같은 정통 인술을 대강 마스터했고, 돌팔매질로 야생 곰을 쓰러뜨린 적도 있다. 결국은 상황에 따라 인술을 적절히 가려 쓰는 것이 관건이다.

이번 지령은 아카마키라는 국회의원이 불법 약물에 손을 댔을 가능성이 있으니 그 현장을 잡으라는 내용이었다. 국회의원이면 스캔들을 염려할 테니 일반인처럼 사람이 많은 클럽에서 약물을 투여하는 어리석은 짓은 하지 않을 것이다. 그렇다면 떠오르는 후보지는 자택이었다. 아카마키 의원은 현재 아내와 별거 중이라 혼자 산다고 지령에 딸린 자료에 적혀 있었다. 집 구조도 나와 있었지만, 잠입하기 전에 사전 조사를 해둘 생각이었다. 돌다리도 두들겨 보고 건너라. 그것도 아버지에게 받은 가르침이었다.

드론의 전원을 켜려고 할 때였다. 스마트폰에 전화가 걸려 왔다. 화면에 '고로 씨'가 표시되었다. 잠시 망설이다가 전화를 받기로 했다. 드론을 조종하는 와중에 전화가 오면 귀찮아진다.

"여보세요? 나야."

말하지 않아도 안다. 그렇게 생각했지만 소리 내어 말하지는 않았다. 결국 어젯밤 대화는 그것으로 끝이었다. 그에게는 이혼할 의사가 없었다. 의외였다. 평상시 태도나 말투를 보면 그가 결혼 생활에 만족하지 않는 것은 분명했다. 순순히 이혼을 받아들일 것이라는 추측은 완전히 빗나갔지만, 호타루의 마음에 변화는 없었다. 긴 대화가―가능하면 짧게 끝내고 싶지만―이어질 것 같았다.

"오늘 상사네 집에 초대돼서 집에 늦게 들어갈 것 같아."

"그래."

"밥은 먼저 먹어도 돼."

원래 이런 연락은 메신저로 하더니, 오늘은 웬일로 전화로 한다. 그도 그 나름대로 느끼는 바가 있었나 보다.

"저기, 호타루."

"왜?"

"아, 역시 아니다. 끊을게."

전화가 끊겼다. 끝의 시작. 그런 표현이 머릿속에 떠올랐다. 우리는 끝을 향해 첫걸음을 뗐다.

마스크 아래에 땀이 차서 잠깐 마스크를 벗고 수건으로 코와 입 주변을 닦은 뒤 다시 마스크를 썼다. 호타루는 마음을 다잡고 드론 전원을 켰다. 스마트폰 앱을 켜서 조종 모드에 들어갔다.

드론이 붕 떠올랐다. 조종에 익숙해지려고 잠시 상공을 날게 했다. 계속 카메라로 촬영을 하고 그 영상을 다른 컴퓨터에 자동으로 전송하도록 개조했다. 드론은 소리도 없이 날았다. 나도 저렇게 자유로이 하늘을 날 수 있었으면 좋았을 텐데. 그런 싱거운 생각이 들어 혼자 쓴웃음을 지었다.

언니 카에데의 말이 귓가를 맴돌았다. 항상 고독을 마주하면서 암흑 속을 질주해야 한다. 그것이 닌자다. 결혼이라는 제도 자체가 닌자와는 어울리지 않는다. 이혼하고 본래의 자신으로 돌아가는 것이다. 그저 그뿐이다.

호타루는 상공을 나는 드론을 바라보았다. 목표를 향해 드론을 날리는 데 의식을 집중하며 신중하게 스마트폰을 조작했다.

"야, 고로. 뭐 하는 거야?"

"미안. 그냥 잠깐…."

고로가 거실로 돌아가자, 유키가 말을 걸었다. 세타가야구에 있는 단독주택 안이었다. 소위 고급 주택가라고 불리는 곳이다. 세간살이도 모두 비싸 보였고, 커다란 수조 안에는 알록달록한 열대어가 헤엄쳤다. 거실에는 양복을 입은 남자 여덟 명 정도가 모여 있었다. 대부분 꼿꼿이 서 있는 가운데, 소파에 떡하니 앉은 남자가 한 명 있었다. 그가 바로 아카마키 쇼스케였다. 여당인 자민당의 중의원 의원이다.

이번 임무는 그를 경호하는 것이었다. 이유는 듣지 못했지만, 그의 주위에 모종의 움직임이 있으니 자택을 철저히 경비하라고 했다. 이곳에 모인 사람들은 모두 이가 닌자다. 거주하는 지구마다 반이 편성되어 있어서 그 반 단위로 임무를 수행해야 한다. 여기 모인 닌자 여덟 명은 같은 반 소속으로, 항상 임무를 같이하는 구성원들이었다. 30대부터 40대가 많아서 막내인 고로와 유키는 늘 잡일을 떠맡는다.

"좋아. 다 모였군." 반장인 닌자가 말했다. "그럼 부지 안을 살펴라. CCTV 위치와 잠입하기 좋을 만한 장소까지. 알아낸 것이 있으면 뭐든 말하도록."

오늘부터 교대로 이 집을 지켜야 한다. 유키와 파트너가 된 고로는 내일 밤이 첫 당번이었다.

"잠깐 한마디 하지." 내내 침묵을 지키던 아카마키가 입을 열었다. "지하실에는 들어가지 마. 업무 자료가 있거든. 외부인에게 보여줄 수 없는 자료도 있어."

"알겠습니다, 선생님."

상전 같은 태도였다. 아니, 실제로 정치인이니 상전이 맞을 수도 있겠다. 게다가 아카마키는 원래 닌자 일족 출신인 데다 상급 닌자다. 다만 체형으로 추측하건대, 본인은 오래전에 훈련을 관둔 것이 분명했다.

"좋아. 주변을 살펴라."

다른 반원들과 함께 실내를 살피며 돌아다녔다. 혼자 살아서 그런지 생활감이 별로 없었다.

마당으로 나갔다. 잔디밭 위에 골프공이 굴러다녔다. 개집이 있었고 그 앞에는 도베르만 한 마리가 누워 있었다. 집을 지킬 목적으로 키우는 것이라 평소에는 풀어놓는다고 했다. 조금 전까지는 고로 일행을 향해 계속 짖더니, 이제는 차분해졌다.

"그야말로 부티가 팍팍 나는 집이네."

옆에 유키가 서 있었다. 보잘것없는 우체국 직원의 월급으로 도쿄 노른자 땅에 이런 자택을 소유하는 것은 이룰 수 없는 꿈이었다. 유키의 집안은 상급 닌자여도 이렇게 부유하지는 않았다.

"그러게. 저 도베르만이 있는 한 마당으로 잠입할 수는 없겠어."

"감시는 밖에서 한대. 준비된 차량 안에서 상황을 살펴보게 될 것 같아. 꼭 형사들이 잠복하는 것 같다."

"재미있겠네."

반쯤 빈정거리며 한 말이었다. 돈 많은 국회의원, 그것도 거만한 상급 닌자를 위해서 24시간 경비해야 한다. 가능하면 사양하고 싶었지만, 이것도 엄연한 임무였다. 거부할 수 없었다.

"응? 저건 뭐지?"

유키가 상공에 시선을 던졌다. 아카마키의 집 상공 30미터쯤 되는 곳에 비행 물체가 보였다. 드론이었다.

"저거 드론 아니야?"

"설마 여기를 관찰하는 건가?"

이변을 감지한 동료 닌자들이 툇마루로 나와서 하늘에 뜬 드론을 쳐다보았다. 아카마키도 마당으로 뛰쳐나와 낯을 붉히며 말했다.

"너희 뭐 하는 거야? 얼른 쫓아내!"

"하지만 의원님, 저 드론이 여기를 노리는 거라는 보장이….'

반장이 그렇게 말했지만, 아카마키는 들으려고 하지 않았다. 드론이 나는 위치로 보아, 확실히 이 집을 위에서 촬영하는 것처럼 보이기는 했다.

"너, 어떻게 좀 해봐."

아카마키가 가장 가까이 있는 고로의 등을 두드렸다. 다른 닌자들도 뭐든 해보려고 마당으로 나왔다. 이변을 감지한 도베르만이 하늘을 향해 짖었다.

고로는 툇마루로 뛰어 올라가서 집 안에 들어갔다. "너 뭐 하는 거야?"라는 아카마키의 목소리를 들은 체 만 체하며 2층으로 올라갔다. 드론이 떠 있는 곳은 지상에서 30미터쯤 떨어진 상공이다. 최대한 가까이 가야 한다.

2층에 있는 방으로 들어갔다. 침실인 듯했다. 커튼과 창문을 열고 베란다로 나갔다. 주머니에서 봉표창을 꺼냈다. 역시 2층에 오길 잘했다. 지상에서 올려다볼 때보다 거리로 보나 각도로 보나 드론 위치를 파악하기 편했다.

목표를 겨냥했다. 그때 아래쪽에서 누군가가 표창을 던졌다. 하지만 그 표창은 드론에 닿지 못하고 떨어졌다. 드론이 공중에 떠

있기는 하지만 조금씩 움직임이 있어서 명중시키기 어려워 보였다.

고로는 숨을 고르고 드론을 응시했다. 며칠 전 술집에서 남자가 소란을 피웠을 때는 유키에게 양보했지만, 사실 고로는 표창 실력에 자신이 있었다. 닌자 학교에서는 그 누구에게도 져본 적이 없다. 하지만 실전에서 던지기는 처음이다.

대각선 위를 향해 표창을 던졌다. 공기를 가르며 뻗어 나간 표창이 아깝게 드론의 프로펠러 쪽을 스쳤다. 순간 등골이 서늘했지만, 스치기만 해도 충분했다. 균형을 잃은 드론이 땅으로 추락했다.

고로는 베란다 난간을 붙잡고 그대로 뛰어넘었다. 2층에서 뛰어내리는 것쯤은 닌자에게 일도 아니다. 드론은 마당 중앙 쪽에 떨어진 듯, 다른 닌자들이 확인하려고 다가가는 것이 보였다. 카메라가 탑재된 드론이라면 그 데이터를 확인해야 했다. 그리고 드론의 주인을 찾아내기 위해서도 조사가 필요했다. 그런데….

"잠깐만요. 너무 가까이 가지 않는 게…."

섣불리 다가가면 위험할 것 같아서 닌자들의 등에 대고 말했건만, 조금 늦었다. 펑 하는 파열음과 함께 드론이 폭발했다. 다만 그리 큰 폭발은 아니었다. 드론도 완전히 산산조각 나지는 않았는지 뼈대가 남아서 흰 연기를 피웠다. 닌자들은 그 모습을 멀리서 지켜볼 뿐이었다.

답답한 공기가 흘렀다. 아카마키의 집 1층이었다. 조금 전까지 경찰 수사가 진행되었다. 자택에 드론이 떨어져서 폭발했으니 피해 신고를 할 수밖에 없었다. 고로를 비롯한 닌자들은 우연히 그 자리에 있던 지지자들이라고 둘러댔다.

드론은 경찰이 가져갔다. 그 전에 기계에 능통한 닌자를 불러 드론의 잔해를 살펴봤지만, 별다른 수확은 없었다. 예상대로 카메라가 탑재된 것은 분명했고, 그 데이터를 어딘가에 전송한 흔적이 있다고 했다.

오후 열 시를 넘긴 시간이었다. 아카마키는 조금 전까지 여기에 있다가, 목욕을 하겠다며 집 안쪽으로 사라졌다. 지금 고로와 닌자들이 모여 있는 곳은 1층 현관 근처에 있는 사무실 같은 방이었다. 평소에는 비서들이 사용하는 곳인지 컴퓨터도 있었다.

"저 아재가 대체 무슨 짓을 저질렀길래 이래?"

한 닌자가 그렇게 말했다. 아재는 물론 아카마키를 가리키는 말이었다. 아카마키는 그다지 평판이 좋지 않았다. 이유는 명백했다. 그 거만한 태도와 닌자에게 어울리지 않는 체형 때문이었다. 이가 닌자에게 밤낮 없는 훈련은 필수라서 여기에 있는 이들은 모두 정장을 벗으면 그 안에 근육으로 된 갑옷이 있다. 물론 고로도 일주일에 사흘은 반드시 헬스장에서 웨이트 트레이닝을 한다. 닌자끼리 모이면 보통 단백질의 품질이나 닭가슴살 조리법을 주제로 대화에 열이 오른다.

"역시 여자 문제인가? 일단 국회의원이라 돈은 많잖아."

"말도 안 돼요, 저런 외모로는. 여자들도 안 달라붙을걸요."

"모르지. 저래 봬도 인기가 많을 수도 있어."

경비하라는 지시를 받았을 뿐, 그 이유는 아무도 듣지 못했다.

반장도 모르는 것 같았다. 카메라 달린 드론을 날릴 정도면 언론사가 아닐까 추측했지만, 그들이 정말 그렇게까지 할지 의문이었다.

경비 자체는 괜찮다. 그게 임무라면 불만은 없다. 하지만 자신이 무엇을 위해서 경비해야 하는지 이유를 모르는 것은 싫었다. 다른 반원들도 비슷한 마음인지 농담처럼 이야기하면서도 속으로는 불만이 있는 듯 보였다.

"그건 그렇고 고로는 표창 실력이 일류구나. 그 거리에서 드론을 맞추다니 믿기지가 않아."

"내 말이. 나는 벌써 몇 년이나 표창을 써본 적도 없어. 지금 내 표창은 서랍 속에서 자고 있어."

예전에는 캠핑하러 갔다가 산속에서 봉표창을 연습했지만, 호타루와 같이 캠핑하게 된 뒤로는 그마저도 못 했다. 요즘은 타마가와 강변 고가 밑에서 가끔 연습하는 정도였다.

"이놈은 옛날부터 잘했어요." 유키가 끼어들어 말했다. "표창 실력은 제가 보장해요. 왜 올림픽 정식 종목에 표창이 없냐고 진심으로 속상해했어요, 중학생 때."

유키의 농담에 다른 반원들이 웃었다. 지상에서 표창을 던졌지만 맞히지 못한 사람은 유키였다고 한다. 며칠 전 술집 때와 달리 거리가 멀어서 난이도가 훨씬 높았다. 맞히지 못할 만도 했다.

"기다리게 해서 미안하다."

그렇게 말하며 반장이 방으로 들어왔다. 손에 든 종이를 나눠주면서 말했다.

"본부와 얘기를 나눴다. 다른 반이 이번 임무에 추가로 투입될 거다. 이제 합동으로 경비하게 됐다."

코지마치에 통칭 이가 빌딩이라고 불리는 건물이 있는데, 모든 층에 이가 계열의 기업과 개인 사업주의 사무실이 들어가 있다. 그 위층에는 일명 본부라고 불리는, 이가 닌자를 총괄하는 기관이 있으며 지휘 계통의 정점에 서 있다. 본부는 평의원이라는 선택받은 닌자들이 운영한다. 고로 같은 하급 닌자에게는 별세계 같은 곳이다.

"경비를 맡는 인원도 늘어날 거다. 2인 1조로 정문 근처에 한 조, 뒷마당 바깥쪽에 한 조, 총 네 명이 경비한다. 일정은 나눠준 종이에 적힌 대로다."

시선을 떨어뜨렸다. 고로는 내일 밤 당번이었다. 오후 일곱 시부터 다음 날 아침까지 열두 시간이다. 유키도 함께였다.

"각자 직장에 사정이 있겠지만, 알아서 조정하도록."

"네."

반원들과 한목소리로 대답했다. 집에서 몰래 빠져나오기는 힘드니 호타루에게 거짓말을 해야 할 것 같다. 문제는 어떤 거짓말을 하느냐다. 지금은 솔직히 부부 사이가 좋지 않다. 최대 위기라고 해도 과언이 아니다. 이런 시기에 하룻밤 집을 비워야 한다. 어떤 핑계가 좋을까.

"슬슬 본부에서 지원군이 올 거다. 오늘 밤 당번 말고는 돌아가도 좋다. 늦게까지 수고 많았다."

해산했다. 하지만 내일도 밤새워 경비해야 한다. 호타루에게 어떤 핑계를 대야 할까. 그런 고민이 고로의 머릿속을 가득 메웠다.

현관 쪽에서 소리가 들린 것은 오후 열한 시가 될 즈음이었다. 경계심 없는 발소리와 함께 고로가 거실에 들어왔다. 한순간 그는 놀란 표정을 지었다. 그도 그럴 것이, 평소 같았으면 침실에서 자고 있었을 아내가 거실에서 TV를 보고 있었기 때문이다.

"아, 아직 안 잤어?"

보면 알잖아. 그 말을 삼키며 호타루는 대답했다.

"뭐, 그렇지."

"그래? 뭐 큰 사건이라도 일어났어?"

TV에서 뉴스 프로그램이 흘러나왔다. 여자 뉴스캐스터가 원고를 읽어 내려갔다.

"아니. 딱히 그렇진 않은데."

사실 조금 신경이 쓰였다. 아카마키라는 의원의 집에 드론이 침입했다는 보도가 나오나 보려고 TV를 틀었지만, 그런 뉴스는 아직 나오지 않았다. 인터넷도 확인해 봤지만, 표면상으로는 아직 기사가 뜨지 않았다. 피해 신고를 하지 않았든지, 아니면 언론사에 알리지 않았든지, 둘 중 하나다. 어쩌면 단순한 장난으로 보고 조사할 필요가 없다고 판단했을지도 모른다.

"정말 귀찮다." 고로가 냉장고를 열고 캔 하이볼을 꺼내면서 말했다. "왠지는 모르겠는데, 갑자기 상사가 부르더라고."

부자연스러운 태도에 약간 위화감을 느꼈지만, 적어도 여자와 같이 있지는 않았다는 것을 냄새로 알 수 있었다. 호타루의 후각은 평범한 사람들보다 훨씬 뛰어나다.

"그러고는 설교 같은 얘기를 끝없이 되풀이하는 거야. 이것도 일종의 갑질 아니야? 아, 귀찮다, 귀찮아."

고로가 거실로 왔다. 테이블 위에 놓인 종이에 시선을 던지고는 고개를 갸웃했다.

"응? 뭐야, 이거?"

"이혼 신고서. 구청에서 받아왔어."

오전 휴식 시간에 가까운 구청 출장소에 들러서 이혼 신고서를 받아 왔다. 여기에 필요 사항을 기입하고 도장을 찍어서 구청에 제출하면 공식적으로 이혼이 성립된다. 호타루는 결혼이 종이 한 장짜리 관계임을 통감했다. 그런 종이 한 장짜리 관계에 일희일비하는 것은 어리석은 짓이다.

"이거 써. 써 주면 나도 쓸게."

"잠깐만." 고로가 하이볼 캔을 테이블 위에 놓았다. 꽤나 동요했는지 눈동자가 흔들렸다.

"가, 갑자기 무슨 소리야? 가사 분담하는 걸로 얘기 끝난 거 아니었어?"

"안 끝났어. 애초에 가사 분담만 문제가 아니라니까."

"아무튼 잠깐만. 이성적으로 생각해, 호타루."

"난 지극히 이성적이야."

어떤 곤경을 마주하더라도 이성적으로 대처법을 생각해내고 실행한다. 그것이 닌자의 행동 규범이다.

"이해 안 되는 게 있어." 호타루는 그렇게 운을 떼고 고로에게 물었다. "왜 이혼하기 싫어? 우리 이미 예전 같지 않잖아. 당신은 늘 방에 처박혀 있고 쉬는 날에는 헬스장에 가 버려. 그나마 침실은 같이 쓰지만 침대는 따로 쓰지. 이걸 부부라고 할 수 있어?"

부부라기보다 동거인이라는 표현이 더 어울리는 관계다. 예전에 느끼던 애정은 완전히 사라져 버렸다.

"말해 봐. 왜 이혼하기 싫어? 솔직히 놀랐어. 난 당신이 당연히 찬성할 줄 알았어."

위자료 같은 문제 때문에 이혼을 먼저 제안하는 쪽이 손해라는 이야기를 잡지인지 뭔지에서 읽은 적이 있다. 내가 이혼하자고 말해주기를 기다리는 게 아닐까. 막연히 그렇게 생각한 것도 사실이었다.

"그건, 그야, 그것 때문이지."

"그게 뭔데?"

"그러니까 그건…." 고로는 불편한 표정으로 말했다. "결혼이나 이혼은 당사자들만의 문제가 아니야. 호타루 너는 가족이 없어서 모를 수도 있지만. 결혼한다는 건 집안끼리 하나가 된다는 뜻이야. 그래서 여러모로 어려운 거야."

"한마디로 당신 부모님께 허락을 받아야 한다, 그 말이야?"

"뭐, 그렇지. 아, 아니야. 부모님만의 문제가 아니야. 나는 우리가 다시 잘해볼 수 있을 거라고 믿어."

이래서는 다람쥐 쳇바퀴 돌기밖에 안 된다. 이혼을 원하는 아내와 이혼을 원하지 않는 남편. 고로의 본가는 시즈오카에 있다.

결혼 전에 한번 인사하러 가 보고 그 이후로 찾아간 적이 없다. 명절에 내려갈 타이밍은 몇 번 있었지만, 전염병이 유행이라 계속 방문을 자제했다. 내년 설에는 내려갈 수 있겠다. 고로가 그런 말을 꺼낸 것은 약 한 달 전이었다.

"호타루, 아무튼 일단 이성적으로 생각해."

"나는 이미 이성적이라니까."

"맞다. 이성적이었지. 우선은 가사 분담을 개선하는 것부터 시작해보자. 예를 들어 식사 준비를 번갈아서 하는 건 어때?"

안 되겠다, 이건. 호타루는 천장을 올려다보았다. 문제의 본질은 그게 아니다. 단순히 가사 분담 때문이 아니라는 말이다. 부부는 결국 완전한 남이다. 심지어 닌자와 일반인이니 절대 섞일 수 없다. 그것이 문제다.

호타루는 일어섰다. 그대로 거실을 나가 계단을 올랐다. 침실 벽장을 열고 숄더백을 꺼내서 여러 소지품을 채워 넣었다. 그리고 1층으로 내려가 현관에서 신발을 신었다.

"어디 가려고?"

뒤에서 고로가 말했지만, 호타루는 대답하지 않았다.

"기다려, 호타루."

호타루는 그 목소리를 못 들은 체하며 현관문을 열고 밖으로 나갔다.

"여기서 세워주세요."

밤 열두 시가 넘었지만, 거리는 아직 밝았다. 호타루는 요금을 내고 택시에서 내렸다. 술 취한 남녀가 거리를 지나갔다. 멀리서 기타 소리와 거기에 맞춰 노래하는 소리가 들려 왔다. 길거리 뮤지션이 공연을 하나 보다. 이곳은 코엔지. 언제 와도 북적거리는 곳이다.

편의점에 들어갔다. 장바구니를 들고 닥치는 대로 물건을 집어 넣었다. 거의 마시지 않는 알코올음료와 평소에는 먹지 않는 과자도 넣었다. 나는 이성적이다. 고로에게는 그렇게 말했으면서, 사실 이성적이지 않았나 보다. 이혼을 위한 논의는 사람의 기력을 갉아먹는 모양이다.

봉지를 들고 편의점을 나와서 역과 반대되는 방향으로 걸었다. 주택가 안에 있는 3층짜리 저층 아파트에 들어갔다. 갖고 있던 열쇠로 공동 현관문을 열고 3층으로 향했다. 목적지인 집의 문을 열고 안에 들어갔다. 인기척이 있었다.

"스즈메, 있지?"

호타루는 실내에 들어가서 복도 안쪽으로 나아갔다. 문을 열자, 제일 먼저 눈에 들어온 것은 커다란 게이밍 체어였다. 거기에 앉은 여동생 스즈메가 컴퓨터로 열심히 게임을 하고 있었다.

"스즈메, 좀 더 경계해. 나 아니었으면 어쩌려고?"

"비상 열쇠를 갖고 있는 사람은 언니밖에 없어."

스즈메가 마우스를 딸깍이면서 대답했다. 게임 화면에서 눈을 떼려고 하지도 않는다. 호타루는 어깨를 으쓱하고는 손에 든 봉지를 바닥에 내려놓았다.

"이거 선물."

"고마워."

무뚝뚝한 대답이 돌아왔지만, 익숙해서 아무 느낌도 없었다. 네 살 어린 여동생은 어릴 때부터 얌전해서 감정을 겉으로 드러내지 않는 아이였다. 사람들 앞에 서면 극도로 긴장하고 낯가림도 심했다. 학교에서도 눈에 띄지 않았고, 말괄량이 같은 두 언니의 그림자에 늘 가려졌다.

그런 스즈메에게 전환점이 찾아온 것은 초등학교 5학년 때였다. 1년에 한 번 열리는 학예회에서 스즈메네 학년은—나가노 산속 학교라서 한 학년에 한 반밖에 없었다—연극을 하게 되었는데, 남자아이들이 짓궂은 장난으로 스즈메에게 주인공인 신데렐라 역을 맡겼다. 스즈메가 그런 큰 역할을 할 수 있을 리가 없었다. 그러나 호타루를 비롯한 사람들의 불안은 완전히 빗나갔다. 무대에 올라간 스즈메는 생생하고 훌륭하게 신데렐라를 연기해냈다.

무대 위에서는 자기 자신을 해방할 수 있다는 사실을 깨닫고 스즈메도 스스로 놀란 것 같았지만, 학예회가 끝나자 예전과 똑같은 원래의 스즈메로 돌아가 버렸다. 어두운 소녀 시절을 보낸 스즈메는 언니 둘을 뒤쫓듯 상경해서 언더그라운드 아이돌로 활동하게 되었다. 무대 위에서는 자기 자신을 해방할 수 있다. 학예회의 추억이 그녀를 움직였다는 것은 어렵지 않게 상상되었다.

스즈메는 원래 얼굴이 예뻐서 메이저 아이돌을 목표로 해도 될 것 같았지만, 역시나 그건 어려운 모양이었다. 메이저 아이돌은 악수회에 참여하거나 무대 위 진행자 역할을 할 때가 있어서 커뮤니케이션 능력이 필수인데, 스즈메는 그 부분이 취약해서 면접에서 떨어진다고 했다. 요즘은 '고장 난 안드로이드'라는 그룹에 소속되어 도쿄에 있는 공연장에서 라이브를 하며 생계를 유지한다.

"스즈메, 오늘도 공연이었어?"

"오늘은 쉬는 날이었어."

호타루는 방금 사 온 과즙 섞인 알코올음료를 마셨다. 알코올을 입에 대기는 오랜만이었다. 닌자로서 항상 이성적인 상태를 유지하고 싶어서 집중력을 흐트러뜨리는 알코올은 애초에 입에 대기를 꺼렸다. 그래서 집에서 늘어져서 하이볼을 마시는 고로를 볼 때마다 일반인의 경계심 없는 모습을 과시 당하는 기분이었다. 그런 것도 하나의 불만 요인이었다.

"언니, 요즘 지령 수행해?"

"응. 지금도 하나 받아서 한창 진행 중이야."

"어떤 건데?"

흥미가 동했는지 스즈메가 마우스에서 손을 떼고 호타루를 보았다. 호타루는 스마트폰을 꺼내서 받은 지령 내용을 보여주었다. 스즈메가 고개를 끄덕이며 말했다.

"엄청 재미있겠다. 나도 가고 싶어."

"이건 게임이 아니야. 매번 고되다고."

"언제 해?"

"내일 밤. 초승달이 뜨니까."

달빛이 없는 초승달이 뜨는 날은 잠입하기에 적합하다. 게다가 내일은 날씨도 맑다고 했다. 비를 걱정하지 않아도 된다. 오늘 드론으로 아카마키라는 의원의 집을 정찰했다. 고장이 났는지 드론이 도중에 추락한 것은 아쉬웠지만, 자동 폭파 장치가 작동했을 것이다. 단서를 남기는 실수는 하지 않았고 수확도 어느 정도 있었다.

"내일은 안 되겠다. 공연 일정이 있어."

"나 혼자서도 괜찮아."

호타루는 과자를 뜯어서 먹었다. 짜긴 해도 자꾸 손이 가는 맛이었다. 캠핑하러 가면 고로는 항상 혼자서 과자를 먹었다. 캠핑할 때만은 과자를 해금하는 것 같았다. 그는 겉보기에 일단 근육질이라 평소에 과자나 단것을 먹지 않으려고 신경을 썼다.

"언니, 이번에 내가 도와줄게."

"너는 안 돼. 얼굴을 들키면 큰일 나잖아."

"괜찮아. 빈틈없이 변장할 거니까."

세 자매 중에서도 스즈메의 변장 능력은 특히 뛰어나다. 상인으로 변장해서 자연스럽게 잠입하는 식으로 활용할 수 있기에 닌자에게는 변장 능력도 필요하다. 초등학교 5학년 때 신데렐라를 연기한 뒤로 그 맛을 깨달은 스즈메는 아버지에게 많은 변장 기술을 전수받았다.

"치사해. 언니만 지령 받고."

"얘 좀 봐. 너랑 언니가 못 하니까 나한테 지령이 오는 거잖아."

벌써 한 캔을 다 마시고 말았다. 역시 가족과 함께 있으니 마음이 편하다. 오늘 밤은 오랜만에 푹 잘 수 있을 것 같다. 호타루는 두 번째 캔으로 손을 뻗었다.

"으아, 진짜냐? 정말 호타루 씨가 집을 나갔어?"

"목소리가 커, 유키. 사람들이 듣겠어."

고로는 구내식당에 있었다. 맞은편에는 유키가 앉아 있었다. 고로는 튀김 소바, 유키는 오늘도 아내가 만들어준 2단 도시락이다. 두 사람이 근무하는 세타가야 중앙 우체국은 규모가 커서 구내식당도 제법 크다. 지금도 많은 우체국 직원이 점심을 먹고 있었다.

"그래서, 호타루 씨는 어디로 갔는데?"

"몰라."

"모른다니? 남자 집에 들어갔으면 어쩌려고? 갑자기 전남친이 떠올랐을지도 모르잖아."

근거는 없지만, 적어도 호타루는 그러지 않았을 것 같다. 오늘 아침 걱정이 되어 메시지를 보내봤는데, 아직 답장이 없었다. 그래도 메시지를 읽기는 해서 마음이 놓였다. 일방통행이기는 해도 고로가 무언가를 전달할 수는 있으니 말이다.

"그나저나 가출할 정도면 정말 큰일인데. 이대로면 곧 위험 수위에 들어가겠어."

이미 위험 수위에 들어섰다는 자각이 있었다. 고로는 어젯밤 이혼 신고서를 보고 숨이 멎을 정도로 놀랐다. 호타루가 진심으로 헤어지고 싶어한다는 것을 절감했다. 아내가 이혼 신고서를 들이밀었다는 이야기는 유키에게도 하지 못했다.

어려운 순간이었다. 고로도 호타루와 백년해로하기는 힘들겠다는 사실을 직감적으로 알았다. 하지만 이혼해 버리면 이가 닌자로서 체면이 깎인다. 그러다 가문의 순위라도 떨어지면 조상님들을 뵐 면목이 없다. 그리고 그 이상으로 부모님을 볼 낯이 없다.

"역시 일반인이랑 결혼하지 말았어야 해. 이미 여러 번 말했지만. 그러고 보니 본부 연수에서 알게 된 지인이 있는데, 지금 그 녀석도 일반인이랑 사귀더라."

코지마치에 있는 이가 빌딩에서는 각종 연수가 진행된다. 상급 닌자인 유키는 좋든 싫든 그런 연수에 자주 참석해야 했다. 상급 닌자쯤 되면 인맥도 중요해진다.

"슬슬 결혼을 생각하나 보더라고. 어떻게 생각해? 포기하라고 충고하는 게 낫나?"

"흐음." 고로는 팔짱을 꼈다. "두 사람의 마음도 중요하지만, 경험자인 내 의견을 말하자면 포기하는 게 무난하지."

"말에 무게가 있네. 그렇게 전할게. 이건 다른 얘기인데…." 유키가 살짝 목소리를 낮추고 말을 이었다. "지난번 그 드론에서는 단서가 안 나왔대. 지문도 없었다나 봐. 대형 할인점에서도 판매되는 드론이었대."

어제저녁 아카마키 의원의 자택 상공을 날던 카메라 달린 드론을 말하는 것이다. 유키의 이야기에 따르면, 단서가 전혀 없는 모양이었다. 그럴 만도 하다. 자폭해 버렸으니까.

"역시 언론사의 짓일지도 몰라. 그 아재는 대체 무슨 짓을 저지른 거야?"

반원 중에도 언론사가 날린 드론이라고 생각하는 사람이 많았지만, 고로의 생각은 달랐다. 어제 본 드론은 땅에 추락한 후 폭발했다. 큰 폭발은 아니었지만 증거 인멸을 노린 자폭으로 보였다. 언론사가 그렇게까지 정성을 쏟았을 것 같지는 않다.

어젯밤부터 24시간 체제로 아카마키 저택 경비가 이어졌고, 고로는 오늘 밤 담당이었다. 호타루에게 어떤 핑계를 대야 할까. 그 생각만 머리에 가득했다. 우체국에는 밤샘 근무가 없어서 사적인 이유를 궁색하게 만들어내는 수밖에 없었다. 그런데 호타루가 오늘도 외박을 한다면 그건 그것대로 나쁘지 않았다. 구차한 핑계를 대지 않아도 되니까.

"오늘은 밤을 새워야 하니까 일단 한숨 자는 게 좋겠어. 집합은 오후 일곱 시야. 집에서 한 시간은 잘 수 있겠네."

유키가 그렇게 말했을 때였다. 갑자기 고로 옆에 남자가 앉았다. 돈가스 카레가 담긴 쟁반을 들고 있었다.

"왜 밤을 새워?"

남자는 선배 우체국 직원이었다. 유키가 당황한 기색으로 대답했다.

"그것 때문에요, 그거. 그게, 아, 요즘 해외 드라마에 빠져서 오늘도 밤새 볼지도 모른다는 얘기였어요."

"아무리 그래도 밤을 새우면 안 되지. 내일도 일해야 하잖아."

"그, 그렇죠."

남자는 당연히 일반인이었다. 누구와도 허물없이 지내는 넉살 좋은 성격으로 유명했다. 남자는 유키의 어깻죽지를 만지면서 말했다.

"유키, 운동하는구나. 정말 존경스럽다. 아, 고로도 그렇네. 두 사람, 같은 헬스장 다녀?"

"네, 뭐." 유키가 대답했다. "근데 매일 가지는 않아요."

예전에는 둘 다 매일같이 헬스장을 오가며 기를 쓰고 운동했다. 근육이 곧 강함이라고 생각하던 시기도 있었다. 결혼한 뒤로 매일 가기는 힘들어졌지만, 고로와 유키는 같은 헬스장 회원이다. 시부야에 있는 그 헬스장은 경영자가 이가 일족이라서 닌자가 많이 다닌다.

"나도 운동 좀 할까. 요즘 자꾸 배가 나와서 바지가 꽉 끼어."

남자는 그렇게 말하면서 돈가스 카레를 먹었다. 우선은 식단 조절부터 시작하세요. 그렇게 말하고 싶은 마음을 억누르며 튀김 소바를 먹으려고 할 때였다. 유키가 대놓고 말했다.

"그럼 돈가스 카레는 먹지 마세요. 칼로리가 높아요."

호타루는 패밀리 레스토랑에 있었다. 한 달에 한 번 점심 미팅이 있어서 오늘도 약사 네 명과 함께 방문했다. 그런데 점심 미팅은 명목뿐이고 요즘에는 그냥 회식 자리나 마찬가지다.

"…그래서 남편을 추궁했어. 처음에는 딱 잡아떼더니 메신저를 봤다고 하니까 자백하더라고."

오늘도 최고참 약사인 토모요 주임의 독무대였다. 오래전부터 남편의 행동이 수상하다고 하더니 드디어 결정적인 증거를 잡았다고 한다. 마치 적장의 목을 친 무장처럼 흥분해서 이야기를 늘어놓았다. 참 수다스러운 사람이다.

계기는 메신저였다고 한다. 잠자는 남편의 손가락으로 지문을 인증해서 잠금을 풀고 스마트폰을 확인했다. 거기서 불륜녀로 추측되는 여자와 주고받은 메시지를 발견해서 다음 날 추궁했다는 이야기였다. 정말이지 일반인은 어떻게 보면 닌자보다 무섭다. 자는 사람을 대놓고 만지다니, 닌자 세계에서는 상상할 수도 없는 일이다. 만약 호타루가 비슷한 임무를 맡았다면, 절대 일어나지 못하게 수면제를 먹인다든가 해서 아무튼 훨씬 확실한 방법을 택했을 것이다.

"그래서 주임님, 어떻게 하실 거예요? 남편분이랑 이혼하실 거예요?"

한 약사가 묻자, 토모요 주임이 대답했다.

"안 해. 이혼을 왜 해?"

"그럼 용서하시는 거예요?"

"뭐, 그렇지. 하지만 공짜로는 안 해줘. 가방이든 여행이든 옷이든, 뭔가 받는 대가로 용서해줄 거야. 다들 진짜 조심해. 남자는 원래 바람을 피우는 생물이거든. 호타루 씨네는 괜찮아? 남편이 수상한 짓 하지 않아?"

갑자기 배턴을 넘겨받았다. 토모요 주임은 40대, 그 밑으로는 30대가 두 명, 호타루와 다른 한 명이 20대인 연령 구성이었다. 토모요 주임을 제외하면 결혼한 사람은 호타루뿐이라서 그 질문의 의도는 명확했다.

"저희 집은 아마 괜찮은 것 같아요."

"다행이다. 호타루 씨네 집은 아직 2년 차니까. 하지만 조심하는 게 좋아. 마작은 위험해. 이건 경험자가 하는 말이니까 새겨들어. 우리 집 양반이 마작을 한다고 집에 안 들어오는 날이 있었거든. 이제 와 생각해 보면 마작은 핑계였어. 호타루 씨도 조심해."

"네, 조심할게요."

저는 이혼하려고요, 라고 말할 수는 없었다. 그나저나 일반인은 왜 이렇게 자기 이야기를 하고 싶어 할까. 이것저것 이야기하면 결국 자기 집의 내부 정보를 떠벌리는 것이나 마찬가지인데. 고로도 이럴까. 직장에서 "우리 아내가" 어쩌고 하면서 말을 퍼뜨릴까. 그렇게 생각하니 정말 기분이 불쾌했다.

"그리고 동창회는 위험해. 기억해 둬서 나쁠 거 없어. 뭐, 이건 여자도 똑같지만."

토모요 주임의 분석에 따르면, 그녀의 남편은 동창회에 갔다가 동창인 전여친과 눈이 맞아서 관계가 다시 시작되었다고 한다. 그래서 동창회를 조심하라고 입에 침이 마르게 강조하는 것이다.

"저 음료 좀 더 가져올게요."

호타루 옆에 앉아 있던 가장 어린 에리가 말하며 일어섰다. 오후 한 시 삼십 분을 조금 넘긴 시간이었다. 약국 영업은 오후 두 시 반부터라서 아직 시간은 많다. 호타루도 자기 컵이 빈 것을 깨닫고 일어났다. "아, 저도 다녀올게요."

드링크바로 향했다. 홍차를 만드는 에리를 보고 호타루도 홍차를 마시기로 했다. 포장지에서 꺼낸 티백을 컵에 넣고 뜨거운 물을 부었다.

"사실 저 만나는 남자가 있는데." 옆에서 에리가 말을 걸었다. "사귄 지 오래돼서 이제 결혼해도 되겠다 싶거든요. 아직 청혼받은 건 아니지만 주임님 얘기를 들으면 뭔가 마음이 식는달까요? 결혼이라는 게 별거 아니구나 싶고…."

공감되는 부분도 있었다. 결혼을 꿈꾸는 여자에게 토모요 주임의 이야기는 결혼에 대한 환상을 무너뜨리는 것일지도 모른다.

"그래서 호타루 씨, 실제로는 어때요?"

"어떻냐니, 뭐가?"

"결혼이요. 결혼해 보니까 솔직히 어때요?"

대답이 궁했다. 어디까지나 일반론으로 무난한 대답을 꺼냈다.

"좋지. 뭐, 가치관의 차이를 발견할 때는 있지만, 대체로 좋다고 생각해."

"하긴, 호타루 씨 남편분은 멋있으니까요."

그 말을 들으니 떠올랐다. 약 세 달 전, 마트에서 우연히 에리를 마주쳤다. 고로도 함께였지만, 그가 조금 떨어진 곳에 있어서 소개하지 않았다. 하지만 에리는 눈치로 알았나 보다.

"몸이 좋으시던데요. 그 정도 체형이 제일 좋죠. 게다가 쉬는 날 아내랑 같이 장을 보러 가주다니 최고 아니에요?"

원래 둘이서 장을 보는 일은 절대 없다. 그날은 특별했다. 한 달에 한 번 캠핑하기 전에 마트에 들러서 장을 보는데, 하필 그때 에리를 마주쳤을 뿐이다.

"정말 솔직하게 말해서 어때요? 호타루 씨, 결혼한 거 후회하지 않아요?"

엄청나게 후회한다. 하지만 닌자인 자신이 일반인인 남편에게 불만을 품어서 그런 것이니 에리에게 해줄 만한 조언은 하나도 없었다.

"아, 홍차 다 된 것 같다."

호타루는 얼버무리듯 말을 돌리며 컵 안에서 티백을 꺼냈다.

오후 열한 시. 주위는 고요했다. 세타가야구에 있는 한적한 주택가 안이었다. 어제 드론을 날릴 때 와본 덕분에 이 근방 지도가 머릿속에 들어 있었다. 호타루는 지금 가로수 그늘에 숨어 도로 건너편을 관찰하고 있었다.

전신을 온통 검은색으로 휘감았다. 검은 레깅스 위에 검은 반바지. 상의는 검은 긴소매 셔츠다. 거기에 검은 모자와 선글라스, 검은 마스크를 썼다. 조금 수상한 차림새지만, 어찌 보면 한밤중에 조깅하는 여자 같기도 했다. 실제로 호타루는 여기까지 뛰어서 왔다.

신경 쓰이는 점이 있었다. 마치 아카마키 저택을 경비하듯 차두 대가 서 있었다. 한 대는 정문 앞에, 다른 한 대는 뒷마당과 인접한 도로에 서 있었다. 차창 너머로 남자 둘의 그림자가 보였다. 위험을 감지한 아카마키가 민간 경비 업체를 불렀는지도 모른다.

마당 쪽으로 잠입할 생각이었다. 그래서 그쪽에 서 있는 감시 차량이 거슬렸다. 어떻게든 처리해야 했다. 호타루는 어둠에 숨어서 그 타이밍을 쟀다.

숨을 죽이고 때를 기다렸다. 그때 역 쪽에서 걸어오는 한 남자가 보였다. 귀가하는 회사원 같은 남자였는데, 감시 차량 쪽으로 똑바로 걸어왔다. 호타루는 겨드랑이 밑에 찬 총집에서 권총 한 자루를 뽑았다.

겉보기에는 자동 권총 같다. 하지만 사실은 전문업자에게서 사들인 마취총이다. 발사된 침을 맞으면 상대가 기절하는 훌륭한 물건이다. 납치를 전문으로 해서 일명 납치꾼이라 불리는 범죄자들이 쓰는 특수 제작품이라는데 호타루가 졸라서 받아냈다. 소리도 작아서 요긴하게 쓰고 있다.

호타루는 마취총으로 목표를 조준하며 도로를 건넜다. 회사원으로 보이는 남자는 감시 차량과 50미터 간격까지 가까워졌다. 죄송합니다. 호타루는 속으로 사과하고 방아쇠를 당겼다. 쉭 하고 공기를 가르는 소리가 나자, 회사원 남자가 아스팔트 위에 쓰러졌다. 도로를 다 건넌 호타루는 가드레일에 몸을 붙였다.

감시 차량의 문이 열리는 소리가 들렸다. 운전석과 조수석에서 남자들이 내렸다. 그들의 눈에는 갑자기 행인이 쓰러지는 것처럼 보였을 테니 웬만하면 차에서 내려 쓰러진 이의 상태를 확인하리라 생각했다. 호타루의 추측대로 두 남자는 경계하는 기색도 없이 쓰러진 남자에게 다가갔다.

"괜찮으세요?"

"구급차 불러야 되나?"

"그래. 불러야겠다."

두 사람은 쓰러진 회사원 남자에게 정신이 팔려서 뒤에서 다가오는 호타루를 알아차리지 못했다. 호타루는 두 사람의 목덜미에 마취총을 연사했다. 두 남자는 앞으로 엎어졌다.

여기서부터는 조금 고생스러웠다. 정신을 잃은 세 남자를 그대로 방치할 수는 없었다. 누가 보고 신고하면 귀찮아진다. 호타루는 남자들을 차까지 옮겨서 안에 밀어 넣었다. 망을 보던 두 남자는 근육질이라 쓸데없이 무거웠다. 천하의 호타루도 숨이 찼다.

그나저나 이 두 사람은 정체가 뭘까. 경비 업체에서 파견된 사람들인가 싶었지만, 차 안에는 이를 나타내는 흔적이 없었다. 아카마키가 개인적으로 고용한 사람들일까.

자동차 앞 유리 쪽에 블랙박스가 있었다. 처음부터 끝까지 찍혔다면 일이 귀찮아지니 버튼을 눌러서 영상을 전부 삭제하고 내친김에 전원을 껐다.

이들이 정신을 차릴 때까지 남은 시간은 약 30분. 그사이에 일을 마쳐야 했다. 스마트폰으로 스톱워치를 켰다. 숨을 가다듬고 주위에 보는 눈이 없음을 확인한 뒤 높이가 2미터인 나무 담장으로 뛰어올랐다.

개는 어디 있지?

어제 드론을 띄웠을 때 마당에 있는 도베르만을 봤다. 정찰로 얻은 가장 큰 수확이었다. 사람을 향해 짖는 개는 닌자의 천적이나 다름없어서 예로부터 독이 든 만쥬를 먹이는 식으로 위협에 대항했다고 한다.

요즘도 수법은 크게 다르지 않다. 호타루는 편의점에서 사 온 치킨을 배낭에서 꺼내 반으로 찢은 뒤 한쪽을 마당으로 던졌다. 그러자 어디선가 나타난 도베르만이 치킨을 덥석 물었다. 잠시 후 도베르만은 그 자리에 배를 깔고 누웠다. 치킨에 넣은 수면제가 효과를 보인 듯했다.

남은 치킨 반쪽을 마당에 마저 던졌지만, 반응이 없었다. 도베르만은 한 마리뿐인가 보다. 호타루는 마당에 내려섰다. 잔디밭을 지나 저택으로 향했다. 뒷문 앞에 섰다. 문 모양을 보고 열 수 있겠다는 판단이 서서 배낭에서 피킹 도구를 꺼냈다. 남의 집에 침입하는 것은 닌자의 주된 임무 중 하나다. 그래서 호타루는 전문가 못지않은 피킹 기술을 익혔다.

호타루는 단 몇 분 만에 문을 따고 실내로 들어갔다. 경보는 울리지 않았다. 설사 울렸다 해도 경비 시스템에 대처하는 법을 아니까 상관없었다. 정치인의 집답게 넓은 저택이었다. 귀를 기울여 봤지만, 아무 소리도 나지 않았다. 아직 열한 시인데 벌써 잠자리에 들었을까. 아카마키가 아내와 별거하며 혼자 산다는 사실은 사전에 얻은 자료로 알고 있었다.

실내 구조도 이미 호타루의 머릿속에 들어 있었다. 이번 지령은 '아카마키가 불법 약물에 손댔을 가능성이 있으니 그 현장을 잡아라'라는 내용이었다. 호타루가 등에 멘 배낭에는 초소형 카메라 세 대가 들어 있었다. 그걸 저택 안에 설치하는 것이 호타루가 세운 작전이었다. 어디에 설치할지는 지금부터 살펴봐야 한다.

호타루가 눈여겨본 방이 있었다. 지하실이다. 이 집에 지하실이 있다는 것을 자료에서 확인했다. 예전 집주인이 악기를 연주하려고 만든 방인 듯했다.

복도 끝에 아래층으로 이어지는 계단이 있었다. 발소리를 죽이며 계단을 내려갔다. 문이 보이자, 호타루는 신중하게 문에 귀를 댔다. 안에서 아무 소리도 나지 않았다. 아무도 없는 것 같았다. 이미 1, 2층에 아무도 없음을 확인했다. 여기에도 없다면 집주인은 부재중이라는 뜻이다.

문의 잠금장치를 확인했다. 문손잡이 중앙에 열쇠 구멍이 있는, 일명 실린더 자물쇠였다. 호타루는 배낭에서 도구를 꺼냈다. 이런 잠금장치라면 식은 죽 먹기다.

잠금을 풀었다. 문을 살짝 열고 안의 상황을 살폈다. 맨 먼저 느낀 것은 향을 피운 것 같은 냄새였다. 마약을 사용할 때 냄새를 지우려고 향을 피운다는 이야기를 들은 적이 있다.

방 중앙에 소파와 탁자가 보였다. 앞에 관엽식물이 놓여 있어서 확실히 보이지는 않았지만, 안쪽 소파에 남자가 앉아 있는 듯했다. 잠들었는지 남자는 움직이지 않았다. 아니, 잠든 것이라면 숨소리 정도는 들려야 하는데….

호타루는 신중한 걸음걸이로 실내에 들어갔다. 소파에는 가운을 걸친 남자가 앉아 있었다. 그런데 숨을 쉬지 않았다. 혀가 축 늘어져 가슴께가 침으로 젖었다. 죽은 것이 확실했다.

특별한 외상은 보이지 않았다. 탁자 위에 하얀 가루가 놓여 있었고, 그걸 흡입하기 위한 숟가락과 라이터가 보였다. 약을 하다가 숨을 거뒀나. 아무튼 여기에 오래 있으면 안 되겠다. 당사자가 죽었으니 스캔들을 터뜨려 봤자다.

시신과 탁자 위를 촬영하기로 했다. 스마트폰을 꺼내 시신과 그 주변을 찍다가 호타루는 그것을 발견했다. 무릎을 꿇고 시신에 얼굴을 가까이 가져갔다.

"늦어서 미안. 와이프한테 전화가 와서."

그렇게 말하며 유키가 조수석에 올라탔다. 편의점 비닐봉지를 들고 있었다. 졸음이 가시게 커피라도 마시자는 이야기가 나와서 유키가 가까운 편의점에 다녀왔다. 고로는 유키에게 받은 종이컵을 음료 홀더에 놓았다.

"먹을래?"

유키가 초콜릿 과자를 꺼냈다. 밤에 먹기에는 금단의 음식이었지만, 오늘 밤은 아침까지 여기서 망을 봐야 한다. 이 정도는 허용해도 괜찮으리라.

"먹을래. 고마워."

초콜릿 과자를 먹고 커피를 한 모금 마셨다. 아카마키 의원의 자택 앞이었다. 고로와 유키가 탄 세단형 자동차는 정문 앞에 서 있었다. 주변은 조용했다. 퇴근하는 회사원들의 모습이 이따금 보였지만, 인적은 적었다. 가끔은 택시가 지나갔다.

"그런데 호타루 씨는 아직 집에 안 들어왔어?"

"그렇지, 뭐." 고로가 대답했다. "여기 오기 전에 집에 들렀는데 없더라고. 집에 들어온 흔적도 없었어."

"그래도 오늘은 안 들어와서 다행이네. 평일 밤에 밤새 집을 비울 핑계를 짜내려면 힘들잖아. 뭐, 우리 집은 와이프도 다 아니까 그런 걱정은 안 해도 되지만."

사실 고로도 다행이라고 생각했다. 하지만 걱정은 됐다. 호타루는 대체 어디에 있을까. 저녁에 메시지를 보냈지만, 호타루는 읽기만 하고 역시나 답은 하지 않았다.

"친구네 집에서 남편 욕이나 하고 있겠지. 그 덕에 또 기분 전환은 되지 않겠어? 조만간 아무 일도 없었다는 듯이 돌아올 거야."

그러면 좋겠다. 하지만 호타루는 고로가 생각하는 것 이상으로 완고한 면이 있었다. 게다가 그녀는 지금껏 참아 왔다. 고로가 집 안일을 일절 하지 않고, 서서 소변을 보며 화장실 바닥을 더럽히고, 캠핑 때만 의욕 넘치게 요리하는 것을 계속 참아 왔다. 쌓이고 쌓인 것들이 폭발했으니 그리 쉽게 그녀의 화가 풀리지는 않을 것 같았다.

"이번처럼 할 맛 안 나는 임무도 없다."

유키가 솔직한 심정을 뱉었다. 고로도 같은 생각이었다. 거만하기 짝이 없는 아카마키 의원은 결코 인망이 두텁지 않았고, 오히려 닌자들에게 미움을 받았다.

"성격이 저러니까." 유키가 이어서 말했다. "직원들이 자꾸 그만둔대. 바로 얼마 전에도 운전사가 갑자기 그만뒀다더라."

그 이야기는 고로도 알고 있었다. 사실 어제 봉표창으로 드론을 격추해서 아카마키에게 칭찬을 받았다. 그때 아카마키가 "자네, 내 운전사 하지 않겠나?"라고 물어서 고로는 정중히 거절했다.

"저쪽에 이상 없는지 확인해 볼까."

유키가 그렇게 말하며 종이컵을 음료 홀더에 놓고 스마트폰을 주머니에서 꺼냈다. 저쪽은 마당 쪽에서 망보는 두 사람을 가리키는 말이었다. 다른 반에서 파견된 이들로, 같은 닌자라서 어느 정도 알음알음은 있었다. 두 사람 다 30대 후반쯤 된 남자였다.

"이상하다. 안 받아."

유키가 고개를 갸웃했다. 다시 전화를 걸었지만 결과는 같은 모양이었다. 갑자기 긴장감이 고조되었다. 이런 중요한 순간에 걸려 오는 전화를 무시했을 리가 없다. 고로는 운전석 문을 잡았다.

"잠깐 보고 올게."

차에서 내렸다. 유키도 조수석에서 내려서 조금 딱딱한 어조로 말했다.

"나는 집 안쪽을 보고 올게. 고로, 조심해."

"너도."

도로에 인기척은 없었다. 고로는 아스팔트 위를 달려서 저택 뒤편으로 돌아갔다. 혹시 몰라 모퉁이를 돌기 직전에 멈춰 서서 도로 상황을 관찰했다.

차가 서 있었다. 망보는 닌자들이 탄 차였다. 마침 차 앞유리창이 보이는 각도라서 닌자들이 운전석과 조수석에 각각 앉아 있는 모습이 보였다. 그런데 이상하게도 두 사람 다 고개를 떨군 채 아래를 보고 있었다. 대체 어떻게 된 것일까.

상황을 살펴려고 걸음을 뗐을 때였다. 고로는 이변을 감지하고 걸음을 멈췄다. 마당과 인접한 높이 2미터쯤 되는 나무 담장 위로 획 뛰어오르는 그림자가 보였다. 그 그림자는 마당 쪽에서 올라온 것이 분명했다. 도둑이다.

그림자가 땅에 내려섰다. 거기 서라고 외치는 것은 영화나 드라마 속 이야기다. 한 방에 끝장을 내야 했다. 주머니에서 봉표창을 꺼내서 다른 쪽 손으로 고쳐 쥐었다. 죽이면 안 된다. 정신을 잃게 해서 잡는 것. 그게 목적이었다.

상대는 아직 고로의 기운을 알아차리지 못한 것 같았다. 그림자는 고로를 등지고 달리기 시작했다. 거리는 30미터 정도. 고로는 목표를 겨냥해 봉표창을 던졌다.

명중시킬 자신이 있었다. 실제로 고로가 던진 봉표창은 정확히 도둑의 등으로 날아갔다. 됐다. 그렇게 생각한 순간이었다. 도둑이 갑자기 옆으로 날듯이 움직여서 봉표창을 피했다.

도둑은 달리는 속도를 높여서 그대로 어둠 속으로 사라졌다. 고로는 한동안 멍하니 서 있었다. 당연히 맞을 줄 알았는데…. 그렇게 운동신경이 좋은 사람은 처음 봤다. 초능력자 같았다.

가까스로 정신을 차린 고로는 차로 다가갔다. 문이 잠기지 않아서 운전석 쪽 문을 열었다. 두 사람 다 고개를 푹 숙이고 있었지만, 숨은 쉬는 듯했다. 당황스럽게도 뒷좌석에는 정장을 입은 처음 보는 남자가 있었고, 그 역시 두 사람처럼 정신을 잃은 상태였다. 대체 무슨 일이 일어난 것일까. 짐작도 되지 않았지만, 하나만은 확실했다. 전부 그 도둑이 한 짓이었다.

정장 안쪽 주머니에서 스마트폰이 진동했다. 꺼내서 화면을 보니 유키의 전화였다. 스마트폰을 귀에 대자, 그의 목소리가 들려왔다.

"고로, 이쪽으로 와. 지하실이야. 차에서 쇠지레를 갖고 와줘."

곧바로 전화가 끊겼다. 대체 무슨 일일까. 고로는 현관 쪽으로 달려갔다. 가슴이 요란스럽게 뛰었다. 차 트렁크에서 쇠지레를 꺼내서 한 손에 들고 부지 안으로 들어갔다. 짧은 마당을 가로질러서 현관을 지나 저택에 들어갔다. 어두웠지만 어제도 와본 덕분에 내부 구조를 알고 있었다. 거실을 가로질러 복도 안쪽으로 향하자, 지하로 이어지는 계단이 나왔다.

업무 자료가 있다는 이유로 어제는 출입이 금지된 장소였다. 계단을 내려가자 유키가 서 있었다. 고로는 계단을 뛰어 내려가며 말했다.

"유키, 도둑이 들었어. 마당 쪽 두 사람은 잠들었어."

이어서 유키도 말했다.

"집 안을 뒤져봐도 의원님이 없어. 분명히 이 안에 있을 거야. 문이 잠겼어. 아무리 불러도 대답이 없어."

그래서 쇠지레를 가져오라고 한 것인가. 겉보기에 그리 튼튼한 문은 아닌 것 같았다. 유키가 쇠지레 끝을 문틈에 끼우고 지렛대 원리를 이용해 힘으로 밀었다. 살짝 틈이 생겼다. 여러 번 반복하자, 문 자체가 조금씩 틀어졌다.

"고로, 가자."

"그래."

둘이 동시에 몸을 문에 부딪치자, 문이 반대편으로 넘어지며 열렸다. 책장과 관엽식물이 놓인 서재 같은 방이었다. 중앙에 있는 손님용 소파에 가운을 입은 아카마키가 앉아 있었다. 잠든 것일까. 문이 부서질 정도로 큰 소리가 났는데도 눈을 뜨지 않는다니….

유키가 아카마키 곁으로 다가가서 그의 코에 손을 댔다. 그리고 고개를 가로저으며 말했다.

"죽은 것 같아."

"정말이야?"

"정말이야. 이걸 하다가 심장 발작을 일으켰나 봐."

유키가 그렇게 말하며 탁자 위를 보았다. 하얀 가루가 든 작은 비닐봉지가 놓여 있었다. 설탕 같기도 하지만, 설탕은 절대 아닐 것이다. 그 근처에 라이터와 숟가락이 굴러다녔다.

출입을 금한 이유가 이것인가. 사람들의 눈을 피해 지하실에서 불법 약물을 흡입하다니, 절대 용납될 수 없는 행위다.

"타살은 아닐까?"

고로가 그렇게 말하자, 유키는 방금 부수고 들어온 문을 보며 말했다.

"나도 처음에는 그럴지도 모른다고 생각했어. 하지만 문이 잠겨 있었잖아. 한마디로 밀실이었어."

창문은 없다. 바닥 말고는 전부 콘크리트다. 천장에 환기구가 있었다. 밑에서 들여다보니 꽤 넓은 환기통이 안쪽으로 이어져 있었지만, 그래도 성인이 지나갈 수는 없을 듯했다.

"아무튼 보통 일이 아니니까 본부에 지시를 요청해야겠어. 네가 목격한 도둑의 목적도 알아내야 하고. 나는 본부에 보고하고 올게."

"알았어. 나는 여기서 대기할게."

유키가 방에서 나갔다. 소파에는 아카마키의 시신이 있었다. 시신과 단둘이 있는 경험은 처음이었지만, 어쩐지 현실감이 없었다.

✦

호타루는 냉장고에서 팩에 든 우유를 꺼내 컵에 따라 마셨다. 오전 다섯 시경이었다. 여느 때처럼 곧 조깅하러 갈 예정이었다. 어젯밤에 뜻밖의 일이 일어나서 지령을 완수하지는 못했지만, 일과인 조깅을 빼먹을 수는 없었다. 지령에 관해서는 머지않아 연락이 올 것이다. 일단 어젯밤에 찍은 시신 사진은 긴급 연락용 번호로 보내 놓았다.

놀랍게도 어젯밤 고로는 집에 들어오지 않았다. 메시지를 보내지는 않았지만, 왜 집에 들어오지 않는지 신경 쓰였다. 오늘은 평일이라 평소와 똑같이 근무도 할 것이다. 어떤 사건 사고에 휘말렸을 가능성도 있지만, 정말 그랬다면 호타루의 스마트폰으로 연락이 왔을 것이다. 남편은 아마 무사할 것이다. 그것이 호타루가 도출한 결론이었다.

컵을 씻고 슬슬 조깅하러 나가려는 참이었다. 갑자기 현관 쪽에서 소리가 났다. 고로가 돌아온 모양이다.

잠시 기다리자, 발소리와 함께 남편이 거실에 들어왔다. 고로는 호타루를 보고 놀란 얼굴이었다.

"호, 호타루…. 집에 있었어?"

"보다시피."

쌀쌀맞게 대답했다. 고로는 정장 차림이었다. 출근할 때 갖고 다니는 가방을 손에 들고 있었다.

"그보다, 언제 들어왔어?"

"어제 늦게."

"흐음, 그렇구나."

고로는 그렇게 말하며 넥타이를 풀었다. 그리고 냉장고로 가서 페트병에 든 녹차를 꺼내 컵에 따라 마셨다.

"당신은 이 시간까지 뭐 했어?"

결혼한 지 2년이 됐지만, 남편이 아침에 들어온 적은 처음이었다. 나를 밤새 찾아다닌 것은 아니겠지. 만약 정말 그랬다면 조금은 달리 보이겠지만, 그러지 않았으리라는 확신이 있었다. 호타루를 찾고 싶었다 하더라도 고로는 그녀의 교우 관계를 거의 모르기 때문이다.

"그냥 좀."

대답이 신통찮았다. 호타루는 더 파고들었다.

"좀 뭐?"

"그거 했어, 그거. 마작."

마작. 어제 점심 미팅 때 토모요 주임에게 들은 이야기가 귓가를 맴돌았다.

'마작은 위험해. 이건 경험자가 하는 말이니까 새겨들어.'

호타루는 고로를 쳐다보았다. 설마 이 인간, 아내가 없는 사이에 애인과 함께 있었나. 아니, 그 이전에 고로에게 그런 상대가 있는 것일까.

"왜 그래? 내 얼굴에 뭐 묻었어?"

당신, 설마 바람피워? 그렇게 묻고 싶은 마음을 필사적으로 억눌렀다. 아직은 그럴 단계가 아니었다. 하지만 살짝 정보를 수집하는 정도는 괜찮을 것 같았다. 호타루는 최대한 자연스럽게 대화를 이어갔다.

"그래? 마작을 하는구나. 몰랐어."

"내가 말 안 했던가? 학생 때는 자주 했어. 유키가 갑자기 하자더라고. 유키는 알지?"

"응. 알지."

요즘 부부 사이에 대화가 확연히 줄었지만, 사귄 지 얼마 안 되었을 때는 대화에 자주 등장하던 남자였다. 고로와 동창이고, 지금도 같은 직장에서 일하는 우체국 직원이라고 했다.

"나는 별로 하고 싶지 않았는데, 그 뭐냐, 네가 집에 들어올 기미도 없고 해서 기분 전환 삼아…. 밤 열두 시에 파한다는 게 결국 이 시간이 돼 버렸네."

거짓말 같지는 않았다. 아내가 집을 나가서 뒤숭숭한 마음을 마작으로 달랬다는 말이다. 내 탓 하지 마. 그렇게 말하고픈 마음이 한편에 있었지만, 자신이 멋대로 집을 나간 것은 사실이니 일단은 시시콜콜 따지지 않기로 했다. 적어도 여자 냄새는 나지 않았다. 용의주도하게 씻고 왔을 가능성이 없지는 않지만, 그에게서 풍겨오는 것은 남자의 땀 냄새였다. 불륜인가 하는 의심은 일단 접어도 될 듯했다.

"졸리다, 진짜." 고로가 크게 하품을 했다. 정말 졸려 보였다.

"벌써 다섯 시가 넘었네. 나는 두 시간만 자고 일하러 갈게. 아침밥은 괜찮으니까 안 차려도 돼."

"알았어. 그럼 나는 달리고 올게."

호타루는 거실을 나가 현관에서 신발을 신었다. 어쩐 일인지 고로가 뒤따라왔다. 일어나서 현관문을 붙잡자, 뒤에서 고로가 말했다.

"차 조심해."

결혼한 이래로 고로의 마중을 받으며 조깅하러 가기는 처음이라 느낌이 조금 이상했다. 호타루는 "응"하며 작게 고개를 끄덕이고 밖으로 나갔다.

그날 점심, 호타루는 가까운 편의점으로 향했다. 보통 점심에는 편의점에서 빵을 사 먹거나 약국에서 도시락을 주문한다. 그날그날 기분에 따라 정한다. 다만 호타루는 닌자로서 오랜 시간 활동할 수 있도록 단련을 거듭해온 덕분에 사흘 정도는 식사하지 않아도 괜찮았다. 직접 만든 병량환*만 있으면 일주일은 버틸 수 있다.

"5엔이 부족하네. 총각, 좀 깎아줄 수 없어?"

계산대에 줄을 서 있을 때였다. 호타루 앞에 선 남자가 점원에게 그렇게 말했다. 지갑에 잔돈이 없으니 가격을 깎아달라고 우기는 것 같았다. 신호였다. 눈치챈 호타루는 지갑에서 5엔짜리 동전을 꺼내 계산대에 놓았다.

---

* 　일본 전국시대와 에도시대에 사용된 환약 형태의 전투 식량. 주로 닌자들이 임무를 수행할 때 먹었다고 한다.

"이거 쓰세요."

"고마워, 아가씨."

암구호가 성립되었다. 이 남자는 코가의 심부름꾼, 일명 야마다다. 호타루는 계산대에서 계산을 마치고 밖으로 나갔다. 야마다가 호타루를 기다렸다는 듯 걸음을 뗐다. 호타루는 그 등을 쫓았다.

오늘 찾아온 야마다의 나이는 40대쯤이었다. 어디에서나 흔히 볼 법한 껄렁껄렁한 남자였다. 야마다는 잠시 걷다가 작은 공원으로 들어갔다. 공원 안에는 아무도 없었다. 안쪽에 나란히 놓인 벤치 두 대 중 하나에 야마다가 앉자, 호타루는 나머지 벤치에 앉았다. 하늘은 흐렸고, 비가 올 것 같은 날씨였다. 공기 냄새와 구름의 움직임으로 보아 30분 후면 쏟아질 듯했다.

야마다는 편의점 비닐봉지에서 도시락을 꺼내 먹었다. 로스트 불고기 도시락이었다. 야마다가 도시락을 먹으면서 말했다.

"지난번 그 의원이 발견됐어. 공식 발표로는 비서가 발견했다고 하더군."

호타루는 스마트폰을 꺼내 뉴스 사이트를 확인했다. 금방 관련 기사가 나왔다. 최초 보도 느낌이 나는 기사로, 민자당 간부와 사무소 관계자의 반응은 언급되지 않았다.

"아마 오후에 기자 회견이 있을 거야. 지금 물밑에서 정신없이 논의가 이어지고 있어. 아마 약물 중독사라고 발표되겠지만."

기사에는 자택에서 숨진 채 발견되었다고 적혔을 뿐, 구체적인 사인은 아직 명시되지 않았다.

"그놈은 제거됐어. 그게 윗선의 추측이야. 네가 보낸 영상이 도움이 됐다. 아카마키는 누군가에게 살해됐어."

어젯밤 시신을 발견했을 때였다. 스마트폰으로 시신을 촬영하다가 그의 목덜미에서 작은 주사 자국을 발견했다. 그 부분의 영상도 이미 보냈다.

"아카마키는 상습적으로 마약을 투여했어. 스캔들이 터지는 건 시간문제였는데, 선수를 빼앗겼어. 대체 누가 아카마키를 죽였을까. 상대 진영의 짓일 수도 있고, 당내에 분열이 있었을 수도 있어. 하지만 문제의 본질은 그게 아니야."

야마다는 거기서 말을 끊었다. 도시락은 이미 반이나 줄어들었다. 배가 아주 고팠나 보다. 로스트 불고기를 먹으면서 동시에 밥을 입에 욱여넣었다. 야마다가 음식을 씹으면서 말했다.

"아카마키는 닌자였어. 이가 쪽 닌자."

그건 알고 있었다. 지령 내용에도 적혀 있었다.

"지금쯤 그놈들은 발칵 뒤집혔을 거야. 당연하지. 자기네 의원이 살해당했으니까."

어젯밤 일을 떠올렸다. 호타루가 도주하던 순간에 추격자로 추측되는 사람이 무언가를 던졌다. 그때는 피하는 것만으로도 벅차서 추격자의 정체를 확인할 생각도 못 했지만, 지금 돌이켜보니 그때 그 추격자는 이가 닌자였을 것이다.

"그러고 보니"라고 호타루는 낮은 목소리로 말했다. "표창 같은 걸 던졌어요. 이가 놈들은 아직도 표창 같은 걸 쓰나요?"

"그런 것 같더라. 이가 놈들은 전통을 중시하니까. 그러다 화둔술이나 수둔술까지 쓰는 것 아닌지 몰라. 참 해맑은 놈들이야."

그런 점에서 코가 닌자는 다르다. 편리하다면 최신 기술을 이용하는 것이 코가의 방식이다. 그저께 드론을 날린 것도 그렇고, 마취총을 사용한 것도 같은 맥락이다. 그렇다고 과거의 기술을 계승하지 않느냐 하면 그렇지 않다. 어릴 적부터 아버지에게 많은 기술을 철저히 배워서 표창도 던질 줄 알고 칼도 다룰 줄 안다. 사용하지 않을 뿐이다.

"여기서부터가 본론인데," 야마다는 도시락을 다 먹은 듯 빈 용기를 비닐봉지에 넣으면서 말했다. "놈들은 철저히 조사할 거야. 그리고 아카마키가 살해됐다는 결론을 내리면, 아마, 아니, 틀림없이 어젯밤 저택에 잠입한 너를 살해 용의자로 지목하겠지."

그렇게 되리라 짐작했기에 놀라지 않았다. 야마다가 비닐봉지를 들고 일어났다.

"놈들은 필사적으로 네 정체를 알아내려고 할 거야. 그러다 네 정체가 밝혀지면, 그때 너는 우리와 아무 상관 없는 거다. 그렇게 알고 있어."

한마디로 호타루의 정체가 이가에 발각될 것 같으면 코가는 호타루를 버린다. 야마다는 그렇게 말한 것이다. 어쩔 수 없는 일이다. 닌자는 어디까지나 소모품이자 사소한 부품에 불과하니까.

"내가 전할 말은 이게 다야. 건투를 빌게, 아가씨."

호타루는 신중에 신중을 기하며 잠입했고 자신의 정체가 드러날 만한 증거 따위는 남기지 않았다. 과연 이가 놈들은 호타루의 정체를 알아낼 수 있을까.

이가 빌딩에 들어온 것은 올해 들어 처음이었다. 지난번에 방문한 계기는 작년 말 갑작스럽게 세상을 떠난 거물 닌자의 고별식이었다. 그때는 시즈오카에서 상경한 아버지도 함께였다. 고로는 행사장 한쪽 구석에 서 있는 것이 다였다.

지금 고로는 엘리베이터에 있었다. 유키도 함께였다. 꼭대기 층에서 내리자, 웬 회사 같은 공간이 나왔다. 접수대에 젊은 여자 한 명이 앉아 있었다. 꼭대기 층은 이가 닌자 조합의 사무국이었다.

유키는 접수대 여자에게 가볍게 인사하고 그대로 복도 안쪽으로 걸어갔다. 상급 닌자인 유키는 이가 빌딩을 드나들 일이 종종 있어서 사무국 사람들과도 안면이 있었다. 하지만 고로 같은 하급 닌자에게 사무국이 있는 꼭대기 층은 걷기만 해도 긴장감이 어깨를 짓누르는 곳이었다.

유키가 문 앞에 멈춰 서서 고로를 돌아보았다. 각오가 됐냐고 묻는 것 같았다. 고로가 넥타이를 단단히 고쳐 매고 고개를 끄덕이자, 유키가 문을 열었다.

"실례합니다."

둘이서 안으로 들어갔다. 넓은 회의실이었다. 안쪽에 테이블이 일렬로 늘어서 있었지만, 거기에는 아직 아무도 없었다. 중앙에는 탁 트인 공간이 있었고, 철제 의자가 죽 놓여 있었다. 거기에 네 남자가 먼저 와서 앉아 있었다.

"수고 많으십니다."

고로와 유키는 그렇게 말하면서 빈 의자에 앉았다. 이곳에 모인 이들은 어젯밤 아카마키 저택을 경비한 닌자들과 해당 반의 반장이었다. 어젯밤에도, 더 정확히 말하면 요일이 바뀌고 동이 틀 때까지, 내내 본부 사람들에게 질문을 받았다.

아카마키가 불법 약물을 사용한 데에는 의심의 여지가 없었고, 약에 잔뜩 취했을 때 습격을 받은 것이 분명해 보였다. 의사 면허를 지닌 닌자가 급히 달려와서 경찰보다 먼저 시신을 확인한 결과, 목덜미에서 작은 피부밑 출혈을 발견했고, 누군가가 주사기로 독극물을 주입했을 가능성이 있다고 했다. 다시 말해 엄연한 살인이었다.

아카마키는 국회의원으로서 공직자였기에 그의 죽음을 숨길 수는 없었다. 본부는 이튿날 아침 저택을 방문한 아카마키의 비서가 시신을 발견한다는 시나리오를 짜냈다. 그 비서도 닌자라 여러모로 입을 맞출 수 있어서 상황이 좋았다.

시신이 경찰의 손에 넘어가 버리면 끝이다. 그래서 어젯밤부터 아침까지 저택 안을 철저히 조사했다. 물론 고로도 거기에 힘을 보탰다.

"오늘 저녁 뉴스에 보도된다고 하더군. 경찰이 주사 자국을 발견할지는 아직 몰라."

그렇게 설명해 준 사람은 고로네 반장이었다. 그는 현장에 없었지만 자기네 반이 맡은 임무 때 발생한 사태에 상당한 책임감을 느끼고 있음을 한눈에 알 수 있었다.

"현시점에는 의문사로 취급되고 있어. 아카마키 의원의 시신에서 독극물이 검출되면 그때 살인사건으로 분류되겠지. 어이쿠, 오셨군."

앞쪽 문이 열리더니 남자 몇 명이 실내로 들어왔다. 편한 작업복을 입은 사람이 있는가 하면 정장을 입은 사람도 있었다. 남자들은 정면에 있는 테이블 좌석에 일렬로 나란히 앉았다. 마지막으로 젊은 남자가 몇 명 들어와서 벽 쪽에 놓인 철제 의자에 앉았다.

"그럼 시작할까."

테이블 좌석 중앙에 앉은 남자가 그렇게 말하자, 벽 쪽에서 대기하던 남자 한 명이 앞으로 나와서 말했다.

"그럼 임시 평의회를 시작합니다. 여러분, 잘 부탁드립니다."

고로는 앉은 채로 고개 숙여 인사한 뒤 다시 앞을 보았다. 앞쪽 테이블 좌석에는 남자 일곱 명이 앉아 있었다. 그들은 평의원이라고 불리는 이가 닌자의 간부들이었다.

이가 닌자의 모든 결정권을 쥔 것이 평의회다. 평의회는 평의원 일곱 명으로 구성된다. 당연하게도 모두 유서 깊은 상급 닌자 집안이고, 말하자면 이가 닌자의 최고 간부다.

"지금까지 밝혀진 사항을 설명하겠습니다." 벽 쪽에 있는 남자가 설명을 시작했다. 그는 평의회 사무국, 소위 본부라고 불리는 조직의 사람이었다. "돌아가신 분은 아카마키 쇼스케 중의원 의원이고 52세입니다. 7년 전에 처음 당선된 이가 쪽 의원입니다."

앞쪽 모니터에 아카마키 의원의 사진과 프로필이 떴다. 평의원 일곱 명은 본인 앞에 있는 태블릿 단말기로 자료를 보는 듯했다.

"아카마키 의원은 상습적으로 각성제를 투여한 것으로 보입니다. 한 비서를 추궁해 보니 작년부터 그런 조짐이 있었다고 합니다. 그 비서는 훈방 조치한 뒤 반년 근신 처분을 내렸습니다. 시신이 경찰의 손에 넘어가서 확실한 사항은 알 수 없지만, 아마도 아카마키 의원은 누군가에게 살해당한 것 같습니다."

모니터에 시신 사진이 비쳤다. 그 사진을 보기만 해도 낯을 들기 힘들었다. 넷이나 망을 봤으면서 아카마키가 살해당하는 것을 막지 못했다. 변명의 여지 없이 고로 일행의 잘못이었다.

"저택 내부와 마당을 샅샅이 수색했지만, 범인은 아무런 흔적도 남기지 않았습니다. 저택 안에 있는 감시 카메라도 피해서 움직인 듯하고, 기절한 두 사람이 타고 있던 차량 블랙박스도 영상이 삭제된 상태였습니다."

마당 쪽을 감시하던 두 사람의 증언에 따르면 걸어오던 행인이 갑자기 쓰러졌다고 했다. 위급한 환자인 줄 알고 차에서 내렸는데 목덜미에 희미한 통증을 느끼자마자 그대로 정신을 잃었다고 한다.

"다만 현장을 벗어나는 수상한 사람이 있었다고 합니다. 그걸 목격한 게 쿠사카리 고로입니다. 고로, 설명하게."

"네!" 하며 고로가 일어났다. 꼿꼿이 서서 설명을 시작했다. "오후 열한 시가 조금 지나서였습니다. 마당 쪽을 감시하는 두 사람과 연락이 닿지 않는 게 이상해서 확인하러 가는 길에 수상한 그림자를 봤습니다. 저택 마당과 인접한 나무 담장 위에서 뛰어내리는 사람 그림자였습니다. 저는 바로 포획하려고 봉표창을 던졌습니다. 거리는 30미터 정도였고, 맞힐 자신도 있었습니다만, 상대는 민첩한 몸놀림으로 봉표창을 피하고 그대로 도주했습니다."

"그자의 인상착의는?"

"잘 모르겠습니다. 밤이 어두워서 거의 보이지 않았습니다. 전체적으로 마른 느낌이었습니다."

달도 없는 밤이었다. 근처에 있던 가로등은 고장 난 상태였다고 한다. 그런 여건을 모두 고려해서 벌인 일이라면 범인은 매우 용의주도한 자다.

"평의원 여러분, 어떻습니까?"

사회를 맡은 남자가 묻자, 평의원 일곱 명이 고개를 들었다. 전체적으로 나이가 많아서 60대면 젊은 축이었다. 옆 사람과 작은 소리로 대화하는 평의원도 있었다. 그때 중앙에 앉은 장발 노인이 입을 열었다.

"제군들, 이미 알지 않나."

남자의 이름은 카제토미 죠스이. 10년 넘게 평의원장을 맡아 온 상급 닌자로, 이가 닌자의 최고 권력자다. 나이는 일흔다섯이지만, 혈색도 좋고 젊어 보인다. 이가 일족에서 제일가는 명문가 출신이다.

일반인들 사이에서 가장 유명한 이가 닌자는 핫토리 한조로 대표되는 핫토리 일족이다. 하지만 핫토리 가문은 전국시대의 무장 같은 이미지가 강해서, 그 자손들은 여러 번에서 최고 가신을 지냈다고 한다. 바깥세상을 사는 부류다.

그런 점에서 카제토미 가문은 다르다. 한결같이 지하 세계에서 정부를 지지해 온 닌자 일족이다. 그 가계가 현대까지 이어져서 대대로 평의원장을 배출하고 있다.

"쿠사카리 고로, 자네는 알겠지?"

카제토미 죠스이가 직접 나서서 말을 걸자, 고로는 허리를 곧게 폈다. 발언해도 된다는 뜻일까. 옆을 보니 유키도 당황한 기색으로 고개를 흔들 뿐이었다. 그 맞은편에 있는 반장은 고개를 끄덕였다. 고로는 말해 보라는 의미로 해석하고 입을 열었다.

"저는 사실 표창을 꽤 잘 다룹니다. 뒤에서 날아오는 표창을 피하는 그 몸놀림, 뛰어난 닌자 둘을 너무나 쉽게 재우는 그 기량. 범인은 아마 닌자 같습니다."

계속 생각했다. 표창을 피한 것 때문만이 아니다. 저택에 침입해서 아카마키 의원을 살해하고 그대로 도주했다. 게다가 증거 하나 남기지 않았다. 그야말로 닌자 그 자체다.

다들 말하기를 주저했다. 무거운 공기가 흐르는 가운데, 카제토미 죠스이가 입을 열었다.

"그렇다. 아카마키는 닌자의 손에 살해된 것 같다. 그야말로 괘씸한 일이지."

이가 닌자가 다른 닌자의 손에 살해되었다. 만약 사실이라면 이보다 더한 굴욕은 없을 것이다. 카제토미 죠스이가 힘주어 말했다.

"이건 매우 중차대한 문제다. 절대 경찰에 선수를 빼앗기면 안 된다. 이가 닌자의 긍지와 자부심을 걸고 반드시 범인을 찾아내라. 그리고 그자의 숨통을 끊어라. 알겠나?"

"네!"

회의실에 있는 닌자 전원이 일제히 일어나서 한목소리로 대답했다. 물론 고로도 마찬가지였다. 자신이 엄청난 자리에 있다는 사실을 실감하면서 동시에 묘한 고양감을 느꼈다.

제 2 장

이율배반:
닌자의 규율이 대립하다

"흐음, 마작이라. 좀 수상하기는 한데. 토모요 주임님이랬나? 그 사람이 하는 말도 이해는 돼."

호타루는 집으로 돌아가는 길에 마트에 들렀다. 이제 막 장을 보려는 차에 언니 카에데에게 전화가 왔다. 그녀도 그녀 나름대로 동생의 부부 문제가 걱정되어 일부러 전화한 모양이었다.

"하지만 여자 냄새는 안 났다며? 그럼 세이프잖아."

"그건 그렇지만."

"그래서 제부는 뭐래? 이혼하자니까 반응이 어때?"

"그게….'

결혼은 당사자들만의 문제가 아니라서 쉽사리 받아들일 수 없다는 것이 고로의 대략적인 주장이었다. 그런데 그는 사태를 가볍게 본다고 할까. 가사 분담만 하면 어떻게든 될 줄 아는 것 같았다.

"그럼 차라리 전부 분업하면 어때? 자기 몫은 자기가 알아서 하는 거지."

호타루도 그런 방법을 생각해 본 적이 있지만, 어설프게 고로에게 집안일을 시켰다가 괜히 더 귀찮아질 것이 뻔했다. 결국 뒷정리는 전부 호타루가 하게 될 것이다.

며칠 전 언니가 부추기는 바람에 이혼하자고 말해 버렸지만, 사실 명확한 이혼 사유는 없었다. 남편이 바람을 피웠다든가 하는 확실한 이유가 있으면 바로 이혼을 밀고 나갔을 텐데, 그런 것이 없어서 사태에 진전이 없었다.

"네가 원하면 내가 네 남편을 유혹해줄 수도 있어. 그리고 결정적인 순간을 잡아서 이혼 신고서를 들이미는 거지. 단번에 도장을 찍게 되지 않겠어?"

"근데 언니는 밤에 일찍 자야 하잖아." 언니는 경주마를 조교해야 해서 아침에 일찍 일어난다. 오전 네 시쯤 일어날 때도 있다고 했다. "게다가 나랑 언니는 자매라서 꽤 닮았어. 잘못하면 들킬걸."

"그런가? 그럼 스즈메한테 부탁할래?"

"스즈메는 더 안 돼. 개가 미인계를 쓰려면 100년은 수련해야 해."

고로가 그런 함정에 걸려들 것 같지도 않았다. 가끔 여자 냄새를 묻히고 돌아올 때는 있었지만, 기껏해야 여자가 있는 술집에 가는 것이 전부인 듯했다.

"당분간 상황을 지켜보려고. 이혼 의사는 밝혔으니까 이제 그쪽이 어떻게 나오는지 봐야지."

"호타루, 그렇게 태평한 소리나 하면 평생 이혼 못 해."

"아는데, 지금은 일단 결혼한 상태잖아. 한순간에 안녕 하고 돌아설 수는 없어."

"정말 귀찮다, 결혼. 그런 점에서 서러브레드는 참 건조해. 봄에 교배시키면 끝이야."

"언니, 말이랑 사람을 똑같이 취급하지 마."

바로 얼마 전에도 TV 스포츠 코너에 언니 카에데가 나왔다. 현재 그녀는 최다 승리 기수다. 이 기록을 1년간 유지하면 여성 최초로 쾌거를 이루는 것이라고 했다. 경주 전에 마지막으로 말을 조교하는 장면도 나왔는데, 말을 탄 언니의 모습은 동생이 보기에도 멋있었다.

"그런데 호타루." 언니가 화제를 바꾸었다. "아카마키라는 의원이 죽은 것 같던데, 너도 거기에 얽혀 있다며?"

오늘 오후 아카마키 의원의 죽음이 뉴스에 보도되었다. 호타루도 인터넷으로 봤는데, 그가 약물을 사용했다는 사실도 밝혀져서 약물 과다 복용에 따른 돌연사로 보는 시선이 강했다. 다만 코가 닌자의 윗선은 아카마키가 제거되었다고, 즉 타살이라고 생각하는 것 같았다.

"어떻게 알았어?"

"이래 봬도 나도 일단은 닌자잖아."

언니는 경마 기수로 평범하게 살고 있지만, 그래도 과거의 동료와 꾸준히 연락하는 것 같더니 그쪽 경로로 정보를 얻은 모양이었다. 동생이 이가 닌자 쪽 의원을 죽인 살인범으로 몰릴까 봐 걱정되나 보다.

"언니, 괜찮아. 나는 우연히 그 사람이 죽은 날 집에 침입했을 뿐이야. 증거도 안 남겼으니까 놈들에게 발각될 일은 없어."

최악의 경우, 코가에서 꼬리 자르기를 당할 것이다. 오늘 점심에 접선한 야마다에게 그런 말을 들었다고 언니에게 말할 수는 없었다. 괜한 걱정을 끼치고 싶지 않았다.

"네가 유능한 닌자인 건 나도 알아. 하지만 호타루, 이가 놈들을 얕보면 안 돼. 꺼벙한 놈들이지만 머릿수는 많으니까. 조심해서 나쁠 건 없어."

"알아, 언니." 이가 닌자는 아직도 고전적인 인술만 사용하고, 심지어 정부와 밀접한 직종에 많이 종사하는 나약한 놈들이다. 그것이 이가 닌자에 대한 코가의 평가였다. 다만 세력은 이가가 압도적으로 위다. 닌자 하면 이가, 이가 하면 닌자. 세간의 인식이 그러한 것을 호타루도 알고 있었다.

"미안해, 호타루. 나 이제 조교하러 가야겠다. 또 연락할게."

전화가 끊겼다. 호타루는 스마트폰을 가방에 넣고 그대로 마트에 들어가서 장바구니를 들었다. 아직 호타루 주위에서 수상한 점은 포착되지 않았다. 무난히 빠져나갈 수 있을 것이다. 호타루는 속에 확고한 자신감이 있었다. 코가 닌자의 자부심 같은 것이었다.

나는 절대 잡히지 않는다. 그렇게 자신을 타이르며 호타루는 대파를 장바구니에 넣었다.

"서둘러. 꾸물거리지 말고."

"그 컴퓨터 이쪽으로 가져와. 얼른."

고로는 이가 빌딩 꼭대기 층 회의실에 있었다. 조금 전 평의회가 열린 회의실과는 다른 방이었다. 30명이 넘는 남자들이 모여서 분주하게 준비하고 있었다. 가끔 형사 드라마에 경찰 수사본부가 나오는데, 그와 비슷한 광경이었다. 오늘부터 이곳이 아카마키 의원을 살해한 닌자를 수색하는 거점이다.

"고로, 이걸 콘센트에 연결해 줘."

유키가 그렇게 말하며 멀티탭을 던졌다. 고로는 그것을 받아서 콘센트에 연결했다. 고로도 당연히 수색 본부에 동원되었다. 낮에는 우체국 일이 있어서 어렵지만, 남는 시간을 이용해 수색에 힘을 쏟으라는 지시를 받았다. 개중에는 다른 일을 하지 않고 여기서 수색만 하는 사람도 있다고 들었다. 이가의 의원이 살해되었다. 그것이 이가 닌자에게 얼마나 큰일인지, 이 회의실 상황만 보아도 알 수 있었다.

"수고가 많습니다."

그 목소리에 눈을 돌리자, 때마침 회의실에 들어오는 다섯 남자가 보였다. 그들은 본부라고 불리는 평의회 사무국에 소속된 닌자들이었다. 조금 전 임시 평의회에서 사회를 맡은 남자도 보였다. 다섯 남자는 회의실 앞줄 테이블 좌석에 앉았다.

"일동, 쉬어. 착석."

그 구령을 듣자마자, 회의실에 있는 이들은 작업을 일시 중단하고 저마다 가까운 의자에 착석했다. 고로도 유키와 함께 나란히 의자에 앉았다. 눈앞에는 코드 따위가 아무렇게나 흩어져 있었다.

"역할 분담표를 작성했다. 각자 훑어보도록."

한 남자가 그렇게 말하며 인쇄물을 나눠주었다. 받은 종이를 훑어보니 고로에게 주어진 임무는 '수색 및 정보 수집'이었다. 유키도 같은 임무였는데, 쉽게 말하면 잔심부름꾼으로 수색에 임하라는 의미였다.

"지시는 각자 스마트폰으로 전달될 테니 거기에 따라 움직이도록. 이곳은 특별 수색 본부라고 부를 것이고, 지금부터 아카마키 의원 살해범을 쫓는 거점으로 삼는다."

유키가 고로의 어깨를 두드렸다. 돌아보자, 유키가 인쇄물의 한 부분을 손가락으로 가리켰다. 거기에 낯익은 이름이 적혀 있었다. 왜 그녀의 이름이 여기에….

그때였다. 회의실 문이 열리더니 한 여자가 들어왔다. 검은 바지 정장을 입었고 살짝 갈색이 도는 머리카락에는 부드러운 웨이브가 들어갔다. 몸집은 작아도 어딘지 모르게 기품이 흐르는 여자였다. 그녀는 송구하다는 듯 허리를 숙인 채 회의실 옆을 지나 중앙 테이블의 맨 끝자리에 앉았다.

"…이 사건은 이미 뉴스에도 보도됐다. 언론사에서도 취재하러 올 테니 모두 신중하게 행동하도록. 그리고 이번 사건은…."

고로의 시선이 자꾸 그 여자를 향했다. 실제로 보기는 3년 만인가. 그녀의 이름은 카제토미 사요. 평의원장인 카제토미 죠스이의 손녀이자 고로의 오랜 친구였다. 그녀는 지금 은색 볼펜을 한 손에 쥐고 인쇄물에 시선을 쏟고 있었다.

"…경찰에 몸담은 우리 동지가 새로운 정보를 보냈다. 아카마키

의원의 체내에서 각성제가 아닌 약물은 검출되지 않았다고 한다. 하지만 현장에 나간 우리 전속 의사는 아카마키 의원의 목덜미에서 주사 자국 같은 흔적을 발견했다. 이게 무슨 뜻인지 알겠나?"

고로는 사요에게서 눈을 떼고 남자의 목소리에 의식을 집중했다.

"도둑이 체내에서 검출되지 않는 약물을 이용해 아카마키 의원을 살해했다는 뜻이다. 그런 짓을 할 수 있는 인간은 그리 많지 않아."

아카마키 의원의 시신은 경찰에서 부검했을 것이다. 경찰 법의관도 알아차리지 못할 약물을 사용한 인물이라면, 범인 후보는 단숨에 줄어든다. 다시 말해 아카마키 의원을 살해한 범인은….

"코가의 짓이 분명하다. 다른 평의원분들도 그렇게 생각하신다."

장내가 술렁였다. 코가는 이가와 인연이 깊다.

이가와 코가는 자주 비교 대상이 되는 닌자 일족이지만, 세간의 인지도와 세력 수준은 상대가 안 될 만큼 이가가 위다. 자신들이 압도적으로 위라는 것을 알면서도 어쩐지 께름칙한 존재. 그것이 코가 일족이다.

"약 20년 전에도 이번처럼 이가 쪽 의원이 목숨을 잃은 적이 있다. 비슷한 주사 자국이 발견됐는데, 체내에서 약물이 검출되지 않아서 경찰은 자연사로 처리했다. 당시 간부들은 타살일 가능성이 있다고 보고 사건을 파헤쳤지만, 그때도 범인을 밝혀내지는 못했다. 하지만 코가가 얽혀 있다는 사실은 알아냈다고 한다."

코가 하면 예전부터 약물에 능통한 것으로 유명했다. 온갖 종류의 독초를 다루는 데 능해서 그것들을 복잡하게 조합해 체내에서 검출되지 않는 독극물을 만들어낸 것이 아닐까. 그것이 윗선의 추측이었다.

"20년 전의 빚을 갚기 위해서라도 이번 범행을 좌시할 수는 없다. 반드시 범인을 잡는다. 일동, 그런 마음으로 수색에 힘쓰도록."

"네!"

한목소리로 대답했다. 약간 사기가 오른 것은 사실이었다. 명백하게 이가가 위라고는 하나, 코가 닌자가 천적이라는 사실에는 변함이 없었다.

"옛날 생각난다. 셋이서 보는 건 한 3년 만이지 않아?"

유키가 들떠서 말했다. 고로도 그 기분에 공감했다. 장소는 요츠야역 근처에 위치한 퓨전 일식집으로, 안쪽에 있는 개별실이었다. 고로의 눈앞에는 카제토미 사요가 있었다. 회의가 끝나고 자연스럽게 같이 밥을 먹게 되었다.

"둘 다 안 변했다." 사요가 레몬 사와 잔을 한 손에 들고 말했다. "나는 완전히 늙었어. 요즘 몸무게를 늘리기는 쉬운데 줄이기는 힘들어."

"너도 하나도 안 변했어. 처음 만났을 때랑 똑같아."

"유키, 그건 심했다. 우리 처음 만났을 때 초등학생이었잖아."

닌자 학교라는 곳이 있다. 이가 일족에 태어난 아이들이 들어가는 학교다. 학교라고는 하나 1년에 두 번 여름 방학과 겨울 방학에 집중적으로 열리는 강좌 같은 것으로, 전국에서 모인 닌자 새싹들이 거기서 열심히 훈련을 받는다.

고로는 초등학교 1학년 때 처음 간 닌자 학교에서 카제토미 사요를 만났다. 우연히 같은 반이 되었다. 여자 닌자는 드물어서 걸 핏하면 사람들이 신기한 눈으로 쳐다보았다. 아들이 없는 닌자 일가에서는 보통 남자아이를 입양하기 때문에 여자를 닌자로 키 우는 경우는 드물다. 사요는 여자인데 어떻게 닌자 학교에 왔을 까. 고로는 몇 년이 지나서야 그 이유를 알았다.

카제토미 가문은 설명할 필요도 없는 명문가 중의 명문가라서 그 집안에서 태어난 아이는 장차 평의원이 될 것이 분명했다. 절대 다른 가문에서 양자를 데려오면 안 된다는 가훈이 있어서 외동딸 인 사요가 닌자의 숙명을 짊어지게 되었다. 나들이하는 기분으로 닌자 학교에 온 고로나 다른 아이들과는 사는 세계가 달랐다.

하지만 그들은 초등학생이었다. 여러 번 같은 반에서 훈련을 받 다 보니 친해졌다. 3인 1조로 진행한 산속 서바이벌 실습에서 고 로, 유키, 사요 팀이 가장 높은 성적을 낸 이후로 닌자 학교 기간 이면 늘 셋이서 같이 움직였다. 그런 관계는 중학교와 고등학교에 들어가서도 변하지 않았다.

"근데 사요, 네가 사무국에 올 줄은 몰랐어. 적어도 2, 3년은 오 사카에 더 있을 줄 알았는데."

유키가 그렇게 말하자, 사요가 웃으며 대답했다.

"갑자기 오라고 해서 나도 놀랐어. 급하게 방 빼고 도쿄에 도착 하니까 오늘 점심때더라. 너희한테 연락할 틈도 없었어."

사요는 카제토미 가문의 후계자로 영재교육을 받은 뒤, 3년 전 칸사이 지역의 이가 닌자를 총괄 관리하는 오사카 본부에 파견 되었다. 표면적인 직업은 대형 보험회사의 외무 사원이고, 그쪽에서도 실적이 나쁘지 않다고 들었다.

"사요 너도 고생이다. 이렇게 젊은데 사무국에 배속되다니 엄청나게 이례적인 일이잖아."

평의회를 보조하는 사무국은 집안뿐만 아니라 개인의 능력까지 좋아야 배속될 수 있는 특수한 부서다. 엘리트 코스지만, 업무량이 상당하다고 들었다.

"언젠가 배속될 줄은 알았어. 알다시피 우리 집은 아버지가 겉으로 드러나게 활동할 수 없잖아. 그래서 딸인 나한테 그 일이 돌아오는 거지."

사요는 별일 아니라는 듯 말했다. 사요의 아버지 카제토미 죠이치로는 중의원 의원이며, 현재는 환경부 차관이다. 원자력 규제 위원회에도 소속된 유능한 정치인이다. 아카마키 의원이 사망한 지금, 현역으로 일하는 이가 쪽 의원은 죠이치로뿐이다. 국회의원인 죠이치로가 닌자로 활동할 수는 없으니 그가 맡아야 할 일이 딸인 사요에게 돌아간다는 말이었다.

"명문가 태생으로 사는 것도 쉽지 않구나." 유키가 솔직하게 말했다. 이렇게 진심을 드러내는 것도 친하다는 증거였다. "나였으면 절대 못 해. 보잘것없는 우체국 직원이어서 정말 다행이야."

"어머? 이제 그런 말 못 하게 될지도 몰라."

"무슨 뜻이야?"

"인재가 부족해. 특별 수색 본부에서 일할 인재 말이야. 지금 사무국에서도 몇 명 골라내는 것 같아. 어쩌면 너희도 갑작스러운 이동 명령을 받을지 몰라."

"나는 아니었으면 좋겠다. 고로, 너는 어때? 너는 범인이랑 마주친 몇 안 되는 목격자잖아. 특별 수색 본부도 너를 원하지 않겠어?"

"그럴 리가. 나는…."

그래 봤자 하급 닌자인데. 고로는 그 말을 삼켰다. '상급이라느니 하급이라느니 그런 건 신경 쓰지 마.' 그런 말을 고로에게 처음 해준 사람은 다름 아닌 사요였다. 중학생 때였다. 한창 예민한 시기라서 하급 닌자인 자신이 상급 닌자인 유키, 사요와 친하게 지내는 데에 회의를 느꼈다. 단순한 열등감 그 이상도 이하도 아니었는데, 당시 이를 눈치챈 사요가 그런 말을 해주었다.

"고로 너도 후보에 있을 거야. 앞으로 어찌 될지는 모르지만."

사요가 그렇게 말하며 젓가락으로 회를 집어 먹었다. 초등학생 때는 깡말라서 남자아이 같던 용모도 이제는 완전히 여성스러워졌다. 3년 전 송별회에서 봤을 때보다도 훨씬 짙은 여성스러움을 풍겼다.

고로의 첫사랑. 그것은 다름 아닌 사요였다. 여름 겨울마다 닌자 학교에 가는 것이 참을 수 없이 기뻤다. 고로와 유키는 시즈오카에, 사요는 도쿄에 살던 때라, 닌자 학교는 그녀를 만날 수 있는 유일한 장소였다. 최고의 명문가 출신인데도 그런 티를 내지 않는 싹싹한 성격. 해가 지날수록 무르익는 미모. 그리고 무엇보다 마음이 잘 맞았다. 아무리 대화해도 지루하지 않았고, 그건 사요도 똑같이 느꼈을 것이다. 닌자 학교에서 수많은 시련을 함께 극복했다는 경험도 큰 영향을 미쳤는지 모른다.

"사요, 들어 봐." 유키가 갑자기 화제를 돌렸다. "사실 고로네 집이 좀 위험해. 안타까워서 못 봐주겠어."

"위험하다니 뭐가?"

"부부 사이가. 아내랑 잘 안 풀리나 봐."

"야, 유키, 쓸데없는 소리 하지 마."

당황한 고로가 말렸지만 이미 늦었다. 사요는 흥미가 동했는지 몸을 앞으로 내밀었다.

"그래? 아내분이라면, 음, 호타루 씨였나? 약사랬지, 아마?"

"맞아, 맞아, 호타루 씨. 변기도 앉아서 쓰라고 한대. 그건 안 될 소리지, 정말. 그래서 일반인이랑 결혼하지 말라고 그렇게나 말렸는데."

유키는 재미있다는 듯 쿠사카리 가문의 내부 사정을 사요에게 늘어놓았다. 사요는 눈동자를 반짝이며 귀를 기울였다. 닌자와 일반인이 한 결혼의 어려움. 무척 흥미로운 화제인 것은 고로도 안다.

"…그래서 아내가 집을 나갔대. 완전히 끝난 거 아니야? 나였으면 그 순간 바로 이혼이야."

"유키, 그건 심했다. 고로한테는 고로만의 사정이 있잖아."

"말로는 PC방에서 잤다는데, 나는 솔직히 그 말도 진짜인지 의심스러워. 전남친 집에서 묵었을지 누가 알아?"

"그건 믿어주자. 내 대학교 친구도 부부 사이가 나빠서 이혼은 시간 문제라고 하더니, 최근에 사이가 좋아졌대. 그 방법, 알려줄까?"

꼭 알고 싶다. 돈을 내서라도 듣고 싶다. 하지만 고로는 본심을 억누르고 무관심한 척 말했다.

"됐어. 우리는 우리 식으로 해결할 거야."

"고로, 그러지 말고 들어 봐. 이건 설문 조사라고 할까, 일종의 게임 같은 건데, 우선 종이를 준비해서…."

그래, 그렇군. 고로는 무심코 몸을 앞으로 기울인 자신을 발견하고 자세를 고치며 사요의 이야기에 귀를 기울였다.

"나 왔어."

남편 고로가 귀가한 것은 오후 열 시가 넘어서였다. 조금 늦게 들어온다는 메시지를 받아서 저녁은 만들지 않았다. 고로는 거실을 지나서 냉장고를 열고 캔 하이볼을 꺼냈다. 이미 술을 마셨는지 뺨이 약간 붉었다.

호타루는 거실 소파에 앉아서 책을 읽고 있었다. 고로가 하이볼을 한 손에 들고 거실에 와서 TV 앞에 앉았다. 허락한 적도 없는데 멋대로 리모컨으로 채널을 돌려 뉴스를 틀었다.

희미한 냄새가 났다. 평범한 사람이라면 못 느꼈겠지만, 호타루의 코를 속일 수는 없었다. 여자 냄새가 분명했다. 다만 며칠 전처럼 그야말로 향수를 뒤집어쓴 술집 여자 냄새가 아니라 조금 더 자연스러운 여자 냄새였다.

호타루는 잽을 날리듯 떠봤다.

"누구랑 마셨어?"

잽을 잽으로 응수하듯 고로가 대답했다.

"유키랑. 일 끝나고 오는 길에 한 잔 마셨어. 아, 세 잔인가."

또 그 사람인가. 우정을 넘어 불쾌함마저 느껴진다. 남자는 의외로 무리 짓기를 좋아하는 생물이다.

"어느 가게에서?"

한 번 더 잽을 날렸다. 그러자 고로는 잠시 머뭇거렸다.

"으음, 항상 가는 역 앞 술집."

잽이 효과가 있었다. 다른 가게가 분명했다. 거기서 여자와 같이 있었나 보다. 이 시간에 집에 들어온 것을 보면 단순히 술만 마신 것 같다. 하지만 여자에도 여러 종류가 있다. 고로가 일하는 우체국에도 여자 직원은 있을 것이다. 가끔 친목회처럼 회식을 할 때도 있다고 들었다.

어쨌든 고로가 지금 거짓말을 하는 것은 확실했다. 호타루는 이를 이용할 수 있지 않을까 궁리했다. 그에게 이혼 이야기를 꺼낸 것까지는 좋았으나, 그 뒤로 진전이 없었다. 만약 고로가 바람을 피운다든가 하는 결정적인 계기가 있으면 이혼이 순조롭게 진행될 터였다.

'…다음 뉴스입니다. 오늘 아침 세타가야구 자택에서 숨진 채 발견된 아카마키 쇼스케 중의원 의원과 관련해 속보가 들어왔습니다. 아카마키 의원이 불법 약물을 소지하고 사용한 흔적이 있어 경찰은 서둘러 약물의 입수 경로를 조사하고 있습니다. 또 이 사건과 관련해 민자당의 사무총장이….'

그 사건의 뉴스다. 대체 누가 아카마키를 죽였을까. 호타루도 계속 신경이 쓰였다. 아무튼 약물을 노련하게 다루는 자의 범행이었다. 불법 약물 과다 복용으로 인한 심장 발작. 경찰이 내린 결론이었다. 다시 말해 경찰의 법의관도 간파하지 못하는 독극물을 썼다는 뜻이다.

고로도 관심이 있는지 TV 화면을 뚫어져라 보았다.

'…그리고 경시청은 아카마키 의원이 마약과 관련해 문제를 겪었을 가능성을 염두에 두고 조사에 들어갔습니다. 이어서 다음 뉴스입니다. 오늘 도쿄 기온이 30도까지 올라….'

9월인데도 연일 한여름 같은 더위가 이어져서 이와 관련된 기상 뉴스가 나왔다. 고로가 중얼거리듯 말했다.

"나 참 민폐 끼치는 의원이네. 사건 현장이 의외로 가까워."

아카마키 사건을 이야기하는 것 같았다. 아카마키의 자택은 여기서 차로 15분 정도면 갈 수 있는 거리였다.

"근데 명색이 국회의원이면서 마약에 손을 대다니 정말 괘씸하다. 저런 정치인한테도 월급이 나간다고 생각하니까 열 받네. 그게 다 국민이 낸 세금이잖아."

고로는 전에 없이 수다스러웠다. 죽은 아카마키 의원을 그다지 좋아하지 않나 보다. 고로는 스스로도 말이 너무 많았다고 생각했는지 변명하듯 말했다.

"아, 내 동료가 현장 근처를 담당해서 저 의원이 얼마나 무례한지 들었거든. 마당에서 도베르만을 키우질 않나, 아무튼 평판이 별로였나 봐."

그가 살해된 데에는 이유가 있다. 정치적인 이유일 수도, 개인적인 이유일 수도 있다. 다만 호타루는 이를 깊이 파고들 여유가 없었다. 지금은 이가 닌자에게 발각되지 않기를 기도할 뿐이었다.

"아, 맞다. 잠깐 기다려 봐."

딱히 기다리고 싶지는 않았는데, 고로가 일어나서 거실을 나갔다. 계단을 오르는 소리가 들렸다. 잠시 후 돌아온 고로의 손에는 복사용지와 필기구가 있었다. 그것을 테이블 위에 놓으면서 고로가 말했다.

"잠깐 심리 게임을 해보자. 아까 술 마시다가 배웠어."

같이 마시던 여자한테? 라는 말이 혀끝까지 올라왔지만, 호타루는 어찌어찌 말을 삼켰다. 고로가 종이와 펜을 건네며 설명했다.

"여기에 네가 좋아하는 음식을 적으면 돼. 1위부터 순서대로, 음, 20위까지 적어볼래? 주의 사항이 있는데, 식재료가 아니라 반드시 요리 이름을 적어야 돼. 그럼 해 보자."

고로는 마치 교사처럼 짝짝 손뼉을 쳤다. 대체 뭘 하고 싶은 것인지 모르겠지만 호타루는 마지못해 펜을 쥐었다.

'우선 서로 좋아하는 요리를 1위부터 순서대로 적는 거야. 으음, 한 20위까지. 모든 부부가 다 그렇다고 할 수는 없지만, 개인 취향이 있으니까 아무리 부부여도 식성은 꽤 다르잖아.'

고로는 식탁에서 조금 전 사요에게 배운 게임을 실제로 해보는 중이었다. 호타루는 거실 테이블 앞에 앉아서 펜을 놀렸다.

'그런 다음 서로 답을 비교해 보는 거야. 그러면 조금은 공통점이 보일 거야. 내 친구네 부부는 비교적 높은 순위에 똑같이 메밀국수를 썼더래. 그래서 둘이서 메밀국수 맛집을 돌아다니다가 나중에는 집에서 직접 메밀국수를 만들게 됐나 봐. 그게 좋은 계기

가 돼서 이혼 위기를 극복했대.'

요컨대 좋아하는 음식이라는 공통분모를 찾고 그것을 발판으로 부부 사이를 회복하는 작전이었다. 한 달에 한 번 캠핑장에 가면 호타루는 고로가 만든 요리를 불평 없이 먹었다. 그런 것을 보면 음식 취향도 의외로 비슷하지 않을까. 고로는 그렇게 낙관했다.

드디어 다 적었다. 호타루도 벌써 다 적은 듯했다. 고로는 거실로 가서 테이블 위에 놓인 호타루의 답변지를 들었다. 자신의 답변지를 옆에 놓고 삼색 볼펜을 손에 쥔 채 비교해 보았다. 마치 답안지를 채점하는 국어 교사가 된 기분이었다.

고로	호타루
1위 구운 고기	1위 구운 생선 대부분
2위 초밥	2위 된장국
3위 라멘	3위 주먹밥
4위 돈가스	4위 우동
5위 카레라이스	5위 소면
6위 닭튀김	6위 파스타(갈릭 계열은 제외)
7위 햄버그스테이크	7위 계란밥
8위 만두	8위 장어 찬합
9위 볶음밥	9위 샌드위치
10위 스키야키	10위 야채튀김
11위 야키소바	11위 유부초밥

12위 메밀국수	12위 참치 육회
13위 오코노미야키	13위 양배추 말이
14위 크로켓	14위 물두부
15위 새우튀김	15위 연어 포일 구이
16위 닭꼬치	16위 핫케이크
17위 돼지 생강구이	17위 죽
18위 튀김 덮밥	18위 생햄
19위 피자	19위 핫도그
20위 굴튀김	20위 크림스튜

고로는 그 결과에 놀랐다. 무서울 정도였다. 이렇게까지 다를 줄은 몰랐다. 한두 개는 일치할 테니 이번 주말에라도 먹으러 가면 좋겠다고 낙관하고 있었다. 그런데 이 결과는 뭘까. 억지로 연결 지어 보자면 초밥과 유부초밥, 튀김 덮밥과 야채튀김은 어렴풋이 공통점이 있어 보였지만, 고로는 초밥 하면 한입 크기의 밥에 회를 올린 형태를 제일 먼저 떠올렸으므로 유부초밥은 안중에 없었다. 튀김도 마찬가지였다. 중요한 것은 새우나 장어나 보리멸이기에 채소만 들어간 튀김 덮밥은 절대 시키지 않는다.

"대체 이게 뭐야?"

호타루가 물었지만, 고로는 답이 궁했다.

"으음, 이건 말이지…."

결과는 참혹했다. 두 사람의 식성이 다르다는 것이 훨씬 명확해졌다. 호타루가 8위에 장어 찬합을 적었는데, 고로도 장어는 좋아한다. 그렇다고 장어 맛집을 돌아다니자니 경제적으로 부담스러웠고, 하물며 집에서 만들 수도 없었다.

"혹시 이거," 호타루가 손을 뻗어 테이블 위에 놓인 답변지 두 장을 들었다. 종이를 번갈아 보면서 말했다. "일치한 개수가 많으면 궁합이 좋다, 뭐 그런 거야?"

조금 다르지만 비슷한 맥락이었다. 고로는 부정도 하지 않고 호타루가 손에 든 답변지 한 장을 채왔다. 호타루의 답변지였다. 그것을 보고 고로는 한숨을 쉬었다. 참치 육회는 식탁에 올라온 적도 없다. 양배추 말이도 그렇다.

"고로 씨, 입맛이 초등학생이네."

호타루가 비아냥거리자, 고로는 저도 모르게 받아쳤다.

"그게 어때서? 동심을 잃지 않았거든, 난."

"게다가 죄다 고기네. 콜레스테롤이 걱정이다."

"내버려 둬. 나는 고기파야."

고기냐 생선이냐 하면 망설임 없이 고기를 고를 것이다. 고기는 일주일 내내 먹어도 괜찮지만, 일주일 동안 생선만 먹고는 절대 못 산다. 닌자는 고기를 먹고 몸을 키워야 한다. 그것이 이가 닌자의 자존심이다.

"그건 그렇고." 고로는 답변지를 보면서 말했다. "1위가 구운 생선 대부분인 건 의외네. 집에서 생선구이 한 적 없잖아. 나도 싫어하지 않으니까 가끔은 먹어도 되는데."

최대한 양보할 요량으로 말했건만, 그 말이 오히려 독이 되었다. 호타루가 입가에 미소를 띠며 말했다.

"몇 번 한 적 있어."

"그, 그래?"

"결혼한 지 얼마 안 됐을 때. 그때마다 당신이 '뭐야, 생선이야?' 하듯이 대놓고 싫은 표정을 지었어. 그래서 안 하게 됐어."

돌이켜 보니 생선구이가 반찬으로 나온 적이 있었다. 기억 한편에 희미하게 남아 있었다. 그래도 남기지 않고 다 먹었다. 기본적으로 편식은 하지 않는다.

"싫은 표정 안 지었어. 네가 잘못 봤겠지."

"잘못 보지 않았어. 따라 해줄까? '뭐야, 생선이야?' 하는 표정."

호타루가 아랫입술을 내밀고 부루퉁한 표정을 지었다. 그런 표정을 지은 기억은 없지만, 자기도 모르게 그런 표정을 지었을 가능성은 부정할 수 없었다. 만약 한여름에 배달하느라 지칠 대로 지쳐서 집에 돌아온 어느 날, 드디어 저녁이다 하며 식탁 앞에 앉았는데 자반 고등어구이가 나왔다면 무심코 아내에게 그런 표정을 보였을지도 모른다. 아니, 분명히 그런 일이 신혼 초에 있었을 것이다.

통한의 실수다. 상대에게 감정을 읽혀서는 안 되었다. 포커페이스는 닌자로서 기본 중의 기본이건만, 일반인인 아내에게 그런 지적을 당하다니 한심하기 짝이 없다. 고로는 자신의 불찰을 통감하며 반사적으로 호타루의 손에서 나머지 답변지 한 장을 낚아챘다. 두 장을 함께 아무렇게나 접어서 주머니에 쑤셔 넣었다.

자리에서 일어난 순간 주머니 속에서 스마트폰이 작게 진동했다. 꺼내서 화면을 보니 메시지가 와 있었다. 발신자는 카제토미 사요였다. 거실을 벗어나서 메신저 앱을 열었다. 오랜만에 다시 만나서 반가웠다는 내용으로, 딱히 특별할 것 없는 메시지였다.

"이거 가져가야지."

뒤에서 목소리가 들려서 고로는 뒤를 돌아보았다. 호타루가 삼색 볼펜을 들고 서 있었다. 고로는 화면을 가리듯 스마트폰을 배에 대고 호타루가 내민 볼펜을 받았다.

"고, 고마워."

왠지 모르게 양심에 찔렸다. 고로는 그대로 계단을 뛰어 올라갔다.

이튿날 일이었다. 아침에 출근해 보니, 갑작스러운 인사이동으로 유키가 코지마치 우체국으로 가게 되었다고 했다. 게다가 그날부로 바로 이동이었다. 고로는 사요에게 들은 말을 떠올렸다. 특별 수색 본부에 인재가 부족해서 거기에 배치될 인재를 찾고 있다고 했다. 다시 말해 유키가 발탁되었다는 뜻이다. 유키에게 말 한마디라도 해주고 싶었지만, 당사자가 갑작스러운 이동으로 분주한 듯해서 관두었다.

갑작스러운 인사이동에 우체국 내부가 소란스러워도 늘 하던 업무는 처리해야 했다. 고로가 자기 책상에서 서류를 정리하는데, 상사가 불렀다.

"고로, 잠깐 와 봐."

"왜 그러시죠?"

"자네가 신입 교육을 맡아줘야겠어. 오늘 새로운 친구가 들어왔거든."

유키 대신 충원된 직원인 모양이다. 신입을 교육하려니 귀찮았지만, 상사의 부탁을 거부할 수는 없었다.

"저 친구인가? 아, 맞는 것 같군. 여기야, 우라. 이쪽, 이쪽."

한 남자가 걸어왔다. 이미 집배원 유니폼을 입고 있었지만, 그다지 어울리지 않았다. 갈색 머리가 경박한 인상을 주었다. 한쪽 손을 바지 주머니에 넣고 귀에는 이어폰을 꽂고 있었다. 이 녀석 괜찮을까. 그런 걱정이 들 정도로 튀어 보였다.

"안녕하십까. 우랍니다."

아직 어리다. 대학생 정도이지 않을까. 그때 상사가 이력서 한 장을 고로에게 건네며 말했다.

"우라는 대학교 4학년이야. 내년 봄에 우체국에 들어오기로 했어. 반년 동안 임시로 여기서 일할 거야. 우라, 이쪽이 자네 교육을 담당할 쿠사카리 고로야."

"안녕하십까, 잘 부탁함다."

이력서를 봤다. 이름은 우라 효마였다. 도쿄에 있는 사립대학교 경제학부에 다닌다고 적혀 있었다. 취미는 '기타 연주'였다.

"우라는 고로 옆자리에 앉아. 야마가 내근하게 돼서 마침 자리가 비었지?"

야마는 원래 고로의 옆 책상을 쓰던 직원인데, 유키가 이동하는 바람에 그 자리를 메우듯 연달아 인사이동이 발생해서 오늘부로 갑자기 내근직이 되었다. 벌써 자리에서 보이지 않았다.

"우라는 야마가 담당하던 구역을 맡으면 되겠군. 힘들겠지만 고생 좀 해줘, 고로."

상사가 어깨를 두드렸다. 고로는 "알겠습니다" 하고는 우라에게
말했다.

"그럼 잘 부탁한다. 내가 쿠사카리 고로야."

"잘 부탁함다."

"'합니다'겠지. 그리고 내가 너보다 연장자야. '잘 부탁드립니다'
라고 해야 하지 않겠어?"

대학생이라고는 하나 내년 봄부터는 우체국 직원으로 일할 사
람이다. 최소한의 예의와 범절을 가르칠 필요가 있었다. 사수는
그러라고 있는 자리다.

"잘 부탁드립니다, 고로 선배님."

"네 자리는 여기야."

자리로 안내했다. 전임자인 야마의 물건이 그대로 남아 있었다.
거기서 지도를 꺼내 책상 위에 펼쳤다.

"이 붉은 테두리 안에 있는 곳이 네 담당 구역이야. 이 구역의
우편물은 네가 책임지고 배달해야 돼."

"알겠슴다."

우라가 가볍게 대답했다. 건성으로 하는 대답이 분명했다. 그저
아르바이트로 생각하는 것일까. 그렇다면 그 인식을 고쳐줘야 한다.

"우라, 너도 귀중한 인력이야. 아르바이트하듯이 대충대충 하면
우리가 곤란해. 내 구역은 내가 책임지겠다는 패기를 가져."

대답은 돌아오지 않았다. 우라는 지도를 뚫어져라 보았다. 이윽
고 우라가 고개를 들고 말했다.

"좀 심하지 않아요? 너무 빡세요, 이거."

"심하지 않아. 해야 돼."

요즘 애들은 다 이런가. 고로가 아는 한 우체국에 들어오는 젊은이들은 그래도 비교적 성실했다. 이제는 민간기업이지만 공공기관이던 시절의 영향인지 분위기가 사무적이어서 모이는 사람들도 공무원에 가까운 사고방식을 지닌 사람이 많았다.

"그런데 몇 집 정도 돼요?"

"500집 정도 되나?"

"으아, 못 해. 진짜 못 해요."

"할 수 있어. 해야 돼, 네가."

우라가 자기 머리를 헝클었다. 귀에 귀걸이가 걸려 있었다. 대학생일 때는 괜찮다. 하지만 내년 봄에 정식으로 채용되기 전까지는 차림새도 단정히 해야 할 것 같다.

"당분간은 나도 도울 테니까 걱정하지 마. 아무튼 하루라도 빨리 일을 익혀야 돼. 아, 오토바이는 탈 줄 알지?"

"탈 줄은 아는데, 전동이죠?"

"응. 집배소 안을 잠깐 구경시켜줄게. 오토바이 주차장도. 이쪽이야."

고로는 복도로 나갔다. 이미 근무 시간이라 우체국 안은 분주했다. 자기 구역의 우편물을 집배소에서 받아온 다음, 작은 구역 단위로 분류해서 오토바이로 배달한다. 그게 다다. 지금도 많은 집배원들이 집배소에 있다. 이제 그들은 제각기 다른 구역으로 출발할 것이다.

"뭔가 바빠 보이네요."

우라가 남 일처럼 말하자, 고로는 그 발언을 정정했다.

"바빠 보이는 게 아니야. 실제로 바쁜 거야."

이 녀석이 제대로 일할 수 있을까. 그런 불안이 고개를 들었지만, 무조건 해내야 한다. 고로가 도울 수 있는 분량에도 한계가 있다.

"그러고 보니 말하는 걸 깜빡했는데요." 그렇게 운을 떼고는 우리가 조금 목소리를 낮춰 말했다. "사실 저 이래 봬도 닌자거든요. 고로 선배님도죠? 앞으로 잘 부탁드립니다."

이렇게 예의를 모르는 닌자가 있었단 말인가. 고로는 가벼운 현기증을 느꼈다. 세대 차이가 바로 이런 것일까.

저녁때 귀갓길에서 일어난 일이다. 회사원으로 보이는 남자가 차도와 인도를 가르는 턱에 신발 밑창을 집요하게 문대는 모습이 보였다. 개똥을 밟은 초등학생 같은 움직임이었는데, 이는 신호였다. 호타루는 남자에게 다가가 말을 걸었다.

"왜 그러세요?"

"아 그게, 커피맛 껌을 밟은 것 같아요."

"큰일이네요. 그래도 민트맛이 아니라서 다행이에요."

암구호가 성립되었다. 남자는 야마다다. 이번 야마다는 지극히 평범한 회사원 같은 남자였다. 잠시 남자와 함께 걸어서 벤치가 있는 버스 정류장으로 향했다. 다행히 버스 정류장에는 아무도 없었다. 조금 떨어져서 벤치에 앉았다. 야마다가 주머니에서 종이 한 장을 꺼내 벤치 위에 놓았다.

호타루는 그것을 집어 들었다. 자선행사 안내서였다. 아마추어가 열심히 만든 듯한, 수제 느낌이 물씬 나는 전단지였다. 이번 주 토요일 세타가야구 공원에서 행사가 진행되는데, 거기서 노점과 바자회, 골동품 시장 등이 열리는 모양이었다. 주최자는 지역 주민회였다.

"이게 뭐죠?"

호타루가 묻자, 야마다가 이마에 흐르는 땀을 닦으며 대답했다.

"그게 말이죠, 그 행사에 미래당의 당대표가 참석합니다. 짧은 연설도 한다더군요."

전단지 어디를 봐도 그런 내용은 없었다. 미래당은 야당 중 한 곳으로, 최근에 갑자기 세력이 커진 정당이다. 다음 총선 때 태풍의 눈이 될 것이라는 평이 있고, 그중에서도 당대표인 토요마츠 부젠은 그 특이한 이름과 호감 가는 외모 덕분에 주부층을 중심으로 인기를 끌었다.

"아직 확인되지 않은 정보지만, 어떤 괴한이 그 행사에서 토요마츠 부젠의 목숨을 노릴 거라고 합니다."

이번 야마다는 모르겠지만, 사실 호타루는 토요마츠 대표를 남몰래 경호한 적이 몇 번 있었다. 호타루는 그저 지령을 따랐을 뿐, 딱히 미래당을 지지하지는 않았다. 다만 코가가 미래당을 돕는 것은 분명했다. 정치인과 닌자는 서로가 서로를 이용하는 떼려야 뗄 수 없는 관계다.

"알겠습니다. 그걸 막으면 되는 거죠?"

"맞습니다. 그런데 귀찮게 폭탄이 사용될 수도 있다는군요. 그런 정보를 다른 이를 통해 입수했습니다."

호타루 말고도 활동하는 닌자가 있는 것 같았지만, 면식은 전혀 없었다. 머릿수가 그리 많지는 않으리라고 호타루는 추측했다. 호타루에게 이처럼 자주 지령이 돌아오는 것이 그 증거였다.

"폭탄 테러로 위장해서 토요마츠 부젠을 암살하려는 것 같습니다. 그리고 이가 닌자가 행사장에 매복할 가능성이 있습니다." 야마다가 말했다.

"그 말은 그러니까, 덫이라는 건가요?"

"맞습니다. 당신을 유인하려는 덫일 가능성이 있어요. 이가는 우리 코가가 아카마키 의원을 살해했다고 철석같이 믿는 모양입니다. 그래서 코가가 후원하는 미래당의 대표를 노리는 거죠. 참 그놈들답습니다."

야마다는 그렇게 말하며 눈썹을 찌푸렸다. 진심으로 이가를 싫어하는 것이 느껴지는 표정이었다. 이가와 코가. 그 둘의 발상지는 산 하나를 사이에 둔 인접한 지역이지만, 오랫동안 라이벌 관계였다. 그런데 이가가 이른바 이기는 편에 편승한 뒤로, 라이벌이 아닌 승자와 패자로 관계가 변화했다. 지질한 피해 의식은 없지만, 아무튼 이가를 바라보는 코가의 시선에는 증오나 질투 같은 감정이 복잡하게 얽혀 있었다.

"상세한 자료는 이걸 보세요."

야마다가 또 다른 종이 한 장을 벤치 위에 놓았다. 그 종이에는 익숙한 QR코드가 인쇄돼 있었다.

"그럼 건투를 빕니다."

야마다가 일어나서 버스 정류장을 떠났다. 선수 교체 하듯 어떤 노인이 버스 정류장으로 와서 시간표를 들여다보았다. 호타루는 야마다와 반대되는 방향으로 걸어갔다.

폭탄 테러를 막아야 한다. 이번 지령은 조금 고될 것 같다. 그래도 지령은 수행해야 한다. 무슨 일이 있어도 반드시.

"진짜냐? 최악이네. 나였으면 후려갈겼을지도 몰라. 아니, 분명히 갈겼을 거야."

유키는 그렇게 말하며 생맥주 잔을 입에 댔다. 코지마치의 이가 빌딩 근처에 있는 술집이었다. 이가 닌자들이 애용하는 가게인지, 가게 안에서 닌자 손님이 몇 팀 보였다. 다만 닌자라서 서로 알아보는 것이니 일반인이 와도 아무 위화감 없이 이곳에 녹아들 터였다.

"그래도 뭐, 지금은 아르바이트잖아. 정식 채용되면 그때 확실히 가르쳐야지."

"무르다, 고로. 정식 채용되기 전에 따끔하게 교육해야지. 그런 녀석은 특히 더."

우라라는 대학생 이야기였다. 오늘이 첫날인데도 시종일관 그런 상태였다. 가르쳐주는 족족 말대답을 하는, 대관절 말이 많은 녀석이었다. 엄격한 수직 사회인 이가 닌자 사회에는 윗사람에게 절대복종해야 한다는 암묵적 합의가 있다. 그런데 우라는 그것과는 완전히 동떨어진 녀석이라 어떤 의미에서 신선했다.

유키는 오늘부로 코지마치 우체국으로 이동했지만, 실제로는 코지마치 우체국에 적을 둔 채 이가 빌딩 위층에 있는 본부에서 근무한다. 출세를 축하할 겸 일을 마치고 이렇게 만났다. 솔직히 고로는 우라라는 특이한 신입에 대해 유키에게 푸념하고 싶은 마음이 더 컸다.

"세상이 어찌 돌아가는 건지." 유키가 진지하게 말했다. "상사 갑질은 그나마 낫지, 이제는 부하가 괴롭히는 시대인 것 같아."

"내 말이 그 말이야. 그리고 어떻게 보면 그것도 갑질이야. 그 녀석, 자기가 상급 닌자인 걸 은근히 티 낸다니까."

"우라 가문은 예전에 평의원을 배출한 가문이잖아. 그런데 네 이야기만 들어서는 우라 가문도 끝인 것 같네. 당치도 않지, 그런 후계자는."

머리가 아파 왔다. 직장에 가면 괴물 같은 신입이 있고 집에 가면 이혼을 요구하는 아내가 있다. 사면초가가 바로 이런 것인가.

"오, 왔다."

유키가 그렇게 말하며 고로 뒤로 시선을 던졌다. 통로를 걸어오는 카제토미 사요의 모습이 보였다. 사요는 "미안, 늦었네" 하면서 고로 옆에 앉았다. 유키가 내민 음료 메뉴판을 보고 지나가던 종업원에게 생맥주를 주문했다.

"유키, 새로운 직장은 어때? 다 적응했어?"

"적응했을 리가 없잖아. 아직 첫날인데. 그래도 뭐, 어찌어찌 될 것 같아."

유키는 특별 수색 본부에 배속되었다. 사건이 해결된 뒤에도 그대로 남아서 이가 닌자 조합을 도울 예정이라고 한다. 위치로는 평의원 사무국에서 일하는 사요가 현격히 높지만, 그래도 이가 빌딩에서 일하는 것은 이가 닌자로서 출세를 의미했다. 하급 닌자인 고로에게는 결코 오지 않을 미래였다.

"고로 밑으로 들어온 신입 얘기를 하고 있었어. 이름은 우라래. 아주 만만찮은 놈인 것 같아."

종업원이 생맥주를 가져다주었다. 사요는 잔을 받고 종업원이 떠나기를 기다렸다가 대답했다.

"알아. 그 애, 꽤 유능하대."

고로도 그의 이력서를 봤다. 일류 사립대학교에 다니는 대학교 4학년이었다. 그래 봬도 공부는 잘한다는 의미였다.

"그보다 고로, 지난번 설문 조사 결과 어땠어? 자세히 좀 얘기해줘."

사요에게는 메시지로 결과가 참혹했다고만 전했다. 고로는 겉옷 주머니에서 답변지 두 장을 꺼내 테이블 위에 놓았다. 유키와 사요는 몸을 앞으로 내밀며 그것을 보았다. 먼저 반응한 사람은 유키였다.

"야, 야, 고로. 거의 전멸이잖아. 식성이 이렇게 다르기도 힘들겠다."

"유키, 그건 심했다."

"심하지 않아. 근데 고로 쪽 대답이 심각하네. 이거 초등학생이 쓴 거 아니야? 호타루 씨의 식성도 꽤 편향됐지만. 1위가 구운 생선 대부분이라니, 이게 뭐야? 수산업자야?"

"그래도 긍정적으로 생각해야지. 이걸 알아낸 게 어디야? 쉬는 날 아내분이 좋아하는 음식을 먹으러 간다든가, 여러모로 활용할 수 있을 거야."

내가 가잔다고 과연 호타루가 따라나설까. 지금이 9월인데 올해 들어 외식은 거의 하지 않았다. 한 달에 한 번 캠핑하고 돌아오는 길에 가끔 패밀리 레스토랑에 들르는 것이 전부였다.

조사 결과를 두고 한참 실랑이를 벌이다가 사요가 갑자기 화제를 바꿨다. 가방에서 전단지 같은 것을 꺼내서 테이블 위에 올려놓았다.

"이번 주말에 행사가 열리는데 여기에 덫을 놓기로 했대."

"아, 그거 나도 들었어."

고로는 처음 들었다. 전단지를 보니 노점이 들어서거나 바자회가 열릴 예정이었다. 지역 주민회가 주최하는 자선 행사로, 장소는 고로가 근무하는 우체국과도 멀지 않은 공원이었다.

"행사 당일에 미래당의 대표 토요마츠가 여기서 연설할 예정이거든. 토요마츠를 노린 폭탄 테러가 일어날 거라고 소문을 흘렸어."

미래당은 야당이라서 여당인 자민당과는 적대 관계에 있다. 토요마츠 대표는 언론에서도 평이 좋고 야당 대표 중에서도 유달리 뜨거운 인기를 자랑한다. 사요가 더 자세히 설명해 주었다.

"미래당은 코가 닌자와 연이 깊대. 그래서 미래당 대표에게 테러 위협이 가해지면 틀림없이 코가 닌자가 구하러 올 거야. 우리 평의원 중 한 명이…, 사실 우리 할아버지가 그러자고 제안했어. 구하러 오는 코가 닌자를 붙잡아서 아카마키 의원을 죽인 범인을 불게 할 거야. 그게 이번 작전이야."

사요가 전단지를 뒤집었다. 거기에 손으로 적은 메모가 있었다. 이가 닌자의 이름들이 적혀 있었다.

"행사 당일에는 다른 사람들도 동원될 것 같아. 너희는 핫도그 노점을 맡게 될 거거든. 가족 동반으로 와줘. 코가 닌자가 잠입할 수도 있으니까 철저히 위장하는 게 이 작전의 핵심이야."

그러니 가족을 데려오라는 말이었다. 가족마저도 이용할 수 있으면 이용한다. 그것이 닌자의 방식이다. 하지만 고로는 생각했다. 호타루가 과연 자선행사에 같이 가 줄까.

"아내분이 와주면 좋겠다. 나도 한번 인사하고 싶었는데 좋은 기회잖아."

"나도. 아, 걱정하지 마, 고로. 네가 맨날 투덜댔다는 건 절대 말하지 않을 테니까."

두 사람은 속 편하게 말했지만, 그 말들은 고로의 귀를 스쳐 지나갔다. 불가능하다. 절대 불가능하다. 호타루가 승낙할 리가 없지 않은가.

귀가했을 때는 오후 아홉 시경이었다. 사요가 얼른 집에 들어가라고 해서 일찍 파했다. 호타루는 아직 자지 않고 아래층에 있는지 거실 쪽에서 TV 소리가 들려왔다.

"나 왔어."

거실로 들어가기 전 화장실에 들렀다. 문을 열고 슬리퍼를 신고 안으로 들어갔다. 벨트를 풀고 지퍼를 내렸다. 그때 정면 벽에 붙은 종이 한 장을 발견했다. 거기에는 이렇게 적혀 있었다.

'앉는 것이 좋지 않을까 싶습니다.'

호타루 짓이다. 지난 며칠간 다시 서서 일을 보았다. 습관이 몸에 배어서 정신을 차리고 보면 서서 소변을 보고 있었다. 주위에 튀긴 기억은 없지만, 미세한 방울이 튀었을 가능성을 부정할 수는 없었다. 아내가 이를 알아차린 모양이다. 눈치 빠른 여자다.

앉으라는 명령조가 아니라 정중한 말투여서 더 약이 올랐다. 하지만 이렇게까지 하는데 서서 일을 볼 수는 없었다. 고로는 변기 시트를 내리고 그 위에 앉았다. 동료 닌자들에게는 절대로 못 보여줄 꼴이었다.

물을 내리고 화장실에서 나갔다. 거실에 가 보니 호타루는 소파에 앉아서 TV로 뉴스를 보고 있었다. 기본적으로 호타루가 보는 TV 프로그램은 뉴스 아니면 여행 프로그램이었다.

"왔어?"

"응. 미안. 갑자기 유키랑 한잔하게 돼서."

일단 사과했다. 술을 마시러 갔다 오면 보통 그렇게 했다. 미안할 짓이라고 생각하지는 않지만, 그래도 사과해야 했다. 아내는 해 질 녘에 장을 보고 저녁 메뉴를 고민했을 테니 거기에 대해 미안함을 표할 필요가 있었다.

넥타이를 풀고 냉장고에서 캔 하이볼을 꺼냈다. 일찍 파한 탓에

술이 조금 아쉬운 느낌이었다. 식탁 앞에 앉아서 하이볼을 마셨다. 원래는 귀가해서 편히 쉴 시간인데, 어쩐지 긴장이 풀리지 않았다.

'…다음 뉴스입니다.' 여자 아나운서의 목소리가 들려왔다. '오늘 보건복지부는 작년도 출산율을 발표했습니다. 자료에 따르면 작년도 출산율은 역대 최저 수준으로, 전국적으로도….'

아기라…. 생각해 본 적이 없지는 않았다. 아이가 있으면 부부 사이도 조금은 달랐을지 모른다. 아이가 완충재 역할을 해준다는 이야기도 들었다. 만약 아이가 있었으면 호타루도 이렇게 쉽게 이혼 이야기를 꺼내지는 않았을 것이다.

지난 반년 동안 호타루와 밤일을 하지 않았다. 침대가 양쪽으로 나뉘진 것을 계기로 어쩐지 다가가기 힘든 분위기가 생겼다. 실제로 호타루는 이혼 의사를 내비쳤고 이혼 신고서까지 들이밀었다. 이제 와서 아이를 만들거나 밤일을 재개하는 것은 인류가 달에서 살기보다 어려워 보였다.

어쩔 수 없다. 동영상이나 볼까. 그렇게 생각하며 겉옷 주머니에서 스마트폰을 꺼내려다가 종이 한 장이 들어 있는 것을 깨달았다. 집에 돌아올 때 사요에게 받은 전단지 복사본이었다. 그러지 않아도 힘든데 본부도 참 번거로운 작전을 세워줬다.

이런 일은 빨리 끝내 버리는 것이 최고다. 고로는 하이볼을 한 손에 들고 일어나서 거실로 향했다. 그리고 호타루의 대각선 옆 어정쩡한 위치에 책상다리로 앉았다. TV에 시선을 던지며 하이볼을 마셨다. 뉴스를 보는 척했지만, 의식은 호타루 쪽에 쏠려 있었다. 여자 아나운서가 이야기했다.

'이어서 일기예보입니다. 오늘도 전국에서 무더위가 기승을 부려 최고 기온 30도를 웃돈 지역도 있었습니다. 원래 더위는 추분까지라고 하는데, 대체 이 무더위는 언제까지 이어질까요. 이어서 내일의 날씨입니다.'

고로는 전단지를 꺼내서 테이블 위에 놓았다. 그대로 호타루 쪽으로 밀었다. 그리고 하이볼을 한 모금 마신 뒤 말했다.

"아, 곤란하게 됐어. 오늘 직장에서 갑자기 이런 말을 들었어. 이번 토요일에 자선행사인가? 뭐 그런 귀찮은 모임을 한다는데, 핫도그 노점 일을 도우래. 우리 우체국의 유지가 세우는 노점이라서 가능하면 가족이랑 같이 참석하라고 하더라고. 북적북적한 분위기가 필요한가 봐."

갑자기 그런 이야기를 들어서 자신도 난처하다는 듯이 말하려고 노력했다.

"갑작스럽지만 어쨌든 상사의 명령이라 어쩔 수가 없네. 나는 참석할 예정이야. 억지로 갈 필요는 없는데, 물어는 보려고 말하는 거야. 아, 절대 무리하지는 마."

"…생각해 볼게."

"그래, 안 되지? 너무 갑작스러우니까. …응? 생각해 본다고?"

저도 모르게 목소리가 높아졌다. 놀란 마음을 진정시키려고 하이볼을 마셨다. 호타루가 태연한 얼굴로 말했다.

"생각해 볼게. 아마 갈 수 있을 거야."

"뭐, 뭐야. 무리하지 않아도 돼. 네 일정을 우선해."

호타루가 긍정적으로 검토해줄 줄은 생각도 못 했다. 아내가 온다. 그리고 유키를 비롯한 내 주변인과 만난다. 상상도 못 한 전개다.

"가족이랑 같이 오라고 했다며. 그럼 가야지. 그래도 아직은 호적에 올라가 있으니까. 게다가 사실 난…."

호타루는 거기까지 말하다가 말고 일어섰다. "먼저 잘게" 하며 거실을 나가 버렸다. 고로는 캔을 입으로 가져갔지만, 안이 비어 있었다. 부엌으로 가서 두 번째 캔을 꺼내든 순간, 불현듯 떠올랐다.

가방을 열고 그 안에서 답변지를 꺼냈다. 어제 고로와 호타루가 적은 좋아하는 음식 순위였다. 호타루의 답변지를 보니 19위에 '핫도그'라고 적혀 있었다.

컴퓨터 화면에는 창 세 개가 나란히 떠 있었다. 츠키노 세 자매의 온라인 회의였다. 언니 카에데는 운동복 차림, 동생 스즈메는 하얀 원피스 차림이었다. 둘 다 집에 있는 것 같았다. 호타루는 오늘 오후부터 쉬어서 집 거실에 있었다.

"미안해, 언니. 갑자기 불러내서."

"괜찮아, 호타루. 오늘 목요일이잖아."

경마 기수인 카에데는 경주 전날 저녁부터 의무적으로 조정실이라는 숙박 시설에 들어가야 한다. 공정한 경주 운영을 위해 기수는 외부와 연락이 차단된 상태로 경주 당일까지 거기서 지낸다. 중앙 경마는 보통 주말에 개최돼서 금요일 21시 이후에는 언니와 연락이 되지 않는다.

"그래서, 할 얘기가 뭐야?"

온라인 회의를 요청한 사람은 호타루였다. 호타루는 이번 지령이 신경 쓰였다. 그 내용을 두 사람에게 설명했다. 토요일에 열리는 자선행사. 거기서 연설할 야당 대표를 노린 폭탄 테러. 이야기를 끝까지 들은 카에데가 말했다.

"호타루, 그건 관두는 게 좋지 않겠어? 불에 뛰어드는 나방 꼴이야. 이가 닌자가 친 덫일 게 뻔하잖아."

"하지만 언니, 지령을 거부할 수는 없어."

거부한다는 개념조차 존재하지 않는다. 그것이 닌자의 숙명이다. 개인적인 신조가 아니라, 정말로 닌자는 어디까지나 소모품일 뿐이다.

"난처하네." 화면 너머에서 언니가 팔짱을 꼈다. "어떡하지? 난 경마 일정이 있어서 못 도와주는데. 스즈메, 너 토요일에 뭐 해? 혹시 시간 되면 호타루가 지령 수행하는 것 좀 도와줘."

"나도 안 돼." 스즈메가 냉랭한 어조로 대답했다. "그날 공연해. 오후랑 야간에 두 번이나 있어."

호타루도 알고 있었다. 동생이 걱정돼서 가끔 스즈메가 소속된 아이돌 그룹 '고장 난 안드로이드'를 검색하며 동향을 살피기 때문이다. 그 덕분인지, 동생은 그런대로 바쁘게 활동하는 것 같았다.

"그건 그렇고 이가 닌자가 득실거리는 행사에서 폭탄 테러를 막다니, 호타루도 일류 닌자가 다 됐구나."

호타루는 언니의 말을 반박했다.

"언니, 아직 안 막았어."

"괜찮아. 너라면 할 수 있어. 내가 보장해. 어차피 이가에는 아직도 표창이나 쓰는 구시대적인 닌자들뿐이야."

그 점에는 호타루도 이견이 없었다. 얼마 전 아카마키 의원의 집에서 도주했을 때, 추격자가 던진 것은 표창이었다. 어디 모자란 놈인가 싶었다. 소음기를 장착하고 권총을 쐈으면 지금쯤 호타루는 여기에 있지도 못했을 것이다. 그렇게 생각하면 이가 놈들은 무르다. 무르기 짝이 없다.

운 좋게도 고로가 근무하는 우체국이 그 행사에 핫도그 노점을 낸다고 했다. 그 우연을 써먹지 않을 이유가 없었다. 고로의 가족으로 현장에 잠입할 수 있다. 이는 큰 이점이었다.

"치사해, 맨날 언니 혼자만. 나도 지령 받고 싶어."

"얘, 스즈메." 언니 카에데가 나무랐다. "호타루는 나랑 너 대신 지령을 받는 거야. 언더그라운드 아이돌인지 뭔지 몰라도, 지령을 받고 싶으면 그런 일을 그만둬."

"뭐야, 언니. 그렇게까지 말할 건 없잖아. 언니야말로 말이나 탈 여유가 있으면 지령을 받지 그래? 그게 훨씬 호타루 언니한테 도움이 될걸."

"나는 이래 봬도 정상급 기수야. 올해만 해도 큰 경주에서 몇 번이나 이겼는지 알아? 어디서 뭘 하는지도 모를 언더그라운드 아이돌이랑 똑같이 취급하지 말아줄래?"

"또 저렇게 언더그라운드 아이돌을 무시하네."

"억울하면 지상으로 올라오든가."

"둘 다 그만해." 호타루는 중재에 나섰다. 예전부터 그랬다. 언니는 막내인 스즈메를 아직도 어린애로 보는 경향이 있었고, 스즈메는 스즈메대로 큰언니에게 반항적인 태도를 보일 때가 많았다. "싸우지 마. 싸울 시간이 있으면 대책을 생각해. 그러려고 부른 거니까."

두 사람은 입을 다물었다. 어떻게 폭탄 테러를 막아야 할까. 그것이 오늘의 주제였다. 이윽고 카에데가 입을 열었다.

"선수를 쳐야 돼. 그 수밖에 없어."

"무슨 말이야?"

"어딘가에 폭탄이 설치된다는 거잖아. 그럼 그 장소를 사전에 파악해야지. 어떤 종류의 폭탄인지, 어떻게 하면 해제할 수 있는지, 그걸 미리 알아내."

그럴 수 있다면 고생할 일도 없겠다.

언니가 이어서 말했다. "이럴 때는 그 사람에게 기대는 수밖에."

그렇겠지, 라고 호타루는 생각했다.

두 시간 후, 호타루는 나카노에 왔다. 여느 때와 마찬가지로 산적이라는 술집 앞이었다. 오후 세 시 반, 평일 대낮인데도 가게가 영업 중이라 놀랐다. 안을 들여다보니 손님은 한 명뿐이었다. 아버지 류헤이가 카운터에서 술을 마시고 있었다.

내가 못 살아…. 호타루는 한숨을 쉬며 포렴을 젖히고 문을 열었다.

"어서 오세요. 아, 호타루구나."

이제는 너무나 친숙해진 가게 주인이 말했다. 호타루를 알아본 아버지가 반갑게 활짝 웃었다.

"오, 호타루잖아. 형씨, 얘는 우리 둘째 딸 츠키노 호타루야. 이래 봬도 실력 좋은 닌자라고. 어릴 때부터 내가 공들여 키운 최고의 걸작이야."

"아니, 아빠, 나 여기에 이미 여러 번 왔잖아."

아버지는 벌써 취한 상태였다. 카운터 위에는 술병 두 개가 굴러다녔다. 아버지는 호타루의 말을 듣는 둥 마는 둥 하며 이야기를 시작했다.

"형씨, 들어 봐. 얘가 말이야, 깊은 산속에 버려두고 와도 사흘이면 집에 돌아왔어. 그때가 아마 다섯 살 때였을 거야. 맏이랑 막내는 초등학교에 들어가서나 그게 가능했는데."

그건 사실이다. 호타루도 확실히 기억나지는 않지만, 어릴 적부터 아버지는 늘 그런 무모한 수행을 시켰다. 산속에 버려두고 가거나 강에 밀어 넣는 것이 일상이었다. 까딱 잘못했다가는 아동학대로 걸렸을 것이다.

"아무튼 아빠, 오늘은 용건이 있어서 왔어." 호타루는 가방에서 지갑을 꺼내며 가게 주인을 향해 말했다. "계산해주세요. 방금 먹은 것까지 낼게요."

"항상 고마워."

바로 얼마 전에 청산한 덕분에 남은 외상은 그리 많지 않았다. 감사 인사를 한 뒤 아버지를 이끌고 가게를 나섰다. 아버지는 영문 모를 옛날이야기를 마구 늘어놓으면서 불평도 없이 따라왔다.

"…역시 호타루는 대단해. 아니, 카에데랑 스즈메도 나쁘지는 않지만, 닌자의 자질이라고나 할까? 세 자매 중에서는 호타루가 월등히 뛰어나지. 어이, 너. 왜 쳐다봐? 아하, 악당인가 보군."

아버지는 개를 산책시키는 사람에게 갑자기 생트집을 잡았다. 호타루는 아버지의 팔을 잡아당겼다.

"아빠, 그만해. 창피하니까."

"내가 우스워? 내가 누군 줄 알고."

우여곡절 끝에 드디어 아버지가 사는 공동주택에 도착했다. 2층 가장 안쪽에 아버지의 집이 있었다. 외부 계단을 걷는데 생선을 굽는 맛있는 냄새가 났다. 환풍기에서 흰 연기가 새어 나왔다. 아버지도 눈치챘는지 연신 코를 킁킁거렸다.

"나 왔어."

호타루가 그렇게 말하며 문을 열자, 부엌에서 여동생 스즈메가 "어서 와" 하며 맞아주었다. 스즈메는 앞치마를 매고 한창 요리를 하던 참이었다. 가스레인지에 딸린 생선구이 그릴에서 노릇하게 구운 꽁치를 꺼내서 가늘고 긴 접시 위에 놓았다. 맛있어 보이는 꽁치였다.

"자, 아빠. 안으로 들어가."

조금 당황한 기색으로 멀뚱히 서 있는 아버지의 등을 밀며 안쪽 다다미방으로 향했다. 낮은 밥상 위에 음식이 차려져 있었다. 모둠회와 질주전자에 찐 송이버섯 요리. 닭튀김과 갓 구운 자반 꽁치. 모두 아버지가 좋아하는 음식이었고, 회 말고는 전부 스즈메가 직접 만든 요리였다. 게다가 밥상 중앙에는 아버지가 무척이

나 좋아하는 고급 일본주가 한됫병 놓여 있었다. 아버지의 시선
은 이미 술병에 못 박혔다.

"아빠, 여기 앉아 봐."

호타루가 시키는 대로 아버지는 낮은 밥상 앞에 깔린 방석에
앉았다. 호타루는 옆에 앉아서 말했다.

"아빠, 묻고 싶은 게 있어."

언니 카에데는 폭탄 테러에 관한 정보를 조사할 때 아버지의
힘을 빌리면 어떠냐고 제안했다. 약은 약사에게라는 말이 있듯,
걸맞은 위치에 있는 사람이어야 관련 정보를 구하기 쉬운 법이
다. 그 점에서 아버지는 적임자다. 알코올에 빠져 지내기는 하지
만, 의심의 여지 없는 츠키노 가문의 당주이며 코가 닌자의 적통
을 이은 남자 닌자다. 슬프게도 남자라는 성별이 닌자 세계에서
는 꽤 중요하다. 여자라는 이유만으로 무시당할 때도 있었다.

"이번 토요일에 미래당 대표가 위험해질 거야. 아무래도 놈들
은 폭탄으로 토요마츠 대표를 제거하려는 것 같아. 그걸 막으라
는 지령이 나한테 떨어졌어. 아빠, 만약 폭탄 테러가 일어난다면,
거기에 협조할 만한 인물로 짐작 가는 사람 없어?"

아버지는 반응이 없었다. 모든 관심이 술병에 쏠려 버렸다. 실
수했다. 만나자마자 물어볼 걸 그랬다.

"아빠, 여기 봐." 강한 어조로 부르자, 아버지는 드디어 호타루를
보았다. "아빠, 잘 들어. 이 나라에서 폭탄 테러에 가담할 만한 인
물로 짐작되는 사람 있어? 폭탄을 만들거나 설치할 수 있는 사람."

아버지가 작게 고개를 끄덕였다. 그 모습을 보고 호타루는 안

도했다.

"알아? 아는구나?"

아버지는 또다시 술병에 시선을 던졌다. 뒤돌아보자, 앞치마를
푼 스즈메가 어깨를 으쓱했다. 호타루는 마지못해 아버지의 손에
유리로 된 술잔을 쥐어 주었다.

"한 잔만이야. 딱 한 잔만 마시고 얘기해줘야 돼."

아버지는 기쁜 듯 표정을 누그러뜨렸다. 그토록 힘든 수행을 밀
어붙이던 엄격한 아버지의 얼굴이 아니었다. 그때의 아버지는 어
디로 가 버렸을까. 조금 쓸쓸한 마음을 뒤로하며, 아버지의 술잔
에 일본주를 가득 따라 주었다.

토요일에는 아침부터 맑은 하늘이 펼쳐졌다. 고로는 노점을 준
비하느라 분주했다. 뼈대는 다 만들었으니 이제 조리 도구를 준비
해야 한다. 프로판가스통을 옮겨서 철판 버너와 연결했다.

"고로, 그쪽은 어때?"

유키가 묻자, 고로가 대답했다.

"순조로워. 식재료는 다 들여왔어?"

"응. 이제 실제로 조리해 봐야 뭐가 더 필요한지 보이겠어. 슬슬
올 때가 됐는데."

오전 열 시가 되어 간다. 남자끼리만 행사장에 먼저 와서 열심
히 노점과 텐트를 세웠다. 꽤 넓은 공원이라 중앙에 큰 분수가 있

었다. 원래는 물이 나왔어야 할 분수는 오늘 고장이 나서 물을 뿜는 대신 진입 금지라고 적힌 줄에 둘러싸여 있었다.

고장 난 분수에서 조금 떨어진 곳에 노점이 늘어서 있었고, 그 뒤편에 펼쳐진 잔디밭에서는 바자회와 골동품 시장이 열릴 모양이었다. 행사는 오전 열한 시부터로, 미래당의 토요마츠 대표는 오후 한 시부터 연설할 예정이었다.

"안녕하세요."

그 목소리에 고개를 들어 보니, 때마침 도착한 호타루가 있었다. 활동성 좋은 청바지를 입고 머리를 뒤로 묶었다. 캠핑할 때와 비슷한 차림이었다.

"드디어 왔네. 유키, 잠깐 괜찮아?"

유키가 일손을 놓고 다가왔다.

"내 아내 호타루야. 이쪽은 내 동료 오토나시 유키."

"남편이 항상 신세가 많습니다."

호타루가 고개를 숙였다. 유키도 송구하다는 듯 고개를 숙였다.

"정말 죄송합니다. 매번 고로한테 술을 먹여서요."

"아니에요. 앞으로도 친하게 지내주세요."

"오, 우리 와이프도 왔나 보네." 유키의 시선 끝에 한 여자가 있었다. "어, 여기야. 고로는 만난 적 있지? 내 와이프 메구미야. 메구미, 고로랑 고로의 아내분이야. 오늘 잘 부탁해."

여자끼리 인사를 나눴다. 고로는 유키와 눈이 마주쳤다. 무언가 말하고 싶은 표정이었다. 호타루가 주위를 둘러보며 말했다.

"그래서 저는 뭘 하면 될까요?"

"으음." 유키가 대답했다. "그 상자 안에 식재료랑 조미료가 들어 있어요. 기자재 설치는 거의 끝났으니까 핫도그를 만들어 보시겠어요? 우리 와이프는 일식 전문이라 핫도그를 만들어 본 적이 없어서 호타루 씨만 믿겠습니다. 저희는 잠깐 본부에 다녀올게요."

고로는 유키와 함께 자리를 떴다. 유키가 말했다.

"조금 수수하긴 해도 역시 예쁘네. 다시 잘 생각해 봐, 고로. 저렇게 좋은 여자는 드물어."

"장난해? 일반인이랑은 안 된다고 실컷 떠들 땐 언제고."

다른 노점에서도 준비가 한창이라 여기저기서 시제품 요리가 만들어졌다. 인근 상점가에서도 참여했는지 만쥬 같은 화과자를 파는 곳도 있었다. 잔디밭 쪽에서도 바자회 준비가 순조롭게 진행되었다.

"하지만 뭐, 부부의 일은 부부밖에 모르는 거니까. 고로, 어쩌면 이번 행사를 계기로 사이가 좋아질지도 몰라."

"그러려나?"

"생각해 봐. 진짜 이혼하고 싶었으면 남편 직장에서 하는 행사에 참석하겠냐고."

그건 그렇다. 어쩌면 호타루도 이성적으로 생각하게 되었는지 모른다. 그때 이후로 이혼 이야기는 나오지 않았고, 고로는 화장실에서 항상 앉아서 볼일을 보려고 신경을 썼다.

공원 입구 근처에 설치된 큰 텐트가 행사의 운영 본부였다. 노점 준비를 마쳤다고 보고하고 거스름돈으로 쓸 잔돈과 스태프용 모자를 받았다.

"그 신입, 장난 아니더라."

"그렇다니까. 내 입장이 돼 봐. 그런 녀석을 어떻게 교육해야 돼?"

우라라는 신입을 두고 하는 말이었다. 우라도 오늘 행사에 동원되어 고로와 유키네 노점에서 일을 돕도록 지시를 받았지만, 조금 전부터 내내 본부 텐트에 있었다. 한 손에 캔 커피를 들고서 쉬지도 않고 사요에게 말을 걸었다. 사요는 다른 일을 하는 것 같았는데 조금 귀찮아 보였다.

공원 안을 살피며 돌아보기로 했다. 지도는 이미 받았다. 코가 닌자가 침입하면 붙잡는 것이 이번 행사의 최우선 과제였다. 나라면 어떻게 도망칠까. 그런 상상을 하면서 공원을 걸었다. 아이를 데리고 온 방문객들도 보였고, 시간은 정답게 흘러갔다. 여기에 코가 닌자가 나타난다니, 그런 일이 정말 일어날까. 의문이 들 정도였다.

공원 안을 한 바퀴 돌고 나서 노점으로 돌아갔다. 그러자 유키의 아내 메구미가 말을 걸었다.

"만들었어요. 맛 좀 봐줄래요?"

핫도그 두 개가 놓여 있었다. 케첩과 머스터드소스는 알아서 뿌려야 했다. 고로는 둘 다 뿌리고 핫도그를 베어 물었다. 군더더기 없이 맛있었다.

"맛있다." 유키가 웅얼거렸다. "이거 200엔이면 많이들 사 먹겠어. 뭔가, 맛이 깊달까? 감칠맛이 있어."

"호타루 씨 덕분이야. 양배추를 볶을 때 조미료를 넣었거든."

"그랬어? 호타루 씨, 굿 아이디어입니다. 이 정도면 충분히 상품

가치가 있어요."

"감사합니다."

한 달에 한 번 캠핑하러 가는 만큼 호타루는 야외 요리를 잘한다. 그 실력이 발휘된 것이다. 자신의 아내가 만든 음식이 다른 사람에게 칭찬을 받았다. 고로는 처음 하는 경험에 조금 쑥스러웠다.

"호타루 씨, 아이 계획은 없어요?"

"저희는 아직요. 생각해 본 적도 없어요."

"그렇구나. 사실 저는 임신했어요. 3개월이에요."

"정말요? 축하드려요. 아, 어서 오세요."

가족 손님이 와서 호타루가 응대했다. 미리 만들어 둔 핫도그를 종이에 싸서 건네고 돈을 받는 것이 전부였다. 행사가 시작된 지 30분이 지났다. 그리 혼잡하지는 않아서 핫도그는 딱 적절한 수준으로 팔렸다. 너무 많이 팔렸으면 핫도그를 만들기가 벅찼을 것이다.

"남편분, 성격이 좋으신 것 같아요."

호타루는 메구미에게 말했다. 메구미의 남편은 지금 노점 앞에 서서 "핫도그 드셔 보세요"라고 지나가는 사람들에게 말을 걸고 있었다. 고로와는 소꿉친구로, 상경한 뒤에도 친구 관계가 이어졌다고 들었다. 유키가 결혼식 피로연에 참석해서 얼굴은 알고 있었다.

"저한테는 과분한 남편이에요."

"어떻게 만나셨어요?"

"맞선으로요. 부모님들이 옛날부터 아는 사이셨어요. 호타루 씨네는요?"

"저희는 캠핑하다가요. 캠핑장에서 알게 됐어요."

"와, 로맨틱하네요. 부러워라."

그건 그렇고, 남편분은 화장실에서 볼일을 서서 보나요? 라고 물으려다가 말았다. 메구미는 화장실이 조금 더러워지더라도 불평 한마디 없이 청소할 것 같았다. 그리고 벽보의 효과인지, 요즘은 화장실 바닥에 소변이 튀지 않았다.

"요즘도 캠핑 가요?"

"네. 한 달에 한 번은 꼭 가요."

"부러워요. 우리는 가끔 둘이서 찜질방에 가는 정도예요."

그때 마침 호타루 앞을 지나가는 한 남자가 보였다. 어깨가 떡 벌어진 남자였는데, 귀에 이어폰을 꽂고 있었다. 묘하게 수상한 분위기를 풍겼다. 행사를 즐긴다기보다 무언가를 경계하는 것 같았다.

비슷한 느낌을 풍기는 남자를 조금 전부터 여러 번 봤다. 그들은 이가 닌자일지도 모른다. 숨어들 코가 닌자를 대비해 경계하는 것이다. 밝고 즐거운 분위기인데도 어딘지 모르게 긴장감이 흐르는 것을 호타루는 놓치지 않았다. 자신은 적진 안에 있다. 호타루는 그 사실을 뚜렷하게 피부로 느꼈다.

이럴 때일수록 어설프게 긴장하면 안 된다. 아주 평범한 일반인을 연기하는 것이 중요하다. 긴장감은 공기로 전파된다. 일류 닌자는 이를 감지하고 경계한다. 그러니 아무 생각 없이 평범하게 행동하는 것이 상책이다.

"호타루 씨." 유키가 그렇게 말하며 다가왔다. "저랑 교대하시죠. 계속 서 있느라 힘드실 테니 잠깐 쉬세요."

"감사합니다. 그럼 말씀대로 쉬다 올게요."

유키와 교대하고 노점에서 나왔다. 철제 의자 위에 놓아둔 녹차 음료를 한 모금 마시고 화장실에 가려고 걸음을 뗐다.

풍선을 손에 쥔 부녀가 스쳐 지나갔다. 이어서 앞에서 걸어오는 남자도 수상했다. 호타루는 아무렇지 않은 얼굴로 남자 옆을 지나갔다. 대체 몇 명이나 되는 이가 닌자가 이 행사장에 숨어 있는 것일까.

절대 깨끗하다고 할 수 없는 공중화장실에서 볼일을 본 뒤 손을 씻고 밖으로 나왔을 때였다. 노점이 늘어선 중심가를 걷는 남녀의 모습이 눈길을 끌었다. 남자는 고로였고, 여자는 처음 보는 얼굴이었다.

그때 여자가 호타루의 시선을 알아차렸다. 그녀가 고로에게 무어라 말하자, 그도 호타루 쪽으로 눈을 돌렸다. 그 얼굴에 정확히 '큰일 났다'라고 적혀 있었다. 여자가 고개를 꾸벅 숙이기에 호타루도 고갯짓으로 인사했다.

두 사람이 호타루를 향해 걸어왔다. 호타루도 두 사람 쪽으로 걸음을 옮겼다. 이윽고 여자의 모습을 똑똑히 확인할 수 있을 만큼 가까워졌다.

회색 바지 정장을 입은 20대 후반으로 보이는 자그마한 여자였다. 약간 갈색빛이 도는 머리에 부드러운 파마가 들어가 있었다.

예쁘게 생겼다, 라고 호타루는 생각했다. 이목구비도 뚜렷해서 길거리를 지나가면 남자들이 뒤돌아볼 듯했다. 본인도 그 사실을 아는지 자신감이 넘치는 표정이었다. 하지만 그 자신감은 외모에서 나오는 것이 아니라 다른 무언가, 이를테면 좋은 집안이나 현재의 지위 같은 것에서 비롯된 것 같았다.

"노점은 잘돼?"

고로가 묻자, 호타루가 대답했다.

"나쁘지 않아. 지금 유키 씨 부부가 하고 있어."

"그렇구나. 소개할게. 이쪽은 카제토미 사요야. 내 고등학교 동창. 보험회사 외무 사원으로 일해."

"처음 뵙겠습니다." 사요라는 여자가 명함을 내밀었다. "카제토미 사요라고 합니다. 얘기 많이 들었습니다."

명함을 받았다. 대형 외국계 생명보험회사의 이름이 적혀 있었다. 딱히 질투하지는 않았지만, 가볍게 캐물었다.

"제 얘기라면 어떤?"

"좋은 아내라는 얘기를 들었어요. 고로가 어떤 여자분이랑 결혼할지 친구들 사이에서 항상 화제였거든요. 고로가 선택한 여자분이 어떤 분일지 궁금해서 꼭 한번 만나 뵙고 싶었어요."

말 한마디 한마디에서 귀한 집 자식이라는 티가 났다. 나가노 산속에서 자란 호타루와는 완전히 딴판이었다. 하루아침에 배울 수 없는 기품이었다. 그런데 어쩐지 방심할 수 없는 분위기도 함께 풍겼다. 신기한 여자였다.

"얘 지인도 이번 행사에 참석했대." 고로가 끼어들어 말했다. "그래서 잠깐 들렀나 봐. 나중에 우리 노점 핫도그도 먹으러 온댔어."

"그래, 그렇구나."

고로의 말투에서는 여유를 찾아볼 수 없었다. 사요라는 여자가 아카데미 여우주연상 후보에 오를 배우라면, 고로는 행인 역을 맡은 엑스트라였다. 정말이지 연기에 젬병이다. 현재진행형인지 과거형인지는 모르겠지만, 두 사람 사이에는 분명 무언가가 있다. 호타루는 그 냄새를 맡았다.

"그럼 고로, 나는 거래처를 돌고 올 테니까 나중에 또 보자."

"아, 어어. 나중에 보자."

사요가 떠났다. 그러지 않아도 이혼을 생각하고 있으니 분하고 말고 할 것도 없었다. 기왕 이렇게 된 바에 현재진행형인 관계라면 이혼에 결정타가 되어 줄 것이다. 그런데 바보 취급을 당하는 것 같아서 조금 불쾌했다.

"저기, 호타루." 고로가 변명하듯 말했다. "정말 우연히 마주친 거야. 우연히 개 지인인지 거래처인지가 이번 행사에 참석했대. 나도 처음에 듣고 깜짝 놀랐어."

발연기 집어치워. 호타루는 속으로 그렇게 악담을 뱉으며 대꾸도 하지 않고 걸음을 뗐다.

열두 시 사십오 분. 고로는 공원 안쪽에 있는 숲속에 있었다. 행사장과 멀리 떨어진 장소라 인적이 드물었다. 가끔 개를 산책시키는 사람들이 지나가는 정도였다.

"좋아. 다 모였군."

반장이 말했다. 그 주위에는 반원들이 있었다. 옷차림이 각양각색이었다. 고로와 유키는 사복을 입은 반면, 정장 차림인 사람도 있었고 작업복을 입은 사람도 있었다. 저마다 다양한 형태로 행사에 잠입했다. 여기에 모인 것은 고로의 반뿐이었고, 다른 닌자들은 각자 다른 장소에서 반장에게 설명을 듣고 있을 것이다.

"잠시 후에 토요마츠 의원이 도착할 거다. 예정대로 A지점에서 토요마츠 의원이 연설을 시작한다고 한다. 13시부터 약 10분간 할 예정이다."

A지점은 공원 중앙, 마침 고장이 난 분수 근처였다. 토요마츠는 거기에 차를 세우고 연설을 한다고 했다. 과연 정말로 코가 닌자가 토요마츠를 구출하러 나타날까. 나타난다면 어디에서 어떤 식으로 나타날까. 아직도 전혀 확인된 바가 없다.

"13시 5분, 테러가 결행된다. 각자 정해진 위치에서 대기하도록."

테러가 결행된다. 무슨 뜻인지 알 수 없었다. 가장 나이 많은 반원이 다른 사람들의 마음을 대변하듯 물었다.

"반장님, 테러가 결행된다니, 무슨 말씀이시죠?"

"말 그대로다." 반장이 불편한 표정으로 말했다. "토요마츠 의원이 탄 차가 폭발할 거야. 정체를 알 수 없는 테러리스트의 범행으로."

말문이 막혔다. 모두 놀란 표정이었다. 고로는 옆에 있던 유키와 눈이 마주쳤지만, 그도 전혀 몰랐던 듯 고개를 비틀었다.

"토요마츠 의원은 하얀 승합차를 타고 나타날 거다. 자동차 지붕에 올라가서 연설한다고 하더군. 선거 운동 때 자주 봤을 거다. 그렇게 생긴 차야. 연설이 시작되고 5분 후에 그 차가 통째로 폭발할 예정이다."

한마디로 정말 테러를 일으킨다는 뜻이었다. 코가 닌자를 유인해내는 덫이 아니라 실제로 토요마츠 의원을 없애기 위한 행사였다는 말인가.

"직전까지 너희에게 알리지 않은 이유는 정보 유출을 우려했기 때문이다. 다들 그런 표정 짓지 마. 우리는 닌자다. 깨끗한 일만 할 수 있는 위치가 아니야."

그건 뼈저리게 잘 안다. 원래 닌자는 품행이 불량한 불한당에서 생겨났다는 연구도 있고, 암살이나 방화처럼 평범한 무사가 꺼리는 지저분한 일을 맡은 이들이 닌자의 시초였다는 설도 있다. 하지만 눈앞에서 야당 대표가 폭탄 테러로 살해되는 것을 잠자코 보고 있으려니, 너무 가혹했다.

"뭐 하나만 여쭤봐도 됩니까?" 고로는 도저히 입을 다물고 있을 수 없어서 손을 들었다. "일반인이 희생되는 일은 없겠죠?"

반장이 심각한 얼굴로 고개를 끄덕였다.

"내 입으로 말할 수 있는 건 '아마'라는 말뿐이다. 아마 토요마츠 의원에게도 비서나 경호원 같은 수행원이 있겠지. 희생자가 몇 명 나와도 이상하지 않다. 자업자득이야. 토요마츠 의원은 최근에 많은 활약을 보였어. 그래서 여당 중진들의 공분을 샀다."

지난 몇 년간 토요마츠는 오후 TV 프로그램에 자주 게스트로 출연해서 거침없는 입담으로 인기를 끌었다. 여당의 거물 정치인들을 노인 취급해서 특별 진행자가 눈살을 찌푸린 적도 있다. 그 투쟁심 넘치는 태도가 차세대 지도자에 걸맞아서 항간에서는 다음 총선 때 미래당이 야당 제1당으로 뛰어오르는 것 아니냐는 말이 나왔다.

"코가 닌자가 이미 행사장 안에 숨어들었을 가능성이 있다. 아니, 숨어 있다고 봐야 한다. 다들 감시를 게을리하지 마라. 수상한 자가 있으면 주시해라. 무슨 일이 있으면 본부에 연락하도록. 이상이다. 마지막으로 시간을 맞춰라."

모두 팔을 내밀어 손목시계 초침을 조정했다. 그리고 해산했다. 고로는 유키와 어깨를 나란히 하고 걸었지만, 발걸음이 무거웠다.

"이렇게 생각하면 어때?" 유키가 입을 열었다. "고속도로 근처에서 앞뒤 안 가리고 길을 건너는 노인을 발견한 거야. 내버려 두면 노인은 차에 치일지도 몰라. 하지만 차를 돌려서 도우면 더 위험해져. 조용히 지나치는 수밖에 없어."

무슨 말인지는 안다. 앞으로 일어날 사고를 묵인한다고 해서 책임이 있는 것은 아니라는 의미였다. 하지만 정말 그대로 괜찮을까.

"토요마츠가 과했어. 모난 돌은 정 맞는 게 세상의 이치야. 하지만 코가 닌자가 막으러 올 가능성도 없지 않잖아. 최대한 주의 깊게 지켜보자, 고로."

"그래. 그러자."

어차피 보잘것없는 하급 닌자인 자신에게는 아무런 권한도 없다. 시키는 대로 움직일 수밖에 없다. 고로는 가슴속의 꺼림칙함을 누그러뜨리려고 여러 번 심호흡했다.

노점 앞에 도착했다. 그 안에 호타루와 유키의 아내가 나란히 서 있었다. 한창 바쁜 점심시간이 끝나서 핫도그의 팔림새도 서서히 하강 곡선을 그렸다. 고로는 노점 뒤로 향했다. 행사는 오후 두 시에 끝날 예정이었다. 정리를 하면서 주위를 살폈다. 가족이나 커플끼리 온 손님이 많았다. 그렇다면 혼자 온 손님을 주시해야 하지 않을까. 유키도 고로처럼 눈에 불을 켜고 주위를 살폈다.

"누구 찾아?"

뒤에서 목소리가 들려서 돌아보니 호타루가 서 있었다. 조미료를 보충하러 온 모양이다.

"아니, 딱히 아무도 안 찾는데."

"정말?"

"그럼. 정말이지. 이제 많이 안 채워도 돼. 손님도 별로 안 올 거야."

호타루는 케첩과 머스터드소스를 용기에 채우고 노점으로 돌아갔다. 그리고 잠시 후, 공원 입구 쪽에서 움직임이 있었다. 원래는 자동차 진입 금지인 공원 안에 승합차 한 대가 서행하며 들어왔다. 승합차가 분수 옆에서 정차했다. 차에서 남자 몇 명이 내렸다. 마지막으로 차에서 내린 정장 차림의 남자에게 시선이 쏠렸다. 미래당의 대표 토요마츠 부젠이었다.

멀끔한 미남이었다. 정치인이라기보다 은퇴한 운동선수 같은 인상을 풍겼다. 실제로 지금도 해양 스포츠를 한다고 어디선가 들은 적이 있다. 여당 각료들보다 나이도 어려서 인기가 많을 만했다. 하지만 오늘 저 사람은…. 그렇게 생각하니 복잡한 감정이 가슴을 스쳤다.

분주하게 연설 준비가 시작되었다. 비서로 보이는 남자들이 바쁘게 돌아다녔다. 길쭉한 깃발을 든 젊은 남자 네 명이 차 앞에 서 있었다. 행사 주최자로 보이는 사람들이 토요마츠 주위에 모여 명함을 교환했다. 잠시 후 준비가 끝났는지 토요마츠가 사다리를 타고 흰 승합차 지붕으로 올라갔다. 지붕 위에는 올라설 수 있는 발판이 설치돼 있었다.

"여러분, 안녕하십니까. 미래당 대표 토요마츠 부젠이라고 합니다."

그것이 토요마츠의 첫마디였다. 승합차 주변으로 사람들이 서서히 모여들었다. 청중이 너무 가까이 오지 못하도록 밧줄을 붙든 경비원 몇 명이 일정한 간격으로 서 있었다. 이가 닌자늘이 분명했다. 희생자를 늘리지 않으려는 노력이었다.

"이야, 날씨가 정말 좋네요. 여러분이 평소에 덕을 쌓으신 덕분이겠죠? 저는 취미로 종종 제트스키를 모는데 이렇게 날씨가 좋으면 연설 같은 건 관두고 바다에 가고 싶어집니다."

웃음이 터졌다. 역시 정치인답게 발성도 좋고 긴장한 기색도 딱히 엿보이지 않았다. 당대표 회담에서 총리와 호각으로 논쟁할 정도로 논객이라는 말도 들었다.

"…그런데 며칠 전 예산위원회에서 총리가 한 설명은 정말 이해할 수 없더군요. 그런 답변은 용납이 안 됩니다. 여러분도 그렇게 생각하시죠?"

자연스레 여당을 비판하는 내용으로 흘러갔다. 대담하게 비판한 덕분에 이렇게까지 인기가 높아졌다고 해도 과언이 아니었다. 토요마츠는 때로는 과격하게, 때로는 재치를 섞어서 대중에 자신의 지론을 펼쳤다.

"저희 집에는 아이가 셋 있습니다. 제일 큰애가 중학교 1학년이고, 막내가 초등학교 2학년인데, 역시 아이는 큰 희망입니다. 며칠 전에 아내한테 넷째를 만들자고 했는데, 그건 기각당했습니다. 하하하."

호타루의 모습이 보이지 않았다. 방금까지 노점에서 손님을 받았는데, 갑자기 사라졌다. 고로는 유키의 아내에게 물었다.

"죄송한데, 호타루는 어디 있어요?"

"호타루 씨는 연설을 들으러 갔어요. 조금 더 가까이서 보고 싶다면서요. 정치에 관심이 있나 봐요."

"그렇군요…."

고민되는 순간이었다. 호타루도 성인이니 내버려 둬도 될지 모른다. 경호원이 친 줄을 넘어가는 짓은 하지 않을 것이다. 하지만 예상치 못한 사태가 일어나지 않는다는 보장은 없었다. 가능한 한 현장에서 멀리 떨어지는 것이 최선이었다.

"미안, 유키. 호타루 좀 찾아올게."

고로가 그렇게 말하자, 유키는 진지한 얼굴로 고개를 끄덕였다.

"알았어. 조심해. 이제 2분도 안 남았어."

시간은 오후 한 시 삼 분을 넘어섰다. 이제 2분 후면 폭발이 일어날 것이다. 이 행사장도 순식간에 패닉에 빠질 것이 분명했다.

노점을 벗어나 청중들이 모인 연설 장소로 향했다. 사람이 그리 많지는 않았지만, 거기서 아내를 찾아내기는 어려워 보였다.

"…역시 저출산 문제에는 근본적인 개혁이 필요합니다. 보건복지부 장관이 내년의 주요 정책을 발표했는데, 제가 보기에는 터무니없더군요. 저라면 한 명을 출산한 가정에 조건 없이 똑같이 천만 엔을 지급하겠다고 약속드립니다."

호타루의 모습은 아직 보이지 않았다. 이제 1분도 남지 않았다. 호타루를 찾으면서 동시에 경계했다. 적어도 눈에 보이는 범위에는 거동이 수상한 자가 없었다. 이대로 폭탄 테러는, 아니, 테러로 위장한 암살은 결행되고 마는 것일까. 앞으로 30초….

"…둘째부터는 500만 엔을 지급하고, 소득에도 제한을 두지 않을 겁니다. 이걸 미래당 공약으로 삼겠습니다. 얼마 전에 제가 시사 예능에 출연해서 이 이야기를 했더니…."

앞으로 10초. 고로는 호타루와 비슷한 여자의 뒷모습을 발견하고 그쪽으로 갔다. 그대로 그녀의 어깨를 붙잡았다.

"호타루, 이런 데서…."

그때였다. 귀청을 찢을 듯한 폭발음이 들렸다. 고로는 호타루를 끌어안고 반사적으로 땅에 납작 엎드렸다.

주위는 패닉이었다. 우왕좌왕하며 도망치는 이들의 비명이 넘쳐났다. 사람들은 당황한 기색으로 폭발이 일어난 공원 중심부와 멀어졌다.

폭발이 일어나기 직전, 갑자기 남편 고로가 어깨를 두드렸다. 정신을 차리고 보니 고로에게 안긴 채 땅 위에 엎드린 상태였다.

고로가 순간적으로 호타루를 감싸 줬다.

"호타루, 괜찮아?"

"응. 난 멀쩡해."

호타루는 그렇게 말하며 일어났다. 앞에 미처 도망치지 못한 아이가 있기에 달려가서 안아 일으켰다. 아이는 "엄마, 엄마" 하며 울었다. 어떻게 해야 하나 고민하는데, 아이의 이름을 부르며 다가오는 여자가 있었다. 아이는 "엄마" 하며 그쪽으로 달려갔다.

"여러분, 괜찮으신가요? 다치지 않으셨습니까? 지금 경찰과 구급대에 연락을 취했습니다. 저희 스태프들이 돌아다니고 있습니다. 다쳤거나 몸이 안 좋은 분은 바로 말씀해주십시오."

토요마츠는 무사했다. 승합차 지붕 위에서 마이크를 쥐고 있었다. 폭발한 것은 그가 올라탄 차가 아니라 그 옆에 있는 고장 난 분수였다. 정확히 말하면 분수 안에 놓인 건축 자재 속에 설치된 플라스틱 폭탄이었다.

이야기는 그저께 밤으로 거슬러 올라간다. 스즈메가 만든 음식과 일본주에 넘어간 아버지는 이런 테러에 가담할 만한 폭탄 제작자를 알려주었다. 기본적으로 일본은 테러가 자주 일어나는 나라가 아니라서 그쪽 업자들도 몇 없다. 아버지가 온갖 수단을 동원해 알아본 결과, 한 남자의 이름이 수면 위로 떠올랐다. 일본계 3세인 브라질인으로, 과거에 폭발물 단속 벌칙 위반으로 두 번 체포되었고 현재도 집행 유예 상태였다.

이름은 카를로스. 사는 곳은 시나가와구에 있는 아파트였다. 곧장 그 아파트로 향한 호타루는 옥상에서 밧줄을 타고 내려가 카를로스의 거처에 잠입한 뒤, 자는 남자를 깨웠다. 권총으로 위협만 했는데도 카를로스는 모든 것을 술술 불었다. 정체 모를 남자에게 폭탄 제작과 설치 의뢰를 받았다고 했다. 대가는 100만 엔.

카를로스는 지금 집행 유예 상태라서 경찰 신세를 지고 싶지 않다고 했다. 제발 모른 척해 달라고 애원하기에 호타루는 조건을 제시했다. 차에 설치할 폭탄은 폭발하지 않도록 손을 볼 것. 그리고 호타루가 지정한 장소에 똑같은 폭탄을 설치해서 같은 시각에 터뜨릴 것. 카를로스는 기뻐하며 조건을 받아들였다. 약속한 금액의 절반인 50만 엔은 선불로 받았으니 그대로 달아날 속셈인 것 같았다.

카를로스를 데리고 곧장 사전 조사를 하러 갔다. 마침 고장 난 분수가 있어서 이용하기로 했다. 분수 안에는 물 대신 건축 자재가 놓여 있었다. 호타루는 거기에 폭탄을 설치하라고 카를로스에게 지시했다. 어찌 된 일인지 카를로스는 호타루에게 고마워 했다. '네 덕에 살인에 가담하지 않게 됐어. 고마워.'

카를로스가 폭탄을 설치하는 모습을 끝까지 지켜본 뒤, 호타루는 집으로 돌아가서 남편에게 줄 저녁 식사를 만들었다. 그리고 오늘을 맞았다. 굳이 다른 장소에 폭탄을 설치한 이유는 이가 닌자를 놀라게 하고 싶은 장난기 때문이었다. 가끔은 싸우기도 전에 이미 승패가 결정 난 싸움도 있다. 이게 최고의 예시가 아닐까.

"여러분, 침착하게 움직여 주십시오. 서두르지 말고 침착하게요. 그게 가장 중요합니다. 노점 쪽에서 불을 쓰시는 분은 일단 불을 꺼주십시오. 여러분, 괜찮습니다. 미래당의 대표 토요마츠에게 맡기십시오."

토요마츠가 승합차 위에서 기회는 이때다 하고 목청을 돋웠다. 이번 폭발은 그에게 유리하게 작용한 것 같다. 토요마츠의 비서로 보이는 남자가 스마트폰으로 그의 모습을 담았다. 혼돈을 마주하고도 이성적으로 대처하는 토요마츠 대표. 이 영상은 분명 오늘 밤 뉴스에서 여러 번 재생될 것이다.

주위를 둘러보았다. 작업복 차림의 남자가 성난 눈빛으로 토요마츠를 올려다보았다. 저 사람, 이가 닌자다. 하지만 오늘의 목적은 이가 닌자를 가려내는 것이 아니라 토요마츠를 구하는 것이었다. 지령을 완수했으니 이제 아무에게도 들키지 않고 도망치는 것이 먼저다.

"노점은 괜찮을까?"

호타루가 그렇게 말하자, 고로도 조금 불안한 표정을 지으며 말했다.

"그러게. 돌아가자. 이런 상태면 어차피 행사를 계속할 수도 없을 거야."

주위는 아직 혼란에 휩싸여 있었다. 멀리서 소방차 사이렌이 들려왔다. 분수에서 엷게 연기가 피어올랐다.

회의실은 긴장감에 휩싸였다. 고로는 회의실 뒤쪽에 있는 테이블 좌석에 앉아 있었다. 주변에는 반원들도 있었다. 오후 여섯 시

정각. 갑작스레 이가 빌딩 꼭대기 층에 있는 회의실로 소집되었다.

평의원은 보이지 않았지만, 앞쪽에 사무국 간부들이 나란히 앉아 있었다. 제일 끝에 사요도 있었다. 사무국의 최연소 구성원이라는 인식이 자리를 잡아가고 있었다.

"정각이 됐으니 회의를 시작하겠다."

중앙에 앉은 남자가 말했다. 여기 모인 이들은 오늘 자선행사에 동원된 닌자 약 30명이었다. 폭탄 테러로 위장해서 토요마츠 의원을 암살하고 행사에 숨어든 코가 닌자를 잡으려고 한 이번 작전은 보기 좋게 실패했다. 토요마츠는 살았고, 코가 닌자는 흔적조차 잡지 못했다.

"토요마츠의 차에 설치된 폭탄은 가짜였다고 한다. 진짜는 근처에 있는 분수 안에 놓여 있었다."

간부석 중앙에 앉은 남자가 설명했다. 이름은 키류. 사무국장이다. 평의원을 제외하면 가장 높은 자리에 있는 닌자다. 나이는 40대 후반. 별다른 문제가 생기지 않는다면 나중에 평의원이 될 인물이다.

"우리가 폭발물 제작과 설치를 의뢰한 자와 연락이 끊겼다고 한다."

다시 말해 폭탄 제작자가 뒤통수를 쳤을 가능성이 있다는 뜻이다. 보수는 100만 엔으로, 절반을 먼저 지급하고 성공한 뒤에 나머지 금액을 주는 계약이었다고 한다.

"코가 닌자가 사전에 폭탄 제작자에게 접근한 것으로 보인다. 완전히 허를 찔렸다. 하지만 오늘 코가 닌자가 행사장 안에 숨어

든 건 확실하다. 자기 작전이 뜻대로 흘러가는지 확인하기 위해서라도 행사장에 왔을 거다. 그자를 발견하지 못한 건 이번 임무에 임한 너희의 과실이다."

반박의 여지는 있었다. 코가 닌자를 찾아내라는 지시가 떨어졌을 뿐, 대상의 특징은 전혀 알 수 없었다. 수상한 자가 있으면 주시하라는 명령을 받았을 뿐이다. 하지만 그 자리에 코가 닌자가 숨어서 지켜보면서 이가의 작전이 실패로 돌아간 것을 비웃었다면…. 상상하자 속이 뒤틀렸다.

"지금부터 이름을 부르는 자는 일어서도록. 하기무라, 토미타, 아야베, 신우치."

닌자 네 명이 일어섰다. 모두 오늘 임무에 참여한 반의 반장이었다. 간부석 중앙에 앉은 키류가 이어서 말했다.

"너희 넷은 오늘부로 반장직에서 물러난다. 그리고 한 달간 근신을 명한다. 당장 이 회의실에서 나가도록."

찬물을 끼얹은 듯 회의실이 고요해졌다. 그런 가운데 반장 네 명은 원통한 표정으로 회의실에서 나갔다. 당연히 고로네 반의 반장도 있었다. 한 달 근신이면 상당히 무거운 처벌이었다. 본보기로 내린 처벌이겠지만, 이번의 실패가 얼마나 중대했는지를 여실히 드러내는 증표이기도 했다.

오늘은 토요일이다. 틀림없이 오늘 일어난 폭탄 소동을 시사 예능에서 다음 주 내내 다룰 것이다. 그리고 그로 인해 토요마츠에 대한 평가는 좋아지고 미래당의 지지율은 상승할 것이다. 여당에는 최악의 시나리오였다. 임무에 성공하지 못한 이가에 대한 평가도 나빠졌다고 봐야 한다.

"반장 자리가 비었으니 자동으로 부반장을 반장으로 승격한다. 새로운 반장들은 이 회의가 끝난 뒤에 사무국으로 오도록. 필요한 서류를 작성하게 될 거다."

"네!"

새로운 반장 네 명이 한목소리로 대답했다. 전대미문의 징벌 인사에 긴장감이 회의실을 덮쳤다. 내일은 내가 그렇게 될 수도 있다. 그런 생각이 뇌리를 스쳤다.

"나머지는 훈방 조치하겠다. 앞으로는 정신 바짝 차리고 임무에 임하도록. 그리고 오늘 우리의 작전을 방해한 자와, 더불어 얼마 전 아카마키 의원을 살해한 범인의 정체를 밝혀내는 작업은 앞으로도 특별 수색 본부에서 이어갈 계획이다. 이쯤에서 한 가지 새로운 정보가 있다. 카제토미 사요, 준비됐나?"

"네"라고 대답한 사요는 앞에 있는 서류를 보며 이야기했다. "아카마키 의원 자택에 나타난 드론과 관련된 정보입니다. 해당 드론은 우리 동지가 날린 봉표창을 맞고 추락했으며, 그 후에 폭발했습니다만, 그 드론을 조종한 것으로 추측되는 인물이 드러났습니다."

그 봉표창을 던진 사람은 다름 아닌 고로였다. 어떻게 좀 해보라는 아카마키의 말을 듣고 순간의 판단으로 표창을 날렸다.

"장소는 아카마키 의원 저택에서 북동쪽으로 50미터쯤 떨어진 빈집이었습니다. 탐문 결과, 드론이 나타난 시각에 그 빈집 마당에 서 있는 수상한 인물을 동네 주민이 목격했다고 합니다. 그 주민의 증언에 따르면 여자였다고 합니다."

회의실에 있는 닌자들이 술렁거렸다. 지금 이 회의실 안에는 여자 닌자가 사요뿐이다. 이가에는 그만큼 여자 닌자가 드물다. 다만 코가 닌자 쪽도 여자가 드문지는 불분명했다.

"사건 뒤에는 여자가 있다는 말도 있지." 사무국장 키류가 다시 입을 열었다. "그 여자는 코가 닌자의 조력자일 수도 있고, 어쩌면 주범일 수도 있다."

회의실 분위기가 약간 느슨해졌다. 여자 닌자가 주범일 리가 없다. 다들 코가 닌자는 당연히 남자라고 확신했기에 실소를 흘리는 사람도 있었다.

"생각해 봐라. 오늘 행사도 그렇다. 코가 닌자는 남자라는 선입견에 갇혀 있지 않았나?"

그 지적이 가슴에 꽂혔다. 무의식적으로 코가 닌자는 남자라고 단정 짓고 행사장 안에서 남자 손님을 위주로 관찰한 것 같다. 고로마저 그랬으니 다른 닌자도 마찬가지였을 것이다. 하지만 방문객의 반은 여자였다. 범인이 여자였다면, 그것만으로도 이가가 쳐 놓은 감시망에서 쉽게 빠져나갔을 것이다.

"아무튼 앞으로는 온갖 가능성을 염두에 두고 범인을 조속히 확보하기 위해 힘써라. 각자 맡은 임무에 매진하도록."

"네!"

임시 회의는 종료되었다. 닌자들이 차례로 회의실을 떠났지만, 얼굴은 하나같이 어두웠다. 오늘 하루의 피로와, 코가 닌자에게 허를 찔렸다는 굴욕감이 모든 닌자의 얼굴에 드러나 있었다. 나도 비슷한 표정이겠지, 라고 고로는 생각했다.

"정말 흉흉한 세상이야. 공원에 산책하러 가기도 위험한 거 아니야? 여기 일본이 아니라 어디 딴 나라였어?"

토모요 주임이 전병을 먹으며 말했다. 호타루의 직장인 아오조라 약국 세타가야점의 휴게실이었다.

'…서두르지 말고 침착하게요. 그게 가장 중요합니다. 노점 쪽에서 불을 쓰시는 분은….'

오후에 하는 시사 예능 프로그램에서 그저께 일어난 폭발 소동이 방송되었다. 미래당의 토요마츠 대표가 클로즈업되었다. 혼란을 잠재우려고 마이크를 들고 이성에 호소하는 모습이었다.

"그나저나 저 남자 참 괜찮다." 토모요 주임이 홀딱 반한 표정으로 말했다. "토요마츠 씨 진짜 멋있어. 우리 남편이랑 똑같은 인류 같지가 않아. 심지어 머리도 좋잖아. 도쿄대 나왔다며?"

토요마츠는 그저께 일어난 사건으로 주가가 더 높아졌다. 토요마츠뿐만 아니라 미래당의 지지율도 올라갔다고 한다. 그런 의미에서 호타루의 공적이 크지만, 그 이야기를 호타루가 공공연하게 떠들 일은 절대 없었다. 닌자는 자신이 한 일을 아무에게도 이야기하지 않는다.

"호타루 씨, 저 행사에 참석했죠?"

젊은 약사 에리가 그렇게 말했다. 사실 지난주 금요일에 같이 귀가하게 되어 잡담을 나누다가 그런 이야기를 했다. 토모요 주임이 놀라서 말했다.

"정말이야, 호타루 씨?"

"네." 호타루가 대답했다. "남편 직장에서 핫도그 노점을 연대서 도와주러 갔어요."

"그럼 폭발하는 순간에도 근처에 있었어?"

"네, 뭐."

그 뉴스 때문에 세상이 시끌시끌했다. 카를로스라는 폭탄 제작자가 화약의 양을 적절히 조절해 준 덕분에 부상자는 나오지 않았다.

"무서웠겠다. 그런데 토요마츠 씨를 실물로 봤다니까 그건 조금 부럽네."

행사장에는 적어도 스무 명 이상의 이가 닌자가 숨어 있는 것 같았다. 그러나 호타루는 일반인 역할을 완벽히 해냈다는 자신감이 있었다. 이가 닌자는 호타루의 정체를 알아내지 못했을 것이다.

호타루에게는 이가 닌자보다 신경 쓰이는 사람이 있었다. 행사장에서 고로가 소개한 카제토미 사요라는 여자였다. 그녀는 보험회사 외무 사원으로, 우연히 행사장에 들렀다고 했다. 고등학교 동창이라는데, 그것도 수상했다. 어디까지나 호타루의 감이지만, 도시적이고 세련된 분위기를 풍기는 그 사요라는 여자가 고로와 함께 시즈오카에서 고등학교를 다녔을 것 같지는 않았다.

"잠깐 실례하겠습니다."

호타루는 그렇게 말하며 일어나 휴게실에서 나갔다. 그대로 약국을 벗어나 도로 건너편에 있는 종합병원 로비에 들어갔다. 아직 오후 진찰이 시작되기 전이라서 병원 안에는 사람이 그리 많지 않았다. 로비 한쪽 구석에 있는 공중전화로 향했다. 그저께 사요에게 받은 명함을 꺼내 거기에 적힌 번호로 전화를 걸었다.

"전화 받았습니다. 아쿠아리우스 생명 오오테마치점 타나베입니다."

"수고 많으십니다, 저기⋯." 지나가는 간호사의 명찰을 보고 호타루가 말했다. "저는 이즈카라고 하는데, 카제토미 사요 씨 계신가요?"

"잠시만 기다려 주십시오."

통화 보류 멜로디가 흘러나왔다. 카제토미 사요 본인이 받으면 끊을 생각이었다. 잠시 후 멜로디가 멈추고 전화 교환원의 목소리가 들려왔다.

"오래 기다리셨습니다. 지금 카제토미 씨는 자리에 안 계십니다. 오늘은 회사에 돌아오지 않을 예정이라, 전화번호를 가르쳐주시면 다시 연락드릴 수 있게 전달하겠습니다."

"아니요, 괜찮습니다. 감사합니다."

호타루는 수화기를 내려놓았다. 그 여자가 외국계 보험회사에서 일하는 것은 사실인 모양이다. 호타루는 명함을 봤다. 회사 주소도 알고 있으니 다음에 잠복해보는 것도 한 가지 방법이었다. 잠복하다가 그녀를 발견하면 바로 미행할 것이다. 웬만한 탐정보다 잘해낼 자신이 있었다. 만약 고로와 밀회하는 현장을 잡을 수 있다면, 그 즉시 이혼이다.

하지만 그리 쉽게 밀회한다는 보장은 없었기에 장기전을 각오해야 했다. 지령이었으면 얼마나 오래 걸리든 상관없었겠지만, 사적인 일에 시간을 쓰기는 싫었다. 그러니 한 번에 해치우는 것이 좋을 듯했다.

호타루는 명함을 흰 가운 주머니에 넣고 약국으로 돌아갔다.

오후 여덟 시. 고로는 집에 돌아왔다. 우체국 업무는 오후 다섯 시 십오 분에 끝났지만, 퇴근하고 코지마치 특별 수색 본부에 들러서 정보 정리 따위를 도왔다. 드론을 조종한 여자의 정체는 여전히 밝혀지지 않았다. 전속 닌자—유키나 사요도 여기에 포함된다—가 매일 탐문 수사를 하지만, 별다른 성과는 없는 듯했다.

"나 왔어."

"왔어?"

호타루는 여느 때처럼 거실에서 책을 읽고 있었다. "왔어?"라고 말해주는 게 어디인가 싶었다. 호타루가 진지하게 이혼을 바라는 것은 분명하지만, 그저께 행사에도 참석해 줬고 유키 부부와도 문제없이 대화를 나눴다. 호타루도 호타루 나름대로 타협점을 찾으려고 노력하는 것일지 모른다.

식탁 위에 저녁 식사가 차려져 있었다. 저녁 시간은 오후 일곱 시로 정해 두었다. 집에서 먹지 않을 때는 해 질 녘까지 메시지를 보내고, 정해진 시간이 지나서는 고로가 알아서 데워 먹는 것이 고로 부부의 규칙이었다. 오늘 메뉴는 햄버그스테이크였다.

냉장고에서 캔 발포주를 꺼냈다. 집에 바로 들어온 날이면 고로는 우선 발포주를 한 캔 마시고 목욕을 한다. 예전에는 맥주였는데, 호타루가 설득해서 1년 전에 발포주로 바꿨다. 집안 살림에도 도움이 되고 밖에서 마시는 맥주가 더 맛있어진다는 이점도 있었다.

"잠깐 할 얘기가 있어."

그렇게 말하며 맞은편 의자에 앉는 호타루를 보고 고로는 불길한 예감을 느꼈다. 그 할 얘기라는 것이 결코 유쾌하지는 않으리라는 것을 호타루의 표정만 봐도 알 수 있었다. 고로는 지긋지긋한 기분으로 말했다.

"뭔데, 할 얘기가."

"그저께 일 말인데."

그 얘기인가. 사실 조금 전에도 유키를 마주쳤을 때 고맙다는 말을 들었다. 호타루가 와줘서 천만다행이라고 유키네 집에서도 이야기가 나왔다고 했다.

"그저께 고마웠어. 도움이 많이 됐어. 유키도 그러더라, 고맙다고."

"그 정도로 뭘. 행사장에서 만난 카제토미 사요 씨였나? 그 사람, 고등학교 동창이랬지?"

긴장감이 스쳤다. 시속 150킬로미터를 넘는 투심 패스트볼을 가슴팍에 맞은 느낌이었다. 고로는 속으로 야구방망이를 고쳐 쥐면서 대답했다.

"맞아. 걔는 내 동창이야."

엄밀히 말하면 아니었다. 학년은 같지만, 사요는 도쿄에서 중고등학교 일관으로 운영되는 사립 여학교를 다녔다. 대학교도 고로의 점수로는 못 들어갈 명문 사립대를 졸업했다. 그저께 사요를 호타루에게 소개할 때 어떻게 소개하는 것이 최선일지 몇 초간 고민한 끝에 고등학교 동창이라고 거짓말을 했다. 그 선택이 정답이었는지 검증하는 순간을 너무 일찍 맞고 말았다.

"같은 반이었어?"

"아니. 같은 반이 된 적은 없어."

"동아리는 뭐였는데?"

"걔는 농구부였을걸."

"당신이랑 사귀었어?"

이번에도 직구였다. 하지만 각오한 일이라 고로는 주눅 들지 않고 그 공을 받아쳤다.

"호타루, 이상한 소리 하지 마. 왜 그런 생각을 해? 나랑 걔가 그렇게 잘 어울렸어?"

고로는 자신의 반격이 꽤 만족스러웠다. 질문을 질문으로 받으면서 살짝 농담까지 섞었다. 어른스러운 여유가 느껴지는 대답이었다.

"보여, 그런 게. 의도하지 않아도. 이 둘은 사귀는 것 같다, 그런 거. 내가 그런 감이 꽤 좋거든. 그리고 그때 당신 되게 당황했잖아. 큰일 났다는 표정이었어."

확실히 그건 그랬다. 고로는 무척 당황했다. 사요도 임무 때문에 행사에 참석했으니 어설프게 만나기보다는 호타루에게 대놓고 소개하는 것이 낫겠다고 생각했다. 그래서 말을 맞추며 걷는데 돌연 호타루를 마주치고 말았다.

"당연히 당황하지." 고로는 뻔뻔하게 나가기로 했다. "갑자기 그런 식으로 마주치면 누구든 놀랄걸. 하지만 그게 다야. 당신이 의심할 만한 일은 전혀 없어." 고로는 발포주를 끝까지 마셨다. 내친김에 일어나 냉장고에서 캔 하이볼을 꺼냈다. "그것 때문에 그래, 그거. 이번에 동창회를 한다는데 나랑 사요가 간사가 됐어. 그래서 가끔 SNS로 대화했어. 그게 다야."

고로는 의자에 앉아서 하이볼을 한 모금 마셨다. 호타루는 눈을 살짝 치켜뜨고 고로를 보았다.

"뭐야, 그 눈빛은? 하고 싶은 말이 있는 것 같은데."

"동창회라고? 동료 약사가 그랬는데, 동창회를 계기로 바람이나 불륜을 저지르는 사람이 많다더라. 어디까지나 그 사람의 경험담이지만."

"어쩔 수 없잖아. 진짜 그런걸."

사실은 거짓말이지만 여기까지 와 버렸으니 밀고 나가는 수밖에 없다. 하지만 상당히 불리한 상황임을 고로 자신도 느꼈다. 투 스트라이크까지 내몰렸다. 여기서 삼진을 당하면 경기 종료다.

호타루가 옆을 힐끗 보았다. 거기에는 고로의 스마트폰이 놓여 있었다. 호타루가 보면 큰일이지만, 결혼할 때 서로 스마트폰만큼은 손대지 말자고 굳게 약속했다. 사요와 어떤 관계인지 이전에 닌자라는 사실을 들키면 그걸로 끝이다.

호타루는 다시 정면을 바라봤다. 스마트폰을 보여달라고 하지는 않을 모양이다. 고로에게는 고마운 결정이지만, 불리한 형세가 이어질 것은 불 보듯 뻔했다.

"그 동창회에 나도 가도 돼?"

"무슨 소리야? 우리 학교 졸업생도 아니면서."

"아무튼 언제 하는데?"

"그게…." 최대한 뒤로 미뤄야 한다. "사실 아직 안 정해졌어. 아마 내년 봄쯤이려나? 근데 네가 그렇게까지 나를 의심한다면 동창회 간사는 관둬도 돼. 아니, 관둘게. 꼭."

억지스러운 전개였다. 고로로서도 일반인인 호타루와 잘해나갈 자신이 없었고, 솔직히 한계에 다다르고 있다는 자각도 있었다. 그래도 이혼은 안 된다. 이혼한 이가 닌자는 비참한 말로를 맞아야 하고, 부모님을 볼 낯도 없어진다. 그저께 자선행사 때는 호타루가 꽤 즐거워 보여서 상황이 호전될지도 모른다고 옅은 기대를 품었건만, 그리 쉽게 해결되지는 않을 것 같았다.

"동창회에도 안 가고, 간사도 그만둘게. 그러면 되지?"

애초에 동창회는 열리지 않을 테니 가도 싶어도 못 가지만, 고로는 생색을 내며 그렇게 말했다. 호타루는 아무 말 없이 생각에 잠겼다. 어떤 구종으로 아웃을 시킬까. 그렇게 고민하는 최다승 투수 같았다.

공복에 하이볼까지 마신 탓에 조금 취기가 올랐나 보다. 고로는 스마트폰을 충전하려고 손을 뻗다가 잘못해서 팔꿈치로 빈 발포주 캔을 쳤다. 빈 캔이 테이블에서 떨어진 순간, 고로는 믿기지 않는 광경을 목격했다.

호타루가 갑자기 왼 다리를 뻗었다. 그러자 떨어진 빈 캔이 호타루의 발등에 정확히 안착했다. 발등과 발목 사이 움푹 들어간 곳을 이용해 빈 캔을 잡은 것 같은 모습이었다. 의도한다고 뜻대로 되는 일이 아니었다. 분명 우연이겠지만, 그래도 굉장했다.

"나이스 캐치."

"…고마워."

호타루는 왠지 모르게 쑥스러워했다. 고로는 스마트폰에 충전기 플러그를 꽂은 뒤, 목욕은 건너뛰고 저녁 반찬인 햄버그스테이크를 데우기로 했다. 대화는 그대로 흐지부지되었고 아내는 거실에서 나갔다.

"하니까 되잖아."

고로가 그렇게 칭찬하자, 우라가 싫지 않은 듯 미소 지으며 말했다.

"뭐, 이 정도야 쉽죠."

오늘부터 우라는 자기 담당 구역 배달을 시작했다. 어제까지는 고로가 도왔지만, 오늘부터는 오롯이 우라에게 맡겼다. 그러자 우라는 문제없이 배달을 마치고 우체국으로 돌아왔다. 오전에 처리할 물건은 전부 배달했다고 했다.

"이거 마셔."

"감사합니다."

차가운 캔 커피를 건넸다. 오토바이 주차장 근처에 있는 벤치였다. 예전에는 흡연 공간으로 쓰였지만, 지금은 재떨이를 없앴다.

"가능하면 저는 로우 슈거보다 제로 슈거가 좋아요."

고로는 쓴웃음을 지었다. 처음에는 당황스러웠지만, 이제는 드디어 우라의 무례한 언행에 익숙해졌다. 쉽게 말하자면 우라는 아직 어린애였다.

"근데 선배님 아내분, 전 꽤 마음에 들어요."

묻지도 않았는데 우라가 불쑥 이야기했다. 우라도 며칠 전 행사에 동원되어 경계하던 닌자 중 한 명이었다.

"이런 말 좀 그렇지만, 선배님 아내분은 좀 어둡다고 할까요? 솔직히 수수하잖아요. 제 경험상 그렇게 수수한 여자들이 의외로 밝히던데, 그런 거 없어요?"

이 자식, 제정신인가. 역시 이 녀석의 무례한 언행에는 익숙해질 수가 없다. 이혼 위기라고는 하나 아내에 대한 상스러운 말—우라에게는 칭찬이었을지 모르지만—을 듣고 기뻐할 놈은 없다.

고로는 반응하지 않았다. 그런데도 우라는 자신의 무례함을 깨닫지 못한 채 고로가 준 캔 커피를 마셨다. 이윽고 우라가 고개를 들고 화제를 바꿨다.

"본부에서 메시지가 왔던데, 보셨어요?"

아직 못 봤다. 우라가 자기 스마트폰을 꺼내더니 놀라운 속도로 타자를 쳤다. 본부에서 온 메시지는 비밀번호 인증을 몇 단계나 거쳐야 해서 고로는 메시지를 확인하기까지 30분 가까이 걸릴 때도 있었다. 그런데 우라는 겨우 1분 만에 인증을 마친 듯 스마트폰 화면을 고로에게 보여주었다.

"차를 알아냈대요."

메시지를 읽었다. 탐문 결과, 드론을 조종한 여자가 탄 자동차의 차종을 알아냈다고 적혀 있었다. 토요타의 랜드크루저. 흰색, 세타가야 지역에 등록된 차량 번호. 그것이 현재까지 밝혀진 내용이라고 했다.

"랜드크루저는 어떤 차예요? 제가 국산 차는 잘 몰라서요."

흰색 랜드크루저. 고로의 자가용과 똑같았다. 3년 전에 5년 대출로 구매한 차지만, 바로 얼마 전에 중도상환으로 전부 갚았다. 차체가 큰 편이라 골목길에서 운전하기는 조금 불편하지만 한 달에 한 번 캠핑할 때는 꽤 편리해서 마음에 들었다.

"선배님, 괜찮아요?"

우라의 목소리를 듣고 잡념에서 빠져나왔다. 고로는 입을 열었다.

"랜드크루저는 사륜구동 SUV야."

사실 우리 집 차도 그거야, 라고 말하지는 못했다. 흰색 랜드크루저는 딱히 희귀하지는 않지만, 역시 신경이 쓰였다. 흰색 랜드크루저. 그리고 드론을 조종한 사람은 여자. 이 두 사실이 어떤 가능성을 시사했다.

"선배님, 오늘은 구내식당 안 가세요?"

"응. 오늘은 구내식당에 갈 기분이 아니야."

"그래요? 그럼 저는 구내식당에 다녀올게요."

우라가 떠났다. 어쩐지 초조했다. 지나친 망상이라는 것은 안다. 그러나 실제로 지나친 망상이라는 증거를 찾고 싶었다.

고로는 주위에 아무도 없는 것을 확인한 뒤 스마트폰을 꺼냈다. 몇 번 터치하고 귀에 대자, 곧바로 전화가 연결되었다.

"어, 고로." 유키의 목소리가 들렸다. "그쪽은 어때? 세타가야가 그렇다. 이쪽은 정말 숨이 막혀."

"그럼 어서 돌아와. 그보다 메시지 봤는데, 드론을 조종한 여자의 차가 흰색 랜드크루저인 거 맞지?"

"맞아. 확실하다고 할 수는 없지만. 문제의 빈집 앞에 서 있는 걸 동네 주민이 목격했대. 아, 맞아. 네 차도 랜드크루저였지?" 유키도 알아차린 모양이다. "하지만 그건 있을 수 없는 일이지, 아무리 그래도."

호타루가 드론을 조종한 여자일지도 모른다. 자신의 상상이 얼토당토않은 것은 알지만, 자꾸 조바심이 났다. 호타루는 절대 아니라는 사실을 입증하지 않는 한, 이 초조함은 사라지지 않을 것 같았다.

"당연하지." 고로는 허세를 부리며 말했다. "일단 드론을 떨어뜨린 사람은 나잖아. 그래서 좀 신경이 쓰이네. 그 드론을 조종한 여자 얼굴을 본 사람은 있대?"

"얼굴까지는 못 봤을 것 같은데."

그 여자를 목격한 사람은 빈집 옆에 사는 주민이라고 했다. 스마트폰을 들고 드론을 날리는 여자가 있었다. 그렇게 증언했다고 한다.

"그러고 보니 고로, 우리 와이프가 제수씨한테 감사 인사를 하고 싶대."

"감사 인사? 왜?"

"얼마 전 행사 때문에. 제수씨가 만든 핫도그, 우리 와이프가 엄청 좋아했거든. 사실 오늘 아침도 핫도그였어. 곧 과자라도 들고 가서 감사 인사를 해야겠다고 하더라고. 조만간 시간 좀 내줘."

"알았어. 호타루한테도 전할게."

전화를 끊었다. 오후에 배달할 양에 따라 다르지만, 아카마키 의원의 저택이 있는 주택가에 들를 수 있을지도 모르겠다.

진정해, 라고 고로는 자기 자신을 타일렀다. 지나친 망상이다. 절대 있을 수 없는 일이다.

오후 네 시경, 고로는 주택가를 걸었다. 일찍이 오후 배달을 마치고 우체국으로 돌아가서 오토바이를 반환한 뒤 조퇴 신청서까지 제출했다.

고급 주택가인 만큼 집들이 다 호화로웠고 주차된 차들도 전부 고급 외제 차였다. '미즈우치'라고 적힌 문패를 발견했다. 일본풍 목조 주택이었다. 초인종을 누르자 "누구세요?" 하는 여자 목소리가 스피커에서 들려왔다. 고로는 준비한 대사를 읊었다.

"세타가야 경찰서에서 나왔습니다. 얼마 전에 일어난 드론 소동 때문에 여쭤볼 게 있습니다."

아마 다른 닌자도 이미 경찰인 척 방문했을 것이다. 잠시 기다리자 현관문이 열렸다.

"오래 기다리셨죠?"

기품 있는 노부인이 모습을 드러냈다. 고로는 그럴싸하게 경찰 공무원증을 꺼내 보여주는 척하며 다시 자기소개했다.

"세타가야 경찰서에서 나온 사토라고 합니다. 아카마키 의원 저택에서 일어난 드론 소동 때문에 찾아뵀습니다. 잠시 시간 괜찮으십니까?"

노부인은 의심하는 기색 없이 그 자리에서 고개를 숙였다.

"수고 많으십니다."

"저희도 최선을 다해 수사하고 있습니다. 오늘 찾아뵌 이유는 옆집 마당에서 목격된 여자 때문입니다."

"그 일이라면 경찰분들께 이미 말씀드렸는데요."

"한 번 더 자세히 확인하고 싶습니다. 그런데 목격하신 분은?"

"저는 아니에요. 저희 아들이에요."

노부인의 태도가 조금 차가워진 느낌이었다. 하지만 고로는 개의치 않고 대화를 이어갔다.

"그렇군요. 그럼 아드님과 이야기를 나누고 싶은데, 몇 시에 들어오십니까? 그 시간에 다시 오겠습니다."

"그건 좀, 곤란해요."

노부인의 시선이 살짝 흔들리는 것을 고로는 놓치지 않았다. 그런 것인가. 노부인의 아들은 아마 지금도 이 집에 있을 것이다. 힐끗 아래를 보니, 현관 앞에 남성용 스니커즈가 몇 켤레 놓여 있었다.

"제발 부탁드립니다. 수사에 협조해 주십시오."

고로는 양쪽 무릎에 손을 대고 깊이 허리를 숙였다. 지난번에 이곳을 방문한 닌자는 이렇게까지 간곡히 부탁하지 않았을 것이다. 잠시 후 노부인의 목소리가 들렸다.

"고개 드세요. 안내해 드릴게요."

노부인이 슬리퍼를 꺼내주자, 고로는 감사 인사를 하며 신었다. 노부인이 설명했다.

드론을 조종하던 수수께끼의 여성을 목격한 사람은 노부인의 아들이라고 했다. 아들에게 그 이야기를 들은 노부인은 탐문하러 온 형사—아마도 닌자—에게 자초지종을 설명했다. 아들은 몇 년 전에 회사를 관둔 뒤로 거의 집 밖으로 나가지 않았다고 했다. 고급 주택가에 살아도 저마다 사연은 있는 법이다.

"타카시, 잠깐 괜찮니? 형사님이 오셨어. 얼마 전 일 때문에 이야기를 듣고 싶으시대."

2층 안쪽 방이었다. 노부인이 부르는데도 대답은 돌아오지 않았다. 그녀는 작게 한숨을 쉬고 문손잡이를 잡았다.

"들어간다, 타카시."

노부인의 등 너머로 실내가 보였다. 의외로 널찍한 방이었고 안쪽 책상에 한 남자가 앉아 있었다. 아들이라고는 하나 마흔이 넘어 보였고, 컴퓨터 화면에 시선을 고정한 채였다. 게임을 하나 보다. 고로는 앞으로 나섰다.

"세타가야 경찰서에서 나온 사토라고 합니다. 얼마 전 옆집 마당에서 드론을 조종하는 여자를 목격하셨다고 들었는데, 맞습니까?"

꼭 진짜 형사가 된 기분이었다. 경찰 공무원증을 보여달라고 하면 일이 커질 텐데, 그는 왠지 그런 요구를 할 것 같은 인상이었다. 그러나 남자는 마우스를 달각거리던 손을 멈추고 대답했다.

"저 창문으로 보였어. 어떤 여자가 혼자 옆집 마당에 들어왔어. 뭐 하나 싶어서 봤는데, 갑자기 상자에서 드론을 꺼냈어."

여자는 기체를 꼼꼼히 확인한 뒤 스마트폰을 이용해 드론을 띄웠다. 나이는 20대나 30대 정도로, 모자와 마스크를 썼다고 했다.

"실례하겠습니다."

고로는 양해를 구하며 방으로 들어갔다. 남자의 등 쪽에 있는 창문 커튼을 열고 밖을 내다보았다. 확실히 옆집 마당이 보였다. 빈집이라서 그런지 정원수가 아무렇게나 자라 있었다.

"10분 정도 서 있었나? 그러더니 갑자기 가 버렸어. 드론은 돌아오지 않았어. 고장 나서 어디에 떨어진 걸 회수하러 갔나 보다 했어. 내가 본 건 그게 다야."

고장 때문이 아니었다. 드론은 봉표창을 맞고 추락했다. 고로는 그 말을 삼키고 물었다. 수확이 없을 것을 알면서도 확인했다.

"그 여자의 얼굴은 못 보셨죠?"

"봤어."

타카시라는 남자가 태연히 말하자, 고로는 저도 모르게 몸을 앞으로 기울였다.

"보셨다고요?"

"드론을 띄우기 직전에. 아주 잠깐 마스크를 벗고 입 주변을 수건으로 닦았거든. 그때 아주 잠깐 봤어."

쿵쾅거리는 심장을 제어할 수 없었다. 고로는 자신의 스마트폰을 꺼내서 저장된 사진을 화면에 띄웠다. 지난주 토요일에 찍은 사진이었다. 핫도그 노점을 배경으로 고로 부부와 유키 부부가 넷이서 나란히 찍었다.

고로는 화면을 조절해서 호타루만 보이도록 확대했다.

"혹시 이 여자였나요?"

고로는 그렇게 말하면서 스마트폰을 내밀었다.

오늘 저녁 반찬은 닭튀김이다. 밑간한 닭고기가 냉장고에 있으니 튀기기만 하면 된다. 닭튀김은 고로가 좋아하는 음식 순위에서 상위였던 것으로 기억한다. 딱히 그를 신경 쓴 것은 아니지만, 좋아하는 음식을 만들어 두면 반길 테니 딱히 문제는 없었다.

오후 여섯 시 반이 넘었다. 고로는 아직 집에 들어오지 않았다. 15분쯤 지나서 조리를 시작해야겠다. 호타루는 그렇게 생각하면서 거실 소파에서 읽다 만 책을 펼쳤다. 요즘은 시바 료타로의 《올빼미의 성》을 읽는다. 이가 닌자를 묘사한 작품으로, 영화화되어 화제를 모았다.

지난밤, 카제토미 사요라는 여자를 주제로 단도직입적으로 그를 추궁했지만, 결과는 그다지 만족스럽지 않았다. 막다른 골목까지 몰아넣었건만 마지막 한 방이 부족했다. 고로는 동창회 간사까지 그만두겠다고 했으나, 호타루는 동창회 자체가 정말 있는지부터 의심스러웠기에 그 발언은 전혀 높이 사지 않았다. 다만 남편의 반응으로 보아 두 사람은 호타루가 상상하던 것보다는 가벼운 관계인 듯했다.

그래도 카제토미 사요는 얕보면 안 될 여자 같았다. 그 자신감 넘치는 태도와 언뜻 보기에도 귀한 집 자식 같은 사근사근한 언행. 적어도 호타루 주위에는 없는 유형의 여자로, 그런 여자는 이중적일 것 같다고 여자의 감이 말했다. 남자들은 보통 그런 여자에게 약하다.

도무지 책에 집중이 되지 않았다. 책갈피를 꽂고 책을 테이블 위에 놓았다. TV를 켜려고 리모컨을 찾을 때였다. 다이닝룸 쪽에서 스마트폰 벨소리가 울려서 호타루는 일어나 그쪽으로 향했다. 화면에 저장되지 않은 번호가 떠 있었다. 충전 플러그를 뽑은 뒤 통화 버튼을 누르고 스마트폰을 귀에 댔다.

들려온 것은 음악이었다. 느닷없이 클래식 음악이 흘러나왔다. 그 음악을 들은 호타루는 소름이 끼쳤다.

베토벤 교향곡 제5번 다단조 '운명'이었다. 누구나 한 번쯤 들어봤을 친숙한 멜로디지만, 호타루에게는 특별한 의미가 있었다. 이것은 명백한 신호였다.

이 신호를 마주한 적은 처음이라 호타루는 잠시 멍하니 서 있었다. 하지만 곧 정신을 다잡았다. 잠깐의 여유도 없었다. 이 신호가 뜻하는 바는 '지금 당장 도망쳐라'였다.

아주 가까이에서 최대의 위기가 닥쳐오고 있으니 무조건 대피하라는 명령이었다. 호타루는 곧장 2층으로 올라가서 침실 옷장에서 배낭을 꺼내고 갈아입을 옷가지 따위를 챙겼다. 원래 이럴 때는 복장을 가볍게 유지해야 하지만, '운명'이 나왔다는 것은 매우 긴박한 사태임을 의미했다. 어쩌면 두 번 다시 이 집에 돌아오지 못할지도 모른다. 그런 상황이었다.

그대로 1층으로 내려가서 부엌으로 향했다. 미리 사둔 5킬로그램짜리 쌀자루를 열고 그 안에서 갈색 쇼핑백을 꺼냈다. 숨겨둔 무기였다. 마취총과 전기 충격기, 그리고 칼. 무기가 든 쇼핑백을 배낭에 쑤셔 넣고 지갑 같은 개인 물품도 하나하나 챙겨 넣었다.

일단 어디로 도망칠까. 스즈메네 집? 아니면 아버지의 집? 그러나 호타루에게 '운명'이 울렸으니 다른 가족에게도 신호가 떴을 가능성이 있었다. 우선은 가족과 연락을 취하는 것이 먼저였다.

끝으로 읽다 만 책을 집어 든 순간이었다. 현관 쪽에서 인기척이 들렸다. 호타루는 배낭을 멘 채 귀를 기울였다. 문 열리는 소리가 났다. 남편이 집에 들어온 것일지도 모른다.

이 상황을 어떻게 설명해야 할지 망설이다가 그 시간조차 아깝다는 생각이 들었다. 아무 설명 없이 집을 나가야겠다. 그 방법밖에 없다.

걸음을 뗐다. 거실에서 나가 보니, 때마침 고로가 현관에서 들어오는 참이었다. 그가 물었다.

"그 차림은 뭐야?"

호타루는 대답하지 않았다. 아니, 정확히는 대답할 수 없었다. 평소의 남편이 아니었다. 겉모습은 평소와 똑같았지만, 발산하는 기운이 완전히 달랐다. 화장실에서 소변을 여기저기 튀겨대는 꺼벙한 남편이 아니었다. 날 선 검을 뽑아 든 것 같은 긴장감이 그의 전신에서 흘러넘쳤다. 지금 눈앞에 있는 남자가 정말 내가 아는 고로인가.

설마, 하며 호타루는 한 가지 가능성을 떠올렸다. 호타루는 지금껏 남편을 잘못 봤을지도 모른다. 저 얼굴이 진짜 쿠사카리 고로인가.

남편은 입을 한일자로 굳게 다물고 날카로운 시선을 던졌다. 이렇게까지 진지한 남편의 얼굴은 처음 보지만, 상대도 비슷한 생각을 할지 모른다. 호타루도 고로를 노려보고 있었다.

시간이 멈춘 것 같은 정적이 집 안을 감쌌다. 이 상황을 어떻게 벗어나야 할까. 호타루는 그것만 생각했다. 뒤로 돌아서 거실 창문으로 뛰어내릴까. 아니면 이대로 정면 돌파를 시도할까. 다만 지금의 고로가 그걸 쉬이 용납할 것 같지는 않았다.

그때 고로가 입을 열었다. 배 속에서 쥐어짜낸 것 같은 목소리였다.

"설마, 호타루, 너 닌자야?"

제 3 장

이심전심:
닌자와 닌자가 통하다

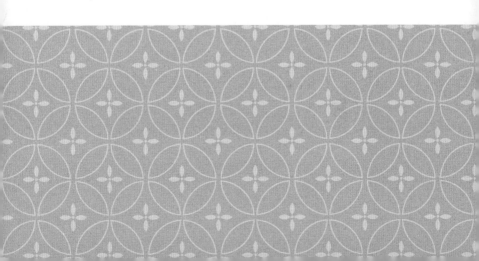

·
·
·
·
·

　우라 효마는 무릎 위에 둔 스마트폰을 들여다보았다. 대전형 온라인 게임에 한창 열을 올리고 있었다. 이번 달에 3만 엔이나 과금했는데도 좀처럼 이기지 못했다. 지금도 우라의 캐릭터는 고전 중이었다. 제기랄, 왜 못 이기는 거야? 내 돈 내놔, 이 자식들아.

　이곳은 코지마치에 위치한 이가 빌딩이라는 건물에 있는 회의실이다. 특별 수색 본부라고 불리는데, 지금도 실내에서 닌자 몇 명이 전화를 걸거나 컴퓨터를 보며, 아카마키 의원을 살해하고 토요마츠 의원 암살을 저지한 코가 닌자의 정체를 쫓고 있다. 우라도 동원되었지만, 일은 그리 많지 않았다. 아니, 거의 없는 수준이었다. 그래서 이렇게 게임을 하며 시간을 때웠다.

　우라는 도쿄 메구로구에서 태어났다. 우라 가문의 선조는 예전에 에도성을 경비한 상급 닌자였다. 자신이 닌자 가문에 태어난 남자 아이라서 장차 닌자가 되어야 한다는 사실을 안 것은 유치원 때였지만, 처음에는 기뻤다. 만화영화에 나오는 히어로가 된 기분이었다.

초등학교에 입학해서 매년 두 번 여름과 겨울에 닌자 학교를 오가며 인술을 배우게 됐을 때는 더 즐거웠다. 평소에 듣는 초등학교 수업이 한심하게 느껴질 정도로 닌자 학교는 재미있었고 자극적이었다. 훌륭한 닌자가 되고 싶었다. 초등학생 때는 진심으로 그렇게 바랐다.

심경에 변화가 생긴 것은 중학교 2학년 때였다. 조별로 장래 희망을 이야기하는 수업에서 우라는 나중에 우체국에서 일하고 싶다고 말했다. 닌자 가문에 태어난 이들이 대부분 우체국에서 일하는 것은 자명한 이치였으니 자신도 그렇게 되리라 믿었다. 그런데, 반 친구들의 반응은 시큰둥했다. 그 당시 좋아하던 여자아이에게 시시하다는 식의 이야기를 듣고 우라는 침울해졌다. 그때부터 자신의 장래에 의문을 품었다. 나는 이대로 닌자가 되어 우체국에서 일해도 괜찮은 것일까.

불운하게도 우라는 외아들이라 닌자가 되는 것은 이미 정해진 일이었다. 그래도 우체국이 아닌 다른 곳에서 일할 수는 있었다. 이가 사회는 유능한 인재를 여러 국가기관에 보내 관료로 키우는 데 힘을 쏟았다. 하지만 국가공무원 종합직 시험에 붙기는 그리 쉽지 않았다. 우선 도쿄대에 입학하는 것이 먼저라고 판단한 우라는 고등학교 시절 공부에 전념했지만, 결과는 불합격이었다. 3지망이던 사립대학교—그래도 세간에서는 일류대학으로 불린다—에 들어갔고, 그 시점에 관료가 되겠다는 꿈을 접었다.

대학교 때는 놀기만 했다. 어차피 졸업하면 우체국에 들어갈 운명이고 다른 할 일도 없어서 대학 생활을 마음껏 즐겼다. 친목 위주의 테니스 동아리에 들어가서 술만 실컷 마셨다. 이래 봬도 닌자라 테니스도 잘해서 실제로 여자들에게 인기도 많았다.

즐거운 시간은 눈 깜짝할 사이에 지나갔다. 정신을 차리고 보니 4학년이었고, 아버지는 대뜸 9월부터 우체국에서 아르바이트를 하라고 했다. 그게 지난달 일이었다.

"우라, 게임 그만해."

"아, 사요 선배님. 수고 많으십다."

우라는 고개를 들었다. 카제토미 사요가 있었다. 서 있는 그 모습에 역시 기품이 흘렀다. 우라는 기본적으로 자기 주변의 닌자들을 썩 좋아하지 않았지만, 이 선배 닌자만큼은 예외였다.

"선배님, 이건 게임이 아니라 반사 신경을 단련하는 과정이에요."

"흐음, 그래. 아무튼 너도 작업에 가세해야지. 보고서 정리해."

"알겠슴다."

사요는 이가 일족 중에서도 최고 명문가인 카제토미 가문의 외동딸이다. 할아버지는 평의원장, 아버지는 현역 국회의원인 혈통좋은 여자로, 최근 사무국에 등용된 젊은 닌자다. 지금도 회의실에 닌자가 스무 명쯤 모여 있지만, 사무국에 소속된 사람은 사요혼자라서 사실상 이곳의 지휘관은 그녀였다.

"사요 님, 잠깐 시간 되십니까?" 그렇게 말하며 다가온 사람은 30대쯤 되는 남자였다. 남자는 태블릿 단말기 화면을 사요에게 보여주며 말했다. "고로가 아카마키 의원 자택 근처에 있었나 봅니다. 우리 감시 차량의 블랙박스에 찍혔습니다."

"이상하네요. 고로는 오늘 일하는 날일 텐데. 큰 화면으로 보여 주시겠어요?"

중앙 모니터에 영상이 떴다. 쿠사카리 고로의 모습이 비쳤다.

"뭔가 잡은 걸 수도 있겠다."

사요는 중얼거리듯 말하고 스마트폰을 조작하다가 귀로 가져갔다. 사요와 고로는 닌자 학교 동기라고 했다. 오토나시 유키라는 다른 닌자까지 더해서 셋이 담소를 나누는 모습이 자주 눈에 띄었다. 우라는 조금 부러웠다. 우라의 동기 중에는 여자 닌자가 없었다. 우락부락한 남자들뿐이었다.

전화가 연결되지 않는 모양이었다. 그때 다른 닌자가 목소리를 높였다.

"이쪽 CCTV에도 찍혔습니다. 고로가 들어간 집을 알아냈습니다. 미즈우치라는 사람의 집입니다."

어렴풋이 기억이 났다. 드론을 조종한 여자를 봤다는 주민의 집이 아닌가.

"고로의 GPS 반응은요?"

임무에 동원된 모든 닌자의 스마트폰 위치 정보가 이곳 본부에서 일괄로 관리된다. 사요의 물음에 다른 닌자가 대답했다.

"세타가야구 자택에 있는 것 같습니다."

"그렇군요. 미즈우치라고 했죠? 고로가 방문한 집으로 가서 자초지종을 확인해 주세요."

"네!"

근처에 있던 닌자가 반응했다. 탐문하러 갈 인원이 선별되었고,

우라의 이름도 불렀다.

"우라, 너도 가자. 얼른 준비해."

아쉽지만 선배의 명령에는 절대복종해야 했다. "네!"라고 대답하면서도 우라는 속으로 중얼거렸다. 정말 귀찮다. 그냥 여기서 게임이나 하고 싶다.

아내는 대답하지 않았다. 그저 입을 다물고 이쪽을 볼 뿐이었다. 고로는 다시 한번 물었다.

"설마, 호타루, 너 닌자야?"

스스로도 바보 같은 질문이라고 생각했다. 아무것도 모르는 일반인이 들으면 무슨 소리냐고 비웃을 질문이었다.

"닌자라니, 무슨 말이야?"

드디어 호타루가 목소리를 냈다. 시치미 떼는 말투였지만, 무언가를 떠보는 기색이 엿보였다. 상대와 자신의 태도를 견주어 보며 줄다리기하는 느낌이었다. 졸을 조금씩 움직이면서 상대의 허점을 노리는 장기 기사 같기도 했다.

"사망한 아카마키 의원이…." 고로는 정보를 공개했다. "죽기 전날, 그 집 근처에서 드론을 조종한 여자가 있었대. 목적은 정찰이었어. 그 드론을 조종한 여자를 옆집 남자가 목격했어."

지난주 토요일 행사에서 촬영한 사진을 보여주자, 타카시라는 은둔형 외톨이는 호타루의 얼굴을 보고 대답했다. '이 사람이야.

이 사람이 확실해.'

자신의 아내가 닌자일지도 모른다. 믿기 힘든 이야기에 고로는 까무러치게 놀랐다. 사실 어떻게 집에 왔는지도 제대로 기억나지 않는다. 제발 사실이 아니기를. 꿈이라면 어서 깨기를. 진심으로 그렇게 기도했다.

하지만…. 집에 돌아와서 대면한 아내는 배낭을 메고 있었고, 그야말로 막 도망치려는 순간인 것 같았다. 게다가 평소와는 사뭇 다른 기운을 풍겼다. 빈틈없는 무사 같은 분위기였다.

"그 남자한테 네 사진을 보여줬어. 네가 확실하다고 그 사람이 증언했어. 가까운 골목에서는 흰색 랜드크루저가 목격됐어. 드론을 조종한 사람, 너지? 호타루."

아직은 그게 전부다. 그녀에게는 드론을 조종해서 아카마키 의원의 집을 정찰한 혐의가 있을 뿐이고, 그녀가 닌자라는 결론이 나온 것은 아니었다. 하지만 저 기운으로 보아 그녀가 일반인이 아님은 분명했다. 고로는 닌자 학교에서 어느 정도 격투기를 배웠고 요즘도 헬스장에서 가끔 유키와 가볍게 스파링을 한다. 그 경험이 말해주었다. 저 여자는 보통내기가 아니라고.

"대답해. 무슨 말이라도 해봐."

고로가 그렇게 말하자, 호타루가 다시 시치미를 뗐다.

"닌자? 대체 무슨 소리야?"

"그럼 그 차림은 뭐야? 어디 가는데?"

"캠핑. 갑자기 캠핑 가고 싶어서. 안 그래도 당신한테 메시지 하려고 했어. 원하면 같이 갈래?"

"가긴 어딜 가? 내일도 평일이잖아."

대화가 점점 일상적인 방향으로 흘러가는 느낌이었다. 이대로는 안 된다. 호타루가 그때 드론을 조종한 것은 확실하다. 호타루는 배낭을 멘 채 고로를 쳐다보았다. 비켜야 내가 나가지. 그렇게 말하는 듯했다.

어떻게 할까. 말로 몰아붙이기는 어려워 보였다. 애초에 말로는 못 이긴다는 것을 지난 2년의 결혼생활 동안 입증했다. 그렇다면 힘에 의지하는 수밖에 없다.

고로는 천천히, 천천히 오른손을 정장 윗주머니로 가져갔다. 당연히 호타루도 고로의 움직임을 눈으로 좇았다. 긴장되어 손가락이 떨리는 것을 자신도 느꼈다. 손끝이 봉표창에 닿자, 그것을 쥐었다.

아카마키 의원이 살해된 날 밤을 떠올렸다. 고로가 전력을 다해 던진 봉표창을 그 도둑은 너무나 쉽게 피해 버렸다. 그 도둑이 호타루라는 확증은 없었다. 하지만 눈에 보이지 않는 이 위압감으로 보아 자신의 아내가 보통내기가 아님은 금방 알 수 있었다.

고로는 봉표창을 뽑아 던졌다. 호타루는 반드시 피할 것이다. 그렇게 생각했건만, 고로의 예상은 빗나갔다. 아니, 예상을 뛰어넘었다. 호타루는 손에 든 책으로 봉표창을 받아냈다. 책에 봉표창이 꽂혔다.

몸이 그 즉시 움직였다. 먼저 치지 않으면 당한다. 고로는 구두를 신은 채 복도에 올라섰다. 그대로 정권 지르기를 하듯 오른손을 앞으로 뻗었지만, 허무하게 빗나갔다. 동시에 호타루가 아래에서 손날을 내질렀다. 고로의 목을 정확히 노린 수였지만, 고로는 어찌어찌 피해서 그대로 그녀의 몸에 몸을 부딪쳤다. 복도는 좁았다. 호타루는 등에 멘 배낭 때문인지 그다지 크게 움직이지 못하는 것 같았다. 고로는 벽에 밀어붙이듯 호타루의 목을 오른쪽 팔꿈치로 눌렀다.

"쓸데없는 저항은 그만둬. 이대로…."

옆구리에 감촉이 느껴졌다. 아래를 보니 어느 틈에 호타루가 봉표창을 손에 들고 있었다. 책에 꽂힌 것을 뽑았나 보다. 봉표창 끝이 고로의 옆구리에 닿았다.

호타루를 봤다. 태연한 얼굴이었다.

그녀가 말했다. "시바 선생님께 사과해."

구멍 난 책이 바닥에 떨어져 있었다. 시바 료타로의 책인가. 호타루가 역사소설을 자주 읽는 것은 알고 있었다. 설마 재미로 읽은 것이 아니라 거기서 무언가를 배우려고 읽은 것이었나.

고로는 남아 있는 왼손으로 호타루의 손목을 잡았다. 그대로 호타루를 떼어내려고 했지만, 예상보다 그녀의 힘은 강했다. 봉표창 끝이 조금씩 고로의 옆구리를 파고들었다. 승부수를 띄울 수밖에 없다. 박치기를 해서라도 행세를 역전시켜야 한다. 고로가 그렇게 생각한 순간이었다.

초인종이 울렸다.

아마 박치기라도 하겠지. 호타루가 그렇게 마음의 준비를 했을 때였다. 갑자기 초인종이 울렸다. 하지만 방심하면 공격당할 것 같아서 호타루는 봉표창을 고로의 옆구리에 들이밀었다.

또다시 초인종이 울렸다. 손님은 좀처럼 떠날 생각이 없는 듯했다. 이런 시간에 누구일까.

고로와 눈이 마주쳤다. 고로는 무언가 하고 싶은 말이 있는 눈빛이었다. 고개를 옆으로 흔들며 현관 쪽으로 시선을 던졌다. 나가보라는 뜻인가. 문을 잠가 두지 않았으니 손님이 갑자기 문을 열 수도 있었다. 방문객이 누구든 그다지 보여주고 싶은 모습은 아니었다.

호타루는 고개를 끄덕였다. 그러자 고로는 소리를 내지 않고 입을 움직였다. 하나, 둘, 셋, 하고는 동시에 힘을 뺐다. 호타루는 등에 멘 배낭을 바닥에 내려놓은 뒤 샌들을 신고 현관문으로 갔다.

"네. 누구세요?"

호타루가 그렇게 묻자, 문 너머에서 목소리가 들렸다.

"오토나시 메구미예요. 갑자기 와서 죄송해요."

문을 열자, 유키의 아내 메구미가 서 있었다. 남편은 없었다. 혼자 온 모양이다.

"불쑥 들이닥쳐서 죄송해요. 꼭 감사 인사를 하고 싶어서 왔어요."

메구미가 문 너머로 안을 들여다보더니 입에 손을 대고 놀란 표정을 지었다. 돌아보니 복도에 서 있는 고로가 있었다. 호타루도 무엇이 이상한지 깨달았다. 고로는 신발을 신고 있었다.

"아, 이건 그러니까…." 고로가 허둥지둥 신발을 벗으며 해명했다. "으음, 아, 그렇지. 바퀴벌레. 바퀴벌레가 나와서요. 제가 집에 들어오자마자요. 퇴치했으니까 걱정하지 마세요." 고로는 신발을 벗어서 현관문 앞에 내려놓았다. "잘 오셨어요. 유키한테 얘기 들었어요. 들어오세요."

"죄송해요. 저녁 시간에 들이닥쳐서."

메구미는 그렇게 말하면서도 고로가 내어 준 슬리퍼를 신었다. 현관 앞에 놓인 배낭에는 별다른 관심을 보이지 않았다. 고로를 필두로 거실에 들어갔다. 호타루는 곧장 부엌으로 가서 차를 준비했다.

"저기." 고로가 말을 걸었다. "유키한테 들었는데, 네가 만든 핫도그를 메구미 씨가 엄청 마음에 들어 했대. 유키네 집에서 단골 아침 메뉴가 됐다나. 그래서 너한테 감사 인사를 하고 싶댔어."

조금 전까지 호타루의 목을 팔꿈치로 누르던 사람 같지 않았다. 그가 던진 봉표창은 시바 료타로의 책으로 겨우 받아냈지만, 까딱 잘못했다가는 크게 다쳤을 것이다.

"이거 별건 아니지만…."

메구미가 손에 든 쇼핑백을 거실 테이블에 놓았다. 화과자 같았다. 고로는 "감사합니다"라고 답하며 소파에 앉아서 담소를 나누기 시작했다.

호타루는 물이 끓기를 기다렸다. 호타루의 청바지 주머니에는 그가 던진 봉표창이 들어 있었다. 고로는 닌자다. 그것도 이가 닌자다. 조금 전에는 그와 대치하느라 이성적으로 생각할 겨를이 없었는데, 이제야 사태의 심각성을 알겠다.

우체국에는 이가 닌자가 많이 섞여 있다. 그런 소문을 알고 있었기에 연애를 시작하고 나서도 신중하게 그의 움직임에 주의를 기울였다. 하지만 그에게서는 닌자 특유의 예리함이 전혀 느껴지지 않았고, 결혼하고 나서 집에서도 기가 막히도록 평범했다.

그런데 오늘 그의 반응을 보니, 고로도 호타루가 닌자라는 사실을 몰랐던 모양이다. 한마디로 그는 그 나름대로 자신이 닌자임을 들키지 않으려고 집에서 일부러 일반인처럼 행동했다는 뜻이다. 호타루도 지금껏 닌자라는 사실을 남편에게 숨겨 왔으니, 서로 자신의 정체를 숨긴 채 결혼 생활을 이어온 셈이었다.

"두 분은 캠핑장에서 만났다고 했죠? 다음에 저희 집에서 바비큐라도 해 드실래요? 남편도 좋아할 거예요."

메구미의 제안에 응한 사람은 고로였다.

"좋죠. 꼭 해요. 사실 제가 주물 냄비 요리를 잘하거든요. 그중에서도 로스트 치킨은 기가 막혀요."

"기대되네요."

아쉽게도, 라고 호타루는 속으로 생각했다. 메구미가 로스트 치킨을 입에 댈 날은 절대 오지 않을 것이다. 바비큐 파티 따위는 열리지 않을 테니까. 거기까지 생각하다가 호타루는 한 가지 가능성을 떠올렸다. 혹시 그 유키라는 남자도 닌자가 아닐까. 아니, 틀림없이 그럴 것이다. 두 사람은 체격도 비슷하고 어릴 적부터 친구라고 했다. 서로 닌자임을 아니까 오랫동안 교류를 이어올 수 있지 않았을까.

차를 우려서 거실로 가져갔다. 부엌으로 돌아가 뒷정리를 하는

데, 메구미가 말을 걸었다.

"호타루 씨, 이쪽으로 오세요."

다시 말해 메구미는 닌자의 아내다. 그녀는 과연 일반인일까. 이가 닌자는 일족끼리 결혼하는 경우가 많다고 들었다. 그녀가 이가 닌자일 가능성도 무시할 수 없었다. 지금도 이가 닌자끼리만 아는 신호로 대화하는 중일지 모른다.

"저는 저녁 준비를 해야 해서요."

"정말 죄송해요. 이런 시간에 와서…."

"아뇨, 괜찮습니다." 고로가 웃음을 띠며 말했다. "아, 그렇지. 괜찮으시면 같이 저녁 드실래요? 유키는 어차피 야근이죠?"

"하지만 그러기는 죄송해서…."

"괜찮아요. 사양하지 마세요. 호타루, 메구미 씨가 드실 것도 있지?"

"뭐, 없지는 않은데."

호타루는 냉장고를 열어서 밑간해둔 닭고기를 꺼냈다. 혹시라도 두 사람이 급습할 때를 대비해 선반에서 꺼낸 식칼을 바로 손 닿는 곳에 두었다. 그리고 조리를 시작했다.

"잘 먹었습니다. 맛있었어요."

오후 여덟 시경, 오토나시 메구미가 귀가할 때가 되어, 고로는 현관 앞에서 그녀를 배웅했다. 실로 긴장감 넘치는 저녁 식사였다. 메뉴는 닭튀김과 샐러드, 밥과 된장국이었다.

호타루가 약을 넣지는 않을까. 그런 생각이 든 것은 메구미에게 저녁 식사를 권한 뒤였다. 아뿔싸, 라고 생각했지만, 이미 엎어진 물이었다. 호타루는 약사라는 직업 특성상 일반인보다 독극물과 가까운 위치에 있다. 그녀가 오늘 저녁밥에 독을 넣지 않는다는 보장은 없었다.

불안해하며 저녁을 먹었지만 아직은 무사하다. 메구미에게 저녁을 권해서 오히려 다행이었는지도 모른다. 호타루는 다른 사람을 말려들게 할 생각은 없는 것 같았다.

"감사했습니다. 다음에 같이 바비큐 해 먹어요."

"물론이죠. 조심히 들어가세요."

고로는 문으로 나가는 메구미를 배웅했다. 뒤돌아보니, 호타루가 식칼을 들고 서 있었다. 고로도 조금 전에 추가로 챙긴 봉표창을 양손에 쥐고 있었다.

호타루와 고로의 거리는 3미터 정도. 서로 숨을 죽이고 서서히 간격을 좁혔다. 호타루는 저 식칼을 어쩔 셈일까. 던질까? 아니면 베려고 달려들까? 던지면 무기 하나를 잃게 된다. 던지지 않는 쪽에 승부를 걸기로 했다.

그때 예상치 못한 일이 일어났다. 호타루가 손에 든 식칼을 떨어뜨렸다. 순간 집중이 흐트러졌다. 그 틈을 타 호타루가 맹렬한 기세로 몸을 부딪쳤다. 고로는 균형을 잃고 쓰러졌다. 던지지도 않았고 베지도 않았다. 집중을 흐트러뜨리려고 무기를 떨어뜨렸다. 상상을 뛰어넘는 전술이었다.

"잠깐, 잠깐만, 호타루."

이미 불리한 자세—종합 격투기에서 말하는 마운트 포지션—를 선점당하고 말았다. 고로가 얼굴 쪽으로 가드를 올리고 호타루를 올려다보며 말했다.

"싸움은 언제든 할 수 있어. 그 전에 대화를 해보자. 몇 가지 묻고 싶은 게 있어. 너도 그렇지 않아?"

호타루는 냉랭한 눈빛으로 고로를 내려다보다가 이윽고 몸을 일으켰다. 그대로 식칼을 주워 들고 복도를 지나 사라졌다. 고로도 일어나서 흐트러진 옷을 정돈하며 거실에 들어갔다. 호타루가 식탁 의자에 앉아 있어서 고로도 맞은편에 앉았다.

호타루가 말했다.

"질문은 서로 세 개씩만. 길게 얘기할 여유는 없으니까."

"알았어. 그럼 우선 나부터. 호타루, 너는 코가 닌자지?"

호타루가 고개를 끄덕였다. 예상은 했지만 확답을 들으니 충격이었다. 2년 동안 코가 닌자와 결혼 생활을 했다. 전대미문의 사건이다. 이런 기이한 일은 들어본 적도 없다.

"다음은 나야. 당신은 이가 닌자지?"

"맞아." 고로는 고개를 끄덕였다. "네가 닌자인 줄은 꿈에도 몰랐어. 상상해 본 적도 없어. 아, 다음 질문. 호타루, 아카마키 의원을 죽인 게 너야?"

호타루는 고개를 가로저었다.

"난 아니야. 내가 그 집에 들어갔을 때 그 사람은 이미 숨을 거둔 상태였어."

의외였다. 호타루가 닌자라면 그녀가 아카마키 의원을 처리한 것이 확실하다고 생각했다. 호타루가 아니면 대체 누가 아카마키를 살해했을까. 본부에서는 코가 닌자가 범인이라고 단정 지었지만, 근본부터 고쳐 생각해야 할 것 같다.

"내 두 번째 질문. 이가 놈들은 내 정체를 눈치챘어?"

"아니." 고로가 대답했다. "코가 닌자가 한 짓이라고는 의심하지만, 너에 대해서는 몰라. 나는 드론을 조종한 여자가 목격됐다는 정보를 토대로 네 정체를 알아냈어."

하지만 본부에서 일하는 닌자들은 현장 주변 CCTV를 감시할 것이다. 고로의 움직임을 본부가 알아차렸어도 이상하지 않다. 본부가 어떻게 나올지는 미지수다.

"내 마지막 질문이야. 토요일에 토요마츠 의원을 구한 사람은 너지?"

"맞아." 호타루는 미소를 지으며 대답했다. "별거 아니었어. 폭탄 제작자를 찾아내서 그 사람한테 의뢰했어. 이가가 친 덫인 건 알고 있었거든. 그래서 일부러 다른 장소를 폭파해서 이가 닌자를 비웃어 주고 싶었어."

그 농간에 놀아나고 말았다. 이가 닌자의 가족 중에 코가 닌자가 숨어 있을 줄이야. 아무도 상상하지 못했을 것이다.

"내 질문은 끝이야. 호타루, 마지막 질문은?"

호타루는 잠시 팔짱을 끼고 고민했다. 잠시 후 그녀가 입을 열었다. "왜 이혼에 응하지 않았어? 서로 이미 정떨어지지 않았어?"

"설명하자면 긴데." 고로는 그렇게 운을 떼고는 간추려서 설명했다. "쉽게 말하면 이가 닌자 사회에서는 이혼을 엄금해. 나중에 출세에도 영향을 미쳐."

"흐음. 생각보다 고리타분하네, 이가는."

이가와 코가. 오랫동안 적대 관계였다. 이가 닌자와 코가 닌자가 이렇게 얼굴을 맞댄 이상 결판을 내야 한다.

세 가지 질문은 끝났다. 이제 이 이상 할 이야기는 없다. 호타루 옆에 식칼이 놓여 있었다. 고로의 무기는 양손에 쥔 봉표창 두 개. 먼저 공격하는 게 최선이다.

고로는 아무렇지 않게 양손을 테이블 위에 올리고는 혼신의 힘을 다해 테이블을 밀었다. 뒤에 있는 벽과 테이블 사이에 가둬서 호타루의 움직임을 봉쇄할 생각이었다. 하지만 이를 눈치챘는지 호타루는 잽싸게 테이블 밑으로 모습을 감췄다.

다리를 베이면 큰일이다. 고로는 의자를 걷어차고 거실 쪽으로 이동했다. 호타루는 이미 테이블 밑에 없었다. 부엌 쪽으로 간 모양이다.

"호타루, 들어 봐."

고로는 언제든 던질 수 있도록 봉표창을 들어올린 채 보이지 않는 적에게 소리쳤다.

"여기서 결판을 내는 것도 좋지만, 동네 사람들한테 민폐잖아? 장소를 바꾸자."

가구를 부수고 싶지도 않았고, 창문이나 문이 파손되면 고치는 게 일이었다. 그리고 무엇보다 동네 사람들이 경찰에 신고라도 하면 귀찮아진다.

거실 벽에 달린 달력이 눈에 들어왔다. 이번 주 토요일 날짜에 분홍색 형광펜으로 동그라미가 그려져 있었다. 신혼 때는 둘이서 자주 일정을 적어 넣었지만, 최근에는 그런 관행도 사라졌다. 이번 달 일정은 하나뿐이었다.

"호타루, 한 가지 제안이 있는데."

고로는 달력에서 눈을 돌리며 입을 뗐다.

△

"여기는 A반. 지금 막 쿠사카리 고로의 집에 도착했습니다. … 알겠습니다. 이대로 안에 들어가겠습니다."

운전석에 앉은 닌자가 스마트폰 통화를 마쳤다. 우라는 뒷좌석에서 그 내용을 들었다. 조수석에도 다른 닌자가 앉아 있었다. 두 사람 다 30대쯤인 닌자라서, 우라 입장에서는 아재라고 불러도 될 나이였다. 이런 아재가 돼서도 위에서 시키는 대로 혹사를 당해야 한다니, 닌자는 참 고생이다.

우라 일행은 쿠사카리 고로의 집과 가까운 무인 주차장에 있었다. 조금 전에는 같은 세타가야구에 있는 미즈우치 씨 댁에 들렀다. 간신히 얻은 정보에 따르면, 고로는 드론을 조종한 여자의 얼굴 사진을 남자에게 보여줬다고 했다. 다시 말해 고로는 드론을 조종한 여자의 정체를 알아차렸다는 뜻이다.

중대한 정보였다. 본부에서는 그런 중대한 정보를 보고하지 않은 고로의 행동이 훨씬 큰 문제라고 판단한 것 같았다. 보고, 연락, 상담은 닌자의 기본이라고 닌자 학교에서도 가르친다.

"GPS 반응은 약 10분 전에 사라졌다고 한다." 운전석에 앉은 리더 닌자가 말했다. "전원을 껐을지도 몰라. 아무튼 신중하게 움직이자. 가자."

"네!"

조수석에 앉은 부(副)리더 닌자가 대답했다. 우라는 한 박자 늦게 말했다. "네!"

차에서 내렸다. 쿠사카리 고로의 집은 2층짜리 단독주택이었다. 모르긴 몰라도 자가는 아닐 것이다. 하급 닌자가 세타가야에서 집을 사기는 도저히 불가능하다.

리더 닌자가 초인종을 눌렀지만 반응이 없었다. 문은 잠겨 있다. 집 주위를 빙 돌며 관찰했다. 불도 꺼졌고 인기척도 없었다. 부리더 닌자가 봉표창을 들고 손잡이 부분으로 유리를 깼다. 구멍으로 손을 넣어 잠금을 풀었다. 신발을 신은 채 실내에 들어갔다.

시간은 여덟 시 삼십 분쯤이었다. 셋이 갈라져서 모든 방을 확인했지만 거주자의 모습은 보이지 않았다. 아이는 없으니 부부 둘이서 살고 있을 터였다. 리더 닌자가 스마트폰으로 본부에 보고했다.

"없습니다. 쿠사카리 고로를 못 찾았습니다. …아내 쪽도 마찬가지입니다."

우라는 거실에 있었다. 세간이 적고 간소한 인테리어였다. 테이블 밑에 무언가가 떨어져 있었다. 커버를 씌우지 않은 책이었다. 그런데 희한하게도 가운데에 구멍이 뚫려 있었다. 무언가를 꽂았다가 뺀 것 같은 구멍이었다.

"우라, 그게 뭐야?"

부리더 닌자가 다가오자, 우라가 어깨를 으쓱하며 대답했다.

"글쎄요, 뭘까요?"

부리더 닌자는 구멍이 뚫린 책을 보고 무언가를 깨달은 듯했다. 그는 주머니에서 봉표창을 꺼내 책에 난 구멍에 끼웠다. 딱 들어맞았다. 한마디로 봉표창으로 생긴 구멍이라는 뜻이었다. 그런데 뭘 어떻게 했기에 책에 봉표창이 꽂혔을까. 도무지 알 수 없었다.

우라는 부리더 닌자를 그 자리에 남겨두고 2층으로 올라가 보았다. 앞쪽이 침실, 뒤쪽이 창고방인 것 같았다. 침실 문을 열어보니, 침대 두 대가 떨어져서 놓여 있었다. 침대를 따로 썼나 보다. 두 사람은 의외로 사이가 나빴는지도 모르겠다.

저쪽이겠군. 이불 색으로 추측해서 동쪽에 놓인 침대로 향했다. 확인차 냄새를 맡아 보니 역시 맞았다. 여자 냄새가 났다.

쿠사카리 호타루. 쿠사카리 고로의 아내다. 지난주 행사장에서 봤는데, 고로의 아내치고 괜찮은 여자였다. 카제토미 사요가 공들여 키운 난초처럼 아름답다면, 쿠사카리 호타루는 들에 핀 꽃 같은 미인이었다. 그런 점이 사람을 자극했다.

우라는 그런 여자를 아내로 삼을 수 있다면 정년까지 우체국에서 일하는 것도 나쁘지 않겠다는 생각이 들었다. 분명 집안일도 똑 부러지게 할 것이다. 우라는 침대 위에 앉아서 해본 적도 없는 결혼 생활을 상상했다. 집에 돌아오면 기다리고 있는 호타루. 다정한 미소를 머금고 우라를 맞아줄 것이다. '왔어요, 여보? 피곤하죠? 우선 목욕부터 할래요? 나도 이따가 갈게요.'

"야, 우라, 뭐 하는 거야?"

부리더 닌자의 목소리에 정신을 차렸다. 침대에서 일어나 침실을 나갔다. 어떤 움직임이 있었나 보다. 거실로 가자, 리더 닌자가 말했다.

"본부에서 연락이 왔다. 쿠사카리 고로의 자가용이 흰색 랜드크루저라고 한다."

흰색 랜드크루저. 드론을 조종한 여자가 탔다는 차다. 세타가야에 등록된 번호라고 보고가 올라왔다. 그러니까 드론을 조종한 여자의 정체는 쿠사카리 호타루라는 말인가. 그녀는 왜 드론으로 아카마키 의원의 집을 정찰했을까. 남편 고로는 그 사실을 알았을까. 아니, 고로가 아내에게 시킨 일이었을까.

"아무튼 쿠사카리 고로를 찾는 게 우선이다. 지금 지원군이 이쪽으로 오고 있다."

집 앞 주차장에는 차가 없다. 두 사람은—두 사람이 같이 움직이고 있다는 전제하에—흰색 랜드크루저를 타고 도주했을 가능성이 크다.

"우선은 주변 수색부터 한다. 가자."

하아, 일이 커졌다. 대체 언제쯤 집에 갈 수 있을까. 그래도 우라는 "네!"라고 대답하며 선배 닌자들을 따라 고로의 집에서 나갔다.

　

주차장에 있는 차는 적었다. 이즈시에 있는 캠핑장. 고로는 조수석에 앉아 있었다. 여기까지 운전한 사람은 아내 호타루였다.

호타루는 캠핑장에 가지 않겠냐는 고로의 제안을 받아들였다. 내가 운전하게 해줘. 호타루가 그렇게 말해서, 고로는 조수석에 앉았다. 호타루는 미친 듯이 밟았다. 불안해질 정도로 빠른 속도였다. 고로는 계속 보조 손잡이를 잡고 있었다. 호타루는 태연한 얼굴로 액셀을 밟으며 평소였으면 두 시간은 걸렸을 거리를 한 시간 이십 분 만에 주파했다.

이즈 스카이라인이라는 유료 도로에서 약간 떨어진 캠핑장이었다. 입산료만 내면 어디에나 텐트를 칠 수 있는 곳이었다. 차에서 내려 짐을 꺼냈다. 일단은 캠핑 준비를 해왔는데, 여느 때와 마찬가지로 각종 장비를 챙겨 온 고로와 달리 호타루의 짐은 단출했다. 등에 멘 배낭 하나가 전부였다. 텐트도 가져오지 않았다. 자고 갈 생각은 없는 것일까.

하긴, 그렇겠지. 고로는 속으로 웃었다. 오늘은 캠핑하러 온 것이 아니다. 결판을 낼 장소로 이곳을 골랐을 뿐이다. 생각해 보니 호타루를 처음 만난 곳도 이 캠핑장이었다. 마지막 장소에도 제격이다.

밤늦은 탓인지 접수대에 사람이 없었다. 그대로 지나쳐서 안에 들어갔다. 취사를 위해 마련된 물탱크도 있었지만, 거기에도 사람이 없었다. 평일 밤이라 손님이 거의 없는 듯했다.

일단 산길이 있어서 정상까지 갈 수 있었다. 캠핑하기 좋은 자리도 여기저기 흩어져 있었고 시설 측이 나눠주는 팸플릿에 그 위치가 나와 있었다. 고로와 호타루는 평소 점찍어 둔 자리 세 군데를 돌아가며 이용했다.

"호타루, 어떻게 할래?"

고로가 그렇게 묻자, 호타루가 대답했다.

"글쎄. 모처럼 여기까지 왔으니까 산속에서 하자. 단, 무기 반입은 금지야. 짐은 여기에 두고 가."

호타루는 어깨에 멘 배낭을 나무둥치 쪽에 내려놓았다. 고로도 들고 있던 짐을 전부 거기에 두었다. 경기를 앞둔 복싱 선수처럼 서로 몸수색을 했다. 호타루는 소지한 무기가 아무것도 없었지만, 고로는 주머니에 숨겨둔 봉표창을 몰수당했다.

"그럼 가자."

호타루는 걸어 나갔다. 고로는 그 등을 쫓았다. 기분이 이상했다. 그녀는 코가 닌자다. 그리고 자신은 그녀와 결판을 내기 위해 이렇게 늦은 밤에 캠핑장을 걷고 있다.

운명의 장난이라고 볼 수밖에 없었다. 이가 닌자와 코가 닌자가 우연히 캠핑장에서 만나 대화를 나누고, 얼마 후에 사귀다가 결국 결혼해 버렸다. 그야말로 영화 같은 이야기였다.

하지만 기막혀할 때가 아니다. 이가와 코가는 절대 섞일 수 없는 적대 관계다. 상대의 정체를 안 이상, 결판을 내야 한다.

"이 정도면 되겠지."

호타루가 5분쯤 걷다가 멈춰 섰다. 저 차분함은 대체 뭘까. 집에서 청소하거나 책을 읽을 때와 표정이나 분위기가 별반 다르지 않았다. 무슨 일이 일어나든 동요하지 않는다. 그만큼 아내는 가시밭을 헤치며 살아왔다는 뜻일까.

"가위바위보 하자." 호타루가 제안했다. "이긴 쪽이 먼저 출발하고, 진 쪽은 3분 후에 뒤를 쫓는 거야. 결투는 어느 한쪽이 항복하든가 전투 불능 상태가 될 때까지야. 괜찮지?"

이견은 없었다. 힘으로 싸우면 질 리가 없었다. 승패의 향방은 호타루의 재빠른 움직임에 어떻게 대응할지에 달려 있었다.

"알았어. 가위바위보 하자."

고로는 오른손을 앞으로 내밀었다. 이긴 사람은 호타루였다. 호타루는 아무 말 없이 산길을 올라갔다. 곧 호타루의 모습이 어둠 속으로 사라졌다. 고로는 손목시계로 시선을 떨어뜨렸다. 이가 닌자 사이에서 인기 있는 태그호이어였다.

주위가 고요했다. 바람도 없이 온화한 밤이었다. 풀벌레 소리에 섞여 올빼미 울음소리가 들려왔다.

닌자 학교에 다니던 시절, 이런 어둑한 산에서 서바이벌 연습을 했다. 3인 1조로 산에 들어가서 다양한 미션에 임했다. 밤에는 적에게 들키지 않고 텐트에 접근하는 연습도 했다. 유키와 사요도 함께였다. 그때부터 사요는 리더로 남자 둘을 이끌었다. 그리운 추억이다.

지독히도 긴 3분이 지나자, 고로는 산길을 걸어갔다.

호타루는 어딘가에 숨어서 기습할 것이 분명했다. 문제는 어디에 숨었는지였다. 역으로 고로도 숨어서 상대의 인내심이 바닥나기를 기다리는 방법도 있었다. 그러면 엄청난 장기전이 될 터였다.

신경을 쓰며 걸었다. 그런데 자꾸 잔가지가 밟혀서 소리 없이 걷기가 어려웠다. 결국 고로는 접근전이 되겠다고 추측했다. 상대가 돌을 던지는 식으로 공격하면 귀찮기야 하겠지만, 이런 어둠 속에서는 원거리 무기가 그리 도움이 되지 않을 터였다. 그러니 역시 상대에게 다가가는 방법밖에 없었다. 체술이라면 지지 않을 자신이 있었다. 어릴 적부터 유도를 했고, 고등학교 때 현내 대회에서 준우승한 적도 있다.

신중을 기하며 앞으로 나아갔다. 호타루는 어디 있을까? 대체 어디서 습격할 계획일까?

그때였다. 갑자기 등 뒤에서 충격을 느꼈다. 어떻게 뒤에서? 호타루는 앞에 있는 것이 아니었나.

숨 쉬기가 힘들었다. 호타루는 뒤에서 고로의 등에 올라타 가느다란 팔을 고로의 목에 감았다. 고로는 호타루의 팔을 풀려고 버둥거렸지만 마음처럼 되지 않았다. 의식이 흐릿해졌다. 머리에 산소가 미치지 않는 탓이었다.

이렇게 짧은 시간 내에 산속을 돌아나가 고로의 뒤를 쳤다는 말인가. 정말 뭐 하는 여자일까.

위험하다. 이대로면 쓰러지고 말 것이다. 그 전에 어떻게든 해야….

고로는 혼신의 힘을 다해 걸음을 뗐다. 그리고 호타루를 등에 업은 채 산길에서 비탈을 향해 몸을 던졌다.

둘이서 뒤엉키듯 비탈을 굴러떨어졌다. 중간까지 고로의 목에 팔을 감고 있던 호타루는 도중에 손을 놓고 말았다. 자신의 몸을 지키는 것이 우선이었다.

비탈이 끝났다. 호타루는 곧장 자세를 바로잡았다. 고로도 거친 숨을 내쉬며 한쪽 무릎을 꿇고 호타루를 보았다.

기습은 실패였다. 선수를 치려고 숲속을 소리 없이 가로질러 고로의 뒤를 쳤다. 기절시키면 끝이었는데, 그 기대는 빗나갔다. 비탈로 몸을 던질 줄은 상상도 못 했다.

"이야, 큰일 날 뻔했네."

고로는 그렇게 말하며 일어섰다. 한창 싸우는 와중에 말을 하다니 몹시 부주의한 태도였지만, 깊은 밤 산속에서 남편의 실루엣은 유달리 커 보였다.

이 캠핑장에서 고로를 처음 만났다. 호타루가 평소에 텐트를 즐겨 치던 장소에 먼저 온 손님이 있었는데, 그 사람이 고로였다. '안녕하세요.' 그것이 그의 첫마디였다. 그리고 그는 이렇게 덧붙였다. '혹시 여기 노리고 있었어요?' 나쁜 사람 같지는 않았다. 그것이 첫인상이었다.

원래 같았으면 절대 제안에 응하지 않았을 것이다. 하지만 남자의 해맑은 미소에 이끌려 호타루는 자기도 모르게 배낭을 내려놓았다. 그리고 남자와 이야기를 나눴다. 대화해 보니 의외로 재미있었고, 어차피 하루만 보고 말 남이라는 가벼운 마음이 있어서였는지 호타루는 자신의 직장에서 일어난 일을 처음 보는 남자에게 이야기했다. 그런데 그 남자와 결혼하다니, 정말 인생은 한 치 앞도 알 수 없다. 심지어 그 남자가 이가 닌자였다. 이가 닌자와 코가 닌자가 캠핑장에서 만났다. 어떤 의미에서 운명적인 만남이었다.

쓸데없는 생각 하지 마.

호타루는 고개를 살짝 좌우로 흔들고 눈앞에 있는 적에게 의식을 집중했다. 거리는 3미터 정도. 고로는 몸을 약간 앞쪽으로 기울인 채 양손을 앞으로 내밀고 있었다. 유도를 오래 했다고 들었다. 걸려들면 위험하겠지만, 호타루도 어느 정도 체술에 능했다.

서서히 간격을 좁혔다. 가끔 잔가지를 밟는 소리가 들릴 뿐이었다. 호타루는 숨겨 뒀던 자갈을 던졌다. 그의 집중이 흐트러지는 순간을 포착하자마자 단숨에 간격을 좁혀서 태클을 걸었다.

레슬링 기술이다. 츠키노 세 자매는 초등학생 때부터 아버지의 권유로 레슬링을 배웠다. 세 명 모두 성적이 좋아서 카에데와 호타루는 전국대회에도 출전했다. 카에데는 3위, 호타루는 8강까지 올라갔다. 카에데가 초등학교 6학년, 호타루가 4학년 때였다. 준준결승에서 진 것이 분해서 2년 동안 맹렬히 연습한 결과, 호타루는 6학년 때 전국대회에서 우승했다. 나중에는 올림픽에서 금메달을 따겠다고 진심으로 생각했다.

그만한 실력을 갖추자 남자를 상대로 연습할 수밖에 없었다. 그런데 초등학교 6학년이면 자연스레 몸이 여성스러워지는 시기라, 호타루는 괜찮다고 하는데도 상대인 남자 쪽이 여자와 연습하기를 부담스러워 했다. 오래지 않아 시골인 나가노에 있는 레슬링 학원에서는 연습 상대를 찾을 수 없게 되었다. 결국 호타루는 레슬링을 그만둬야 했다. 초등학교 시절의 슬픈 추억이다.

그래서 접근전에는 자신이 있었다. 호타루는 태클로 고로를 쓰러뜨리고 그대로 제압해서 유리한 위치를 점했다. 눈 깜짝할 사이에 고로의 배 위에 호타루가 올라앉았다. 뭐든 할 수 있는 자세였다. 때릴 수도 있고 팔을 잡아서 관절기를 쓸 수도 있었다.

이건 이긴 싸움이다. 그런 자만심에 취했나 보다. 고로가 시야를 가릴 목적으로 호타루의 얼굴에 흙과 돌맹이를 던졌다. 다행히 눈은 지켜냈지만, 그 한순간에 형세가 역전되었다. 이번에는 고로가 호타루의 배를 깔고 앉았다.

절체절명의 위기였다. 그런데 한편 그런 상황을 즐기는 마음이 있는 것도 사실이었다. 매일 지령을 수행하는 나날이었지만, 지난 몇 년 동안 이렇게까지 긴박하게 싸워본 기억이 없었다. 무언가를 훔치거나 무언가를 지키라는 지령뿐이었다. 닌자와, 그것도 남편이기도 한 이가 닌자와 정정당당히 싸우고 있다. 매우 희귀한 경험이었다.

호타루는 고개를 숙이고 머리를 감싸듯 방어 자세를 취했다. 고로가 위에서 덮쳐왔다. 뒤에서 목을 조르려고 했지만, 호타루가 목을 움츠리고 있어서 고로의 팔이 안쪽으로 들어오지 못했다. 오른손으로 돌을 쥐고 고로의 측두부에 내리쳤다. 그 틈에 자세를 바꿔서 이번에는 고로의 팔 관절을 꺾으려고 했지만, 실패로 끝났다.

엎치락뒤치락했다. 공격하다가 방어하고, 방어하다가 공격했다. 그 반복이었다. 이 사람이 정말 고로인가. 긴박하게 싸우면서 호타루는 어렴풋이 그런 생각을 했다. 화장실에서 소변을 튀기던,

그 꺼벙한 남편이 맞나. 고기를 먹고 싶다는 등 아침은 일식이 좋다는 등 발포주보다 맥주가 좋다는 등, 시답잖은 고집을 부리던 남편과 동일 인물이 맞나.

이걸로 내 승리다. 그렇게 생각한 순간이 몇 번이나 있었지만, 그때마다 제대로 끝을 맺지 못했다. 몸이 마음처럼 움직이지 않았다.

천하의 내가 망설이는 것인가. 호타루는 그 사실을 깨닫고 깜짝 놀랐다.

어째서? 내가 생각한 것 이상으로 나는 그를—.

그 순간은 갑작스레 찾아왔다. 난투를 벌이며 땅 위를 기듯이 싸우던 때였다. 갑자기 고로의 얼굴이 눈앞으로 다가왔다. 서로 숨이 닿을 만한 거리였다. 고로도 놀란 듯 한순간 움직임이 멈췄다. 눈이 마주쳐서 서로 바라보았다.

이유는 모르겠다. 몸이 멋대로 움직였다. 호타루는 자신의 입술을 고로의 입술에 포갰다.

고로가 거기에 응했다. 두 팔로 끌어안는 것이 느껴졌다. 탐닉하듯 혀가 얽혔다. 오랜만에 하는 키스는 흙 맛이 났다.

고로는 눈을 떴다. 잠을 잘 생각은 없었건만, 자기도 모르게 잠들었나 보다. 아직 노곤한 피로가 남았지만, 결코 나쁜 피로는 아니었다. 말로 형용할 수 없는 충족감이 몸 안에서 흘러넘쳤다.

텐트 안이었다. 바로 조금 전에 일어난 일인데 마치 꿈속의 한 장면 같았다. 호타루와 싸우던 도중에 정신을 차리고 보니 입맞춤을 하고 있었다. 긴 포옹이었다. 이윽고 누가 먼저랄 것도 없이 일어나서 손을 잡고 짐을 놓아둔 곳으로 돌아갔다. 계속 아무 말도 하지 않았다. 그리고 평소에 즐겨 찾던 장소로 가서 텐트를 쳤다. 둘이서 안에 들어갔다. 그 후에 일어난 일은 말할 필요도 없다.

호타루는 텐트 안에 없었다. 애초에 고로의 텐트는 2인용이라고는 하지만 실질적으로 둘이 쓰기에는 조금 좁았다. 하지만 시트에는 호타루가 머물렀던 온기가 남아 있었다.

고로는 밖에서 인기척을 느끼고 텐트를 빠져나갔다. 호타루가 모닥불을 피우고 있었다. 고로가 다가가자, 호타루는 마시던 페트병을 무표정하게 건넸다.

"고마워."

고로는 감사 인사를 하며 페트병을 받았다. 안에 든 물은 미지근했지만, 기분 좋게 목구멍을 흘러내렸다.

타닥타닥 하며 불이 튀었다. 그 소리를 듣기만 해도 마음이 차분해졌다. 오전 두 시가 다 되어 가는 시간이었다. 주위는 어둠에 싸였고, 머리 위에는 별이 반짝였다. 공기가 맑아서 별도 아름답게, 그리고 선명하게 보였다. 이런 것도 야외의 매력이다.

"졸리지 않아?"

고로가 묻자, 호타루는 모닥불에 나무를 때며 대답했다.

"응. 아직 안 졸려."

호타루는 코가 닌자다. 대체 코가 닌자는 어떻게 지낼까. 흥미가 없지 않았다. 사실 없지 않은 정도가 아니라, 조금이라도 좋으니 코가 닌자에 대해 알고 싶다는 강한 욕구가 들었다. 아니, 코가 닌자가 아니라 호타루라는 닌자에 대해 더 많이 알고 싶었다.

내가 이야기하면 그녀도 이야기해주지 않을까. 고로는 그런 엷은 기대를 품고 이야기를 시작했다.

"이가에는 닌자 학교라는 게 있어. 초등학교에 입학하면 그때부터 1년에 두 번 여름과 겨울에 전국에 퍼져 있는 이가 일족의 아이들이 모여서 닌자의 기술을 배워. 훈련이 꽤 엄격해서 우는 애들도 있었어. 하지만 그때 싹튼 우정이라고 할까? 그런 건 계속 이어져. 유키라는 친구 있잖아. 걔도 닌자 학교 동기야."

"그 사요라는 여자, 아니, 그 사람도 동기야?"

역시 눈치챈 모양이다. 하지만 사요와는 아무 사이도 아니다. 괜히 거짓말을 해서 의심받고 싶지 않았기에 솔직히 말했다.

"맞아. 이가에 여자 닌자는 드문데, 집안에 후계자가 없어서 사요가 닌자로 수행을 받았어. 이가에서는 상당한 명문가로 통해. 지위로는 나랑은 비교도 안 되게 높아."

"혹시 카제토미 죠이치로의 딸이야?"

"용케 알았네."

"흔치 않은 성이잖아. 게다가 카제토미 죠이치로가 이가 쪽 국회의원이라는 건 나도 알고 있었어."

"네 말대로야. 카제토미 가문은 이가 일족에서도 손에 꼽는 명문가야. 이가에는 상급, 중급, 하급 닌자라는 제도가 있는데…."

아내에게 이가 일족 이야기를 하는 날이 올 줄은 꿈에도 몰랐다. 코가는 적이니 지금 자신이 이야기하는 것은 정보 유출에 해당된다는 걸 머리로는 알았지만, 고로는 이미 각오했다. 호타루와 끝까지 운명을 함께하겠다. 그런 마음이었다. 무슨 일이 있어도 호타루는 내가 지킨다. 조금 전 텐트 안에서 호타루와 사랑을 나누며 가슴 깊이 그렇게 맹세했다.

"참 귀찮겠다, 이가 닌자는."

고로의 이야기를 듣고 호타루가 그렇게 말했다.

"맞아, 귀찮은 면이 있지. 굴레라고 할까? 그런 게 성가셔서 혼자 캠핑을 다니기 시작했어. 그 인연으로 너를 만날 줄은 몰랐지만. 호타루, 너는 어때? 코가에는 그런 조직 같은 거 없어?"

순수하게 호타루의 삶이 궁금했다. 호타루가 어떻게 닌자로 살아왔는지 알고 싶었다.

"코가에 그런 유대는 없어. 솔직히 말해서 나 말고 다른 닌자를 만난 적도 없어. 가끔 심부름꾼을 마주치는 정도야. 가족 말고 다른 닌자는 만나본 적도 없어."

"응? 가족이 있어?"

천애고아라고 들었다. 결혼식 피로연 때도 신부 측 참석자가 적어서 균형을 맞추느라 애를 먹은 기억이 있다.

"지금까지 숨겼는데, 언니랑 여동생이 한 명씩 있어. 그리고 아빠도. 하지만 셋 다 닌자로 활동하지는 않아. 지령을 받는 건 나뿐이야."

지령. 이가에서 말하는 임무 같은 것일까. 아카마키 의원의 저택에 잠입하고 토요마츠 의원을 지킨 것도 지령의 일환이었을 것이다.

"그나저나 궁금한 게 하나 있는데." 호타루가 그렇게 운을 떼며 말했다. "당신, 계속 표창을 썼잖아. 이가는 아직도 표창을 쓰나 봐?"

조금 윗사람 같은 말투가 마음에 들지 않았다. 마치 이가 닌자를 깔보는 것 같았다. 고로는 봉표창을 꺼내면서 말했다.

"뭐, 그렇지. 이걸 품에 숨기고만 있어도 강력한 무기가 돼. 던지는 게 다가 아니야. 근거리전에서도 쓸 수 있고 벽을 타고 올라갈 때도 발판으로 요긴하게 쓰여. 아, 텐트 말뚝이 없어졌을 때도 쓸 수 있어."

마지막 말은 농담이었는데, 호타루는 조금도 웃지 않았다. 이런 면은 평소의 호타루와 똑같다. 고로는 쓸쓸하게 웃으며 말했다.

"코가에서는 어떤 무기를 쓰는데?"

"최근에는 거의 이거지."

"호타루, 그거….'

고로는 놀랐다. 호타루가 겉옷 주머니에서 꺼낸 물건은 검고 윤이 나는 자동 권총이었다. 코가는 항상 권총을 소지한다는 말인가. 총포 도검 단속법 위반 아닌가. 고로의 걱정에는 아랑곳하지 않고 호타루가 웃었다.

"특별히 제작한 마취총이야. 꽤 쓸모 있어서 마음에 들어."

마치 아끼는 조리 기구를 소개하는 말투 같았다. 호타루가 숲 쪽으로 총구를 겨눴다. 쉭 하고 공기를 가르는 소리가 났다. 호타루가 마취총을 쏜 것이다.

그러고 보니, 하며 고로는 떠올렸다. 아카마키 의원이 살해당한

날 밤, 마당 쪽을 감시하던 동료 닌자들이 차 안에서 정신을 잃은 채 발견되었다. 호타루가 마취총으로 재웠던 것일까.

"쏴봐도 돼."

그렇게 말하며 호타루가 마취총을 건넸다. 마취총을 받으면서 고로는 곰곰이 생각했다. 지금이라면 아직 늦지 않았다. 이걸로 호타루를 쏘고 본부에 연락하면 된다. 아내가 코가 닌자였다. 그 사실을 알리고 본부의 방침을 따르면 끝이다. 하지만….

퍼뜩 깨달았다. 이건 호타루의 시험일지도 모른다. 고로의 속내를 시험하려는 장치다. 과연 남편은 내 편일까. 그것을 확인하려는 것이다.

고로는 숲 쪽에 총구를 겨누고 마취총을 쐈다. 반동도 적어서 확실히 무기로서 훌륭했다. 고로가 마취총을 돌려주면서 말했다.

"괜찮네. 나도 탐날 정도야."

호타루와 눈이 마주쳤다. 고로는 고개를 끄덕였다. 나는 너를 선택했어. 그 말을 전하고 싶었다. 이어서 고로가 말했다.

"지령이라고 했나? 구체적으로 뭘 하는 거야?"

순수하게 궁금했다. 지금까지 호타루는 남편의 눈을 피해 닌자로서 어떤 활동을 했을까. 한 명의 닌자로서 흥미로웠다.

"정치인의 집에 침입해서 컴퓨터에서 데이터를 빼내거나 도촬 같은 걸 해야 할 때도 많아. 얼마 전처럼 정치인 호위를 맡을 때도 있고."

"와, 대단하다."

존경심을 넘어 두려운 마음마저 든다. 정치인의 집에 침입해 컴퓨터에서 데이터를 빼낸다. 범죄 행위지만, 너무나 닌자다운 일이라 조금 멋있어 보였다.

이가 닌자는 개다. 문득 고로는 그런 생각이 들었다. 이가 닌자는 훈련된 사냥개다. 예를 들자면 도베르만과 비슷하다. 주인의 명령을 충실히 따르는 것이 특징이며 보통 무리 지어 움직인다. 이에 비해 호타루는 자유롭다. 지령이라는 이름으로 위에서 의뢰가 내려온다고는 하나, 자기 자신의 역량만으로 승부를 낸다. 그 모습은 광활한 하늘을 나는 독수리 같기도, 초원을 질주하는 퓨마 같기도 했다. 강하고, 아름답다.

아내의 삶에 선망에 가까운 감정을 품었다. 그렇게 생각한 적은 처음이었다. 하지만 고로는 곧 현실로 돌아왔다. 아내가 코가 닌자라는 사실을 숨긴 채 지금까지와 똑같은 생활을 이어갈 수는 없다. 오늘만 해도 본부에 보고도 하지 않고 무단으로 움직였으니, 본부가 수상히 여겨도 이상하지 않았다. 본부는 이미 조사에 착수했을지도 모른다. 자신이 위태로운 상황에 있음을 백번 알면서도 이제 와서 호타루를 배신할 수는 없었다.

"괜찮아."

고로의 속마음을 간파한 듯 호타루가 말했다. 풍향이 바뀐 탓인지 모닥불 연기의 흐름이 바뀌었다. 호타루가 모닥불을 바라보며 덧붙였다.

"괜찮아. 당신은 내가 지켜. 내 목숨을 걸어서라도."

과하리만치 진지한 말투였다. 모닥불 빛에 반사되어 호타루의 뺨이 주황색으로 빛났다. 고로는 일부러 익살맞게 말했다.

"뭐야, 호타루. 그건 내가 할 말인데. 남편이 나설 자리를 뺏으면 안 되지."

"미안."

"그보다 호타루, 아카마키 의원이 살해당한 날 밤 너한테 표창을 던진 사람, 나야. 알고 있었어?"

"그랬구나. 몰랐어."

"날아오는 표창을 어떻게 알아차렸어? 난 당연히 맞을 줄 알았거든. 너무 쉽게 피해서 놀랐어."

"처음에는 기척을 느꼈어. 그리고 발소리. 뭔가를 던지는 것 같길래 달리다가 살짝 변화를 줬어. 그게 다야."

갑자기 옆으로 날아가는 듯한 움직임이었다. 일반인의 움직임이 아니었다. 그 도둑이 자신의 아내인 줄은 꿈에도 몰랐기에 고로는 진심으로 그 사람을 끝장내려고 했다.

"어떤 훈련을 받은 거야? 훈련이 엄청 고됐겠어."

"난 나가노 산속에서 자랐어. 아빠가 엄했거든. 산에 내버려 두고 가거나 강에 빠뜨렸어."

"그건 너무하다."

"그렇지? 심지어 그때 다섯 살인가 그랬어. 동생은 한번 죽을 뻔한 적도 있어. 그러고 보니 이가는 아직도 옛날에 입던 닌자 복장을 그대로 입는다던데, 정말이야? 소문으로 들었어."

"뭐, 그렇지. 근데 보관만 하고 거의 안 입어."

"거의라면 가끔은 입는다는 거네. 촌스럽지 않아?"

"촌스럽다고 하지 마. 그거 꽤 비싸."

아내와 이렇게 신나게 대화한 적은 처음인 것 같다. 나, 아내랑 닌자 얘기한다. 그렇게 유키에게 알려주고 싶었지만, 그럴 수는 없을 것이다.

고로는 눈을 떴다. 침낭 안이었다. 텐트 너머로 어슴푸레한 빛이 느껴져서 이미 태양이 떴음을 알았다. 손목시계를 확인해 보니 오전 일곱 시가 되기 조금 전이었다. 세 시간도 못 잤다. 조금 전까지 호타루와 함께 모닥불 앞에서 이야기를 나눴다. 대화 주제가 끊이지 않았다.

함께 자던 호타루의 모습이 보이지 않았다. 침낭에서 빠져나가 페트병에 든 물을 마시고 텐트 밖으로 나갔다. 신선한 아침 공기가 상쾌했다.

텐트에서 조금 떨어진 곳에 호타루가 있었다. 음식을 만드는 모양이다. 어제 본 모닥불이 아니라 돌을 쌓아 올려 만든 화덕이 완성되어 있었다. 그 위에 주물 냄비가 올라가 있었다. 놀랍게도 화덕 앞에는 꼬챙이에 꽂힌 생선구이가 놓여 있었다.

"호타루, 좋은 아침."

"잘 잤어?"

호타루가 연기를 피해 고개를 돌리며 대답했다. 목에 건 수건으로 이마에 맺힌 땀을 닦고는 말했다.

"금방 돼. 잠깐만 기다려."

"대단하다, 이거" 하며 고로가 화덕 앞에 무릎을 꿇었다. 꼬챙이에 꽂힌 생선은 소금이 뿌려진 채 알맞게 구워진 상태였다. "송어야? 혹시 네가 잡았어?"

"산천어야. 내가 잡았어."

"낚싯대도 없는데 어떻게?"

"낚싯대 같은 거 없어도 잡을 수 있어."

호타루는 당연하다는 얼굴로 말했다. 나가노 산속에서 자랐다고 들었지만, 고로가 생각한 것 이상으로 생존 능력이 높은 모양이었다. 평소 한 달에 한 번 캠핑 때 요리를 담당한 사람은 고로였고, 호타루는 항상 불평 한마디 없이 먹었다. 만드는 음식은 카레, 아니면 제일 자신 있는 로스트 치킨뿐이었다. 그녀는 남편의 요리를 속으로 어떻게 생각했을까. 어쩐지 미안한 마음이 들었다.

"생선은 다 됐어. 먹어도 돼."

호타루가 그렇게 말해서, 꼬치를 집어 들었다. 산천어 등 쪽을 베어 물었다. 굽기도 간도 딱 좋았다. 한입 먹자, 자신이 공복이었음을 깨달았다. 지난밤에 체력을 최대치까지 끌어다 썼다. 몸이 영양분을 원했던 탓인지, 고로는 눈 깜짝할 사이에 생선구이를 다 먹어 치웠다. 호타루가 좋아하는 음식 1위는 '구운 생선 대부분'이었다. 확실히 맛있다.

"이것도 다 된 것 같아."

호타루가 그렇게 말하며 주물 냄비 뚜껑을 열었다. 하얀 김과 함께 부드러운 된장국 냄새가 피어올랐다. 호타루는 고로가 애용하는 스테인리스 컵에 국을 담아주었다. 숟가락으로 떠서 후후 불어 한입 먹었다.

"뭐야, 이거?"

그 말밖에 나오지 않았다. 언뜻 보면 된장국 같았지만, 맛은 훨씬 야성적이었다. 돼지고기 된장찌개와 비슷한 맛이었다. 하지만 돼지고기 된장찌개보다 깊이 있는 맛이라고 할까, 복잡한 느낌이었다. 쌀이 들어 있어서 죽 같기도 했다. 이 고기는 뭘까. 고기를 가져온 기억은 없는데.

"쌀이랑 조미료는 고로 씨가 가져온 거 썼어. 야생 토끼랑 산나물로 만든 죽이야."

"야생 토끼라니, 어떻게⋯."

고로는 중간에 말을 멈췄다. 촌스러운 질문이었다. 강에서 산천어를 잡고 산에서 야생 토끼와 산나물을 구해서 요리해 먹는 것. 그야말로 야외 활동의 표본이었다.

정신을 차리고 보니 죽이 사라지고 없었다. 호타루가 "더 있어"라고 말해서, 고로는 "고마워" 하며 스테인리스 컵을 호타루에게 건넸다. 두 그릇째인데도 둘이 먹다 하나가 죽어도 모를 만큼 맛있었다. 전신 세포에 퍼지는 영양분이 확실히 느껴졌다.

"이거 내가 잘하는 요리야. 당신이랑 결혼하기 전에는 자주 먹었어."

호타루가 죽을 저으며 말했다. 그러면 진작 만들어줬어도 좋았을 텐데. 그렇게 생각했지만 고로는 그 말을 입 밖에 내지 않았다. 아내가 갑자기 야생 토끼를 잡아 왔으면 역시 수상하게 여겼을 것이다.

고로는 고쳐 생각했다. 코가 닌자는 대단하다고. 호타루가 특별한 것일지도 모르지만, 닌자로서 그녀의 능력은 이가 닌자와 비교

해도 특히 뛰어났다. 지금껏 만나 본 닌자 중에서도 최고 수준이 분명했다. 2년이나 그 사실을 알아차리지 못하고 함께 살았다니, 어쩐지 자신이 한심하게 느껴졌다.

"오늘은 어떻게 할 거야?"

호타루가 물었다. 어려운 질문이었다. 오늘 하루를 어떻게 보내겠냐는 질문이 아니라 앞으로 인생을 어떻게 살아가겠냐는 주제로 연결되는 질문으로 들렸다. 이가 닌자와 코가 닌자가 결혼 생활을 이어가는 것. 그것이 얼마나 어려운 일인지, 고로도 쉽게 상상할 수 있었다.

"그러게." 고로가 대답했다. "오늘 수요일이지? 일은 쉬려고. 본부가 뭘 알아냈는지 떠보는 것도 괜찮을 것 같아."

유키나 사요라면 이야기를 들어줄 가능성이 있었다. 사실 아내가 코가 닌자였다. 틀림없이 놀라겠지만, 둘 다 오랜 친구다. 분명 함께 고민 정도는 해줄 것이다. 그렇게 믿고 싶었다.

"너는 어떡할 거야? 약국 일."

"글쎄. 나도 오늘은 쉴까. 혹시 내 정체가 이가에 발각된다면 거기서 일할 수 없을 테니까. 그리고 내가 쉬어도 다른 약사들끼리…."

호타루가 갑자기 말을 멈췄다. 귀에 손을 대고 멀리서 들려오는 소리를 듣는 듯한 몸짓을 보였다. 무척이나 진지한 표정이었다. 고로는 빈 스테인리스 컵을 땅에 내려놓고 물었다.

"왜 그래, 호타루?"

호타루는 대답 없이 무릎을 꿇고 땅에 귀를 갖다 댔다. 잠시 후 그 자세 그대로 움직이지 않다가 10초쯤 지나서 지면에서 귀를 뗐다. 긴박한 목소리로 말했다.

"이쪽으로 오는 발소리가 들려. 수가 꽤 많아. 이가 닌자 같아. 우리가 여기 있는 걸 들킨 것 같아."

"뭐라고?"

주머니에서 스마트폰을 꺼냈다. 전원은 꺼진 상태였다. 지난밤 집을 나설 때 호타루가 전원을 끄라고 했다. 지원군을 요청하면 안 되니까. 호타루가 그렇게 말했고, 그 말을 받아들여서 전원을 껐다. 그리고 여전히 그 상태였다.

본부는 이가 닌자의 스마트폰을 관리하기 때문에 GPS로 각 닌자의 위치 정보를 알아낼 수 있다. 그런데 전원을 끈 상태여도 위치 정보를 파악할 수 있는 것일까. 아니면 다른 방법으로 이 장소를 알아냈을까.

"한시가 급해. 도망쳐야 돼. 필요한 최소한의 물건만 챙겨."

"알, 알았어."

차 키, 지갑. 그리고 갈아입을 옷이 든 배낭도 챙기는 것이 좋을까. 배낭을 메려고 하는데, 뒤에서 호타루의 목소리가 들려왔다.

"그런 건 됐어. 무겁기만 해."

호타루는 이미 준비가 끝난 것 같았다. 거의 아무것도 챙기지 않았다. 머리를 고무줄로 동여매고 고로가 가져온 배낭을 비롯한 소지품을 텐트 안에 넣었다. 뭘 하나 싶었는데, 갑자기 화덕에서 불붙은 장작을 집어와서 텐트에 불을 놓았다.

"호타루, 뭐 하는 거야?"

"증거를 인멸하는 거야. 상대편에 우리 물건을 넘기고 싶지는 않으니까."

철저하다. 거기까지 생각하는 것인가, 내 아내는. 그래도 고로는 제안하지 않을 수 없었다.

"호타루, 적의, 아니, 나한테는 아군이지만, 그들의 생각을 들어보면 어때? 협상의 여지가 있을지도 모르잖아."

"이런 곳까지 쫓아오는 걸 봐. 협상의 여지는 없어. 게다가…." 호타루는 산길 쪽—아마 추격자가 다가오는 방향—으로 시선을 던지며 말했다. "나는 코가의 사람이야. 코가 닌자가 이가 닌자에게 잡히면 어떻게 될까? 쉽게 상상이 되지."

그건 그렇다. 이가에게 코가는 숙명의 라이벌이자 눈엣가시 같은 적이다. 평화로운 해결 따위는 기대할 수 없다. 지금은 일단 도망가고 나중에 사요나 유키에게 연락해서 합의점을 찾는 것이 최선의 길이었다.

"그럼 가자."

호타루가 안쪽 숲을 향해 달려갔다. 텐트의 불길이 점점 거세져서 활활 타올랐다. 고로는 각오를 굳히고 호타루의 뒤를 쫓았다.

숲속 나무들을 헤치며 앞으로 나아갔다. 호타루는 완만한 비탈을 내려갔다. 뒤에 고로도 있었다. 슬슬 산을 다 내려갈 즈음이었다.

추격자의 기척은 느껴지지 않았다. 하지만 적은 이가 닌자다.

아마 흔적을 더듬으며 추격할 것이다. 호타루는 일단 걸음을 멈췄다. 뒤돌아보며 고로에게 신호를 보냈다. 조용히 하라는 의미였다. 주위에 신경을 집중했다. 수상한 기척은 없었다.

다시 전진했다. 차를 세운 주차장과 정반대 방향으로 내려오고 말았다. 이대로 빙 돌아서 주차장으로 갈까, 아니면 다른 방법으로 도망칠까. 둘 중 하나를 선택해야 했다. 호타루가 추격자였으면 주차장에도 사람을 배치해 놓고 잠복했을 것이다. 차는 포기할 수밖에 없다.

한창 달리던 때였다. 불길한 낌새를 느낀 호타루는 고로를 팔로 감은 채 옆으로 날았다. 무언가가 날아와서 가까운 나무에 박혔다. 봉표창이었다. 호타루는 곧장 다른 나무둥치에 몸을 숨기고 뒤에 있는 고로에게 작게 말했다.

"놈들은 유인해 줘. 내가 처리할게."

"처리한다니, 너…."

"괜찮을 거야. 부탁해."

고로는 결심한 듯 고개를 끄덕였다. 호타루는 그대로 나무둥치에서 뛰쳐나가 달렸다. 추격자의 움직임을 확인했다. 찾았다, 저쪽이다. 추격자는 두 명인가. 텐트 근처에서 들은 발소리는 조금 더 많았으니 상대도 흩어져서 수색하고 있는 것이 분명했다.

호타루는 발소리를 죽이며 걸음을 옮겼다. 추격자는 완전히 고로에게만 의식이 쏠려서 호타루의 존재는 눈치채지 못한 듯했다. 호타루는 10미터 정도로 거리를 좁히고 주머니에서 마취총을 꺼냈다. 방아쇠를 당겼다.

공기를 가르는 소리가 연달아 두 번. 추격자 둘이 쓰러지는 소리가 들렸다. 호타루는 곧장 발길을 돌려 고로에게 달려갔다. 추격자의 장비를 뺏어 올 여유는 없었다. 이미 지원군을 불렀을 터였다.

"…고로 씨."

고로를 발견했다. 그는 무릎을 꿇은 채 얼굴을 찌푸리고 있었다. 팔 쪽이 이상했다. 자세히 보니 겉옷의 팔 부분이 찢어져 있었다.

"걱정하지 마. 그냥 스친 거야."

봉표창에 맞았나 보다. 호타루는 웅크려 앉아서 상처를 확인했다. 고로의 말대로 그리 심각한 상처는 아니었다. 봉합할 필요도 없을 듯했다. 그런데….

"이가는 독을 써?"

표창에 독을 바르는 수법. 예로부터 사용되었다. 고로가 대답했다.

"쓸 때도 있고 안 쓸 때도 있어. 나는 귀찮아서 안 쓰지만, 쓰는 사람도 가끔 있는 것 같아."

독을 빼야 할지 망설이다가 관두었다. 입으로 빨아들이는 방법이 있지만, 적이 쓴 독약이 어떤 종류인지도 모르고 독을 입에 머금으면 위험하다. 호타루는 고로의 어깨에 손을 올렸다.

"가자."

둘이서 걸음을 옮겼다. 1킬로미터 정도만 더 가면 임산 도로가 나올 것이다. 호타루는 결혼하기 전부터 이곳에 자주 와서 주변 지형을 잘 알았다. 아스팔트로 포장된 임산 도로로, 동네 주민들이 사용해서 교통량이 꽤 많았다.

500미터쯤 앞으로 나아가자, 뒤에서 느껴지던 고로의 기척이 사라졌다. 뒤돌아보니 고로가 나무 기둥에 손을 짚고 있었다. 숨을 헐떡였고 안색도 몹시 나빴다.

"괜찮아?"

"아, 응⋯."

도무지 괜찮아 보이지 않았다. 눈도 텅 비어 보였다. 역시 방금 맞은 표창에 독이 묻어 있었나 보다. 비겁한 놈들이라는 생각이 들었지만, 그것이 바로 닌자이며, 코가도 똑같은 수법을 사용한다.

"두고 가. 호타루, 너만이라도 도망쳐."

물론 그런 선택지도 머릿속에 있었다. 여기에 고로를 내버려 두고 호타루만 도망치면 만사가 해결된다. 이제 고로를 만날 일은 결코 없을 것이다. 호타루는 어딘가 다른 지역으로 이동할 테고, 사태가 어느 정도 수습되고 나면 다시 야마다가 접근해 올 것이다.

다만 고로가 마음에 걸렸다. 코가 닌자와 결혼한 남자. 앞으로 그에게 그런 낙인이 찍힐 것이다. 어쩌면 혹독하게 추궁을 받을 수도 있고, 이가의 규정에 따라 모종의 처벌을 받을 가능성도 없지 않았다. 게다가⋯.

호타루는 고로의 겨드랑이 아래에 자신의 머리를 넣었다. 그의 팔을 자기 목에 두르고 걸음을 옮겼다.

"호타루, 나를⋯."

"말하지 마. 당신은 내가 지켜. 말했잖아."

아무리 단련된 호타루라도 남자의 체중을 견디며 걸으려니 체력적으로 여간 힘들지 않았다. 임산 도로에 도착할 즈음에는 숨이 끊어질 것 같았다. 아무튼 조제 약국이나 병원까지 가야 했다. 한시라도 빨리 응급처치를 해야 한다.

고로는 바닥에 주저앉았다. 호타루는 임산 도로로 나갔다. 잠시 후 저쪽에서 달려오는 소형 트럭이 보여서 임산 도로 중앙으로 나가 앞을 막듯 두 팔을 벌렸다.

⚛

우라는 자동차 조수석에 있었다. 이즈시에 있는 캠핑장 주차장이었다. 눈앞에는 하얀 랜드크루저가 서 있었다. 여기서 감시하는 역할을 맡았다. 옆에 선배 닌자도 있었다.

오전 여덟 시가 되어 가는 시각이었다. 우라는 올라오는 하품을 참으며 음료 홀더에 놓인 종이컵으로 손을 뻗었다. 완전히 식어 버린 커피를 한 모금 마셨다.

밤새 고로 부부를 수색하느라 시달렸다. 두 사람이 자가용인 흰색 랜드크루저를 타고 도주한 것은 확실해졌지만, 그 행방은 전혀 알 수 없었다. 고로가 스마트폰 전원을 껐는지 아무리 기다려도 GPS는 반응하지 않았다. 본부 닌자들은 흩어져서 고로 부부가 들를 법한 장소를 돌아다녔지만, 단서가 될 만한 것은 전혀 없었다.

움직임이 있은 것은 세 시간쯤 전이었다. 경시청에서 활동하는 동지가 정보를 제공했다. 고로 부부의 차량 번호를 조회한 결과, N시스템이라는 차량 번호 판독 장치가 차량을 찾아냈다고 했다.

그 정보를 토대로 협의가 이루어진 끝에 고로 부부가 갔을 법한 유력한 장소로 이즈시에 있는 캠핑장이 갑자기 주목을 받았다. 한때 고로의 동료였던 유키라는 닌자의 의견이 채택된 것이다. 고로 부부는 한 달에 한 번 그 캠핑장에 간다고 했다. 사실 그 캠핑장은 두 사람이 처음 만난 장소로, 그 장소를 고로에게 소개한 사람은 유키였다고 한다.

벌써 담당 반이 편성되어 이렇게 캠핑장까지 왔다. 우라네 반 말고도 닌자 여덟 명이 입산해서 두 사람의 행방을 쫓았다. 조금 전 텐트가 불에 탄 흔적을 발견했다는 연락이 왔다. 한마디로 고로와 호타루는 이쪽이 추격하는 것을 알아차리고 도주했다는 뜻이다.

"대체 뭐가 어떻게 된 거야?"

운전석에 앉은 선배 닌자가 중얼거리듯 말하자, 우라가 고개를 흔들었다.

"그러게요. 어떻게 된 걸까요."

고로 부부의 의도를 도무지 알 수 없었다. 고로는 자신의 아내가 코가 닌자라는 진실을 깨달은 것 같은데, 왜 캠핑장에는 갔는지 이해할 수 없었다. 원래는 본부에 연락한 뒤 지시를 기다리는 것이 상식이다. 아내를 보내려니 아쉬워서 마지막으로 캠핑이나 즐기며 추억을 만들려고 한 것이 아닐까. 그런 의견도 본부 닌자들 사이에서 들려왔지만, 그것도 석연치 않았다.

"그런데" 하며 선배 닌자가 종이컵을 한 손에 들고 말했다. "상대가 코가 닌자인 줄도 모르고 결혼하다니, 정말 웃기지 않아?

아니, 같이 살잖아. 보통은 눈치채지 않나, 응?"

"그러게요."

적당히 대답했지만, 우라는 의외로 눈치채기 힘들 수 있다고 생각했다. 일례로, 우라에게는 일반인 친구도 많지만, "이 녀석 닌자 아니야?"라고 의심해 본 적은 한 번도 없었다. 닌자는 자신들 이가 닌자뿐이고, 나머지는 일반인이라고 단정 짓고 살기 때문이다. 게다가 그렇게 수수한 여자가 닌자라니, 아무리 경계심이 강한 사람이라도 짐작조차 못 했을 것이다.

벨소리가 울렸다. 선배 닌자가 스마트폰을 귀에 댔다.

"수고하십니다. 이쪽은 이상 없습니다. …정말입니까?"

목소리 톤이 높아졌다. 선배 닌자는 심상치 않은 표정으로 통화를 이어갔다. 이윽고 그가 전화를 끊고 말했다.

"어떻게 된 건지는 모르겠지만, 우리 쪽 닌자 둘이 당한 것 같아. 여자 닌자의 기습을 받았대."

"진짜요?"

"그래. 마취제 같은 걸 맞고 잠들었나 봐. 고로 부부는 여기서 반대편 임산 도로로 나가서 일반인이 몰던 소형 트럭을 뺏은 다음 북동쪽으로 도주한 것 같아."

내비게이션 화면을 봤다. 임산 도로의 위치로 보아 두 사람이 여기로 돌아올 일은 없을 듯했다. 조금 전 랜드크루저 안을 살펴봤지만, 눈에 띄는 점은 없었다.

"소형 트럭 운전자도 잠들어 있었대. 코가 닌자는 마취총을 갖고 있을지도 몰라. 이제 소형 트럭이 탈취된 장소로 간다. 거기서

리더들과 합류해서 본부의 지시를 기다리기로 했어."

선배 닌자가 차를 출발시켰다. 평일이라 자갈 깔린 주차장에 서 있는 차는 총 다섯 대 정도였다.

"우리가 코가 닌자의 실력을 얕봤나 보군."

선배 닌자의 말을 듣고 우라는 속으로 '멍청한 놈'이라고 욕했다. 닌자 여덟 명이 추격했는데도 성공적으로 도망쳤다. 아카마키를 살해했고, 지난번 테러 소동에서 토요마츠 의원을 구했다. 그것이 전부 그 여자의 짓일지 모른다. 만약 정말 그렇다면, 쿠사카리 호타루라는 그 여자는 우리가 떼로 덤벼도 당해내지 못할 상대다.

역시 내가 인정한 사람이다. 우라는 웬지 기분이 좋아졌다.

마치 강 속에서 흘러가는, 그런 느낌이었다. 부유하는 느낌이라고 할까. 절대 편안하지는 않았고 굳이 말하자면 불쾌했다. 이대로 강바닥에 가라앉을지도 모른다. 그런 불안감이 들 정도였다.

몸이 갑자기 떠오르는 듯해 고로는 눈을 떴다. 그리고 비로소 자신이 잠든 것이었음을 깨달았다.

"괜찮아?"

목소리가 들려왔다. 침대 옆 의자에 호타루가 앉아 있었다. 고로는 몸을 일으키려고 했지만, 몸이 뜻대로 움직이지 않았다. 몸이 납덩이처럼 무거웠다.

"아직 무리하지 마."

호타루가 그렇게 말하자, 고로는 다시 누웠다. 마지막 기억은 이즈시 캠핑장 숲속이었다. 추격자가 던진 봉표창이 왼쪽 팔을 스쳤다. 상처 자체는 크지 않았지만, 시간이 조금 흐르자 몸 상태가 급격히 나빠졌다. 그 뒤로는 기억이 전혀 없었다.

"여기는?"

고로가 던진 질문에 호타루가 대답했다.

"미시마역 근처 비즈니스호텔이야."

"추격자들은? 따돌렸어?"

"응. 어찌어찌."

호타루가 짧게 설명해 주었다. 지나가던 소형 트럭을 빌려서 이즈 시내에 있는 조제 약국에 잠입해 응급처치 한 다음, 렌터카를 빌려서 북쪽으로 올라와 미시마 시내로 들어왔다는 이야기였다. 지금은 주변에서 추격자의 낌새가 느껴지지 않는다고 했다.

"이거, 필요하면 마셔."

호타루가 건넨 것은 페트병에 든 스포츠음료였다. 고로는 그것을 보고서야 지독하게 목이 마른 것을 깨닫고 스포츠음료를 단숨에 반 정도 마셨다. 실내에는 불이 들어와 있고, 커튼 밖은 어두웠다. 침대 옆 디지털시계는 20시를 표시했다. 습격당한 시간이 오전 여덟 시 전이었으니 대충 열두 시간은 잤다는 뜻이었다.

다친 왼팔 위쪽에 하얀 붕대가 감겨 있었다. 호타루가 처치해준 모양인데, 꼼꼼하게 감겨 있었다. 통증은 별로 없었지만, 전신에 나른함이 있었다. 몹시 기진한 상태임을 스스로도 알 수 있었다.

"이거, 먹어."

호타루가 랩에 싼 둥근 물체를 내밀었다. 큼직한 알사탕 같기도 했지만, 색이 검어서 단언컨대 먹음직스럽지는 않았다. 초등학생 때 방과 후에 진흙으로 만들고 놀던 경단과 흡사한 색과 모양이었다.

"호타루, 이건…."

"병량환이야. 츠키노 가문에 전해 내려오는 비법으로 만들었어."

들어 본 적이 있다. 일본 전국시대 닌자의 휴대 식량이지만, 이 가에서는 그 제조법의 대가 끊겼다. 실제로 본 적도 처음이었다. 아직도 병량환을 상비하다니, 코가 닌자는 실로 무시무시하다.

"이거 먹을 수 있는 거야?"

"실례될 소리. 당연히 먹을 수 있지. 우리 언니는 병량환 덕분에 경주에서 이기는 거나 마찬가지야."

"경주? 그게 무슨 말이야?"

"말 안 했나? 우리 언니는 경마 기수야. 츠키노 카에데."

"진짜?"

유명한 미인 기수다. 미인일 뿐만 아니라 실력도 뛰어나서 남자 기수를 상대로 팽팽하게 맞서는 실력과 기수다. 우체국에도 경마를 좋아하는 직원들이 있어서 가끔 그 이름을 들었다.

"진짜야. 참고로 동생은 무명이지만 언더그라운드 아이돌이야. 둘 다 얼굴이 드러나는 직업이라서 차녀인 나한테 지령이 내려오는 거야. 아무튼 그러니까 먹어 봐. 의외로 맛있어."

랩을 뜯어서 병량환을 입에 던져 넣었다. 전체적으로 달지만 조금 쓰기도 한 복잡한 맛이었다. 확실히 맛이 없지는 않았다. 자양

강장 효과는 기대되는 맛이었다. 신기하게도 기력이 솟아나는 느낌이었다.

"호타루, 너도 먹는 게 좋지 않겠어?"

그녀도 안색이 좋지 않았다. 피로가 쌓였나 보다. 그럴 만도 하다. 혼자서 남편을 치료하고 여기까지 옮겨다 놨으니.

"나도 방금 먹어서 괜찮아."

"그보다 호타루, 이제 어떻게 할 거야? 아니, 우리 어떻게 해야 할까?"

호타루와 함께 살겠다고 결심했지만, 실제로 이렇게 이가에 쫓기는 처지가 되니 이루 말할 수 없는 불안이 올라왔다. 그들은 가차 없이 봉표창을, 그것도 독까지 발라서 던졌다. 진심이라는 증거였다.

"지금이라면 아직 늦지 않았어."

호타루가 그렇게 말해서, 고로는 되물었다.

"무슨 말이야?"

"나는 여기서 나갈 거야. 당신은 동료들에게 연락해. 나한테 협박을 당해서 같이 움직였을 뿐이라고, 그렇게 말해. 어느 정도 처벌은 받겠지만, 죽지는 않을 것 아냐?"

"너는? 호타루 너는 어쩌려고?"

"글쎄. 나는 알아서 어떻게든 헤쳐 나갈 테니까 걱정하지 마. 그게 닌자잖아."

달관한 말투였다. 여기서 헤어지면 아마 이제 영원히 만나지 못할 것이다. 호타루는 이름을 바꾸고, 심하면 겉모습까지 바꿔서 다른 인생을 살 것이다. 닌자의 특기이니, 호타루라면 아주 쉽게 해 버릴 것 같다. 하지만….

고로의 마음은 이미 정해졌다. 어제 밤새 호타루와 대화하며 속으로 다짐했다. 무슨 일이 있어도 호타루와 함께 살겠다고. 자신의 선택이 옳은지는 모르겠지만, 마음을 속일 수는 없었다.

"호타루, 난 마음 정했어. 나는 너랑 같이 갈 거야. 그리고 헤어지고 싶어도 우리 아직 이혼 신고서도 안 냈는걸."

호타루도 각오를 굳혔다고, 고로는 그렇게 생각했다. 그렇지 않았으면 다친 남편을 구하지도 않았을 것이다. 그 캠핑장 숲에 내버려 두고 갈 수도 있었으니까.

"정말 괜찮겠어? 나랑 같이 있으면 이가 닌자들한테 쫓기는 신세가 될 거야."

"상관없어. 그러기로 결정했어. 그래서, 어떻게 할까? 이대로 계속 도망 다닐 수는 없잖아."

"한 가지 짐작 가는 데가 있달까, 시험해 보고 싶은 게 있어. 이가는 내가 아카마키를 죽인 줄 아는 거지?"

"그렇지. 정황 증거가 있으니까."

호타루는 정찰 드론을 띄웠고, 사건 당일에도 아카마키 저택에 숨어들었다. 본부에서 호타루가 범인이라고 단정 지어도 이상할 것이 없었다. 오늘의 움직임―캠핑장에서 이가 닌자 두 명을 마취총으로 잠재운 것―만 봐도 호타루가 평범한 사람이 아님은 명백했다. 쿠사카리 호타루는 코가 닌자다. 본부도 그렇게 결론지었을 것이다.

"나는 안 했어. 내가 들어갔을 때 아카마키는 이미 죽어 있었어."

"진범은 따로 있다는 거지?"

호타루는 고개를 끄덕였다. 피로 탓인지 조금 핼쑥해 보였지만, 눈빛만은 날카로웠다.

"맞아. 그러니까 진범을 찾자, 우리 손으로. 그리고 그걸 조건 삼아 협상하는 거지."

나쁘지 않은 수다. 지금은 그보다 좋은 방법이 없을 것 같다. 고로는 고개를 크게 끄덕이고 오른손을 내밀었다. 호타루가 그 손을 잡았다. 이 손 어디에 그런 힘이 있나 싶을 만큼 아내의 손은 가녀렸다.

이튿날. 고로 일행은 시부야에 갔다. 시부야 센터 거리 한가운데에 있는 상가 건물 꼭대기 층에 그 가게가 있었다. 젊은 층에 인기가 있는 다트 바 같았지만, 고로는 그런 가게에 들어가 본 적이 없었다. 가게 홈페이지에 따르면 점심 영업은 하지 않는 듯했고, 오후 다섯 시에 영업이 시작된다고 했다.

아카마키를 죽인 진범을 찾으려면 우선 피해자의 인간관계를 파헤쳐야 한다는 결론에 다다랐다. 최근에 관뒀다는 운전사가 떠올랐다. 아카마키는 운전사를 찾는 듯했고, 고로가 드론을 떨어뜨렸을 때도 그런 말을 했기에 인상에 남았다. 운전사라면 아카마키의 인간관계가 어떤지도 알 것이다. 그렇게 판단했다.

오전 중에는 그 운전사에 관해서 조사했다. 경찰을 사칭해서 아카마키 의원 사무소에 전화를 걸었지만, 전화로는 이야기할 수 없다며 거부당했다. 그렇다면 직접 찾아가면 되지 않나. 고로와 호타루는 형사로 위장해서 아카마키 사무소를 찾아갔다. 손님을 맞으러 나온 전직 비서에게 관둔 운전사에 관해 물었다. 고로는 속으로 조마조마했지만, 호타루가 당당하게 여형사를 연기해 줘서 무척 든든했다.

토사카 타쿠야. 그것이 관둔 운전사의 이름이었다. 나이는 24세. 지지자의 소개로 운전사가 된 청년인데, 아버지가 지방 의원인 귀한 집 도련님이라고 했다. 비서가 되겠다고 아카마키를 찾아왔기에 우선은 됨됨이를 확인하는 차원에서 운전사를 시켜 봤지만, 반년도 채우지 못하고 관뒀다고 한다. 지금은 시부야에 있는 다트 바에서 일한다고 했고, 그의 전화번호를 알아내는 데도 성공했다. 시험 삼아 전화를 걸어 봤지만, 연결되지 않았다. 모르는 번호는 받지 않는 성격일지도 모른다.

"저 남자 아닐까?"

호타루가 그렇게 말하며 가리킨 쪽에서 한 남자가 걸어오고 있었다. 요즘 젊은이답게 헐렁한 옷차림이었다. 비서가 설명한 토사카 타쿠야의 생김새와 비슷했다. 남자가 앞에 있는 상가 건물에 들어가는 모습을 보고 그가 맞다고 확신했다. 고로와 호타루도 건물 안으로 들어갔다.

남자를 따라 엘리베이터를 탔다. 다른 승객은 없었다. 엘리베이터가 움직이자 고로는 경찰 공무원증인 척 대충 신분증을 꺼내 보이며 남자에게 말했다.

"경시청에서 나온 사토라고 합니다. 토사카 타쿠야 씨 맞으시죠?"

"맞는데, 경찰이 무슨 용건이에요?"

엘리베이터가 멈췄다. 5층이었다. 호타루가 아무 층이나 누른 것이다.

"내리세요. 아카마키 의원이 사망한 사건과 관련해서 잠깐 얘기 좀 나누시죠."

"미안하지만 곧 아르바이트가 시작돼요. 다음에 해요."

"시간 많이 뺏지 않겠습니다."

토사카의 등을 밀어 엘리베이터 밖으로 내보냈다. 5층에는 세를 든 사무실들이 있는 듯했고, 통로에 인기척은 없었다. 통로를 똑바로 전진해서 비상계단으로 나갔다. 계단참에서 이야기를 듣기로 했다.

"저희는 아카마키 의원의 인간관계를 조사하고 있습니다. 의원님에게 원한을 품을 만한 인물을 아십니까?"

"모른다니까. 난 그냥 운전사였어. 시키는 대로 운전했을 뿐이라고."

아카마키가 타던 차는 국산 고급 세단이었다. 경비를 설 때 차고에 주차된 것을 봐서 기억한다. 아카마키는 온화함과는 거리가 멀고 위압적인 태도를 보이는 사람이었다. 그런 인간은 여기저기서 원한을 샀을 가능성이 크다. 고로는 질문의 방향을 바꿨다.

"그럼 이건 어떻습니까? 원래는 만나지 않을 법한 인물을 만났다든가, 가지 않던 곳을 방문했다든가, 그런 이해하기 어려운 행동을 한 적은 없습니까?"

"그러니까 모른다고. 그리고 그 아재는 약물 중독으로 죽은 거 아니야? 설마 살해당한 거야? 그런 얘기는 처음⋯."

짝, 하는 소리가 울렸다. 고로는 자신의 눈을 의심했다. 호타루가 갑자기 토사카의 뺨을 손바닥으로 때렸다. 토사카가 눈을 동그랗게 뜨고 말했다.

"당신 미쳤어? 왜 갑자기 남의 따귀를 때려? 야, 뭐라고 말 좀 해 봐."

"너야말로 정신 차려." 호타루는 냉정하게 대응했다. "우리가 너보다 연장자야."

"그래서 어쩌라고? 그럼 형사가 일반인을 때려도 돼? 고소할 거야. 이거 공무집행방해인지 뭔지 아니야?"

정정하기도 귀찮아서 고로는 말없이 가만히 있었다. 그러자 호타루가 또 다른 행동을 취했다. 손을 뻗어서 토사카의 멱살을 잡고 그대로 비상계단 난간으로 밀어붙였다.

"수사에 협조하지 않으면 여기서 민다."

차마 묵과할 수 없었다. 고로는 뒤에서 호타루에게 말했다.

"너무 심하잖아. 이쯤 해."

호타루는 손을 놓았다. 꽤 효과가 있었는지, 토사카는 진이 빠진 듯 계단참에 엉덩방아를 찧었다. 고로는 주위를 살폈다. 장소가 장소이니 만큼 목격자는 없었다. 형사를 사칭하며 폭력으로 일반인을 협박했다. 원래는 처벌받을 일이었다.

"진짜 몰라. 나는 그냥 운전사였어. 모임에 동석할 위치가 아니었다고."

일리가 있다. 보조가 필요한 모임이나 회의에는 비서가 동행했을 것이다.

"차 안에서는 어땠어? 아카마키가 스마트폰으로 누군가와 통화했다든가, 그런 적 없어?"

호타루가 질문을 쏟아냈다. 토사카는 잔뜩 겁을 먹었는지 눈을 피하며 말했다.

"없어. 운전석하고 뒷좌석은 아크릴판으로 차단돼 있었어. 하루 일정을 전달받고 그대로 운전한 게 다야. 아, 잠깐만."

토사카는 무언가 떠오른 표정을 지었다. 잠시 기다리자, 그가 고로 일행을 보며 말했다.

"일정에 없는 곳으로 간 적이 세 번쯤 있어. 그 아재가 아무한 테도 말하지 말라고 입막음하면서 돌아오는 길에 만 엔을 줬어. 위치는 야마나시였어. 으음, 그게 아마⋯."

토시키무라. 아카마키가 은밀하게 방문한 마을의 이름이었다. 넓고 황량한 땅에 창고 같은 건물이 여기저기 흩어져 있었고 주변은 울타리로 둘러싸여 있었다. 거기서 아카마키는 차에서 내렸다고 한다. 매번 몇 시간 후에 데리러 오라고 해서, 토사카는 국도 옆에 있는 패밀리 레스토랑에서 시간을 때우다가 정해진 시간에 차를 가지고 갔다고 한다.

"한번은 거기에 주차된 차가 있었어. 아마 누구를 만나기로 했던 것 같아."

"구체적인 위치를 말해. 말하지 않으면 맞는다."

"자, 잠깐 기다려 봐."

토사카가 주머니에서 스마트폰을 꺼내서 만지다가 화면을 보여줬다. 지도 앱이 떠 있었고 즐겨찾기로 저장된 위치 정보가 보였다. 호타루가 자기 스마트폰으로 그 지도를 촬영했다. 다른 관계자들에게도 알리지 않고 아카마키가 정기적으로 찾아간 곳. 대체 뭐가 있을까.

더 뽑아낼 내용이 없을 것 같아 그 자리에서 토사카를 풀어줬다. 그는 끝까지 고로와 호타루를 형사라고 믿어 의심치 않았다. 엘리베이터를 타고 1층으로 내려갔다.

건물에서 나갔다. 시간은 오후 다섯 시가 되려는 참이었다. 오늘도 근처 비즈니스호텔에서 묵어야 할까. 그때 호타루가 불쑥 말했다.

"고로 씨, 먼저 가 있어."

"그게 무슨 말이야?"

"그냥 들어. 내가 지금 알려주는 주소로 가. 나카노구…."

호타루가 고로의 손을 잡았다. 열쇠 같은 것을 건넸다.

"거기는 은신처야. 그래도 미행은 항상 조심해. 그건 꼭 유념해 줘."

호타루는 무언가를 신경 쓰는 눈치였지만, 설명할 여유는 없는 듯했다. 아무튼 지금은 아내를 믿는 수밖에 없다. 고로는 역으로 걸어갔다.

호타루는 남편의 뒷모습을 끝까지 지켜보다가 반대 방향으로 걸어 나갔다. 택시 한 대가 길가에 서 있었고 초로의 운전사는 인도에서 아킬레스건을 늘리며 체조를 했다. 신호였다. 호타루는 운전사에게 말을 걸었다.

"실례합니다. 도쿄 타워까지 가주세요."

"죄송합니다. 저는 고소공포증이 있어요."

암구호가 성립되었다. 이가 닌자와 함께 도주 중인 호타루에게 야마다가 접근했다. 그 의도는 몰라도, 정보 수집 차원에서는 이야기를 들어 봐서 손해될 것이 없었다. 습격할 가능성이 없지는 않지만, 그런 의도였다면 신호를 보내는 대신 불시에 덮쳤을 것이다.

호타루는 택시 뒷좌석에 올라탔다. 야마다가 운전석에 오르자, 택시가 출발했다. 목적지도 없이 아무렇게나 달리는 느낌이었다. 야마다가 말했다.

"손님, 고생이 많으시네요." 어디까지나 운전사와 손님이라는 태도를 고수하며 야마다가 말했다. "남편이 이가 닌자였다니, 우리 쪽에도 소문이 쫙 퍼졌어요. 이야, 깜짝 놀랐습니다."

그랬을 만하다. 당사자인 호타루도 놀랐으니 외부인은 더더욱 그랬을 것이다.

"위에서 내려온 지령입니다. '지금 하는 일을 계속해라'라고 하던데, 무슨 뜻인지 알겠어요?"

호타루는 "네" 하며 고개를 끄덕였다. 한마디로 지금처럼 고로와 함께 아카마키가 살해된 진상을 파헤치라는 의미였다. 윗선의 의도는 알 수 없지만, 남편이 이가 닌자였다는 문제는 덮고 넘어갈 생각인 듯했다. 하지만 여기는 닌자의 세계다. 오늘은 하얗던 것이 내일은 검어지는 경우가 허다하다. 방심하면 안 된다.

"뭔가 부족한 건 없으신가요? 있으면 말씀해주세요. 준비할게요."

야마다가 그렇게 말했다. 아직은 불편한 점이 없었다.

"딱히 없어요. 신경 써주셔서 감사합니다."

"뭘요. 그게 제 일인걸요."

야마다는 전직 닌자가 아닐까. 호타루는 그렇게 추측했다. 젊은 시절에 활약하던 닌자가 나이 들어 현역을 은퇴한 뒤에는 현역 닌자를 지원하는 쪽에 서는 것이다. 확인되지는 않았지만, 그런 제도로 운영되는 것 같다고 호타루는 짐작했다.

"그런데 이가 닌자는 아직도 봉표창을 쓴다는 게 사실입니까?"

"네. 써요."

"전통, 뭐 그런 건가요? 총이 훨씬 간편한데."

고로에게 이야기를 들어 보니, 이가는 조금 고리타분한 면이 있는 듯했다. 상하 관계 같은 것도 있어서 거기에 얽매인다고 했다. 그에 비하면 코가는 자유롭다. 야마다가 이어서 말했다.

"하지만 단체라는 건 아주 성가시죠. 조심해야 합니다. 조직의 힘을 얕보면 안 돼요."

"충고 감사합니다."

오늘의 야마다는 수다스러운 사람이었다. 택시는 목적도 없이 달렸다. 빨간불에 멈춰 섰을 때, 야마다가 말했다.

"어이쿠, 이런. 이걸 잊을 뻔했네요."

야마다가 주머니에서 무언가를 꺼내서 요금 트레이에 놓았다. 사진 몇 장이었다. 호타루는 그것을 집어 들었다.

호텔 복도 같았다. 연속으로 찍은 사진인 듯했고, 아카마키 의원이 방에 들어가는 모습이 담겨 있었다. 마지막 한 장에서 호타루는 손을 멈췄다. 아카마키 의원이 방 안으로 모습을 감춘 뒤, 문 사이로 한 남자가 얼굴을 내밀었다. 마치 복도 상황을 살피는 듯한 표정이었다.

토요마츠. 토요마츠 부젠이다. 토요마츠와 아카마키라니, 기묘한 조합이다. 아카마키는 여당인 자민당 소속 의원이고, 반대로 토요마츠는 야당인 미래당이다. 그런 두 사람이 밀회하는 현장을 잡은 사진이었다.

"수상하죠?" 파란불이 들어오자 차를 출발시키며 야마다가 말했다. "미래당의 대표이자 주역인 토요마츠 대표가 이가 쪽 의원을 남몰래 만났어요. 대체 무슨 이야기가 오갔을지 아주 흥미롭습니다."

게다가 토요마츠 의원 쪽에는 코가의 그림자가 어른거렸다. 얼마 전에 일어난 폭탄 테러 미수 사건을 봐도 알 수 있듯, 코가는 미래당을 지지하는 것 같았다.

호타루의 속마음을 읽었는지 야마다가 말했다.

"코가는 토요마츠와 미래당을 전적으로 지지하지는 않아요. 그냥 돈으로 얽힌 관계입니다."

다시 말해 코가는 돈으로 고용됐을 뿐이다. 토요마츠는 신변에 위협을 느끼고 코가에게 경호를 의뢰했다. 그리고 코가는 그 일을 받아들였다. 이가가 꾸민 폭탄 테러를 사전에 눈치채고 방해한 사람이 바로 호타루였다.

이념이나 사상으로 얽힌 것이 아니니 토요마츠를 구워 먹든 삶아 먹든 마음대로 해라. 그런 의미라고 해석하며, 호타루는 손에 든 사진을 주머니에 넣었다.

택시가 정차했다. 시부야에 있는 대각선 횡단보도였다. 수많은 보행자가 눈앞을 가로질렀다. 뒷좌석 문이 열리자, 야마다가 말했다.

"이용해주셔서 감사합니다."

"저야말로 감사합니다."

호타루는 택시에서 내려 보행자들 사이에 섞여들었다.

이가 닌자의 정보망은 빠르고 정확하다. 게다가 전국에 500가구 정도뿐이라 상상 이상의 속도로 정보가 퍼져나간다. 하급 닌자 3번대 갑(甲)조인 쿠사카리 가문의 장남이 알고 보니 코가 닌자와 결혼했다. 그런 소문이 이미 이가 닌자 전체로 퍼졌을 것이다.

호타루가 알려준 은신처는 나카노역에서 그리 멀지 않은 목조 공동주택이었다. 빈말로도 깔끔하다고 하기 어려운 외관이었고, 고로가 학창시절에 살던 공동주택보다 낡았다. 외부 계단은 걷기만 해도 삐걱거리는 소리가 날 정도였다.

호타루에게 받은 열쇠로 문을 따고 들어갔다. 은신처라고 해서 호타루가 마련한 빈집인 줄 알았건만, 명백하게 생활감이 느껴지는 것으로 보아 누군가가 거주하는 방인 듯했다. 시험 삼아 "실례합니다"라고 말해 보았다. 대답이 없었다. 앞쪽에 부엌이 있고 그너머에 다다미 깔린 일본식 방이 있을 뿐이라 실내가 훤히 보였다. 집주인은 없는 것일까.

"잠시 들어가겠습니다."

현관 앞에 남자 신발이 굴러다녀서 남자가 사는 집인 것은 짐작이 됐다. 코가의 동료 닌자일까.

안쪽 방 가구 위에 놓인 물건이 보였다. 버튼식 유선전화기였다. 그것을 보고 갑자기 유혹을 느꼈다. 꼭 연락하고 싶은 데가 있었다.

본가에 있는 부모님이었다. 분명 부모님도 소문을 들었을 것이다. 며느리가 사실은 코가 닌자였고, 심지어 도주 중이다. 그 소식을 듣고 부모님은 틀림없이 걱정하고 있을 것이다. 계속 연락하고 싶었지만, 자신의 스마트폰을 쓰면 GPS 위치 정보가 본부에 전달될 위험이 있어서 하지 못했다.

고로는 전화대 앞에 무릎을 꿇고 앉아서 수화기를 들었다. 발신 번호 표시 제한으로 전화를 걸었다. 이윽고 전화 교환원의 목소리가 들렸다.

"전화 받았습니다. 시즈오카 히가시 우체국입니다."

"안녕하세요. 저는 시즈오카현립 중앙병원 직원인데, 쿠사카리 국장님 계신가요? 현재 저희 병원으로 통원하시는 사모님 일로 전달할 내용이 있어서요."

"잠시만 기다려주십시오."

통화 보류음이 흘러나왔다. 본가에 전화해서 어머니와 대화하는 선택지도 있었지만, 본가에 있는 유선전화는 역추적 당할 가능성이 있었다. 아버지의 직장에서는 그렇게까지 경계가 심하지 않으리라고 판단했다.

"전화 바꿨습니다. 쿠사카리 고이치입니다."

아버지 쿠사카리 고이치의 목소리가 들려왔다. 아버지는 올해로 54세이고, 고향 우체국에서 일한다. 작년에 국장이 되었다.

아버지의 목소리를 듣자, 무언가가 가슴에서 올라왔다. 아무 말 없이 있는데, 전화 너머에서 아버지가 다시 말했다.

"전화 바꿨습니다. 쿠사카리 고이치입니다."

"저, 저예요." 고로는 목소리를 짜냈다. "고로요. 아버지, 여러모로 걱정 끼쳐서 죄송해요."

"고로, 너…. 괜찮냐? 호타루랑 같이 있어? 호타루가 코가 닌자라는 게 사실이야? 지금 어디 있어?"

질문이 쉴 새 없이 날아들었다. 아버지도 당연히 호타루를 만나 봤지만, 손에 꼽을 정도였다. 지난 몇 년간 바이러스성 질병이 유행한 탓에 귀성을 자제했기 때문이다.

"지금은 옆에 없지만, 호타루랑 같이 움직이고 있어요. 호타루가 코가 닌자라는 소문도 사실이에요."

전화기 너머에서 아버지가 경악하는 것이 느껴졌다. 그럴 만도 하다. 며느리가 코가 닌자였으니. 쿠사카리 가문에 엄청난 중대사다.

"아버지, 들어 주세요. 호타루는 코가 닌자가 맞지만, 나쁜 사람은 아니에요. 호타루도 아무것도 모르고 저랑 결혼한 거예요. 어찌 보면 피해자예요."

"아무리 그래도, 고로…."

"평생 도망 다닐 생각은 아니에요. 저한테도 계획이 있어요."

아카마키 의원을 살해한 범인을 찾아서 그 정보를 조건으로 협상할 것이다. 현시점에 존재하는 유일한 돌파구다. 조금 전에도 토사카라는 전직 운전사에게서 정보를 얻었다.

"본부를 거스르지 마라, 고로. 지금 당장 호타루랑 같이 출두해. 나도 여러모로 손을 써보마. 알고 지내는 상급 닌자에게도 부탁해보고."

아버지 고이치는 평화를 중시하는 닌자다. 규율을 지키고 타인을 잘 돌본다. 그 덕분에 지금 국장이라는 지위에 있다.

"죄송하지만 아버지, 이번만은 제가 원하는 대로 하게 해주세요. 이미 돌이킬 수 없어요."

"하지만, 고로…."

"아무튼 저는 잘 있어요. 걱정 끼쳐서 죄송해요. 어머니한테도 그렇게 전해주세요."

"잠깐, 고로. 아직 늦지 않았어. 생각을 바꿀 거면…."

수화기를 내려놓았다. 그제야 고로는 뒤에서 인기척을 느꼈다. 돌아보니 한 남자가 다다미 위에 책상다리로 앉아 있었다. 어느 틈에…. 이 집의 주인일까.

"실례합니다. 으음, 저는…."

"설명할 필요 없어. 호타루가 자네한테 항상 신세를 지는 것 같더군. 나도 언제 한번 인사하고 싶었어."

나이는 50대일까. 얼굴은 벌겠고, 날숨에서 나는 냄새로 술을 마신 상태임을 알 수 있었다.

"별수 없네. 다시 나가야겠군."

남자가 무릎에 손을 얹고 "영차" 하며 일어섰다. 꽤 취했는지 몸이 불안하게 휘청거렸다. 고로는 자기도 모르게 손을 뻗었다.

"괜찮으세요?"

"당근빠따지. 내가 누군데? 이래 봬도 제법 이름 날리던 놈이었어."

그냥 주정뱅이로 보였지만, 조금 전 기척도 없이 고로 뒤에 앉아 있던 것은 사실이었다. 정체 모를 남자였다.

"항상 호타루가 신세가 많아. 나는 호타루의 아빠 츠키노 류헤이야. 잘 부탁해."

남자는 그렇게 말하며 술 냄새 나는 트림을 했다.

오후 다섯 시 반. 퇴근이 한창인 혼잡한 시간대라 야마노테선을 달리는 열차 안은 북적거렸다. 전철이 요요기역을 출발했을 때, 호타루는 갑자기 시선을 느꼈다.

티 나지 않게 주위를 관찰했다. 그러다가 그 남자를 발견했다. 호타루는 문 근처 손잡이를 붙잡고 있었는데, 좌석 중간쯤에 앉아서 석간신문을 읽는 회사원 같은 남자가 있었다. 나이는 40대쯤. 안경을 낀 아주 평범한 회사원 같은 인상이었지만, 조금 이질적인 분위기를 몸에서 뿜어냈다.

이가 닌자는 커다란 세력이라서, 코가보다 훨씬 많은 닌자가 일반 사회에 섞여 있다. 그중 한 명과 전철 안에서 우연히 마주치지 말라는 법은 없었다.

분위기만으로는 판단할 수 없다. 호타루는 남자를 노려보았다.

이쪽을 봐. 이쪽을 봐. 이쪽을 봐. 속으로 그렇게 주문을 외면서 남자를 노려보자, 견디다 못한 듯 남자가 한순간 고개를 들었다.

눈이 마주쳤을 뿐이지만 확신했다. 저 남자는 닌자다. 상대는 단념한 듯 신문을 접고 스마트폰을 만졌다. 고로와 호타루에 관한 통지 같은 것이 이가 닌자들 사이로 퍼져나갔을 것이다. 현상 수배가 떨어지지는 않았겠지만, 저 남자가 본부 같은 곳에 연락하고 있음은 분명했다.

전철이 신주쿠역 승강장에 도착했다. 호타루는 야마노테선에서 내렸다. 당연히 남자가 따라붙는 것을 기척으로 알 수 있었다. 중앙선으로 갈아탈 생각이었지만, 계획을 바꿔서 역사 안을 걷다가 동쪽 출구로 나갔다. 사람으로 발 디딜 틈이 없었다.

호타루는 추격자의 기척을 느끼면서 인파에 끼어 잠시 걸었다. 그러다 눈에 띈 상업 시설로 들어갔다. 대부분 젊은 여자 손님이었지만, 추격자는 뒤따라왔다.

에스컬레이터를 탔다. 가능하면 지원군이 오기 전에 끝내고 싶었다. 호타루는 5층 에스컬레이터에서 내려서 통로를 걸었다. 5층은 신사복 매장이라 오가는 손님들이 대부분 남자였다.

안내 표시를 보면서 걸음을 옮겼다. 안쪽에 있는 여자 화장실로 들어갔다. 호타루는 가장 안쪽 칸에 들어가서 적을 맞이할 준비를 했다.

1분쯤 지났을 때였다. 문 열리는 소리가 들렸다. 발소리를 들어보니 남자였다. 화장실 안을 확인하려고 들어온 모양이다. 발소리가 서서히 가까워졌다. 호타루는 화장실 칸에서 뛰쳐나가 남자를 덮쳤다.

상대도 닌자인 만큼 그리 호락호락하지는 않았다. 주먹을 내지르고, 빗나가서 반격을 당하고, 또 피하고. 그 반복이었다.

문 열리는 소리가 들렸다. 젊은 여자가 당황한 얼굴로 두 사람을 보았다. 여자는 곧바로 문을 닫았다. 남자의 집중이 흐트러진 틈을 타서 호타루는 공격 속도를 높였다. 오른쪽 팔꿈치가 멋들어지게 남자의 뺨을 가격해서 남자가 무릎을 꿇었다. 그대로 손날로 목덜미를 내리치자, 남자는 앞으로 쓰러졌다.

방금 문을 연 여자가 경비원이라도 불러오면 일이 커진다. 호타루는 남자의 겉옷을 뒤지다가 검은 가죽 지갑을 발견했다. 열어봤지만 눈에 띄는 것은 없었다. 운전면허증을 확인해 보니 이타바시구 주민이었다. 건강보험증에 'JP'라는 로고*가 박혀 있는 것으로 보아 이 사람도 우체국 직원이었다. 정말 이가 닌자는 다 우체국 직원이구나 싶어서 호타루는 순수하게 감탄했다.

스마트폰도 확인하고 싶었지만, 그럴 시간이 없었다. 호타루는 일어나서 화장실 밖으로 나갔다. 때마침 조금 전 화장실 문을 연 여자가 경비원을 데리고 오는 모습이 보였다. 호타루는 고개를 숙이고 통로 반대편으로 걸었다.

에스컬레이터를 타고 1층으로 내려갔다. 숨은 전혀 가쁘지 않았지만, 가능하면 거울을 보며 매무새를 가다듬고 싶었다. 마침 1층 입구에 화장품 매장이 있어서 거기에 들어가 립스틱을 고르는 척 거울을 보며 흐트러진 머리를 정리했다. 그 거울 너머로 급하

---

*   Japan Post 일본우편 주식회사의 로고

게 통로를 지나가는 남자 세 명이 보였다. 지원군으로 온 이가 닌자일지도 모른다.

"고객님, 이건 어떠세요?"

종업원이 추천 상품을 들고 오자, 호타루는 "다음에 올게요"라고 건성으로 답하고 가게를 뒤로했다. 입구를 지나 밖으로 나갔다. 때마침 앞에 정차한 택시에서 두 남자가 내렸다. 저 사람들도 닌자일까. 이가 닌자는 정말 우르르 쏟아져 나오는 것 같다.

호타루는 사람들 틈바구니에 섞여 서둘러 그 자리를 벗어났다.

"형씨, 들어 봐. 이놈이 호타루의 남편 쿠사카리 고로야. 놀라지 마. 웬걸, 고로는 닌자야. 평소에는 우체국에서 일하는데, 사실은 엄연한 이가 닌자거든. 어때? 놀랐지?"

마시던 맥주를 뿜을 뻔했다. 고로는 산적이라는 술집 안에 있었다. 카운터석만 있는 아담한 가게였다. 머리에 띠를 동여맨 가게 주인이 말했다.

"안 놀랐어. 류헤이 씨가 놀라지 말라고 했잖아."

"에이, 좀 놀라주지. 자, 고로, 팍팍 마셔. 이건 내가 쏘는 거야."

나이는 50대 초반쯤일까. 멀쩡한 상태였으면 나이에 어울리는 중후한 남자였을 텐데, 애석하게도 곤드레만드레다. 게다가 술집 주인에게 닌자라는 단어를 연달아 내뱉었다. 혹시 닌자들이 애용하는 가게일까.

"이야, 잘됐다, 잘됐어. 안 그래도 한번 터놓고 얘기하고 싶었어. 어찌 됐건 너는 호타루의 남편이니까."

이해되지 않는 것이 하나 있었다. 지금 류헤이는 고로를 이가 닌자라고 말했는데, 고로는 자신을 그렇게 소개한 기억이 없었다. 그는 어떻게 그 사실을 알았을까. 고로는 작은 소리로 류헤이에게 물었다.

"아버님, 제가 닌자라는 걸 어떻게 아셨어요?"

"당연히 알지." 류헤이는 가슴을 펴며 대답했다. "이래 봬도 나도 닌자거든. 지금 우리 업계가 한창 너희 얘기로 시끄러워. 이가 닌자와 코가 닌자가 서로 정체를 숨긴 채 결혼했잖아. 보기 드문 일이니까. 나도 처음 들었을 때는 놀랐지만, 이것도 또 인연이라고 생각하기로 했어. 잘 부탁한다, 고로."

류헤이가 병맥주를 내밀자, 고로는 맥주잔을 비우고 술을 받았다. 류헤이는 컵에다 일본주를 마시고 있었다.

"나도 젊었을 때는 열정 넘치는 닌자였어. 이가 닌자와 맞붙은 적도 있어. 이가 놈들은 봉표창을 쓰지? 그것도 독을 묻혀대서 아주 귀찮아. 그래도 나는 그 봉표창을 이렇게 피해서…."

류헤이는 일어나서 젓가락을 양손에 쥐고 당시의 움직임을 재현하려고 했다. 하지만 취한 탓인지 움직임이 허술했다. 도무지 닌자 같지 않았다.

"…그리고 나는 뒤쫓아갔어. 거기 서! 하면서. 그런데 도망치는 그놈도 다리가 빠르더라고. 나는 하는 수 없이 들고 있던 작은 칼을 던졌지."

류헤이가 젓가락을 던졌다. 마침 그때 가게 문이 열렸다. 젓가락은 똑바로 문 쪽으로 날아갔다. 가게에 들어온 손님은 날아온 젓가락을 너무나 쉽게 한 손으로 받아냈다. 그 손님은 호타루였다.

"아빠, 젓가락 던지지 마."

"오오, 호타루 아니야? 마침 잘 왔다. 지금 말이지, 고로한테 내 젊은 시절 무용담을 얘기해주고 있었어. 그나저나 호타루, 좋은 남편을 얻었구나. 이가 닌자로 썩히기는 아까운 놈이야."

호타루가 옆에 앉으면서 작게 말했다.

"미안해, 고로 씨. 우리 아빠가 이상한 소리 해서."

"괜찮아. 그런데 호타루, 이 가게는….."

류헤이는 질리지도 않고 가게 주인에게 닌자 시절 에피소드를 들려주었다. 가게 주인은 태연한 얼굴로 닭꼬치를 구우면서 류헤이의 이야기를 들었다.

"아빠가 시대극 단역으로 몇 번 TV에 출연했다고 말해놨어. 정말 미안해. 하지만 아빠 집에 있으면 이가 닌자가 습격하더라도 어찌어찌 넘어갈 수 있을 거야. 무기도 많이 있어."

"그래. 그보다 괜찮아? 무슨 일 있었어?"

시부야 센터 거리에서 토사카라는 청년에게 이야기를 들었다. 그 직후에 갑자기 따로 움직이게 되었다. 헤어질 때 호타루의 표정이 심상치 않았기에 신경이 쓰였다.

"나중에 얘기할게. 그나저나 배고프다. 그거 먹어도 돼?"

"응. 내가 주문한 건 아니지만."

닭꼬치 접시를 호타루 쪽으로 밀었다. 호타루가 하나를 집어서 먹었다. 고로도 따라서 닭꼬치를 먹었다. 적당히 달콤한 양념이 밴 닭다리가 맛있었다.

"형씨, 이건 획기적인 사건이야. 혁명적이라 해도 과언이 아니지. 이가 닌자와 코가 닌자가 결혼했으니까. 이가와 코가는 아주 연이 깊어. 그 역사를 짚어보자면 일본 전국시대까지 거슬러 올라가야 해. 원래 이가와 코가는…."

류헤이는 역사 강연을 시작했다. 항상 있는 일인지, 호타루는 무관심한 표정으로 벽에 붙은 메뉴를 보다가 가게 주인에게 "구운 주먹밥이랑 된장국 주세요"라고 말했다.

오후 일곱 시경. 고로 일행은 집으로 돌아갔다. 류헤이는 이불 위에서 코를 골며 잤다. 그 모습은 도무지 닌자 같지 않았지만, 대담함만 놓고 보면 대단한 남자였다.

"이 사진 좀 봐."

호타루가 그렇게 말하며 사진 몇 장을 꺼냈다. 거기에 찍힌 사람은 아카마키 의원이었다. 어느 호텔 방에 들어가는 모습이 연속으로 찍혔는데, 고로는 마지막 한 장을 보고 저도 모르게 목소리를 높였다.

"이거 토요마츠잖아."

여당 소속인 아카마키가 신진기예의 야당 대표와 밀회했다. 이 사진이 의미하는 바는 컸지만, 이것만으로는 두 사람이 무슨 목적으로 남몰래 만났는지 알 수 없었다.

"이 사진, 어디서 났어?"

"어떤 경로로 입수했어. 그 이상은 말 못 해."

아마 코가에도 독자적인 정보망이 있을 것이다. 고로는 막연히 그렇게 생각했다. 호타루는 지령이라고 불리는 일을 받는다고 했고, 토요마츠를 구한 것도 그 일환이라고 했다.

"아카마키는 이가 쪽 의원이고 여당 소속이야. 반대로 토요마츠는 미래당 대표고 코가의 지지를 받아. 그 두 사람이 은밀히 만나서 뭔가를 꾸몄어. 그렇게 보면 되지?"

고로가 그렇게 말하자, 호타루가 조금 정정했다.

"코가는 어디까지나 돈으로 고용된 거라 미래당과 그렇게까지 깊이 얽힌 것 같지는 않아."

아카마키는 여당 내에서 중요한 위치도 아니었고 중견 의원일 뿐이었다. 이가의 영향력이 없었으면 낙선했을 것이라는 말도 있어서, 차기 선거에 출마할 수 있을지 불투명하다는 소문이 돌았다.

"토요마츠는 아카마키를 만나봤자 얻을 게 없어. 그래서 내 생각에는 아카마키 쪽에서 토요마츠 쪽에 어떤 수작을 건 것 같아."

"동감이야. 하지만 아무리 그래도 여당에서 미래당으로 이적할 생각은 아니었을 거야."

정보일까. 자민당의 정보를 미래당에 흘렸다. 아니면 흘리려고 했다. 이를 위해 두 사람이 얼굴을 마주했다고 볼 수는 없을까.

"내 생각에는." 호타루가 그렇게 운을 떼며 말했다. "아카마키가 입막음당한 거라면, 그가 살해된 동기가 사건을 해결할 실마리야. 범인은 일시적으로 고용된 청부 살인 업자일 수도 있으니까."

다시 말해 아카마키와 무관한 범인이 단순히 의뢰를 받아 그를 처리했을 가능성이 있다는 뜻이었다. 그렇다면 범인을 쫓기보다는 살해 동기를 알아내는 것이 더 빨리 진상을 규명하는 방법이다. 그것이 호타루의 의견이었다.

"그건 그렇고 여기에 뭐가 있는 거지?"

호타루가 스마트폰으로 시선을 떨어뜨렸다. 지도가 표시돼 있었다. 조금 전 토사카라는 청년에게서 얻은 정보였다. 죽은 아카마키가 다른 관계자들 몰래 들렀다는 장소다. 야마나시현 토시키무라라는 곳으로, 어떤 창고 같은 것이 있다고 했다.

"지도에는 아무것도 안 나와?"

"응. 다른 지도도 봤는데 아무것도 안 나와 있어."

"직접 가 보는 게 낫겠다. 백문이 불여일견이니까."

"그러자."

호타루가 일어섰다. 고로가 "지금?" 하자, 당연하다는 표정으로 호타루가 대답했다.

"여기서 아빠가 코 고는 소리를 듣는 것보다는 낫잖아."

"이동 수단은?"

"차가 있어."

이견은 없었다. 다만 고로는 조금 전 맥주를 마셔서 운전은 호타루에게 맡길 수밖에 없었다. 호타루와 함께 집을 나섰다. 공동주택 뒤편에 있는 주차장으로 향했다. 차는 연식이 오래된 토요타 코롤라였다.

"최근엔 안 타서."

호타루가 그렇게 말하며 보닛을 열었다. 고로는 건네받은 손전

등으로 호타루의 손 쪽을 비췄다. 호타루는 익숙한 손놀림으로 엔진 상태를 확인했다. 어쩐지 기분이 묘했다. 이 여자, 멋있다. 고로는 순수하게 그렇게 생각했다.

호타루는 절대 말이 많은 여자가 아니라서 집에 같이 있어도 대화가 그리 많지 않았다. 가끔 잔소리하는 정도였고, 그럴 때 말고는 조용히 책을 읽거나 TV를 보는 여자였다. 그런데 지난 며칠간은 호타루와 제대로 대화를 나눈 느낌이었다. 현실적으로는 엄청난 곤경에 처한 상태였지만, 아내가 이렇게 믿음직스러워 보인 적은 결혼 이후 처음이었다.

"괜찮은 것 같네."

호타루가 보닛을 닫았다. 호타루가 운전석에 오르자, 고로는 조수석에 앉았다. 전조등이 켜지며 차가 출발했다. 낡은 차답게 엔진 소리가 조금 시끄러웠다.

"우라, 우리 밥 먹으러 다녀올 테니까 잠깐 자리 지켜."

"네!"

우라는 대답했다. 회의실에서 나가는 선배 닌자들을 배웅했다. 이가 빌딩 안에 있는 회의실이었다. 오늘도 우라는 여기에 동원되어 정보를 수집하고 있었다.

두 시간쯤 전에 큰 움직임이 있었다. 야마노테선 열차 안에서 쿠사카리 호타루가 발견되었다. 목격자는 우연히 같은 차량에 탄 닌자였다. 그는 일을 마치고 귀가하던 도중에 전철 안에서 그녀를 봤다고 했다.

호타루는 신주쿠역에서 내렸다. 그 닌자는 본부에 보고하고 곧바로 뒤를 쫓았다는데, 그녀가 한 수 위였다. 역 근처 상업 시설에 있는 화장실 안에서 그 닌자는 기절했다. 호타루의 모습은 보이지 않았다. 지금도 닌자 몇 명이 신주쿠 일대를 뒤지고 있다고 한다.

얼마나 강한 걸까, 그 여자.

보고를 들었을 때, 우라는 재차 생각했다. 이즈 캠핑장에서도 닌자 둘이 마취총을 맞고 잠드는 추태를 보였다. 그리고 이번에 신주쿠에서도. 그녀의 실력이 진짜임을 인정할 수밖에 없어서 본부에는 긴장감이 돌았다.

어쩐지 통쾌했다. 그 여자 한 명에게—실제로는 남편도 함께 있겠지만—이가 닌자들이 농락당하고 있다. 항상 거만하게 구는 선배 닌자들도 눈빛을 바꾸고 수색에 임한다. 시간은 오후 일곱 시 삼십 분이 되어 갔다. 오늘도 귀가가 늦어질 것 같다.

우라는 스마트폰을 꺼내서 게임을 켰다. 지금 회의실에 있는 사람은 우라를 포함해 다섯 명 정도였는데, 다른 네 명은 통화를 하거나 컴퓨터 화면을 보며 각자 할 일에 집중했다. 아무도 우라를 신경 쓰지 않았다.

게임을 시작하려고 한 순간이었다. 회의실로 들어오는 카제토미 사요가 보였다. 다른 닌자 네 명이 일어나서 한목소리로 "수고 많으십니다"라고 말했다. 우라는 타이밍을 놓쳐서 그 자리에 앉은 채 가볍게 고개를 숙이는 데 그쳤다.

"상황은요?"

사요가 그렇게 말하자, 중년 닌자가 그녀에게 달려가 설명을 시작했다.

"신주쿠 주변을 수색하고 있지만, 표적이 도주한 경로는 아직 알아내지 못했습니다. 계속해서 수색을 이어갈 계획입니다."

"그렇군요. 기습당한 분의 상태는요?"

"혹시 몰라서 병원에 갔다는데, 단순한 타박상인 것 같습니다."

"다행이네요."

닌자끼리 싸우면 어떨까. 우라로서는 상상이 되지 않았다. 우라도 닌자 학교에 다니면서 체술을 어느 정도 익혔지만, 그저 전통 문화 학습의 일환이라고 생각했다. 나중에 실전에서 닌자와 싸우게 되리라는 상상은 한 번도 해보지 않았다.

그런데 그런 일이 지금 눈앞에서 실제로 펼쳐지고 있다. 동료도 몇 명 다쳤다. 이 넓은 도쿄 어딘가에서 이가 닌자와 코가 닌자로 이루어진 이색적인 닌자 부부가 숨을 죽인 채 습격에 대비하고 있다. 마치 게임 같은 이야기였다.

전화벨 소리에 잡념에서 빠져나왔다. 한가한 닌자가 없어서 우라가 책상 위 수화기로 손을 뻗었다.

"네. 특별 수색 본부입니다."

"저기, 안녕하세요. 잠깐 통화 괜찮으세요?"

불안한 목소리였다. 목소리의 느낌으로 보아 어린 것 같았다. 10대가 아닐까.

"네. 무슨 일이시죠?"

"수배 사진을 봤는데, 아, 제 이름은….'

일단 메모를 했다. 그는 나카노구에 사는 고등학생으로, 아버지가 닌자라고 했다. 학원에서 집으로 돌아가다가 가까운 월정액 주차장에서 어떤 남녀를 목격했는데, 생김새가 수배 사진에 있던 두 사람과 몹시 비슷하다는 이야기였다.

"…아마 그런 것 같아요. 여자는 머리를 뒤로 묶고 있었어요."

현재 일본 내에는 닌자가 500가구 정도 있다. 가장 많은 곳은 도쿄, 그다음은 시즈오카다. 시즈오카는 마지막 쇼군이 지내던 곳이라, 그를 따라 이주한 닌자가 많았다고 한다. 도쿄가 1위인 이유는 물론 수많은 닌자가 에도성을 경비하는 임무를 맡았기 때문이다.

쿠사카리 고로와 그 아내인 호타루. 본부는 두 사람의 얼굴 사진을 도쿄에 사는 닌자뿐만 아니라 그 가족에게도 배포하여 널리 정보 제공을 요청했다. 그 그물에 걸린 셈이었다.

"그렇구나. 그래서, 그 둘은 어디에 있어?"

"차를 타고 사라졌어요. 차종은 아마 코롤라일 거예요. 번호는….'

그가 말한 차량 번호를 적었다. 수화기를 내려놓고 사요에게 갔다. 방금 들은 이야기를 보고하자 사요의 낯빛이 변했다.

"아주 중요한 정보네. 당장 그 차량 번호를 경시청에 있는 동지에게 알려. 움직일 수 있는 사람은 나카노로 서둘러 이동하도록."

"네!"

근처에 있던 닌자가 곧장 행동에 나섰다. 우라가 자기 자리로 가려고 발걸음을 돌리자, 뒤에서 사요가 불렀다.

"우라, 너도. 당장 나카노로 가."

"네!"

정말이지 귀찮다. 이러다 오늘도 집에 못 들어갈 것 같다. 우라는 한숨을 쉬며 스마트폰을 겉옷 주머니에 넣었다.

"이제 얼마 안 남았어. 곧 도착해."

고로는 내비게이션 화면을 보면서 그렇게 말했다. 주위는 울창한 숲이었다. 구불구불한 산길을 30분 가까이 달렸다. 아스팔트로 포장된 도로였지만, 자동차 두 대가 지나가기는 어려울 정도로 폭이 좁아서 웬만하면 맞은편에서 차가 오지 않기를 바랐다. 내비게이션을 확인해 봐도 주변에 가게나 시설 따위는 전무했고, 자동차 통행량도 제로에 가까웠다.

갑자기 시야가 탁 트였다. 전방에 철조망이 보였다. 호타루가 차를 세우자, 고로는 조수석에서 내렸다. 나카노 술집에서 마신 알코올은 거의 사라졌다.

철조망 너머에 드넓은 토지가 펼쳐졌다. 안쪽에 조립식 주택 같은 건물이 있었지만, 그것이 무엇인지 여기서는 판별이 어려웠다.

토사카라는 청년의 이야기를 떠올렸다. 그가 운전사로 일하던 반년 동안 아카마키 의원은 세 번 정도 관계자들 몰래 이곳을 방문했다고 한다. 누군가와 만날 약속을 한 눈치였다고 한다. 대체 이곳에서 누구를 만났을까. 그리고 그 목적은 무엇이었을까.

"어떡할래, 호타루? 안에 들어가 볼까?"

철조망 높이는 3미터 정도. 닌자라면 쉽게 뛰어넘을 높이였다. 보아하니 가시철사도 없고 CCTV가 있는 것 같지도 않았다.

"잠깐 기다려."

호타루가 그렇게 말하며 무릎을 꿇고 귀를 땅에 댔다. 잠시 후 호타루는 고개를 들었다.

"사람이 있는 낌새는 없어. 기계류가 돌아가는 소리도 안 들려. 방치된 땅 같아."

"이런 건 어때?" 고로는 생각난 가설을 입 밖에 냈다. "아카마키는 상습적으로 불법 약물을 사용했어. 약을 거래할 때 여기에 들른 게 아닐까? 여기라면 누구 눈에 띌 일도 없을 테니까."

"그랬을 수도 있지만, 굳이 이런 데까지 왔을까? 도쿄에도 거래할 만한 장소는 얼마든지 있을 텐데."

"그것도 그러네."

예전 같았으면 호타루가 반박한 것만으로도 기분이 상했겠지만, 이제는 아주 아무렇지 않게 받아들여졌다. 호타루에 대한 인상이 180도 바뀌었다.

철조망을 따라 걷기로 했다. 공기가 맑아서 그런지 별이 또렷이 보였다. 남쪽에는 후지산 실루엣이 선명하게 보였다.

"이거 봐."

5분쯤 걷다가 호타루가 그것을 발견했다. 철조망 울타리에 간판이 매달려 있었다. '허가 없이 진입 금지'라는 글과 함께 야마나시현 토시키무라라는 이름이 나란히 적혀 있었다. 그리고 연락처로 '토시키무라 지역 사무소 토지 활용과'라는 부서명이 적혀 있었다. 전화번호도 병기돼 있었다.

"고로 씨, 여기 콜로니 아니야?"

고로는 호타루에게 그 말을 듣고서야 떠올렸다.

지금으로부터 약 30년 전. 스스로 '빛의 나라'라고 칭하던 신흥 종교 집단이 있었다. 카리스마적인 지도자를 기반으로 전국에서 신자가 모였다. 그들은 아마겟돈이라는 종말론을 믿으며 각지에 콜로니라고 불리는 종교시설을 만들었다. 마지막 전쟁이 일어나더라도 살아남을 수 있도록 지하에 방공호를 만들었다는 설도 있었다.

교주의 지휘하에 신자들은 폭주했다. 막바지에는 관공서에 화염병을 던지는 등 테러 행위가 매우 과격해졌고, 심지어 내부 항쟁으로 사망자가 나와서 빛의 나라는 결국 해체되었다. 교주는 살인죄를 비롯한 여러 죄로 무기징역을 선고받았고, 다른 간부들도 체포되었다.

"그래. 그렇구나."

고로는 그 시대에 살지는 않았지만 사건의 개요는 알고 있었다. 학교 교과서에도 실렸고, 요즘도 TV나 잡지에서 특집으로 과거에 일어난 큰 사건을 다룰 때면 절대 빠지지 않는 화제였다.

"역시 여기야."

호타루가 스마트폰 화면을 보며 말했다. 들여다보니 사진이 몇 장 떠 있었다. 각지에 남은 콜로니의 흔적을 취재한 기사인 듯했고 철조망 너머로 확대한 땅이 찍혀 있었다.

토시키무라의 콜로니는 교단이 소유한 콜로니 중에서 가장 커서 메인 콜로니라고 불렸다. 한때 자갈 공장이던 땅을 활용해 큰 지하 방공호를 만들었다는 소문도 있었다. 이렇게 옛날 모습 그대로 방치된 것을 보니 사건 이후에 사겠다는 사람이 없었나 보다. 확실히 꺼림칙한 과거를 지닌 땅이니 다시 사용되지 못하는 사정도 이해가 됐다.

"혹시 그거 아니야?"

호타루가 진지하게 말했다. 뭔가 중요한 사실을 떠올린 표정이었다. 고로가 물었다.

"그게 뭔데?"

"예전에 에도 막부가 군자금을 빼돌려서 어딘가에 묻었다는 설이 있잖아. 그 군자금 아니야?"

맥이 탁 풀렸다. 너무 터무니없어서 헛웃음이 나올 지경이다.

"호타루, 농담하지 마. 그런 게 있을 리 없잖아."

"아카마키는 이가 닌자잖아. 어쩌면 그 군자금을 지키는 파수꾼이었을지도….."

"TV를 너무 많이 봤어. 아니, 요즘에는 TV에서도 그런 이야기를 안 다뤄."

흥미진진한 설이지만, 고로가 아는 한 에도 막부가 숨긴 군자금은 존재하지 않는다. 만일 그런 것이 있다 해도 아카마키는 그것을 지키는 파수꾼에는 어울리지 않는다. 국회의원이라는 지위만 봐서는 괜찮아 보일지 모르지만, 그가 정말 그 군자금을 지키는 파수꾼이었다면 불법 약물에 손을 대지 않았을 것이다.

"이제 돌아가는 게 좋겠어. 여기가 메인 콜로니라는 걸 알아낸 것만 해도 수확이야."

호타루는 역사소설을 자주 읽고, 심지어 코가 닌자다. 코가 닌자라서 에도 막부가 빼돌렸다는 군자금에 마음이 끌리는지도 모른다. 이가를 앞질러 그 군자금을 손에 넣는다면, 코가로서는 큰 공이다.

"에도 막부가 숨긴 군자금, 괜찮은 가설 같은데."

호타루는 아직도 수긍하지 못한 표정으로 볼을 부풀렸다. 고로는 그런 아내가 조금 귀여워 보였다.

호타루는 차선을 변경하고 액셀을 밟으며 차 속도를 높였다. 차를 한 대 추월하고서 원래 차선으로 돌아왔다. 백미러를 봤다. 역시 미행이 붙은 것 같다.

"왜 그래?" 이상함을 눈치챘는지 조수석에 앉은 고로가 물었다. 호타루는 대답했다. "미행당하는 것 같아."

고로는 백미러에 손을 얹고 위치를 조정하며 후방을 살폈다. 백미러 각도를 원래대로 되돌리며 고로가 말했다.

"바로 뒤차구나."

"맞아. 아까부터 계속 쫓아와."

츄오 자동차 도로를 달리고 있었다. 시간은 이미 밤 열두 시를 넘었다. 그런데도 고속도로에는 트럭 같은 차들이 달리고 있었다. 교통량이 적지 않았다.

"호타루, 앞차를 한 번 더 추월해 줄래?"

고로의 말대로 했다. 고로가 고개를 끄덕였다.

"확실하네. 악착같은 보복 운전일 수도 있지만."

고속도로 위 안내판을 봤다. 차는 이미 도쿄에 들어섰고, 다음 휴게소는 이시카와 휴게소였다. 고속도로를 빠져나가기 전에 대처하는 것이 좋을 듯했다. 같은 생각을 했는지 고로가 말했다.

"다음 휴게소에 들르자. 거기서 상황을 봐야겠어."

"알았어."

5분 후, 호타루는 이시카와 휴게소에 차를 댔다. 늦은 밤이라 주차장에 차가 그리 많지 않았다. 편의점과 각종 자판기에서 빛이 형형히 새어 나왔다. 미행하던 차도 주차장에 들어왔다. 이제 몰래 미행할 생각도 없는지 당당히 뒤를 쫓아왔다.

"어떡할까?" 고로가 물었다. 미행하던 차와는 거리가 50미터 정도였다. 차체의 실루엣으로 보아 4인승 세단이었다.

"화장실에 가는 척하면서 저쪽의 반응을 살펴보면 어떨까? 혹시 저쪽이 접근하면 그때 대처하면 돼. 저쪽은 많아야 네 명이야. 어떻게든 될 거야."

"어떻게든 될 거라니, 너…." 고로가 기막히다는 듯 말하며 안전벨트를 풀었다. "그런 자신감은 대체 어디서 나오는 거야? 상대도 훈련을 거듭한 닌자야."

질 것 같지가 않았다. 고로와 함께 있으면서 안 사실인데, 이가는 상식적인 행동을 취하는 자들이었다. 길들여졌다. 그런 표현을 쓰면 고로가 화를 내겠지만, 터무니없는 짓은 하지 않는 자들이라는 느낌이었다.

"가자."

호타루는 차에서 내렸다. 당연히 주머니에는 마취총을 감춰 둔 상태였다. 아버지의 집에서 탄환도 보충해 왔으니 걱정 없었다.

화장실을 향해 사람 없는 주차장을 걸었다. 휴식 중으로 보이는 대형 트럭 몇 대가 서 있었다. 그때 시야 한쪽에 움직임이 있었다. 멈춰 있던 그 세단이 움직였다. 차는 서행으로 달려와서 호타루와 고로 앞을 막듯이 멈췄다.

경계 태세를 갖췄다. 호타루는 이미 주머니에 손을 넣고 마취총 손잡이를 쥐고 있었다. 차 문이 열리자, 세 남자가 내렸다. 대부분 정장을 입은 30대쯤 된 남자였다. 한 명만 어렸는데, 그 얼굴이 낯익었다. 지난주 행사장에서 본 것 같았다. 이자들은 이가 닌자다.

"고로, 쓸데없는 저항 하지 마."

나이가 가장 많아 보이는 남자가 말했다. 이런 점이 태평하다는 것이다. 호타루였으면 갑작스레 덮쳤을 것이다. 그러는 편이 훨씬 효과적이니까. 하지만 일단은 상황을 살피기로 했다.

"이걸 봐."

그렇게 말하며 남자가 내민 것은 태블릿 단말기였다. 고로와 눈이 마주치자, 호타루는 고개를 끄덕였다. 무슨 일이 있으면 대처한다. 그런 의미였다. 고로도 작게 고개를 끄덕이고 태블릿 단말기로 손을 뻗었다. 고로가 화면을 보고 신음하듯 말했다.

"이, 이건…."

호타루는 경계하며 고로 옆에 서서 태블릿 단말기를 봤다. 화면에 갈색 개 한 마리가 비쳤다. 혀가 축 늘어진 것으로 보아 죽은 것이 분명했다. 실시간으로 전송된 영상인 듯했다.

"개가 있으니 처리해야지. 독이 든 만쥬로 처리했어."

설마, 하며 호타루는 한 가지 가능성을 떠올렸다. 고로의 본가에서 개를 키운다는 이야기를 들은 적이 있다. 다시 말해 이들의 동료가 고로의 본가에 가서, 기르는 개를 죽였다는 의미인가.

"시즈오카도 구름 한 점 없이 맑다더군." 남자가 코웃음을 치며 말했다. "이런 밤이면 불이 잘 붙겠지. 화재가 발생한 민가, 불탄 자리에서 거주자 두 명의 시체가 발견됐다. 그런 뉴스가 내일 아침에 흘러나올지도 모르겠어."

손에 꼽을 정도였지만, 호타루는 고로의 부모님을 만나봤다. 강직한 아버지와 그를 뒤에서 지지하는 다정한 아내. 전형적인 부부의 모습이지만, 특이한 가정에서 자란 호타루의 눈에는 오히려 신선했다. 그 두 사람이 지금 이가 닌자들에게 인질로 잡혔다는 뜻일까. 아니, 실제로는 고로의 아버지도 이가 닌자일 것이다. 다시 말해 이들은 자기편을 거래 조건으로 내세우고 있었다.

"어떡할래, 고로? 네 결정에 달렸어."

남자가 그렇게 말했다. 고로는 대답하지 않고 이를 악물었다. 터무니없는 짓은 하지 않는 자들이라는 이가 닌자에 대한 평을 조금 수정해야 할 것 같다.

남자가 손을 내밀었다. 고로는 들고 있던 태블릿 단말기를 남자에게 넘기려고 앞으로 나갔다. 너무 동요한 탓인지 고로에게 빈틈이 생겼다. 남자가 그 순간을 놓칠 리 없었다. 남자는 고로의 손을 꺾고 무릎을 걷어찼다. 쓰러진 고로는 순식간에 붙잡히고 말았다.

"도망쳐, 호타루. 도망쳐!"

고로는 아스팔트에 얼굴을 짓눌리면서도 외쳤다. 도망치는 것은 간단하다. 이미 도주로도 정해 놨다. 가장 가까이에 있는 차 뒤로 뛰어 들어가서 차에서 차로 이동하며 숲으로 도망치면 된다. 코롤라를 타고 도망가는 것은 좋은 수가 아니다. 숲에 들어가면 호타루의 승리다. 그들의 능력으로는 절대 숲속에서 호타루를 잡지 못할 것이다. 어쩔 수 없다. 지금은 일단 도망치는 수밖에….

호타루가 도망갈 태세를 갖췄을 때였다. 남자가 말했다.

"쿠사카리 호타루, 당신이 도망가도 결과는 같아. 시즈오카시 민가의 불탄 자리에서 시체 두 구가 발견되겠지. 그래도 상관없으면 마음대로 해."

허세가 분명하다. 그렇게 생각했지만, 확증은 없었다. 고로는 분한 표정으로 이쪽을 올려다보았다.

주차장에 차 두 대가 연달아 들어왔다. 정차한 차에서 남자 여섯 명이 내렸다. 모두 정장 차림이었다. 그들도 닌자가 분명했다.

여기까지인가.

호타루는 내내 주머니에 넣고 있던 오른손을 꺼냈다. 쥐고 있던 마취총을 남자의 발치에 던지고 양손으로 머리 뒤에 깍지를 꼈다. 그리고 호타루는 천천히 무릎을 꿇었다.

제 4 장

일일천추:
닌자의 하루가 천년 같다

차는 도심을 향해 달리는 것 같았다. 고로는 눈가리개를 하고 케이블 타이로 팔을 묶인 상태였다. 입에는 테이프가 붙어 있었다.

고로는 뒷좌석에 있었다. 같은 차 안에 호타루의 기척은 느껴지지 않았다. 다른 차에 태워진 것이 분명했다.

"선배님, 괜찮아요? 소변 마려우면 말하세요. 여기서 싸면 큰일 나요."

옆에서 목소리가 들렸다. 우라였다. 조금 전 주차장에서 에워쌀 때 우라를 봤다. 아마 우라도 수색 활동에 동원된 모양이다.

"그래도 전 선배님한테 조금 동정심을 느껴요. 자기 아내가 닌자일지도 모른다고 의심하는 사람은 없잖아요. 제 지난 여자친구들 중에도 어쩌면 닌자가 있었을지 몰라요."

호타루가 걱정됐다. 코가 닌자가 잡히다니, 근대 이후로는 들어본 적 없는 사건이었다. 분명 본부는 그녀에게서 정보를 캐내려고 눈에 불을 켤 것이다. 그런 생각을 하니 불안해서 견딜 수가 없었다.

"같이 도망치려고 한 이유는 뭐예요? 그게 이해가 잘 안 돼요. 뭐, 선배님 아내분이 꽤 미인이기는 하지만요. 제 생각에 이것도 일종의 스톡홀름 증후군 같은 게 아닌가 싶어요."

인질로 붙잡힌 사람이 범인에게 연민을 느껴 동정심을 품게 된다는 증후군이다. 특수한 상황에서는 적대시하는 이들끼리도 신뢰가 생기기 쉽다. 우라가 무슨 말을 하고 싶은 것인지는 이해가 됐다.

"제가 선배님이랑 같은 입장이었으면 똑같이 행동했을지도 몰라요. 아니, 다르려나? 전 역시 쫄아서 신고했겠네요. 그 점에서 진짜 다시 봤어요. 그런 결단을 내린 선배님이 진짜 멋있어요. 결국 붙잡혔으니 본전도 못 찾았지만요."

우라는 수다스럽게 이야기했다. 운전석과 조수석에도 닌자가 앉아 있을 텐데, 그들은 혼자 떠드는 우라에게 주의를 주려고 하지 않았다. 우라는 상급 닌자 집안이라서, 앞에 앉은 두 사람이 중급 닌자 이하라면 우라의 말을 막기는 힘들 것이다. 아니, 사실은 그들도 흥미롭게 듣고 있을지 모른다. 코가 닌자와 결혼한 이가 닌자는 지금껏 없었을 테니까.

"선배님 아내분은 어떻게 될까요? 저도 걱정이에요. 그래도 선배님은 의외로 쉽게 구제될 것 같아요. 사요 씨랑도 친하니까 잘 풀리지 않을까, 저는 그렇게 봐요."

그렇다. 사요의 조부는 평의원장이자 이가 닌자의 실질적인 수장이다. 하지만 이번만큼은 사요의 힘을 빌려도 쉽게 해결되지 않을 것 같았다. 코가 닌자인 줄도 모르고 아내를 맞았다. 웃어넘길 수 있는 문제가 아니었고, 호타루에게는 이가 쪽 의원을 살해한 혐의까지 있다.

호타루의 무죄를 증명하고 이를 근거로 본부와 협상하겠다는 바람도 무너진 셈이었다. 나는, 그리고 호타루는 어떻게 되는 걸까. 그런 불안에 가슴이 짓눌렸다.

"그나저나 선배님 아내분, 엄청 세네요. 어떻게 보면 괴물 같아요. 우리 쪽 닌자를 셋이나 해치웠잖아요. 사실 그때 저도 캠핑장에 있었거든요. 주차장에서 망을 봐야 해서요. 실제로 봤으면 좋았을 텐데. 근데 당한 닌자들도 참 멍청했던 것 같아요. 하하."

"거기까지만 해, 우라."

드디어 앞쪽에서 목소리가 들렸다. 우라의 이야기가 슬슬 같은 편 험담이 되어서 주의를 준 느낌이었다. 그런데도 우라는 반성하는 기색 없이 가볍게 말했다.

"죄송합니다. 저는 이럴 때 괜히 막 떠들고 싶어져요. 그런 느낌 아세요?"

앞에 앉은 두 사람은 대답하지 않았다. 두 사람 다 난처해하는 것이 분명했다. 자신들보다 훨씬 어리고 건방진 상급 닌자. 매우 고약한 상황이었다.

"그런데 코가는 몇 명이나 될까요? 만약 선배님 아내분 같은 닌자가 100명 정도라면, 이가는 이길 가망이 없어요. 그렇잖아요. 선배님 아내분은 진짜 보통이 아니에요. 이가처럼 헬스장에서 가볍게 땀 흘리는 정도로는 못 이겨요, 절대."

우라는 더 수다스럽게 이야기했다. 앞에 앉은 두 사람의 얼굴이 상상되었다. 분명 벌레 씹은 표정일 것이다.

차는 계속해서 달렸다.

✦

호타루는 차가운 바닥 위에 누워 있었다. 정확한 시간은 모르지만, 여기에 실려 온 지 예닐곱 시간은 된 것 같았다. 아침 일곱 시나 여덟 시쯤 됐을 것이다.

배가 고프지는 않았다. 마지막으로 식사한 때는 어젯밤이었다. 야마나시로 향하는 도중에 단고자카 휴게소에 들러서 거기 있는 식당에서 먹었다. 호타루는 산채 우동을, 고로는 돈가스 카레를 먹었다. 돈가스 카레가 얼마나 맛있는 음식인지를 내내 역설하던 고로였지만, 호타루는 그 이야기를 거의 흘려들었다. 지금 생각해 보면 무척 평화로운 시간이었다.

두 손과 발은 묶였고, 얼굴은 천 같은 것으로 완전히 덮였다. 조금 답답했지만 많이 불쾌하지는 않았다. 어릴 때 수행의 일환으로 어느 산속에서 지금처럼 구속된 채 하루 동안 꼬박 방치된 적이 있다. 그때와 비교하면 쾌적할 정도였다.

멀리서 발소리가 들려왔다. 이윽고 발소리가 멈추더니 잠금장치를 푸는 소리가 들렸다. 문이 열렸다.

"일어서."

남자가 팔을 붙잡아 일으켜 세웠다. 그대로 등을 떠밀려 방 밖으로 나가서 복도를 걸었다. 얼굴을 덮은 자루가 검어서 앞이 거의 보이지 않았지만, 불빛이 있는 것은 느껴졌다.

"앉아."

남자가 말하며 호타루를 의자 같은 것에 앉혔다. 몇 명의 기척이 느껴졌다. 어느 방으로 끌려온 듯했다. 공기 조절 장치가 돌아가고 있었다. 이윽고 얼굴을 덮은 천이 사라졌다. 순간 눈이 부셨지만, 곧 시야가 원래 상태로 돌아왔다. 회의실 같은 공간이었고, 정면 테이블석에 남자들이 앉아 있었다. 연령대는 다양해서 많게는 50대, 적게는 30대쯤이었다. 제일 끝자리에는 여자도 있었다. 카제토미 사요라는 여자였다.

"네가 쿠사카리 호타루인가?"

중앙에 앉은 남자가 말했다. 나이로 보아도 그 남자가 수장 격인 것 같았다. 이가 닌자는 계급 사회이고, 평의원이라고 불리는 장로들이 그 정점에 있다고 들었다. 평의원치고는 젊으니 이들은 평의원 밑에 있는 실무진일지도 모른다.

호타루가 대답하지 않자, 남자가 재차 물었다.

"질문에 대답해. 네가 쿠사카리 호타루인가?"

알면서 왜 물을까. 호타루는 그런 의문을 느끼면서도 고개를 끄덕였다. 남자가 이어서 질문을 쏟아냈다.

"너는 코가 닌자다. 다시 말해 코가에 소속된 닌자다. 그렇지?"

이번에는 대답하지 않았다. 닌자냐는 질문을 받고 네, 닌자입니다, 라고 대답하는 인간은 그 순간 이미 닌자 자격 박탈이다. 답답했는지 남자가 질문을 바꿨다.

"아카마키 의원을 살해한 게 너지?"

범인이 호타루이기를 바라는 듯했다. 그 누명은 벗는 게 나을 것 같아서 호타루는 입을 열었다.

"아니. 난 아니야."

"현장에서 도망친 사람은 너잖아. 게다가 너를 쫓은 사람은 네 남편 쿠사카리 고로였어. 부부끼리 짜고 아카마키 의원을 죽인 것 아닌가?"

"내가 들어갔을 때 그 사람은 이미 죽은 뒤였어. 그리고 남편이 닌자인 걸 그때는 몰랐어."

"그 말을 증명할 수 있나?"

자신은 결백하다. 그러나 그 사실을 현시점에 증명하기는 어렵다. 역시 진상을 규명하는 것이 가장 빠른 길이겠지만, 이제 그마저도 못 하게 되었다.

"자기한테 불리한 질문을 받으면 입을 다무는군. 그게 코가 닌자의 습성인가?"

남자가 비아냥대듯 말했지만, 호타루는 아무 느낌도 없었다. 오히려 주절주절 떠드는 쪽이 닌자로서 수준 이하라고 생각했다.

"코가 닌자는 정말 예의가 없군. 시골 출신이라 어쩔 수 없나."

남자가 그렇게 말하자, 다른 사람들이 웃었다. 코가가 시골이라고 빈정대는 것이 재미있나. 이가와 코가는 지리적으로 그리 멀지 않아서 둘 다 고만고만한 시골이었다. 호타루는 웃는 이들의 얼굴을 죽 살폈다. 오른쪽 맨 끝에 있는 사요라는 여자만 진지한 표정으로 호타루를 보고 있었다.

"하는 수 없군. 그걸 꺼내라."

남자가 그렇게 말하며 손가락을 튕겼다. 방이 어두워지더니 앞쪽 모니터에 영상이 떴다. 한쪽 화면에 온통 하얀색인 방이 나왔고, 철제 침대 위에 한 남자가 앉아 있었다. 고로였다. 호타루처럼 묶이지는 않았지만, 상태를 보니 그 방에 감금된 것은 분명했다. 같은 건물 안일지도 모른다.

다른 쪽 화면에는 어느 민가의 내부를 몰래 찍은 듯한 영상이 떴다. 마침 아침 식사 중인지 두 남녀가 밥을 먹고 있었다. 고로의 부모님이었다. 두 사람은 자신들이 찍히는 줄도 모르는 것 같았다. 아주 평범한 일상 속 한 장면을 보는 느낌이었다.

"이 셋은 인질이다."

어두워서 정면에 앉은 남자들의 얼굴이 보이지 않았다. 실루엣에서 목소리가 나오는 것 같았다. 남자가 이어서 말했다.

"세 사람의 목숨을 구하고 싶으면 이자를 암살해라."

화면에 다른 것이 떴다. 이번에는 영상이 아니라 사진이었다. 청중에게 이야기하는 미래당 대표 토요마츠 부젠의 얼굴이 거기에 비쳤다.

한 시간 뒤, 호타루는 차에 태워졌다. 어디를 달리는 것인지 전혀 알 수 없었다. 눈은 가려졌지만, 손발은 묶이지 않았다. 이윽고 차가 멈추더니 문 열리는 소리가 났다. 눈가리개가 벗겨지고 차에서 내려졌다.

신주쿠 이세탄 백화점 앞이었다. 차는 곧장 출발해서 사라졌지만, 남자 한 명이 호타루 옆에 서 있었다. 감시 역할을 맡았나 보다. 남자는 젊었고 지난주 행사장에서 본 기억이 있었다.

"이렇게 됐으니." 남자가 가볍게 말했다. "함부로 도망가지 마세요. 도망치면 바로 본부에 연락할 거예요. 그러면 선배님이랑 선배님 부모님은 처단되겠죠. 아, 제 소개가 늦었는데, 저는 우라라고 합니다. 선배님이 근무하는 세타가야 중앙 우체국에서 아르바이트를 해요."

수다스러운 사람이었다. 말이 많은 닌자는 믿지 말 것. 그것이 호타루의 신조였지만, 이 사람은 단순히 어려서 무지한 것 같았다.

"다행이에요, 이 중요한 역할을 맡을 수 있어서. 저 사실 호타루 씨가, 아, 호타루 씨라고 불러도 돼요?"

호타루는 대답하지 않았다. 그러자 우라가 이어서 말했다.

"호타루 씨가 정말 제 취향이거든요, 진짜로. 선배님이 너무 부러웠어요. 그래서 호타루 씨한테 감시를 붙인다고 했을 때, 제일 먼저 손을 들었어요. 다행이에요, 제가 뽑혀서. 그런데 다른 놈들은 쫄았는지 아무도 손을 안 들어서 웃겼어요. 뭐, 다른 놈들이 손을 들었어도 제가 뽑혔겠지만요. 왜냐하면 제가 이래 봬도 상급 닌자인 데다 닌자로서 실력도 꽤 뛰어나거든요."

고로와 그의 부모. 세 사람을 구하기 위해 호타루에게 주어진 임무. 그것은 미래당의 토요마츠 대표 암살이었다. 기한은 내일인 토요일 밤 열두 시까지였다. 조금 전 차에서 내리며 차 안에 있는 디지털 시계를 확인했을 때 오전 열 시였다. 이제 38시간밖에 남지 않았다.

그나저나 이가는 토요마츠가 어지간히도 싫은 모양이다. 아니, 이가가 지지하는 여당의 생각도 얽혀 있을지 모른다. 미래당의 지지율은 계속 올라갔고, 얼마 전 행사에서 보여준 이성적인 대응도 한몫했는지 여론 조사에서는 차기 총리에 어울리는 정치인으로 토요마츠가 1위에 올랐다.

"그래서 호타루 씨, 어떤 식으로 토요마츠를 해치울 거예요? 역시 독이 제일 나을까요?"

그때 그 남자가 시야에 들어왔다. 정장을 입은 초로의 남성으로, 비닐우산을 거꾸로 들고 골프 스윙 연습을 하고 있었다. 신호의 낌새를 느낀 호타루는 남자에게 다가갔다. 연습에 방해되지 않도록 조금 떨어진 위치에서 말을 걸었다.

"안녕하세요. 그거 8번 아이언인가요?"

"아니요. 7번 아이언입니다."

"나이스 샷."

암구호가 성립되었다. 초로의 남성—야마다는 스윙 연습을 멈추고 인도를 걸어갔다. 호타루는 그 뒤를 쫓았다. "저 사람 뭐예요?"라고 물으며 우라도 뒤따라왔다.

야마다가 향한 곳은 지하도 한쪽 모퉁이였다. 많은 행인이 신주쿠 지하도를 바쁘게 오갔지만, 그 모퉁이만은 걸리적거리는 기둥이 있어서인지 주위에 비해 조용했다. 야마다가 갑자기 종이를 내밀었다.

"토요마츠 대표의 일정입니다. 오늘은 칸사이 방면으로 연설하러 간 모양이군요."

일 처리가 빠르다. 호타루에게 토요마츠 암살 임무가 주어진 것을 안다는 뜻이었다. 이가 내부에 정보 제공자가 있는 모양인데, 그 부분은 깊게 생각하지 않는 것이 낫다. 닌자는 저마다 맡은 역할이 다르니 깊이 파고드는 것은 금물이다.

"호타루 씨, 이 사람 누구예요?"

우라는 의심쩍은 눈빛으로 야마다를 보았다. 야마다가 씩 웃으며 말했다.

"저는 야마다라고 합니다. 코가 사람입니다. 음, 현역 닌자를 돕는 역할이라고 하면 될까요?"

"당신 코가야?"

우라가 두 걸음 뒤로 물러서며 주머니에 손을 넣었다. 어리지만 일단은 이가 닌자답게 코가에 대한 경계심을 갖고 있나 보다. 그래 봤자 별 볼 일 없는 봉표창이나 던지겠지만, 공교롭게도 호타루에게는 무기가 없었다. 소지품을 이가가 전부 가져가 버렸다.

"진정해요. 당신과 소란을 피울 생각은 없습니다." 야마다가 차분한 어조로 말했다. 연륜 덕분일까. 어쩐지 안정감을 주는 말투였다. "이름이 아마 우라, 였나요? 역시 상급 닌자의 자제답게 기품이 있군요."

"나, 나를 알아?"

"물론이죠. 우라 가문의 명성은 코가에도 자자하거든요. 평의원을 지낸 분은 지지난 대였나요?"

경계심이 풀린 듯 우라가 주머니에서 손을 뺐다. 다만 우라가 무슨 짓을 할 것 같으면, 호타루는 그 즉시 급소를 찔러서 그의 움직임을 봉할 자신이 있었다.

"우리 할아버지야. 재작년에 돌아가셨지만."

"아까운 인재가 돌아가셨군요."

두 사람이 대화하는 사이에 호타루는 넘겨받은 토요마츠의 일정을 확인했다. 오늘은 칸사이 방면에서 선거 운동을 하고 오늘 밤 교토에 있는 호텔에서 하루 묵을 예정이었다. 내일 아침 신칸센을 타고 도쿄로 돌아온 뒤, 오후부터 유라쿠쵸에서 열리는 지구온난화 대책 심포지엄에 게스트로 참석한다고 적혀 있었다. 노린다면 이 행사가 좋겠다.

"잠깐만요." 호타루는 두 사람의 대화를 끊고 야마다에게 물었다. "저희 남편과 그 가족이 인질로 잡혔어요. 풀어주는 조건은 토요마츠 암살이고요. 토요마츠를 죽여도 되나요?"

"좋을 대로 하세요." 야마다가 대답했다. "바로 얼마 전에 토요마츠와 코가의 관계가 끊어졌습니다. 저 같은 늙은이는 자세한 건 모르지만, 위의 결정이라고 합니다. 그러니 토요마츠는 원하는 대로 처리해도 됩니다."

돈을 주면 어떤 일이든 받아들인다. 그것이 기본적인 코가의 방침이었다. 토요마츠와 관계를 끊어야만 하는 이유가 있었을지도 모른다. 거기에 아카마키가 살해된 이유도 엮여 있는 것일까. 아직 결정적인 정보가 빠져 있는 느낌이었다.

"그런데 일전의 폭탄 소동 때문에 겁을 먹었는지 일본 최대 경비 업체에서 실력 있는 경호원을 고용했다는군요. 필요하면 이걸 쓰세요."

야마다가 주머니에서 스마트폰을 꺼내서 내밀었다. 스마트폰이 없으면 뭘 하든 불편하니 어떻게든 구하려던 참이었다. 호타루는 스마트폰을 받아 들고 감사 인사를 했다.

"감사합니다. 최선을 다할게요."

야마다는 떠났다. 지하도를 지나다니는 행인들 틈으로 곧바로 섞여들어 모습을 감췄다. 호타루는 "가자"라고 짧게 우라에게 말하고 야마다가 사라진 반대 방향으로 걸어갔다.

점심은 카레라이스였다. 그 맛으로 보아 인스턴트 카레였다. 고로는 순식간에 카레를 다 먹어치우고 접시를 문 근처 바닥에 두었다. 그리고 다시 침대 위에 앉았다.

이곳 이가 빌딩에 끌려온 것은 날짜가 바뀐 새벽 두 시였다. 소지품은 전부 뺏겼지만, 손목시계는 남아 있어서 시간을 알 수 있었다. 아침때와 점심때에만 닌자가 문을 열고 음식을 가져다주었다. 당연하지만 그 닌자는 상황을 알려주지 않았고, 음식만 두고 사라질 뿐이었다.

호타루가 걱정되었다. 근대 이후에 코가 닌자가 산 채로 잡혔다는 이야기는 들어본 적이 없다. 닌자로서 이가의 세력은 코가보다 훨씬 세서, 이가의 세력 규모를 8이라고 하면, 코가는 기껏해야 1이었다. 하지만 코가는 수수께끼 같은 베일에 싸여 있어서 이가에게 위협이었다. 그런 코가 닌자를 사로잡는 데 성공했다. 상부에 있는 놈들은 틀림없이 기뻐할 것이다.

최악의 경우도 생각해야 했다. 상상도 하기 싫지만, 고로는 마음을 단단히 먹었다. 호타루는 일류 닌자이니 그런 경우의 수도 고려했을 것이다. 적의 손에 들어갈 바에야 스스로 목숨을 끊는수. 그녀는 약사라서 약을 잘 안다. 언제든 목숨을 끊을 수 있도록 몸 어딘가에 독 캡슐을 숨겨 놓았을 가능성이 크다. 아니, 분명히 숨겨 놓았을 것이다.

점심을 먹은 탓인지 졸음이 몰려왔다. 호타루가 어쩌고 있는지도 모르는데 졸음을 느끼는 자신을 용납하기 힘들었다. 자연스러운 현상임을 알면서도 화가 났다. 고로는 일어나서 수마를 떨쳐내기 위해 섀도복싱을 하듯 몸을 움직였다. 숨이 턱까지 찼을 즈음, 작게 문을 두드리는 소리가 났다.

섀도복싱을 멈췄다. 문이 살짝 열리더니 누군가가 작은 동물처럼 실내에 들어왔다. 사요였다. 그녀는 소리가 나지 않게 문을 닫고 고로를 보며 말했다.

"미안. 조금 더 일찍 오려고 했는데, 감시가 붙어서."

밖에 감시하는 닌자가 서 있었다는 뜻일까. 고로는 삼엄하게도 경계하는구나 생각하며 질문했다.

"지금은?"

"필요 없다고 판단했는지 점심때부터 없어졌어. 그래서 들어올 수 있었어."

"그런데 사요…."

고로는 천장을 올려다보았다. 천장 구석에 감시 카메라가 달려 있었다. 저 카메라로 계속 감시하는 것이 아니었나.

"괜찮아. 손을 봐 놨어. 아마 한동안은 눈치채지 못할 거야."

"호타루는? 호타루는 무사해?"

무심코 사요의 어깨를 붙잡으며 추궁했다. 사요가 검지를 입술에 대며 말했다.

"목소리가 커. 들키면 어쩌려고 이래?"

"미안."

최대한 문에서 떨어져서 침대에 둘이 나란히 앉았다. 사요가 작게 이야기했다.

"결론부터 먼저 말할게. 호타루 씨는 지금 이가 빌딩에 없어. 너랑 같이 끌려와서 다른 방에 감금됐었는데, 지금은 없어."

"없다니, 어디 갔는데?"

"처음부터 순서대로 설명할게. 오늘 아침, 호타루 씨가 사무국 간부들 앞으로 끌려 나왔어. 마녀재판 같은 거였지. 호타루 씨가 코가 닌자라는 걸 확인하는 게 목적이었어. 호타루 씨를 신문한 사람은 키류 씨야."

키류는 사무국장으로 있는 간부다. 당연히 상급 닌자이고, 나중에는 평의원이 될 것이라는 이야기까지 나오는 엘리트다. 그런 의미에서는 사요와 가까운 사람이었다.

"나도 서기로 참석했어. 호타루 씨는 아카마키 의원을 죽이지 않았다고 부인했어. 자기가 침입했을 때는 이미 죽은 뒤였대. 호타루 씨의 진술은 그랬어."

호타루는 거짓말을 하지 않았다. 그녀가 닌자로서 몇 가지 일을 해온 것은 의심의 여지가 없는 사실이다. 그러나 살인만은 하지 않았다. 호타루는 그렇게 말했고, 고로는 남편으로서 그 말을 믿고 싶었다.

"그래서, 호타루는 어디 있어? 다른 곳에 감금됐다는 거야?"

"끝까지 들어. 이건 나도 몰랐는데, 지금 너희 부모님까지 감시당하고 있어. 키류 씨가 호타루 씨한테 거래를 제안했어. 너랑 너희 부모님을 살리고 싶으면 내일까지 토요마츠 의원을 암살하라고."

"뭐라고?" 저도 모르게 목소리가 뒤집혀서 고로는 자기 입을 틀어막았다. 목소리 톤을 낮추며 다시 사요에게 물었다.

"그래서 호타루는?"

"받아들였어. 세 시간쯤 전에 여기서 나갔어. 우라가 감시자로 동행하고 있어."

"우라라니…. 그 녀석한테 맡겨도 되는 거야?"

조금 못 미더운 느낌이었다. 우라는 감시자이며 동시에 토요마츠 암살을 돕는 조력자라고 볼 수 있었다. 그렇게 껄렁한 녀석이 그런 중요한 역할을 해낼 수 있을까. 고로가 걱정하는 것을 눈치챘는지 사요가 뒷이야기를 밝혔다.

"그 친구가 직접 자원했대. 걔는 상급 닌자라서 본부도 거부할 수 없었을 거야. 그래 봬도 닌자 학교 성적은 전부 A였나 봐."

불안은 커져만 갔다. 과연 호타루는 정말로 토요마츠를 살해할까. 아니, 그녀라면 너무나 쉽게 해낼 것 같아서 무서웠다. 이대로면 나 때문에, 우리 가족을 구하기 위해서, 그녀가 손을 더럽히고 말 것이다.

"부탁해, 사요. 나를 여기서 내보내 줘."

고로는 억지임을 알면서도 그렇게 말했다. 사요의 두 어깨를 붙잡고 숨죽인 목소리로 재차 애원했다.

"제발. 나를 여기서 내보내 줘. 내가 막아야 돼. 내가 막는 것밖에 방법이 없어."

호타루가 암살범이 되게 할 수는 없다. 그녀가 살인죄를 저지르게 둘 수는 없다. 남편으로서, 한 남자로서 그것만은 무슨 수를 써서라도 막고 싶었다.

"알았어. 방법이 없지는 않아."

"정말이야?"

"응. 밤이 되면 경비가 허술해지니까 빈틈이 생길 거야. 그런데 하나만 약속해 줬으면 좋겠어."

사요가 진지한 눈빛을 보내자, 고로는 침을 삼키며 사요의 다음 말을 기다렸다.

◭

"호타루 씨, 위험해요. 들키면 신고당한다니까요."

우라는 앞서 걷는 호타루에게 말했다. 다만 어두컴컴해서 우라는 그녀의 실루엣밖에 볼 수 없었다. 유라쿠쵸에 있는 '그랜드포스 유라쿠쵸'라는 다목적 회관이었다. 내일 여기서 개최될 심포지엄에 토요마츠 대표가 게스트로 참석할 예정이었다.

오늘 낮에도 이 회관에 잠깐 들렀다. 특별한 행사는 없었지만, 레스토랑이 딸려 있어서 일반인에게도 개방되었다. 클래식 콘서트나 만담 공연도 열리는지 그런 종류의 포스터가 관내에 붙어 있었다. 호타루는 낮에 회관 안을 돌아다니다가 3층 창고 안에 있는 창문을 발견했다. 거기에 달린 잠금장치를 풀어두고 창문이 보이지 않게 창고 안의 구조를 바꾼 뒤 회관을 빠져나왔다. 그리고 폐장하는 밤 아홉 시를 기다렸다가 3층 창문으로 침입했다. 거침없이 작업하는 그 모습은 그녀가 평소에도 비슷한 일을 해왔다는 증거였다. 코가는 무시무시하다. 우라는 우체국에서 아르바이트나 하는데.

"호타루 씨, 어두워서 아무것도 안 보여요."

창고 안이 어두워서 앞이 제대로 보이지 않았다. 앞서가던 호타루가 말했다.

"당연하지. 불을 켜면 들키잖아."

그건 그렇다. 우라는 수긍했다. 닌자는 절대 들키면 안 된다. 기본 중의 기본이다.

호타루는 회관 안을 걸었다. 인터넷으로 회관 내부 안내도를 미리 확인했는지 어디에 무엇이 있는지 다 아는 상태로 침입한 것 같았다. 침입할 때는 반드시 사전 준비를 할 것. 닌자 학교에서도 귀가 따갑게 듣던 이야기였다.

"호타루 씨, 진짜 토요마츠를 죽일 거예요?"

앞에서 걷는 호타루는 대답하지 않았다. 다만 이렇게 행사장을 사전 조사 한다는 것은 진심으로 암살 계획을 세우고 있다는 증거였다. 호타루는 멈춰 서서 바닥에 귀를 댔다. 그녀는 가끔 이런 움직임을 보였는데, 아무래도 발소리를 듣는 것 같았다. 이가에는 이렇게 행동하는 닌자가 없다. 일어선 호타루가 말했다.

"죽일 거야, 난."

"왜요? 살인자가 되는 거잖아요. 그렇게까지 할 필요가 있어요?"

"남편을 구하는 게 아내의 역할이니까."

호타루는 그렇게 말하며 통로를 걸어갔다. 호타루의 모습은 곧 어둠 속으로 빨려 들어갔다. 놓치면 안 되기에 우라는 서둘러 호타루의 뒤를 쫓았다.

그녀가 향한 곳은 기계실이라고 불리는 장소였다. 문이 잠겨 있었지만, 호타루는 머리핀 같은 것을 이용해 문을 따고 서슴없이 안으로 들어갔다.

실내는 의외로 넓었다. 공기 조절 장치도 여기서 일괄 관리되는지 영업시간이 아닌데도 낮은 진동음이 들렸다. 호타루는 안쪽으로 들어가서 철제 나선계단을 소리도 없이 올라갔다. 우라는 그 가벼운 몸놀림에 감탄하면서 뒤를 쫓았다.

제일 위에는 천장이 낮아서 몸을 숙여야 지나갈 수 있는 작은 방이 있었다. 당연히 컴컴했다. 호타루가 손전등을 켰다. 먼지투성이였고 바닥에 조명기구와 코드 따위가 놓여 있었다. 안쪽에 프로젝트 창문이 있었다. 호타루가 그 창문을 밀어 열자, 15센티쯤 되는 틈이 생겼다.

우라는 호타루 뒤에 서서 창밖을 살펴보았다. 이곳은 객석의 대각선 뒤쪽이다. 객석은 어두웠지만, 비상 유도등이 켜져 있어서 전체적인 구조는 파악할 수 있었다. 무대도 멀리 내다보였다.

호타루는 스마트폰을 꺼내서 창밖을 촬영했다. 여기서 공격할 생각일까. 무대까지는 거리가 50미터쯤 되어 보였다.

그때 우라는 뜻밖의 광경을 봤다. 호타루가 갑자기 먼지투성이

인 바닥에 배를 깔고 누워서 무언가 조준하는 자세를 취했다. 지금은 손에 아무것도 없지만, 실전에서는 소총 같은 것을 쥐리라고 상상이되었다. 소총으로 저격하다니, 진짜 암살자 같다.

호타루는 이리저리 자세를 바꾸며 최고의 위치를 찾는 듯했다. 우라는 무어라 형용할 수 없는 감정으로 그 모습을 지켜보았다. 호타루는 레깅스 같은 타이츠 위에 반바지를 입었는데, 옷이 피부에 밀착되어 그녀의 아름다운 엉덩이 라인이 도드라져 보였다. 그녀가 자세를 바꿀 때마다 엉덩이가 요염하게 움직였다.

참을 수 없었다. 나를 유혹하는 것인가. 그런 착각이 드는 광경이었다. 아니, 틀림없다. 유혹하는 것이 분명하다. 다행히 주위에는 아무도 없다.

감정이 이끄는 대로 우라가 호타루의 둔부에 손을 뻗는 순간이었다. 호타루가 갑자기 휙 돌더니 앞으로 나온 우라의 손을 잡았다. 저항할 새도 없이 우라의 팔과 목에 조르기 기술이 걸렸다. 유도에서 말하는 세모 조르기였다.

이건 이것대로 뺨에 밀착되는 호타루의 허벅지 감촉이 좋았지만, 애석하게도 숨쉬기가 힘들었고 어깨 관절도 아팠다. 우라가 참지 못하고 탭을 치자 호타루는 기술을 풀었다. 그녀는 태연한 표정으로 말했다.

"또 만지려고 하면 그땐 안 봐줘."

호타루는 그렇게 말하고 계단을 내려갔다. 아무래도 정찰은 끝인가 보다. 우라는 호흡을 가다듬고 흐트러진 머리를 정리한 뒤 계단을 내려갔다.

실내는 어두컴컴했다. 밤 열두 시가 되려는 참이었다. 두 시간 전인 오후 열 시에 이미 소등되었다. 외부에서만 조작할 수 있는 구조인 듯해서 고로는 어두운 실내에서 지냈다. 지금은 침대에 누워 있다. 잠이 오지 않아서 눈은 말똥말똥했다.

똑똑. 문 두드리는 소리가 났다. 고로는 침대에서 일어났다. 문이 열리더니, 사요가 조심스레 실내로 들어왔다. 몸집이 작은 그녀는 마치 자그마한 동물 같았다.

"각오는 됐어?"

사요가 그렇게 물었다. 고로는 고개를 끄덕였다.

"응. 됐어. 나를 여기서 내보내 줘."

'여기서 꺼내줄 수 있어.' 오늘 낮, 사요가 그렇게 말했다. 다만 사요는 여기서 나가기 위한 한 가지 조건을 제시했다. 사태가 수습되면 호타루와 완전히 관계를 끊으라는 조건이었다.

지난 몇 시간 동안 고로는 내내 고민했다. 여기서 나가서 호타루가 암살하지 못하도록 막고 싶었다. 하지만 그러기 위해서는 그녀와 함께할 미래를 포기해야 한다.

밤이 되어도 결론은 나오지 않았다. 하지만 여기서 고민해봤자라는 생각이 들었다. 어차피 호타루의 정체가 밝혀졌으니 예전처럼 살 수는 없을 것이다. 그렇다면 일단은 그녀를 살인범으로 만들지 않기 위해 할 수 있는 일을 해야 한다. 그런 결론에 이르렀다.

"정말 괜찮은 거지?"

"남자는, 아니, 닌자는 한 입으로 두말하지 않아."

호타루의 손을 더럽힐 수는 없다. 지금은 그것 하나만 생각하자고 다짐하며 머릿속에서 잡념을 떨쳐냈다.

"알았어. 토요마츠는 오늘 칸사이 쪽에서 선거 운동 중이야. 내일 도쿄에 돌아와서 오후부터 심포지엄에 게스트로 참석할 예정이래."

그 이후 일정은 알려지지 않았다고 한다. 토요마츠를 노린다면 그때밖에 없을 것이다.

"우선은 이걸 먹어."

사요는 손에 든 봉지를 내밀었다. 크림빵이었다. 받아서 게걸스럽게 먹었다. 지금 이 방에 있는 감시 카메라는 작동 중이다. 다시 말해 녹화 중이다. 늦은 밤이라 실시간으로 감시하는 사람은 없지만, 나중에 확인할 수는 있다.

사요가 세운 작전은 이랬다. 사요는 동기인 고로를 걱정해서 감시의 눈을 피해 빵을 넣어 주러 온다. 그런데 고로가 이를 이용해 사요를 쓰러뜨리고 방에서 탈출한다는 시나리오였다. 대놓고 고로를 풀어주면 사요가 위험해진다. 어디까지나 고로 혼자 탈주를 시도한 것처럼 보였으면 하는 그녀의 마음은 충분히 이해되었고, 그렇다 해도 고마운 일임에는 변함이 없었다.

"엘리베이터는 타지 마. 아래로 내려가면 보나 마나 잡힐 거야. 우선은 옥상으로 가서 옆 빌딩으로 건너뛰어. 그러면 활로가 보일 거야."

"미안해, 사요."

"무슨 소리야? 동기잖아, 우리."

생각해 보면 오래된 사이다. 처음 만난 게 초등학교 1학년 때였다. 그 뒤로 시간이 흘러 자신은 코가 닌자를 아내로 맞는 실수를 범해서 이렇게 갇혔다. 그리고 이런 자신을 구해주려는 사람은 첫사랑이기도 한 여자다. 운명은 참으로 얄궂다.

사요와 눈이 마주쳤다. 그녀가 작게 고개를 끄덕이며 신호를 보냈다. 먼저 싸움을 건 사람은 고로였다. 하지만 고로의 주먹은 허공을 갈랐다. 사요가 잽싸게 피했기 때문이다. 닌자끼리 싸우는 것이니 어느 정도 실감 나게 보여야 했다. 그렇게 하기로 미리 약속했다.

주먹질과 발길질을 주고받았지만, 양쪽 다 결정타는 없었다. 그때 사요가 주머니에서 호신용 전기 충격기를 꺼내서 고로를 향해 내밀었다. 불꽃이 튀었다. 지금이다.

사요의 팔을 잡은 고로는 미안하다고 속으로 사과한 뒤 그녀의 손을 비틀었다. 그리고 빼앗은 전기 충격기를 사요의 배 근처에 댔다. 움찔하며 몸이 떨리더니 그녀의 전신에서 힘이 쭉 빠졌다. 쓰러지는 사요를 붙잡아서 침대 위에 눕혔다.

겉옷 주머니에 봉투가 들어 있었다. 토요마츠가 참석하는 심포지엄 전단이었다. 고로는 그것을 주머니에 쑤셔 넣고 문으로 향했다. 문을 살짝 열고 통로에 아무도 없는 것을 확인한 뒤, 방에서 나갔다.

어둑한 복도 안쪽으로 나아가서 계단실에 들어갔다. 고로는 옥상을 목표로 계단을 뛰어 올라갔다.

호타루, 기다려. 너를 살인자로 만들지는 않을 거야.

호타루는 얕은 잠에서 깨어났다. 머리맡에 놓인 시계가 오전 다섯 시를 가리켰다. 이 시간에 눈을 뜨는 것은 평소의 습관이었다.

니시신주쿠에 있는 비즈니스호텔이다. 싱글 룸이고, 옆방에는 우라도 있다. 우라는 처음에 같은 방을 써야 감시하는 의미가 있다고 주장했지만, 그것만은 절대 안 된다고 거부했다. 노숙을 하든지, 아니면 호텔에서 각자 다른 방에서 묵든지. 둘 중 하나를 선택하라고 압박하자, 우라는 고집을 꺾었다.

커튼을 열었다. 날이 밝기 전이지만, 쾌청해 보였다. 우선은 욕실에 있는 작은 세면대에서 얼굴을 씻고 이를 닦았다. 어젯밤에도 준비하느라 늦게까지 인터넷으로 이것저것 조사했지만, 몸 상태는 나쁘지 않았다.

토요마츠와 코가의 관계는 끊겼다. 어제 야마다에게 들은 정보는 매우 유용했다. 만약 코가가 계속해서 토요마츠를 경호하는 상황이었다면 호타루는 코가를 적으로 돌려야 했다. 최악의 사태는 면했지만, 그래도 방심할 수는 없었다. 어쨌거나 상대는 야당 대표이자 요즘 특히 이목을 끄는 정치인이다. 언론의 눈도 있고, 관중도 많이 올 것이다.

호타루는 욕실에서 나왔다. 검은 모자를 쓰고 카드 키만 챙겨서 밖으로 나갔다. 복도는 아직 고요했다. 엘리베이터를 향해 걸어가는데, 옆방 문이 열렸다. 우라가 얼굴을 내밀었다.

"외출해요?"

"아침 조깅."

"저도 갈게요."

우라가 밖으로 나왔다. 옷도 이미 갈아입은 상태였다. 호타루가 기상한 것을 알아차렸다는 뜻일까. 닌자로서 최소한의 능력은 있는 듯했다.

"조깅은 매일 해요?"

"비만 안 오면."

"선배님도 같이요?"

"그 사람은 항상 자."

고로를 떠올렸다. 아침부터 까치집 같은 머리로 정보 프로그램을 보면서 토스트를 먹었다. 정말 속 편한 사람이라고, 내내 그렇게 생각했건만, 그것도 연기였을까. 아니, 연기라기보다 닌자도 인간이니 긴장을 풀고 쉬는 순간이었을 것이다. 고로는 아내 앞에서만큼은 늘 긴장을 풀었는지도 모른다.

엘리베이터를 타고 1층으로 내려갔다. 프런트에는 이미 종업원이 서 있었다. 밖으로 나가서 우선 걸었다. 중간중간 스트레칭을 하거나 손목과 발목을 돌리며 몸을 움직였다.

"그런데 얼마나 달려요?"

우라가 묻자, 호타루는 어깨 관절을 돌리며 대답했다.

"재본 적은 없는데 20킬로 정도 되려나?"

"진짜요? 그 정도면 하프마라톤 아니에요?"

"안 따라와도 돼. 혼자 달리면 되니까."

우라는 대답하지 않았다. 걸으면서 스마트폰을 만지작거렸다.

이윽고 우라가 고개를 들고 말했다.

"호타루 씨, 여기서 10킬로면 스미다 강을 건너서 료고쿠나 킨시쵸 부근까지 갈 수 있대요."

"좋네. 그럼 료고쿠 국기관을 찍고 돌아오는 걸로."

코슈 가도로 나가서 신주쿠역 방면으로 나아갔다. 아직 이른 아침이라 그런지 행인은 거의 없었다. 그래도 차들은 기세 좋게 달렸다.

횡단보도 빨간불에서 걸음을 멈췄다. 이 신호가 파란불로 변하면 출발하려고 마지막으로 발목을 돌리며 꼼꼼히 스트레칭했다. 호타루는 문득 떠오른 것이 있어서 옆에 있는 우라에게 물었다.

"이상한 질문이지만, 볼일을 서서 봐? 아니면 앉아서 봐?"

"소변이요?"

"응."

"저는 앉아서 봐요." 우라가 당연하다는 듯 대답했다. "제가 이래 봬도 꽤 깔끔 떨거든요. 혼자 사는데, 우리 집 화장실이 더러워지는 건 진짜 못 참아요. 그래서 꼭 앉아요."

"흐음, 그렇구나."

"이게 무슨 대화예요? 아침 댓바람부터 할 얘기는 아니지 않아요?"

"신경 쓰지 마."

고로는 꼭 서서 소변을 봤다. 최근에는 앉을 때도 있는 듯했지만, 기본적으로 서서 일을 본 것을 호타루는 알고 있었다. 밤에 화장실에서 들려오는 쪼르르 하는 그 불쾌한 소리. 그 소리를 들으며 지내는 밤은 두 번 다시 돌아오지 않을 것이다. 호타루는 어렴풋이 그렇게 짐작했다.

"혹시 고로 선배님 얘기예요? 선배님이 서서 소변을 봤어요? 그래서 그걸 호타루 씨가 청소했고? 그게 사실이면 끔찍하네요."

당시에는 끔찍하다고 생각했지만, 지금은 그리 싫지 않았다. 오히려 그립다는 생각마저 들었다. 동시에 쓸쓸했다. 누군가를 생각하며 쓸쓸해지기는 처음이었다.

호타루는 신호가 파란불로 바뀐 것을 보고 천천히 달려 나갔다.

행사장은 유라쿠쵸역에서 그리 멀지 않은 그랜드포스 유라쿠쵸라는 다목적 회관이었다. 고로는 에스컬레이터를 타고 2층에 있는 접수대로 향했다. 제법 성황인지 정장을 입은 남자들이 많이 눈에 띄었다. 역시 정장을 입고 오길 잘했다. 심포지엄 주제가 지구온난화 대책이라 방문자들 사이에서도 약간 딱딱한 분위기가 엿보였다.

어젯밤, 이가 빌딩 옥상에서 옆 빌딩으로 뛰고 또 그 옆 빌딩으로 뛰어서 비상계단으로 달려 내려왔다. 어둠 속을 달리다가 지나가는 택시를 잡아탔다. 택시 안에서 사요에게 받은 봉투를 열어보니, 토요마츠가 참석할 예정인 행사 전단과 함께 현금 5만 엔이 들어 있었다. 고맙게 사용하기로 했다. 어제는 캡슐 호텔에서 묵었고, 조금 전에는 대형 할인점에서 정장을 사서 갈아입고 여기에 왔다.

오후 열두 시 오십 분이 되어 가는 시간이었다. 행사장에서는 이미 입장이 시작되었고, 자리를 확보한 손님들은 라운지에서 담소를 나누었다. 접수대에서 당일권을 산 고로는 티켓 대신 나눠 주는 자료를 받았다. 그것을 들고 라운지를 가로질렀다. 분명 이가 닌자도 이 안에 섞여 있을 테지만, 겉으로 봐서는 관계자를 찾아볼 수 없었다.

행사장인 홀에 들어갔다. 실내는 그다지 넓지 않아서 500석이 있을까 말까 한 넓이였다. 이번처럼 학술적인 심포지엄이나 중간 규모의 연극, 콘서트 등에 쓰이는 홀인 것 같았다. 자유석이라서 고로는 중앙 통로 쪽, 정확히 홀 한가운데에 앉았다.

접수대에서 받은 자료를 펼치고 눈으로 훑었다. 주최자는 어느 NPO 법인이었고, 지구온난화 대책을 주제로 토론이 진행될 예정이었다. 참석자는 대학교수와 환경부 관계자, 연예인 같은 이들이었다. 토요마츠는 토론 중간에 등장해서 10분간 강연한다고 했다. 등장은 오후 두 시로 예정돼 있었다.

"잠깐 실례."

머리 위에서 목소리가 들려 고개를 든 고로는 깜짝 놀랐다. 거기에 서 있는 사람은 유키였다. 유키는 입가에 미소를 그리며 고로 옆 좌석을 손가락으로 가리켰다. 옆에 앉고 싶다는 의미로 해석한 고로는 안쪽으로 한 칸 이동했다. 유키가 옆에 앉았다.

"유키, 너, 어떻게⋯."

"임무야, 임무." 유키가 무릎 위에 자료를 펼치면서 말했다. "본부에서 너를 설득하라잖아. 지금이라면 아직 늦지 않았어. 본부로 돌아가서 머리를 조아리면 어젯밤에 도망친 건 없던 일로 해준대."

고로는 아내가 저지를 끔찍한 일을 막으려고 도망쳤다. 본부는 이를 눈치채고 오랜 친구인 유키에게 협상을 맡긴 모양이다. 나쁘지 않은 임용이었다. 벌써 마음이 흔들렸지만, 고로는 그런 감정을 들키지 않으려고 의연하게 말했다.

"안 가. 나는 이미 정했어. 호타루의 손을 더럽히지 않을 거야. 절대로."

"그러냐. 각오는 돼 있다는 거지? 아, 맞다. 사요는 걱정하지 마. 간부들한테 달달 볶였지만 그게 다였대. 나 참, 좋은 집안 따님은 편하겠어."

그 말을 듣고 조금 마음이 놓였다. 그러지 않아도 고로가 도망치는 데 도움을 줬다고 그녀가 책잡힐까 봐 걱정했다. 인질로 잡힌 부모님도 신경 쓰였지만, 아무리 그래도 목숨을 빼앗지는 않으리라고 애써 낙관적으로 생각했다.

"어차피 네 아내는 못 구해. 암살에 성공하든 실패하든 본부에 구속되겠지. 고로, 생각을 바꿀 마지막 기회야."

연설이 시작되기까지 5분도 남지 않았다. 객석은 반쯤 찼다. 내용이 내용이다 보니 사람들이 데이트 삼아 가볍게 참석할 만한 행사가 아니었다.

"고로, 조금 더 편하게 생각해 보면 어때? 어떻게 보면 너는 희소가치가 있는 닌자야. 생각해 봐. 비록 2년이기는 하지만 코가 닌자와 결혼생활을 해본 닌자는 너밖에 없고, 앞으로도 없을 거야. 바꿔 생각하면 겁날 게 없잖아."

유키가 무슨 말을 하려는지는 안다. 코가의 여자와 결혼한 남자. 의외로 귀한 인재로 여겨질지도 모른다. 만약 자신이 사무국 간부였으면 그런 자를 가만히 내버려 두지는 않았을 것이다. 앞으로 코가에 대한 대책을 세우는 데 어떤 역할을 부여할 가능성도 있었다.

"어렵게 생각할 필요 없어, 고로. 너는 결혼 상대를 잘못 고른 거야. 그뿐이야. 그냥 그 여자는 잊고 원래의 삶으로 돌아가는 거야. 원래 다니던 직장으로 보내 달라고 사무국 간부한테 부탁하자. 우편물을 배달하고 헬스장에서 훈련하고 술 마시러 가고. 그런 삶으로 돌아가는 것뿐이야. 그러다 보면 새 여자친구도 생길걸. 너는 네가 생각하는 것보다 여자한테 인기 있어."

원래의 삶으로 돌아간다. 매력적인 제안이었지만, 딱 하나 빠진 것이 있었다. 호타루다. 그녀 없이는 원래의 삶도 없다. 술을 마시고 집에 들어갔을 때, 침대에서 자는 호타루. 아침에 빵과 샐러드를 준비해 주는 호타루. 그녀 없이는 원래의 삶을 논할 수 없다.

"고마운 제안이지만." 고로는 그렇게 입을 뗐다. "나는 예전의 삶으로 못 돌아가. 호타루를 살인자로 만들 수는 없어. 입 다물고 모르는 척 넘어가는 짓 나는 못 해. 게다가 우리는 아직 법적으로 부부거든. 아내가 살인을 저지르려고 하면 그걸 막는 게 남편의 역할이잖아."

고로는 자신의 왼손을 보았다. 약지에 아직 결혼반지가 있었다. 유키가 "풋" 하고 웃더니 말했다.

"너라면 그렇게 말할 줄 알았어. 하지만 고로, 네 아내가 하지 않으면, 다른 사람이 하는 수밖에 없어."

유키가 작은 꾸러미를 건넸다. 받아서 안을 확인해 보니 은색 봉표창 5개가 들어 있었다. 전부 새것인 듯 표창 끝이 날카롭게 갈려 있었다.

"아내의 손을 더럽히기는 싫지? 그럼 네가 해. 임무라고 생각해."

이걸로 토요마츠를 죽여라. 그런 의미인가. 정말이지 현실감이 들지 않았다. 자신에게 암살 명령이 떨어질 줄은 상상도 못 했다.

"조심해서 다뤄. 끝에 독이 묻었어. 스치기만 해도 죽을 수 있는 맹독이야."

신호음이 울리더니, 사회자로 보이는 여자가 모습을 드러냈다. 유키가 일어나서 고로의 어깨를 두드리며 말했다.

"본부를 우습게 보지 마. 너희 부모님이 무사히 풀려난다는 보장은 없어. 각오 단단히 해, 고로."

속마음을 들킨 느낌이었다. 유키가 통로를 지나 사라졌다. 고로는 손에 든 봉표창 꾸러미를 가슴 주머니에 넣고 여자 사회자에게로 눈을 돌렸다.

사회자가 무어라 이야기를 시작했지만, 내용이 전혀 머릿속에 들어오지 않았다. 자기도 모르는 사이에 이마에 땀이 맺혔다.

과연, 내가 사람을 암살할 수 있을까.

△

"…네. 알겠습니다."

우라는 통화를 마치고 스마트폰을 주머니에 넣었다. 장소는 유라쿠쵸역 앞이었다. 전철을 타고 이동할 때 본부에서 전화가 와서 전철에서 내린 뒤 바로 다시 걸었다. 호타루는 지금 역사 안에 있는 물품 보관함 앞에 있었다. 물품 보관함을 열고 안에서 캐리어를 꺼냈다. 호타루는 그것을 끌며 걸어 나갔다. 우라는 그녀를 쫓아가서 옆에 나란히 서며 말했다.

"지금 본부에서 전화가 왔는데, 고로 선배님이 어젯밤 늦게 탈출했대요."

호타루는 무표정이었다. 하지만 어제부터 같이 있은 덕에 그녀의 포커페이스에 동요하지 않게 되었다. 우라는 이어서 말했다.

"선배님은 호타루 씨를 막을 생각인가 봐요. 눈물 나는 얘기네요. 아내를 살인자로 만들지 않겠다는 일념으로 도망친 거잖아요."

밤중에 음식을 주러 간 카제토미 사요를 기절시키고 도망쳤기에 놀라웠다. 그 평범한 남자의 어디에 그런 배짱이 있었을까. 절박해서 무시무시한 힘이 발휘된 것일까.

"선배님도 행사장에 들어갔나 봐요. 어떡할래요? 계획을 바꿀까요?"

호타루는 대답하지 않았다. 캐리어를 끌면서 걸어갔다. 토요일을 맞은 유라쿠쵸는 꽤 붐볐다. 호타루는 잠시 걷다가 걸음을 멈췄다.

"화장실 좀."

호타루는 그렇게 말하며 길가에 있는 파친코 가게로 걸음을 옮겼다. 우라는 하는 수 없이 뒤를 따랐다. 파친코는 해본 적이 거의 없어서 잘 몰랐는데, 생각보다 가게 안이 밝고 청결한 느낌이었다. 들어가자마자 소파가 보였고, 심지어 만화도 갖춰져 있었다.

화장실까지 따라 들어갈 수는 없어서 거기서 기다리기로 했다. 호타루는 캐리어를 끌고 가게 안쪽으로 들어갔다.

시간은 오후 한 시를 넘었다. 딱 그 심포지엄이 시작됐을 시간이다. 미래당의 토요마츠 대표는 한 시간 후인 오후 두 시에 등장해서 강연할 예정이었다. 호타루는 그때를 노리고 이렇게 유라쿠쵸에 왔다.

우라는 소파에 앉았다. TV에서 경마 중계가 흘러나왔다. 무음이라서 자세한 내용은 알 수 없었지만, 낙마 사고가 일어난 것 같았다. 사람을 태우지 않은 말이 잔디밭을 달렸고, 관계자가 그 말을 쫓아갔다.

그나저나 박력 있는 여자다. 우라는 새삼스레 절감했다. 쿠사카리 호타루라는 여자는 보통내기가 아니다.

오늘 아침, 그녀는 신주쿠에서 조깅을 시작했다. 처음에는 나란히 달리던 우라였지만, 1킬로미터도 안 되어 자신의 한계가 느껴져서 호타루의 속도에 혀를 내둘렀다. 사실 우라도 운동신경이 나쁘지 않았다. 닌자는 대대로 운동신경이 뛰어난 가문이 많고, 어릴 때부터 수련하기 때문에 자연스레 운동을 잘하는 사람이 많다. 닌자 학교 시절에도 지구력을 시험하는 훈련이 있었는데, 우라는 아무에게도 져본 적이 없었다. 전력으로 달렸으면 마라톤 대회에 나갈 수도 있었겠지만, 진정한 실력자는 발톱을 숨기는 법이니 조용히 살아가는 것이 닌자의 미덕이라고 생각했다.

우라는 2킬로미터쯤 달리다가 포기했다. 편의점 앞에 주차된 자전거를 슬쩍해서 호타루를 쫓아갔다. 호타루는 료고쿠 국기관을 끼고 돈 뒤, 속도를 늦추지도 않고 신주쿠로 돌아왔다. 걸린 시간은 왕복으로 한 시간 십오 분이었다. 나중에 찾아보니 하프 마라톤에서 여자 일본 기록이 한 시간 육 분대였다. 그것만으로도 호타루가 얼마나 빠른지 알 수 있었다. 그녀는 매일 이런 조깅을 빼먹지 않는다고 하니 경이로웠다.

호타루가 돌아왔다. 그녀는 다시 캐리어를 끌며 파친코 가게를 뒤로했다. 그대로 심포지엄이 개최되는 다목적 회관으로 직행할 줄 알았는데, 그녀는 반대 방향으로 걸어갔다. 보다 못한 우라가 말을 걸었다.

"호타루 씨, 이쪽이에요. 어제도 왔잖아요."

그녀도 가끔은 실수를 하나 보다. 호타루는 무표정인 채로 걸음을 돌렸다.

겨우 몇 분 만에 다목적 회관에 도착했다. 에스컬레이터를 타고 2층으로 올라가니 접수대가 있었다. 행사 시작 시간이 지나서 접수대 주변은 한산했다. 당일권 두 장을 사자 자료가 든 봉투가 제공됐다. 그대로 접수대 앞을 지나쳐 홀 안으로 들어갔다. 걷다가 눈에 띈 쓰레기통에 호타루가 방금 받은 자료를 버리기에 우라도 따라서 자료를 버렸다.

호타루는 통로에 있는 벤치에 앉았다. 그리고 천천히 캐리어를 열었다. 안에는 원통형 부품 같은 것이 아무렇게나 들어 있었다.

"호타루 씨, 위험해요. 누가 보면 어쩌려고요?"

호타루는 대답하지 않았다. 부품 같은 것을 익숙한 손놀림으로 조립했다. 우라는 가슴 졸이며 그 모습을 지켜보았다. 행사가 시작되어서 사람들이 거의 행사장 안에 있다고는 하나, 누가 지나가지 않는다는 보장은 없었다.

순식간에 완성되었다. 총신이 긴 저격 소총이었다. 호타루는 캐리어를 벤치 밑에 밀어 넣은 뒤 소총을 등에 메고 일어났다.

호타루는 무거운 문을 밀고 소총을 멘 채 행사장 안으로 미끄러져 들어갔다.

"…그러니 정부는 조금 더 제대로 대처해야 합니다. 비닐봉지를 유료화해봤자 온실가스 배출에 별다른 변화가 없다는 걸 콜로라도 대학교수인…."

지루한 토론이 이어졌다. 참석한 토론자는 네 명이었다. 지구온난화 대책을 논한다고 해놓고 실제로는 현 정부에 대한 비판이 대부분이었다. 고로는 중간중간 주위를 관찰하면서 토론 상황을 지켜보았다.

내가 호타루였다면 어떤 식으로 토요마츠의 목숨을 노렸을까. 고로는 조금 전부터 그 생각만 했다. 이 행사장 안에서 기회를 엿보기는 힘들 것 같았다. 만석까지는 아니지만 웬만큼 객석이 차 있으니 관객들의 눈을 신경 써야 했다. 지난번에 이가가 그러했듯 폭발물을 이용할 수도 있겠지만, 겨우 하루 만에 폭발물을 구해서 이곳에 설치하기는 시간상 무리일 듯했다. 무기를 쓴다면 역시 원거리 무기가 아닐까. 아니면 토요마츠가 먹을 음식에 독을 넣지 않을까. 그것이 고로의 추리였다.

토요마츠가 행사장에 들어온 것은 이미 확인했다. 약 30분 전에 행사장을 나가서 뒤편에 있는 대기실 쪽으로 가보니 경호원으로 보이는 남자들이 있었다. 그중 한 명이 이어폰 마이크에 대고 말하는 소리를 들었는데, 그 이야기에 따르면 토요마츠는 대기실에서 점심을 먹고 있다고 했다.

"그럼 시간이 됐으니." 여자 사회자가 말했다. "일단 토론을 마칩니다. 2부에서는 토론자를 바꿔서 경제 활동이라는 관점을 포함해 계속 논의하겠습니다. 2부에 들어가기 전에 미래당 대표 토요마츠 부젠 중의원 의원님께서 인사 말씀 해주시겠습니다. 잠시 기다려주십시오."

1부가 종료됐다. 박수와 함께 토론자들이 퇴장하자, 무대 스태프가 나와서 의자 배치를 바꿨다. 드디어 토요마츠가 등장한다. 고로는 바짝 긴장하며 주위를 둘러보았다. 뒤쪽에 카메라가 있었고, 그 주위에 스태프도 있었다. 인터넷 중계라도 하나 보다.

무대 준비가 끝났다. 중앙에 연단이 있을 뿐인 단순한 배치였다. 여자 사회자가 마이크를 한 손에 들고 말했다.

"그럼 무대로 모시겠습니다. 여러분, 박수로 맞아주십시오. 미래당의 토요마츠 부젠 대표님입니다."

우렁찬 박수를 받으며 토요마츠가 무대에 등장했다. 두 남자가 양옆을 든든히 지키고 있었다. 마지막으로 수수한 정장을 입은 안경 낀 여자도 들어왔다. 여자 사회자는 퇴장했다.

토요마츠가 가운데에 놓인 연단으로 가서 마이크 높이를 조절

한 뒤 말했다.

"여러분, 안녕하십니까. 미래당의 토요마츠입니다. 오늘 이 자리에 초대해 주셔서 진심으로 감사드립니다. 여러분, 눈치채셨겠지만, 제 뒤에 서 있는 건 비밀경찰, 흔히들 말하는 경호원입니다. 얼마 전에 제가 자그마한 사건에 휘말려서 말이죠, 이렇게 직접 고용하게 됐습니다. 이야, 저도 스타가 됐나 봅니다."

장내에 웃음이 퍼졌다. 토요마츠 뒤에는 덩치 큰 남자 두 명이 버티고 서 있었다. 한 명은 190센티는 되어 보이는 흑인이었고, 다른 한 명은 까맣게 그을린 일본인이었다. 그쪽도 체격으로는 지지 않았다. 무대 구석에서는 안경 낀 여자가 수화로 토요마츠의 말을 전달했다.

"오늘 지구온난화 대책을 주제로 격렬한 토론이 펼쳐졌는데, 저도 지구온난화가 우려스럽습니다. 미래당의 공약에서도…"

얼마 전에도 생각했지만, 저 토요마츠라는 사람에게는 사람을 끌어당기는 무언가가 있다. 이미 많은 관객이 그의 연설에 빠져든 모습이었다.

고로는 자리를 떴다. 허리를 굽힌 채 통로를 지나갔다. 조감하듯 행사장 전체를 살펴보고 싶었다. 벽 쪽에 서서 객석으로 시선을 던졌다. 수상한 움직임을 보이는 인물은 없었다.

잠시 상황을 살피는데, 시야 한쪽에 움직임이 있었다. 고로가 선 곳과 반대쪽에 있는 벽이었다. 어두워서 확실치는 않지만 위쪽에 작은 창문이 보였고, 거기서 무언가가 움직인 것 같았다. 자세히 보니 아래쪽에 문이 있었다. 설마 호타루, 저 창문에서….

곧장 행동을 개시했다. 객석 뒤쪽을 지나서 문제의 문으로 향했다. '기계실'이라고 적혀 있었다. 문을 잡아 보니, 예상대로 문은 잠기지 않은 상태였다. 손잡이를 천천히 돌리고 문을 열었다. 소리가 나지 않도록 세심히 신경 쓰며 안으로 들어갔다.

문을 닫은 순간이었다. 고로는 어떤 기척을 느끼고 잽싸게 몸을 움직였다. 한 박자만 늦었어도 맞았을 것이다.

"선배님, 역시 오셨군요."

우라가 서 있었다. 평소처럼 여유로운 미소를 머금고 있었다. 고로는 자세를 낮게 유지한 채 물었다.

"호타루는 위에 있어?"

기계들이 낮은 소리를 내며 돌아갔다. 우라 뒤에 나선계단이 있었다. 위쪽이 어떻게 되어 있는지는 모르지만, 호타루는 아마 위에 있을 것이다. 사실은 큰 소리로 호타루를 불러서 말리고 싶었으나, 관객이나 스태프가 그 소리를 들으면 귀찮아질 터였다.

"비켜. 방해하지 마. 호타루한테 암살을 시킬 수는 없어."

"하지만 그게 본부가 원하는 거예요."

우라는 그 자리에서 꿈쩍도 하지 않았다. 그는 아마 호타루를 지키라는 지시를 본부로부터 받았을 것이다.

"오해하지 마. 토요마츠는 내가 죽여. 그러니까 호타루는 이 일에서 손을 떼줘야겠어. 그 말을 전하러 온 것뿐이야."

"설득력이 부족하네요. 그럼 지금 당장 무대에 올라가서 토요마츠를 죽이지 그래요? 덩치 큰 경호원 같은 건 고로 선배님한테 잽도 안 되잖아요."

역시 처리하는 수밖에 없겠다. 고로는 주먹을 쥐고 우라에게 다가갔다. 우라도 거의 똑같이 움직였다. 둘 다 이가 닌자라서 기본적으로 배운 무술의 유파가 같았다.

먼저 공격한 사람은 고로였지만, 우라가 그 움직임을 읽고 반격했다. 그 공격을 피하고 또다시 고로가 반격했다. 그러기를 몇 번 반복했다. 그 애, 의외로 좀 해. 사요의 말이 떠올랐다. 직접 겪어 보니 정말 올 A를 받을 만한 실력이어서, 이대로 계속 싸우면 승산이 없겠다는 느낌이 들었다. 하지만 질 수는 없었다. 호타루는 지금 당장이라도 총을 쏠 수 있다.

고로는 주머니에서 봉표창을 꺼냈다. 그런데도 우라는 여유로운 표정을 바꾸지 않고 오히려 입가에 미소를 머금었다. 고로는 봉표창을 들고 조준하며 말했다.

"아까 유키한테 받은 거야. 나더러 호타루를 대신해서 토요마츠를 죽이라고 했어. 무슨 말인지 알지?"

우라도 눈치챈 모양이었다. 경계 어린 시선을 던진다.

"비켜. 안 그러면 진짜 던진다. 스치기만 해도 죽은 목숨이야."

실제로 고로도 그랬다. 이즈 산속에서 누군가가 던진 봉표창이 팔을 스쳤는데, 그것만으로 정신이 흐릿해졌다. 호타루가 간호해 주지 않았다면 지금쯤 어떻게 됐을지 모른다.

"던진다. 그냥 하는 말이 아니야."

진심으로 던질 수 있다. 그렇게 생각했다. 그 각오가 전해졌는지 우라가 물러났다. 벽 쪽으로 이동하더니 마지막으로 변명처럼 말했다.

"역시 부부 문제라 제가 끼어들 수가 없네요."

고로는 계속 경계하며 나선계단을 올라갔다. 우라가 아래에서 쫓아오는 낌새는 없었다. 나선계단을 끝까지 올라갔다. 그곳은 지붕과 천장 사이에 있는 공간 같은 구조였고 어둑했다. 안쪽에서 그 모습을 발견했다. 호타루가 엎드려 누워서 소총 같은 것을 들고 자세를 잡고 있었다. 소총 끝은 프로젝트 창문 틈으로 밖을 향해 뻗어 있었다. 호타루는 스코프를 들여다보고 있었다.

"호타루, 그만해." 고로는 자기도 모르게 소리 내어 말했다. "네 손을 더럽힐 필요 없어. 토요마츠는 내가 처리할 테니까 걱정하지 마. 우리 부모님 문제도 내가 어떻게든 해결할게. 그러니까 너는…."

호타루의 손가락이 방아쇠에 걸려 있었다. 헉하고 숨을 마신 다음 순간이었다.

그때 쉭 하는 소리가 들렸다. 이어서 한 발 더. 고로는 자기도 모르게 몸을 던져 호타루를 덮쳐서 소총의 총신을 양손으로 붙잡았다.

비명이 들렸다. 객석에 앉은 여자 관객의 비명이었다. 그 비명에 전염되어 행사장 안이 소란스러워졌다. 연단 근처에 쓰러져 누워 있는 토요마츠가 보였다. 늦었나….

"얼른 도망가. 곧 여기에도 누가 올 거야."

호타루는 어느 틈엔가 일어서 있었다. 그 얼굴을 올려다보며 고로가 말했다.

"호타루, 무슨 짓을…. 네 손을 더럽힐 필요는 없었어."

"손을 더럽혀? 무슨 소리야?"

호타루가 고개를 갸웃했다. 그 모습을 보고 고로는 어쩐지 이상함을 느꼈다. 기분 탓인지도 모르지만, 평소의 호타루와 약간 인상이 달랐다. 호타루인데 호타루가 아니다. 그런 느낌이 강하게 들었다. 이 여자는 정말 호타루일까.

호타루가 몸을 숙여 소총을 집어서 어깨에 메며 말했다.

"얼른 도망가요. 뒷일은 우리 언니가 알아서 할 테니까."

경호원들에 이어 두 번째로 토요마츠에게 달려간 사람은 호타루였다. 토요마츠는 무대 위에 쓰러져 있었다. 눈은 감고 있었다.

두 경호원은 토요마츠를 가리듯 엉거주춤하게 허리를 굽힌 자세로 주변을 경계했다. 정말이지 쓸모없는 경호원들이다. 열심히 키운 그 커다란 가슴 근육은 대체 뭘 위해 있는 거냐고 묻고 싶을 정도였다.

비서로 보이는 남자 몇 명이 백스테이지에서 무대 쪽으로 다가왔다. 행사장은 이미 패닉에 빠졌고, 앞다투어 행사장을 빠져나가는 관객들의 모습이 보였다. 머리 위에서 목소리가 들렸다.

"선생님은… 괜찮으신가요?" 비서로 보이는 남자 한 명이 물었다.

경호원을 제외하고 지금 토요마츠와 가장 가까이 있는 사람은 수화 통역사로 변장한 호타루였다.

호타루가 대답했다. "의식은 없지만 맥박은 있어요. 구급차는 아직인가요?"

"아까 불렀어요. 일단 여기서 옮기는 게…."

호타루는 남자의 목소리를 누르듯 말했다. "안 그러는 게 좋아요. 지금은 여기서 구급대원이 도착하기를 기다리는 게 최선이에요. 이제야 말씀드리지만 제가 일단은 간호사 면허가 있거든요."

호타루는 토요마츠의 손목에 손가락을 대고 맥을 짚는 척했다. 그리고 그의 어깨를 손으로 가볍게 두드리면서 귓가에 대고 말했다.

"토요마츠 씨, 괜찮아요. 지금 구급차가 오고 있어요. 당신은 살 거예요."

이야기는 한 시간 전으로 거슬러 올라간다. 유라쿠쵸역에서 소총이 든 캐리어를 찾은 호타루는 파친코 가게에 있는 여자 화장실에 들어갔다. 거기에서 여동생 스즈메가 대기하고 있었다. 이미 변장도 완벽하게 마친 상태라 거울을 보는 것 같은 착각마저 들었다. 호타루로 변장한 스즈메가 먼저 화장실에서 나갔다. 두 사람이 뒤바뀐 순간이었다.

그리고 나서 호타루는 스즈메가 준비해 준 변장 도구를 이용해 수수한 여자로 변신했다. 그리고 행사장으로 가서 수화 통역사인 척 대기실에 들어갔다. 수화 통역사는 일본 수화협회에서 파견되는 스태프라서 용모가 다소 바뀌어도 아무도 신경 쓰지 않는다. 예전에도 수화 통역사로 변장한 채 모 정치인을 경호한 적이 있어서 그때 수화를 습득했다. 물론 진짜 수화 통역사에게는 취소됐다는 연락을 보냈다.

"구급차가 도착한 것 같습니다."

백스테이지에서 그렇게 외치는 목소리가 들려왔다. "빨리 왔네"

하며 비서로 보이는 남자가 중얼거렸다. 호타루는 그 목소리를 못 들은 체하며 주변 사람들에게 말했다.

"경호원분들 말고는 조금 떨어져 주세요. 구급대원이 올 거예요."

여차저차하는 사이에 구급대원 두 명이 도착했다. 곧바로 토요마츠의 입에 산소마스크를 씌우고 그를 들것에 실었다. 비서를 비롯한 관계자들이 걱정스러운 표정으로 지켜보았다. 구급 대원 한 명이 주위를 둘러보며 말했다.

"누구 한 분, 병원까지 동행하실 수 있습니까?"

아무도 대답하지 않았다. 호타루는 작게 손을 들었다.

"제가 갈까요?"

이견은 나오지 않았다. 누가 말려도 갈 생각이었기에 달가운 전개였다. 구급 대원 두 명이 들것을 옮겼다. 호타루는 그 뒤를 쫓아 잰걸음으로 통로를 걸었다.

기재를 반입하는 출입구로 나가 보니 구급차 한 대가 서 있었다. 뒤쪽 해치를 통해 차 안에 들것을 실었다. 멀리서 사이렌 소리가 들려왔다. 서두르지 않으면 진짜 구급차가 올 것이다.

"자, 타세요."

구급 대원이 손을 뻗자, 호타루는 그 손을 잡고 좌석에 앉았다. 이송용 침대 위에는 토요마츠가 누워 있었다. 뒤쪽 해치가 닫히자, 구급차가 사이렌을 울리며 출발했다. 주차장을 벗어났을 즈음 구급 대원이 작게 고개를 숙이며 말했다. "수고 많으십니다."

호타루도 고개를 숙였다. "수고 많으십니다. 덕분에 살았어요."

다른 구급 대원은 운전석에서 핸들을 잡고 있었다. 이 두 사람은 야마다로, 구급 대원치고 나이가 많아 보이는 것은 그 때문이었다. 지금 탄 구급차도 당연히 가짜다. 모두 호타루가 의뢰한 대로 움직여 주었다.

"어디로 갈까요?"

야마다가 묻자, 호타루가 대답했다.

"음, 인적 없는 곳에서 세워 주세요."

"알겠습니다."

야마다가 그렇게 말하고는 운전석에 앉은 야마다에게 내용을 전달했다. 호타루는 이송용 침대 위에 누운 토요마츠를 내려다보았다. 그의 가슴에 묻은 가짜 피가 마르기 시작했다.

스즈메가 토요마츠에게 쏜 것은 특수하게 개조된 마취총이었다. 호타루가 평소에 사용하는 권총 형태보다 위력이 세서 잘못 맞으면 다칠 수도 있지만, 스즈메는 실수 없이 토요마츠의 어깨를 맞췄다. 호타루는 토요마츠가 쓰러지는 타이밍을 재다가, 준비해 온 가짜 피가 든 물총을 그의 가슴에 발사했다. 그것이 조금 전 무대 위에서 일어난 일이었다.

구급차가 정차했다. 인적이 드문 골목이었다. 호타루는 야마다에게 말했다.

"이제는 제가 알아서 하겠습니다. 감사했습니다."

"그럼 저희는 가보겠습니다."

야마다가 뒤쪽 해치를 열고 내렸다. 운전석에 앉은 야마다도 같이 떠났다. 만일에 대비해 케이블 타이로 토요마츠의 두 손과 발을 묶었다. 어째서 토요마츠를 죽이지 않고 이렇게 결박했느냐 하면, 그 이유는 딱 하나였다. 진실을 알고 싶었다.

아카마키를 살해한 범인과 그 동기. 그리고 그가 은밀하게 방문했다는, 토시키무라의 종교단체가 있던 자리. 생전의 아카마키를 극비리에 만난 토요마츠라면 틀림없이 무언가를 알 터였다. 호타루는 농담으로 에도 막부가 묻은 군자금을 운운했지만, 사실 거기에는 중대한 진실이 숨어 있는 것 같다는 생각이 자꾸 들었다. 그 비밀을 아는 것이 길이 될지 흉이 될지는 호타루도 알 수 없었다. 다만 닌자 세계에서 정보는 매우 중요하다. 사고파는 대상이 되기도 하고, 때로는 목숨을 건지는 데 쓰일 정도로 가치가 있다. 앞으로—물론 고로와 관련된 일도 포함해서—이가 쪽과 협상하는 데 도움이 되지 않을까. 오로지 그 생각이었다.

잠시도 지체할 새가 없다. 호타루는 선반에 놓인 페트병 뚜껑을 열고 그 안에 든 물을 토요마츠의 얼굴에 부었다. 토요마츠가 콜록거리며 눈을 떴다. 주위를 둘러보고 혼란스러운 듯 목소리를 높였다.

"뭐, 뭐야, 여기가 어디야? 대체 뭐가 어떻게 된 거지? 응? 이건 내 피인가? 거기, 너, 입 다물고 있지 말고 뭐라고 말 좀 해 봐."

호타루는 대답하지 않고 담담히 채비를 이어 나갔다. 미리 준비한 가방에서 은색 케이스를 꺼내고 그 안에 든 주사기를 꺼냈다. 앰풀에 바늘을 꽂아 약물을 채웠다.

"내가 왜 묶여 있지? 풀어. 이봐, 풀라고 하잖아. 너 내가 누군지 알아?"

주사기 두 개를 준비했다. 호타루는 그중 하나를 집어 들고 토요마츠에게 물었다.

"의원님, 알코올에 알레르기 있으세요?"

"없는데, 그 주사는⋯."

호타루는 토요마츠의 셔츠를 걷었다. 알코올로 소독한 뒤, 아무 설명 없이 그의 위팔에 주사기를 꽂고 약물을 투여했다. 토요마츠는 놀란 것 같았지만, 움직이면 위험할 것 같았는지 크게 저항하지 않았다. 토요마츠가 불안한 표정으로 물었다.

"내가 혹시 무대 위에서 쓰러졌나? 무슨 병 같은 건가?"

"아니요. 그렇지 않습니다. 제가 여기까지 모셔왔습니다. 코가의 사람이라고 하면 이해하시려나요?"

"코가의 사람이 왜⋯."

"의원님, 방금 제가 주사한 건 희석된 반시뱀의 독입니다. 반시뱀이라는 뱀은 아시죠? 아마미 제도나 오키나와 제도에 서식하는 뱀인데, 위턱에 긴 독니 두 개를 갖고 있죠."

"뭐라고? 농담하지 마."

토요마츠의 얼굴은 이미 새파랗게 질렸다. 호타루는 태연한 표정으로 덧붙였다.

"원래는 물리자마자 극심한 통증이 오고 피부밑 출혈이나 림프샘이 붓는 증상이 나타납니다. 반시뱀의 독은 근조직을 녹이고 괴사시키거든요. 마지막에는 의식이 혼미해지고 최악의 경우 죽음에 이를 수도 있죠. 제가 주사한 뱀독은 원액을 다섯 배로 희석한 거라 증상이 나타나기까지 30분쯤 걸릴 겁니다. 아, 걱정하지 마세요. 제가 이래 봬도 약사 면허가 있어요."

호타루는 다른 주사기를 꺼내서 토요마츠에게 보여주듯 들어 올리며 말했다.

"이건 반시뱀 독의 혈청입니다. 30분 이내에 주사하지 않으면 증상이 나타나겠죠. 의원님, 아는 걸 전부 말씀해주세요."

호타루는 주사기를 가볍게 눌렀다. 바늘 끝에서 액체가 조금 흘러나왔다. 토요마츠의 울대뼈가 위아래로 움직이며 그가 침을 삼켰음을 알렸다.

고로는 행사장 밖에 있었다. 에스컬레이터에서 내리면 나오는 광장이었다. 그곳은 많은 사람으로 북적였다. 객석에서 피신한 사람들이었다. 개중에는 행사장 안에 물건을 두고 온 관객도 있어서 경찰의 지시를 기다리는 상태였다.

"대체 어떻게 된 거죠?"

옆에서 우라가 말했다. 고로는 현재 우라와 휴전 중이다. 너무 기이한 일이 연달아 일어나서 상황 파악이 어려웠다. 가장 놀라운 것은 기계실 위에서 토요마츠에게 총을 쏜 사람이 호타루가 아니었다는 사실이다. 그녀는 '언니'라는 말을 끝으로 모습을 감췄다. 그녀가 말한 '언니'가 호타루라면, 그 사람은 호타루의 여동생이라는 뜻이었다. 그러고 보니 여동생이 언더그라운드 아이돌로 활동한다고 들었다. 그 여동생이 호타루로 변장해서 토요마츠를 쏜 것일까.

놀라운 점은 또 있었다. 불가사의한 점이라고 하는 것이 나을지도 모르겠다. 토요마츠는 구급차에 실려 갔다고 하는데, 그 구급차의 행방이 묘연했다. 고로와 우라는 관객 중에서 맨 마지막에 행사장을 빠져나오면서, 조금 넋이 나간 채 통화하는 스태프를 봤다. 그 통화 내용에 따르면, 토요마츠를 태운 구급차가 사라진 직후에 다른 구급차가 도착했다고 한다. 곧이어 경찰도 도착했다. 하지만 먼저 사라진 구급차의 행방을 알 수 없어서 지금도 수색이 계속되는 모양이었다.

"그러고 보니." 우라가 떠올랐다는 듯 말했다. "여기 오기 직전에 호타루 씨가 화장실에 들렀어요. 사람이 바뀌었다면 그때 말고는 없어요. 이야, 전혀 몰랐는데."

사라진 구급차에 호타루가 탔다. 그런 확신이 있었다. 호타루는 토요마츠를 죽이는 대신 납치하는 선택지를 골랐다. 그 목적은 고로도 짐작이 갔다. 토요마츠는 죽은 아카마키와 남몰래 만났다. 호타루의 목적은 토요마츠에게서 정보를 얻어내는 것이다.

"아, 수고하십니다."

우라의 목소리에 고로의 허리가 꼿꼿이 펴졌다. 맞은편에서 정장을 입은 남자 무리가 걸어왔다. 총 여덟 명 정도. 모두 이가 닌자였다.

그들은 눈 깜짝할 사이에 다가왔다. 그중 두 사람은 고로의 양옆에 바짝 붙었다. 고로는 어쨌든 도망자라는 신분이었다. 예상치 못한 사태에 대비해 고로의 움직임을 봉쇄한 것이다. 사람이 없는 장소였으면 바로 포박했을지도 모른다.

"이쪽이다."

나이가 가장 많아 보이는 닌자가 그렇게 말했다. 다 같이 이동해 인파에서 벗어났다. 조금 걷다가 무인 주차장으로 들어갔다. 어떤 차 뒷좌석에서 한 남자가 내렸다. 유키였다. 고로는 유키 앞으로 떠밀려 나왔다. 두 사람이 양쪽에 붙어서 아스팔트 위에 고로를 내리눌렀다.

"너무 거칠게 다루지 마세요."

유키의 목소리가 머리 위에서 들렸다. 그 목소리에 팔을 잡은 남자가 힘을 뺐다. 여기 있는 사람들 중에 상급 닌자는 유키와 우라뿐이다. 게다가 유키는 본부에서 근무하니, 이 안에서 지휘권을 가진 닌자는 그였다.

"안에 태워요."

유키가 그렇게 말하자, 닌자들이 고로를 억지로 일으켜 세워서 정차 중인 승합차 뒷좌석에 밀어 넣었다. 뒤이어 유키가 탔다.

"고로, 지금 네가 어떤 상황에 있는지 알아?"

유키가 그렇게 말을 꺼냈다. 대답하지 않자, 유키가 이어서 말했다.

"토요마츠를 죽일 기회가 있었잖아. 왜 죽이지 않았어? 겁났어?"

"겁나서가 아니야. 우선 호타루를 막는 게 먼저라고 판단했을 뿐이야."

"그 결과가 겨우 이 꼴이야? 더는 감싸줄 수가 없어, 나도."

다른 닌자가 차에 탈 낌새는 없었다. 유키가 그렇게 명령해서일 것이다. 아무튼 고로는 토요마츠의 행방이 궁금해서 유키에게 물었다.

"토요마츠는 어떻게 됐어? 놈을 태운 구급차가 사라졌다는 얘기를 우연히 들었어."

"네가 들은 대로야. 지금도 행방이 묘연해. 그리고 수화 통역사도 사라졌대. 그 여자가 쿠사카리 호타루의 조력자이거나 쿠사카리 호타루 본인이 아니냐는 게 본부의 추측이야."

떠올랐다. 강연하는 토요마츠와 조금 떨어진 위치에 수화 통역사가 있었다. 안경을 낀 수수한 여자여서 그다지 인상에 남지 않았다. 그 사람이 호타루였다는 말인가. 그렇게 생각하니 가짜 호타루가 '언니'라고 말한 것도 이해되었다. 그것은 무대 위에 있는 언니를 가리킨 말이었다.

"닌자를 총동원해서 구급차의 행방을 쫓고 있어. 경찰보다 먼저 찾아야 하니까. 조금 전에 모든 닌자에게 발도 허가가 떨어졌어. 네 아내, 잘못하면 목숨을 잃을 거야."

발도 허가(拔刀許可). 문자 그대로 칼을 뽑아도 된다는 의미로, 죽여도 상관없다는 뜻으로 사용되는 단어였다. 고로는 발도 허가가 떨어지는 임무를 지금껏 들어본 적이 없었다.

"토요마츠를 납치한 사람은 네 아내겠지. 고로, 어디 짚이는 데 없어? 협조하면 지금이라도 만회할 수 있어."

"아니. 어차피 만회 못 해. 나는 너랑 달리 하급 닌자야."

갑자기 유키가 입을 꾹 다물었다. 한 번도 본 적 없는 냉혹한 미소를 짓고 있었다. 주머니에서 구강청정 캔디를 꺼내서 몇 알을 입안에 던져 넣었다. 유키는 우적우적 씹으면서 말했다.

"이러니까 네가 무르다는 거야. '난 하급 닌자니까'라는 자기 비하는 그만하지 그래?"

"나는 하급 닌자야. 그건 변하지 않는 사실이야."

"바로 그런 점이 무르다고. 상급 닌자한테는 상급 닌자 나름의 고충이 있어. 너는 도저히 모르겠지만. 나는 항상 네가 부러웠어. 속 편하게 사는 네가. 그날 밤에도 그랬지. 남의 속도 모르고, 너는 집 나간 아내만 걱정했어."

그날 밤. 대체 어느 날을 이야기하는 것인가 고민하다가, 이내 생각이 미쳤다. 말다툼 끝에 호타루가 집을 나가 버린 적이 있다. 그 이튿날 밤에 고로는 아카마키의 저택에서 경호를 맡았다. 그렇다. 아카마키가 살해된 밤이었다.

고로는 유키와 둘이서 집 앞에 차를 세우고 경비했다. 도둑이 ―호타루가 마당 쪽으로 침입해서, 알아차리지 못했다. 그러고 보니 그때 유키는 커피를 사러 편의점에 갔다. 시간이 조금 오래 걸렸는데, 돌아온 유키는 아내와 통화했다고 변명했다. 설마 그 빈 시간에 유키가….

"설마 네가…."

말을 마치기도 전에 유키가 문을 열고 차에서 내려 버렸다. 교대하듯 우락부락한 남자가 차에 타서 고로의 손목을 잡고 수갑을 채웠다. 이어서 운전석과 조수석에도 남자들이 탔다. 이제 틀림없이 본부로 연행될 것이다.

창밖을 보았다. 유키는 고로를 등진 채 스마트폰을 귀에 대고 있었다. 고로는 그 등에 대고 묻고 싶었다. 유키, 네가 아카마키를 죽인 거야…?

"먼저 접근한 건 아카마키 쪽이었어. 의원회관 복도에서 스쳐지나가는데 다음에 같이 밥이나 먹자고 하더라고. 그냥 인사치레로 하는 말인 줄 알았지. 나랑 아카마키는 정치적 입장이 너무 다르니까."

토요마츠가 이송용 침대 위에서 이야기했다. 호타루는 그를 내려다보았다. 그의 이마에 비지땀이 맺혔다. 언제 증상이 나타날까. 그런 공포에 시달리는 모양이었다.

"그러고 얼마 후에 비서를 통해 연락이 왔어. 한번 자리를 만들자는 얘기였어. 정치계에서 밥을 먹는다는 건 뭔가 꿍꿍이가 있다는 뜻이야. 불안했지만 무슨 소리를 할지 궁금해서 아카마키가 지정한 일식당으로 갔어."

아카사카에 있는 고급 일식당이었지만, 처음부터 끝까지 잡담뿐이라 토요마츠는 허탕을 친 느낌이었다. 일식당을 나서려는 찰나, 아카마키가 어떤 시설 사진을 꺼내서 토요마츠에게 보여주었다. 거기에 찍힌 것은….

"야마나시현 토시키무라에 있는 빛의 나라 메인 콜로니의 터였어. 나도 그런 게 있다는 건 알았지만, 빈터가 어떻게 이용되는지는 몰랐어. 아카마키가 헤어질 때 이렇게 말하더군. 정부가 여기에 폭탄을 묻으려고 한다고 말이야."

폭탄이 뭘까. 그것까지는 알려주지 않아서 그날 밤에는 일단 그대로 파했다고 한다. 대체 아카마키는 무엇을 전하려고 한 것일까. 그날 이후로 토요마츠는 생선 가시가 목에 걸린 것처럼 찜찜했다. 그로부터 몇 주가 지나자, 회식 자리가 다시 마련되었다. 이번에는 고급 호텔에 있는 중식당 별실이었다. 거기서 참게를 먹으며 둘이서 대화했다.

"아카마키는 돈이 궁한 것 같았어. 투자 목적으로 가상 화폐에 손을 댔는데, 그것 때문에 상황이 심각하다고 우는소리를 했어. 수천만 엔을 손해 봤다나? 그 사람이 마약에 손을 댄 건 사후 보도로 알았지만, 지금 생각해 보면 현실을 외면하고 싶었던 게 아닌가 싶어. 어이, 이봐." 토요마츠가 갑자기 호타루를 보며 말했다. "몇 분 지났어? 아직 승상은 나타나지 않는 거지?"

"아직 5분도 안 지났어요. 계속하시죠."

호타루가 독촉하자, 토요마츠는 체념한 듯 다시 이야기했다.

"아카마키의 요구는 현금 천만 엔이었어. 그 돈을 주면 폭탄 어쩌고 하는 정보를 나한테 알려주겠다고 했어. 나는 말도 안 되는 소리 말라고 바로 거부했지만, 아카마키는 자신만만하게 웃으면서 말했어. '천만 엔이면 헐값입니다. 당신도 나중에 그렇게 생각할걸요. 현 정부가 얼마나 큰 타격을 입을지 계산해보면 말입니다'라고."

호타루는 메인 콜로니의 빈터를 바로 그저께 방문했다. 울타리 너머로 보이던 그 터는 너무 황량해서 어딘가에 이용될 만한 분위기가 털끝만큼도 느껴지지 않았다. 정부가 그 땅에 무언가를 묻으려고 했다. 아카마키는 그 사실을 알고 야당 대표에게 정보를 팔아먹으려고 했다. 아카마키도 그곳에 몇 번 방문한 것을 보면 그 계획에 어떤 식으로든 개입했을 가능성이 있었다.

"난 고민 끝에 거래에 응하기로 했어. 지금 내 쪽으로 순풍이 불고 있잖아. 단숨에 여당을 누를 절호의 기회라고 생각했어. 내 정치 캠프에는 정치인을 꿈꾸는 이들이 50명 정도 있어. 다음 선거에서 그중 절반이라도 당선된다면 미래당의 발언권은 세지겠지."

역시 정치인답다. 호타루는 악의 없이 감탄했다. 자기 당의 세력 확장을 위해서라면 위험한 다리도 주저 없이 건넌다. 호타루는 예전에도 지령을 수행하며 정치인을 몇 명 봤지만, 모두 비슷비슷했다. 토요마츠도 그런 정치인인가 보다.

"신중하게 일을 진행했어. 도쿄에 호텔 방을 잡고 아카마키를 불렀지. 신중에 신중을 기했으니 아무도 못 봤을 거라는 자신이 있어. 비서한테도 말하지 않았거든. 아카마키도 경계를 게을리하지 않았을 테고."

나만은 괜찮을 것이라고 착각하는 정치인이 많지만, 코가의 실력을 얕보면 곤란하다. 사실 코가는 그들이 밀회하는 것을 알고 있었다. 지금도 호타루는 그 밀회 사진을 갖고 있지만, 안쓰러우니 보여주지는 않기로 했다.

"서류 가방에 넣은 돈을 아카마키에게 건넸어. 그리고 그 입으로 놀라운 진실을 들었지. 너무 놀라서 입이 안 다물어지더군. 하지만 확실한 증거가 없으니 아카마키의 이야기를 있는 그대로 받아들일 수는 없었지. 남은 건 결정적인 증거를 잡는 것뿐이었어. 아무리 그래도 정부가 무단으로 그걸 묻을 수는 없으니 행정 절차를 밟겠지. 그 증거를 잡으면 곧장 각종 언론사에 알리고 국회에서 추궁할 예정이었어. 그런데 직전에 아카마키가 죽어 버렸어."

경시청은 아카마키의 사인을 심장발작으로 결론지으며 타살 가능성은 없다고 했지만, 그래도 토요마츠는 뭔가 불길함을 느꼈나 보다. 자신과 아카마키가 위험한 다리를 건넜다는 자각이 있었기에 코가에 경호를 의뢰하거나 오늘처럼 사비로 경호원을 고용했다.

"알려주세요. 그게 뭐죠? 정부는 뭘 토시키무라로 옮기려고 한 거죠?"

"천만 엔으로 산 정보야. 함부로 털어놓을 수는 없지. 나한테 혈청을 주사해. 그러면 얘기해 주지. 지금 당장 혈청을…."

호타루는 손을 뻗어 토요마츠의 입을 막았다. 어딘가에서 소리가 들리는 것 같았다. 귀를 기울여 보니, 기분 탓이 아니었다. 구급차 안에는 의료기기가 빽빽이 들어차 있어서 창밖이 제대로 보이지 않았다. 뒤쪽 해치에 달린 작은 창문으로 바깥을 살펴봤으나, 사람은 보이지 않았다. 하지만 틀림없다. 이 구급차는 완전히 포위되었다. 기척으로 보아 열 명 넘는 닌자가 멀리서 상황을 살피는 것 같았다. 한시가 급하다.

"이봐, 뭐 하는 거야?" 호타루가 손을 떼자, 토요마츠가 이송용 침대 위에서 말했다. "어서 혈청을 놔. 벌써 15분 정도 지나지 않았어? 이제 증상이 나타나도 이상하지 않을 시간이잖아."

"여기까지예요."

근처에 있던 밧줄을 친친 감아 토요마츠의 몸을 이송용 침대에 묶었다.

"이봐, 대체 뭘…."

"시간이 없어요. 마지막 질문입니다. 그게 뭐죠?"

"말했잖아. 쉽사리 가르쳐줄 수는 없다고. 혈청을 놔 줘. 조건은 그게 다야."

의외로 고집이 세다. 이제 시간이 없다. 계속 여기서 꾸물거리면 위험해진다. 다가오는 적의 포위망이 피부로 느껴졌다. 호타루는 스마트폰을 꺼내서 근처 지도를 화면에 띄우고 순식간에 뇌리에 새겼다. 도주로를 사전에 확보해야 했다. 이럴 때일수록 냉정함이 필요했다.

호타루는 이송용 침대 바퀴에 걸린 잠금을 해제하면서 토요마츠에게 말했다. "아까 제가 주사한 건 반시뱀 독이 아니라 포도당이에요. 걱정하지 마세요."

"나를 속였어?"

"죄송합니다. 마지막으로 힌트라도 주세요."

준비가 끝났다. 토요마츠가 입에 미소를 머금고 말했다.

"절대 그 장소에 묻으면 안 되는 것. 내가 말할 수 있는 건 그것뿐이야."

"그렇군요. 여러모로 제 무례를 용서하십시오."

호타루는 담요를 펼쳐서 토요마츠의 몸을 덮었다. 그가 무어라 소리쳤지만, 귀담아듣지 않았다. 스위치를 눌러 뒤쪽 해치를 열었다. 완전히 열렸을 때 토요마츠가 묶인 이송용 침대를 힘껏 밀었다.

이송용 침대는 한순간 공중을 날았다가 아스팔트 위에 착지했다. 조금 내리막길이라 이송용 침대가 덜컹덜컹 소리를 내며 미끄러졌다. 구급차를 포위한 자들은 그쪽으로 집중이 분산됐을 것이다. 호타루는 뒤쪽 해치에서 뛰쳐나가 낮은 자세를 유지하며 좁은 골목으로 뛰어 들어갔다.

전방에 두 남자가 있었다. 호타루는 마취총을 쏴서 겨우 몇 초 만에 남자들을 기절시켰다. 조금 전 파친코 가게 화장실에서 스즈메와 교대했을 때, 동생이 장비를 대강 챙겨다 줬다. 탄환도 충분하다.

그러나 머릿수가 너무 차이난다. 호타루는 곧바로 뒤에서 쫓아오는 인기척을 느끼고 모퉁이를 돌아 다른 골목으로 들어갔다. 이제 도주로 A는 포기하는 수밖에 없다. 다음 경로는 B다. 다음 모퉁이에서 왼쪽이다.

모퉁이에 접어들었다. "찾았다" 하는 목소리가 나더니, 왼쪽에서 두 남자가 달려왔다. 하는 수 없이 반대쪽으로 도망쳤다. B가 사라졌다. 다음은 C.

마취총을 쐈지만, 맞지 않았다. 추격자가 던진 봉표창이 가까운 빌딩 외벽에 맞았다. 진심으로 죽이려는 것일까. 다른 행인도 있는데.

모퉁이를 돌려고 한 그 순간이었다. 갑자기 호타루의 몸이 공중으로 떠올라서 한 바퀴 회전한 뒤 아스팔트 위에 내동댕이쳐졌다. 순간 숨을 쉴 수 없었다. 서 있는 남자가 보였다. 그 남자가 호타루를 내던진 것이다.

호타루의 머리채를 잡아서 억지로 일으켰다. 매우 거대한 남자였다. 통나무 같은 팔로 수차례 공격했다. 호타루는 팔로 방어했지만, 의미가 없을 정도로 어마어마한 힘이었다.

남자는 한쪽 손으로 호타루의 머리채를 잡은 채 다른 손으로 스마트폰을 꺼내 귀에 가져갔다.

"확보했습니다. 장소는, 그러니까⋯."

호타루는 조용히 겉옷 주머니에 손을 넣었다. 마취총을 꺼내려고 했지만, 갑자기 팔을 붙잡혀서 마취총을 빼앗기고 말았다. 남자는 그것을 던져 버리며 말했다.

"잠시도 눈을 뗄 수가 없네, 코가 닌자는."

더 맞았다. 의식이 흐릿해졌다. 이렇게 힘으로 밀어붙이는 닌자와 싸우기는 처음이다.

"누나, 생각보다 약하네. 이보다는 셀 줄 알았는데."

머리를 붙잡힌 탓에 어찌할 방도가 없었다. 하지만 여기서 포기할 수는 없다. 두 번 연속으로 이가에 붙잡힐 수는 없다.

호타루는 혼신의 힘을 다해 남자의 사타구니를 주먹으로 쳤다. "윽" 하며 남자가 한순간 손에서 힘을 빼자, 호타루는 남자를 힘껏 밀치고 다시 달렸다. 벌건 대낮에 대놓고 치고받았으니 당연히 이목이 쏠렸다. 걸음을 멈추고 이쪽을 보는 행인도 있는 가운데, 호타루는 전력으로 달렸다. 맞은 뺨이 욱신욱신 아팠지만, 신경 쓸 때가 아니었다. 모퉁이를 몇 번이나 돌았다. 어디로 도망치든 이가 닌자가 숨어 있을 것 같았다.

어느 부티크 매장이 눈에 들어왔다. 호타루는 반사적으로 그 가게에 뛰어 들어갔다. 기품 넘치는 마담 같은 직원이 호타루를 맞이했다.

"어서 오세요."

호타루는 얼굴을 돌렸다. 맞은 흔적을 보이고 싶지 않았다. 행거에 걸린 겨자색 블라우스를 들고 직원에게 말했다.

"이거 입어볼게요."

"네, 입어보세요. 이쪽이에요."

안쪽에 있는 피팅룸으로 안내를 받았다. 안에 들어가서 칸막이 커튼을 닫았다. 옷을 입어볼 마음은 추호도 없었다. 호타루는 블라우스를 행거에 걸고 벽에 기댔다. 처음에 구상한 도주로는 전부 사라졌다. 계획을 다시 짜야 한다. 만약 이 가게에 계속 있으면 어떨까. 언뜻 보니 그 여자 직원이 혼자 가게를 지키는 것 같았다. 조금 미안하지만 그녀를 재우고 잠깐 이 가게 직원인 척하면 어떨까. 밤이 되면 이가 닌자도 단념하고 돌아갈 것이 분명했다.

과연 뜻대로 풀릴까. 그런 불안이 가슴을 스쳤다. 이가 닌자가 이 일대의 가게를 쥐 잡듯이 뒤지면 어떻게 하지? 지금은 변장용 도구도 없어서 제대로 둔갑할 자신이 없었다. 얼굴을 들키면 바로 아웃이다.

고민되는 순간이었다. 이렇게 궁지에 내몰리기는 오랜만이었다. 역시 이가를 적으로 돌리면 이렇게 되는 것인가.

그때였다. 커튼 너머에서 인기척이 느껴졌다. 여자 직원의 목소리가 들렸다.

"손님, 이러시면 안 돼요. 지금은 다른 손님이 안에…."

이가 닌자인가. 달아날 곳은 없었다. 여기로 도망쳐 들어온 것은 실수였을지도 모른다. 호타루는 입술을 깨물면서도 주머니에 감춰둔 예비용 마취총에 손을 가져갔다.

커튼이 열렸다. 호타루는 거기에 서 있는 의외의 인물을 보고 놀랐다. 다름 아닌 토모요 주임이었다. 아오조라 약국 세타가야점 약사다. 토모요 주임은 태연하게 말했다.

"호타루 씨, 뭐 곤란한 일 있나 봐? 자, 그런 데 멀뚱히 서 있지 말고 나와."

토모요 주임의 성화에 호타루는 시키는 대로 신발을 신고 피팅룸에서 나갔다. 이유는 모르겠지만, 토모요 주임은 평소처럼 흰 가운을 입고 있었다. 호타루는 며칠 전부터 약국을 무단결근했건만, 토모요 주임은 그 일을 일절 언급하지 않았다.

"좋은 일이 있으면 나쁜 일도 있는 법이지. 그래서 인생이 재미있는 거 아니겠어? 하긴 호타루 씨는 사정이 특수한 것 같더라. 그럴 만도 하지. 남편이 이가 닌자라니까."

호타루는 그제야 떠올렸다. 토모요 주임의 성은 야마다다. 야마다 토모요. 이 사람도 야마다였다. 오랫동안 호타루를 옆에서 감시하던 야마다였다. 그런 낌새를 전혀 드러내지 않은 것은 그녀가 일류라는 증거였다.

"도망갑시다, 호타루 씨. 내가 해결해줄게."

토모요 주임은 마치 점심 미팅에 가는 것처럼 가벼운 발걸음으로 가게에서 나갔다. 호타루는 어안이 벙벙한 여자 직원에게 고개를 숙이고 그 뒤를 쫓았다. 밖에는 아오조라 약국 로고를 지운 경차가 서 있었다. 호타루는 그 뒷좌석에 올라탔다.

"쿠사카리 고로, 너는 네가 무슨 짓을 했는지 아나?"

눈앞에 앉은 키류가 그렇게 말했다. 키류 말고도 간부들이 모두 모여 있었다.

고로는 다시 이가 빌딩으로 끌려왔다. 그리고 꼭대기 층 회의실에서 이렇듯 간부들에게 신문을 받았다. 이미 모조리 털어놓은 뒤였다. 그래 봤자 자신이 보고 들은 사실만을 이야기했을 뿐이다. 고로 자신도 뭐가 어떻게 된 것인지 제대로 알 수 없었다. 호타루는 토요마츠를 사살한 것처럼 꾸미고 가짜 구급차로 토요마츠를 납치했다. 그리고 그녀에게는 조력자, 아마도 여동생이 있다. 고로가 아는 것은 그뿐이었다. 다만 토요마츠는 이미 구출되어 지금은 경찰의 보호 아래에 있다고 했다.

"코가 닌자인 줄 모르고 아내를 맞았다. 거기까지였으면 그나마 나았을 거야. 믿기 힘든 변명이지만, 코가 닌자의 정보를 입수할 수 있어서 귀중한 표본이 됐을 테니까. 하지만 어젯밤부터 오늘까지 네가 보인 행동은 그냥 넘어갈 수 없다. 멋대로 달아나서 코가 닌자를 도우려고 했다. 마지막 기회를 줬지만, 그마저도 실패했지. 도저히 용납할 수 없어."

키류가 말한 마지막 기회는 유키가 전달한 토요마츠 암살 명령일 것이다. 확실히 고로에게는 호타루보다 먼저 토요마츠를 죽일 기회가 있었다. 하지만 그러지 않고 호타루를 막는 것을 우선했다. 마음속 어딘가에서 망설인 것은 사실이었다.

"책임이 무겁다, 쿠사카리 고로. 가문 몰락 정도는 각오하도록."

"잠, 잠깐만요."

자기도 모르게 소리를 높였다. 가문 몰락. 이가 닌자에게는 가장 무거운 형벌이다. 신분을 박탈당하고 이가 사회에서 추방된다. 고로뿐만 아니라 쿠사카리 가문 전체에 가해지는 벌이라 아버지도 우체국에서 일할 수 없게 될 테고 지금 사는 집에서도 나가야 할 것이다. 최고형이라 해도 과언이 아니다.

"역시 쿠사카리 가문이야. 역사는 반복된다더니 정말이군."

키류가 엷게 웃으며 말했다. 그렇다. 쿠사카리 가문은 과거에도 가문 몰락 형을 받은 적이 있다.

시간은 에도시대 초까지 거슬러 올라간다. 전투 중에 쇼군의 본진에 적군의 병력이 들이닥친 적이 있다.

그때 본진의 척후를 맡은 것이 고로의 선조였다. 결과적으로 적을 무찌르는 데 성공했지만, 쇼군은 자신의 상징인 깃발이 쓰러진 데에 격노해서 수십 명의 가신에게 벌을 내렸다. 그중 한 명이 고로의 선조였다. 척후 임무를 만족스럽게 해내지 못한 죄는 무거워서, 가문 몰락이라는 엄벌을 받았다.

쿠사카리 가문 사람들은 무사라는 신분을 박탈당하고 낭인이 되었다. 그 뒤로는 부업 같은 자잘한 일을 하면서 생계를 꾸렸다고 한다. 그래도 동료 이가 닌자들은 쿠사카리 가문을 잊지 않고 기회가 있을 때마다 당국에 신분을 회복시켜 달라고 청했다.

마침내 그 간청이 이루어진 것은 시간이 흘러 1680년. 5대 쇼군에게 특별 사면을 받았다. 쿠사카리 가문은 대가 바뀌어서, 여름 전투 당시의 가주는 사망했고 그 아들도 세상을 떠나 손자가 가주인 상태였다. 쿠사카리 가문은 닌자로 복귀했고, 이후 쿠사카리 가문에서 탄생한 남자에게는 5대 쇼군에 대한 감사의 의미로 숫자 '5(伍)'를 이름에 넣는 관습이 생겼다. 고로(惡郎)의 이름도 여기에서 유래했다.

"고로, 너는 그만한 죄를 저질렀다. 그 정도는 해야 본보기가 되겠지."

"제, 제발." 고로는 목소리를 쥐어짰다. "그것만은 참아주십시오. 가문 몰락만은 안 됩니다. 다른 벌이라면 얼마든지 받을 각오가 돼 있습니다."

부모님이 휘말리게 할 수는 없었다. 그 마음뿐이었다. 부모님은 둘 다 50대다. 그 나이에 갑자기 이가 사회에서 쫓겨나는 것은 두 사람에게 너무 가혹하다. 부모님의 인간관계는 전부 이가 사회를 기반으로 한다고 해도 과언이 아니다. 이가 사회에서 추방되는 것은 그야말로 사회와의 단절을 의미한다.

"단, 가문 몰락을 피할 방법이 없지는 않아."

고로는 고개를 들었다. 가문 몰락은 엄벌이다. 그런 벌을 면해줄 정도라면, 엄청난 일일 가능성이 크다.

"오늘 일어난 토요마츠 일도 그렇고, 아카마키 선생님이 살해당한 사건도 그렇다. 경찰이 일련의 사건을 계속해서 조사할 텐데, 이가와의 관계가 드러나면 귀찮아져. 경시청에 우리 동지가 있기는 하지만, 그들의 힘만으로는 어쩌할 수 없지. 그래서, 쿠사카리 고로."

키류는 날카로운 시선을 던졌다. 고로는 자기도 모르게 자세를 바로잡았다.

"너는 상황을 지켜보다가 어떤 죄를 뒤집어쓰고 경찰에 출두하게 될 거다. 네 몸을 희생해서 쿠사카리 가문을, 아니, 이가를 구하는 거야. 유능한 변호사를 붙여줄 테니 걱정하지 마라. 그때까지 가문 몰락은 보류하지. 알겠나?"

협상의 여지도 없는 것 같아서 고로는 고개를 끄덕일 수밖에 없었다. 키류를 비롯한 간부들이 일어나서 회의실에서 나갔다. 고로도 옆에 선 닌자에게 등을 떠밀려 일어나서 회의실을 뒤로했다.

다시 작은 방에 갇혔다. 침대 하나와 화장실, 작은 세면대가 전부인 살풍경한 방이었다. 천장 구석에는 감시 카메라가 달려 있었다. 당분간 여기서 살아야 하는구나. 그렇게 생각하니 우울해졌다.

볼일을 보러 화장실에 들어갔다. 화장실만큼은 카메라가 잡지 못하는 사각이지만, 너무 좁아서 아무것도 할 수 없었다. 서서 싸야 할까, 아니면 앉아서 싸야 할까. 잠시 망설였다. 망설인 끝에 앉기로 했다. 변기에 앉았을 때, 고로는 그것을 발견했다. 화장실 문에 작은 상자가 테이프로 고정돼 있었다. 시판되는 두통약 같았다. 이런 게 왜 여기에….

고로는 테이프를 떼고 상자를 손에 들었다. 스물네 알이 든 두통약이었다. 안에 작은 메모지가 들어 있었다. 거기에 적힌 글자는 호타루의 필체가 분명했다.

메모를 읽고 두통약 상자를 주머니에 숨겼다. 아직 포기하기는 이른가 보다. 고로는 일어서서 레버를 돌려 물을 내렸다.

"수고가 많다. 아, 이거 마셔도 돼."

선배 닌자가 방에 들어오더니 테이블 위에 종이컵을 놓았다. 우라는 이가 빌딩 안에 있는 작은 방에 있었다. 모니터 한 대가 전부인 방이었고, 그 모니터에는 쿠사카리 고로가 감금된 방이 비쳤다. 원칙상 24시간 감시해야 했다. 그런 본부의 방침을 따라 우라도 첫날부터 동원되었다. 한 사람당 네 시간씩 여기서 내내 모니터를 지켜봐야 했다. 메신저로 당번표도 벌써 받았는데, 이틀에 한 번꼴로 당번이 돌아올 예정이었다.

방이 좁아서 화면에 움직임이 거의 없었다. 고로는 좁은 침대에 앉거나 뒹굴기를 반복할 뿐이었다. 우라는 스마트폰 게임을 하면서 가끔 화면을 봤지만, 게임에 집중하기가 어려웠다. 거의 고행에 가까웠다.

"어? 고로가 없잖아."

"화장실에 있어요. 곧 나올 거예요."

원래는 수면실로 쓰던 방이었는지, 실내에 화장실과 세면대가 딸려 있었다. 하지만 창문도 없었고, 고로는 스마트폰도 빼앗겼다. 우라였으면 틀림없이 미쳐 날뛰었을 것이다.

"아, 이거 마음대로 먹어도 되나 봐요."

우라는 전임자에게 인계받은 과자 봉지를 손가락으로 가리켰다. 그리고 선배 닌자에게 받은 종이컵을 들었다. 따뜻한 커피였다.

"이상은 없었어?"

"네. 딱히요."

수상한 점은 아무것도 없었다. 지난번에는 감시 카메라를 계속 돌리면서도 실시간으로 확인하는 사람이 없어서 사요가 음식을 주러 들어갈 수 있었다. 그 실수를 거름 삼아 지금 이런 태세가 갖춰졌지만, 감시하는 닌자로서는 괴로울 뿐이었다.

"토요마츠 사건, 뉴스에서도 시끄럽더라. 내일부터는 틀림없이 시사 프로그램에도 나올걸."

"토요마츠 본인은 뭐래요?"

"아무것도 기억이 안 난다는 말만 반복한대."

무대 위에서 총을 맞고 구급차로 이송되었다가 나중에 가까운 골목에서 발견되었는데, 실제로는 총에 맞지 않은 상태였다. 너무 기이한 사건이라 당연히 세간의 관심을 모았다. 다만 그 배후에 닌자가 있다는 사실이 세간에 알려지면 안 되니, 상부는 지금도 정보를 조작하느라 분주할 것이다.

"그럼 저는 이만 실례…."

우라가 한 손에 종이컵을 들고 감시실을 나서려고 할 때였다. 뒤에서 선배 닌자의 목소리가 들렸다.

"야, 뭔가 상태가 이상하지 않아?"

뒤돌아서 모니터를 들여다보았다. 침대 위에 누운 고로는 아무래도 괴로워하는 것 같았다. 몸부림친다는 표현이 딱 어울렸다.

"우라, 같이 가자."

선배 닌자가 그렇게 말하면서 벽에 걸린 열쇠를 챙겼다. 비상시에 대비해 감시 담당자는 열쇠를 직접 관리해야 했다. '저는 이미 당번 시간이 끝났는데요.' 차마 그렇게 말할 수 없는 분위기라서 우라는 마지못해 선배 닌자의 뒤를 쫓았다.

고로가 감금된 방은 같은 층에 있었다. 선배 닌자는 망설임 없이 문을 열었다. 고로는 침대 위에서 괴롭게 숨을 헐떡였다.

"어이, 쿠사카리 고로, 괜찮아?"

전혀 괜찮아 보이지 않았다. 호흡은 거칠고 이마에는 땀이 구슬처럼 맺혔다. 하얀 거품 같은 것까지 물고 있었다.

"설마 이 자식, 이걸…."

선배 닌자는 화장실 바닥에 떨어진 상자로 시선을 던졌다. 시판되는 두통약이었다. 은색 알루미늄 포장이 모두 뜯겨 있었다. 한꺼번에 먹은 것인가.

"…그렇습니다. 엄청 괴로워합니다. …아니요, 연기 같지는 않습니다. 두통약 상자가 떨어져 있습니다. 자살을 시도한 것 같습니다."

문 앞에서 선배 닌자가 보고했다. 이윽고 대기하던 다른 닌자들도 모여들었다. 하지만 밤이 늦은 탓인지 그 자리에서 상황을 판단할 수 있는 간부급 닌자가 없었다. 결국 스마트폰으로 간부의 지시를 요청하기로 했다. 그러는 동안에도 고로는 침대 위에서 얼굴을 찌푸리고 있었다. 이윽고 한 닌자가 말했다.

"병원에 데려가라는 지시다. 단, 구급차는 부르지 말고 택시를 태워서 가장 가까운 병원으로 운송하라고 한다."

토요마츠는 가짜 구급차를 타는 바람에 신병을 구속당했다. 간부는 그 사실을 신경 쓴 것이 분명했다. 그래서 구급차를 피하라는 지시를 내린 것이다.

"우라, 먼저 아래에 내려가서 택시를 잡아."

"네!"

정말 귀찮았다. 우라는 방에서 나가 엘리베이터를 타고 1층으로 내려갔다. 정문이 닫혀서 야간 통행로로 밖에 나왔다. 이가 빌딩과 맞닿은 도로에는 교통량이 그리 많지 않아서 이 정도면 대로까지 나가야 택시를 잡을 수 있을 듯했다.

그렇게 생각하며 걸음을 뗀 순간, 택시 한 대가 눈앞을 지나갔다. 잠시 달리다가 멈춰 서서 승객을 내렸다. 그 승객은 가까운 아파트로 들어갔다. 마침 잘됐다. 우라는 그 택시로 다가가서 운전석을 들여다보았다. 운전사는 여자였다. 나이는 아마 4, 50대. 코가는 변장에 능하다는 정보도 있었지만, 이런 느낌이면 걱정하지 않아도 될 것 같았다.

운전사에게 사정을 설명하고 이가 빌딩 앞에 차를 대 달라고 했다. 내비게이션으로 찾아보니 여기서 차로 5분 정도 가면 응급병원으로 지정된 의료기관이 있다고 했다. 여차저차하는 사이에 고로가 이송되어 뒷좌석에 태워졌다. 닌자 둘이 동행하게 됐지만, 젊은 우라는 면제되었다. 떠나는 택시의 미등을 보면서 우라는 생각했다.

만약 내가 코가였으면 저 택시에 뭔가 장치를 했을 텐데. 구급차를 꺼릴 것을 예상하고 허를 찔렀겠지.

우라는 고개를 흔들며 나쁜 상상을 머릿속에서 떨쳐냈다. 그렇게 되면 자신도 책임을 면하지 못할 것이다. 이미 늦었으니 라멘이나 먹고 집에 가야겠다.

차가 출발한 지 2, 3분이 지났을 때였다. 갑자기 택시가 급제동하며 멈췄다. 고로는 안전벨트를 한 덕분에 무사히 넘어갔지만, 옆에 앉은 닌자는 앞 좌석에 머리를 심하게 부딪쳤다.

"기사님, 이게 무슨….."

공기를 가르는 소리가 나더니, 조수석에 앉은 닌자가 무어라 말하던 입을 다물었다. 여자 운전사의 손에는 자동 권총이 들려 있었다. 호타루가 애용하는 것과 흡사했다.

고로 옆에 앉은 닌자가 이변을 알아차리고 문을 열려고 했지만, 그가 문손잡이를 잡기 전에 뒷좌석 문이 열렸다. 또다시 발사음이 나더니, 닌자가 힘없이 축 늘어졌다. 밖에 서 있는 사람은 호타루였다.

"토모요 주임님, 감사합니다."

"이 정도로 뭘. 뒷정리는 나한테 맡겨."

"감사합니다."

여자 운전사는 호타루의 지인인 것 같았다. 백미러 너머로 여자 운전사와 눈이 마주쳤다. 그녀는 미소를 지으며 윙크했다. 고로는 "감사합니다" 하면서 택시에서 내렸다.

택시 바로 옆에 흰 경차가 서 있었다. 호타루의 직장에서 사용되는 차였다. 고로가 조수석에 타자, 차가 타이어 소리를 내며 출발했다.

"덕분에 살았어, 호타루."

"무사해서 다행이야."

두통약이 든 상자에는 호타루가 직접 쓴 메모가 들어 있었고, 거기에는 '오후 열한 시에 자살을 시도한 것처럼 괴로워하도록'이라고 적혀 있었다. 그래서 고로는 두통약을 전부 꺼내서 화장실 변기에 버린 다음 침대로 돌아가 괴로워하는 척했다. 화장실 물로 얼굴과 겨드랑이를 적셔서 땀을 뻘뻘 흘리는 것처럼 꾸몄다. 의외로 고로의 연기가 실감 넘쳤는지 멋지게 작전에 성공했다.

"그런데 호타루, 오늘 행사장에서 토요마츠를 쏜 사람, 네 여동생이야?"

"맞아. 내 동생 스즈메야. 변장에 능하고 사격도 잘해서 도와달라고 했어."

조금 낯선 느낌을 받기는 했지만, 겉모습은 호타루와 똑같았다. 마지막으로 그녀가 한 말을 듣지 못했다면, 아직도 그녀가 호타루 본인이라고 생각했을 것이다.

"낮에는 어떻게 된 거야? 수화 통역사로 변장한 게 너였지?"

"맞아. 토요마츠한테 꼭 얘기를 들어보고 싶었거든. 그게 우리의 첫 계획이기도 했고."

아카마키가 살해된 사건의 진상을 규명하고 그 정보를 조건으로 이가 쪽과 협상하는 것. 그것이 유일한 해결책이었기에 이즈 산속에서 도주한 뒤로 내내 이를 위해 움직였다. 호타루는 토요마츠를 암살하라는 명령을 받고도 두 사람의 첫 목적을 잊지 않았다.

"아카마키가 먼저 토요마츠한테 접근했대. 그 사람, 돈이 궁했나 봐."

호타루가 설명했다. 돈이 궁했던 아카마키는 토요마츠에게 어떤 정보를 팔아넘기려고 했다. 토시키무라에 있는 빛의 나라 메인 콜로니 빈터와 관련된 정보였다. 정부는 그곳에 무언가를 묻으려고 극비리에 계획했다. 그곳에는 예전에 교단 관계자가 만든 지하 방공호가 있다는 소문도 있었다.

"대체 정부는 그 장소에 뭘 묻으려고 한 거야?"

고로가 묻자, 호타루는 고개를 가로저었다.

"모르겠어. 그 얘기를 듣기 전에 이가 닌자한테 포위당했거든. 그런데 토요마츠가 마지막에 이렇게 말했어. 절대 그 장소에 묻으면 안 되는 것. 그게 힌트인가 봐."

그것만으로는 짐작도 되지 않는다. 철조망에 둘러싸인 광활한 땅이었다. 낮이었으면 후지산이 선명하게 내다보였을, 맑고 아름다운 땅이기도 했다. 빛의 나라가 만들어낸 꺼림칙한 기억만 없었다면 어떤 식으로든 활용되었을 것이다.

"그래서 호타루, 이제 어떻게 할 거야?"

호타루는 금방 대답하지 않았다. 핸들을 쥔 채 호타루가 입을 열었다.

"내일 밤 토야마항을 출발하는 배가 있어. 목적지는 말레이시아야. 가짜 여권도 마련할 수 있으니까 당분간 그쪽에서 몸을 숨기고 앞으로 어떻게 할지 생각하면 돼."

다시 말해 해외 도피였다. 코가의 연줄로 승선할 수 있다는 의미였다. 일본 내에서는 이가 닌자들이 눈에 불을 켜고 있으니 현실적인 선택지이기는 했다. 게다가 호타루와 함께 있을 수 있다는 것만으로도 매력적이었다. 이가와 코가라는 넘을 수 없는 벽도 해외에서는 아무런 걸림돌이 되지 않는다.

매력적인 제안이었다. 하지만 고로는 알고 있었다. 호타루는 그 선택지를 그다지 원하지 않는다는 것을. 그 정도는 분위기로 알 수 있었다.

"호타루, 너는 이대로 도망치고 싶지 않지?"

호타루가 대답하지 않자, 고로는 이어서 말했다.

"해외 도피도 나쁘지는 않아. 나도 잠깐 마음이 흔들렸어. 하지만 이대로 도망가면 멋이 없잖아. 좋아, 호타루. 나는 네가 하자는 대로 할 거야."

굳게 다짐했다. 칼을 뽑았으면 무라도 자르라는 말이 있다. 기왕 이렇게 됐으니 끝까지 해보자고 결심했다. 게다가 본가도 마음에 걸렸다. 가능하면 가문 몰락만은 피하고 싶었다.

"그래서 호타루, 어떻게 해야 할까? 다시 토요마츠를 납치해서 얘기를 끝까지 들을까? 그쪽도 꽤 경계하고 있을 텐데."

언론사들도 일제히 토요마츠를 취재할 것이다. 토요마츠에게 접근하기는 매우 어려울 것 같았다.

"이렇게 되면 한 방에 끝내는 수밖에 없어. 모든 원흉의 근원을 찾아가서 추궁하는 거야. 그 방법뿐이야."

"모든 원흉이라니, 그게 무슨…."

차는 길을 따라 신주쿠 방면으로 달렸다. 호타루는 빨간불에 차를 세우고 앞을 바라본 채 말했다.

"이가의 최고 권력자 카제토미 죠스이. 나는 그 사람이 원흉이라고 생각해. 그 사람을 어떻게든 하지 않으면, 우리한테 미래는 없어."

카제토미 죠스이의 이름이 나올 줄은 상상도 못 했다. 이가의 계급 사회 정점에 있는 인물이었다. 고로는 침을 꿀꺽 삼켰다.

이튿날 오전 열 시경. 고로는 호타루와 함께 메구로구에 있는 주택가를 걸었다. 도쿄에서도 손꼽는 고급 주택가로 유명한 곳이라 넓은 부지를 품은 집들이 늘어서 있었다. 실수로 피서지에 들어온 느낌이었다.

"여기야."

훌륭한 일본식 문이 있었다. 기와까지 달린 우아한 입구였다. 미닫이문은 당연히 닫혀 있었고, 문 위에는 감시 카메라가 설치돼 있었다. 호타루는 망설이는 기색도 없이 초인종을 눌렀다. 여자 목소리가 들려왔다.

"누구시죠?"

"쿠사카리 호타루라고 합니다. 여기 집주인 어르신을 뵙고 싶어서 왔습니다."

"잠깐만 기다려주세요."

잠시 기다리니, 미닫이문이 천천히 열렸다. 들여 보내줄 줄은 몰랐다. 호타루가 겁내지도 않고 안으로 들어가자, 고로는 허겁지겁 뒤를 따랐다.

하얀 자갈 속에 징검돌이 늘어섰다. 고급 음식점에 온 기분이었다. 안채는 단층 구조로 된 일본식 건물이었다. 마당에는 연못이 보였고, 비단잉어가 헤엄치고 있을 것 같았다. 현관 앞에 편한 작업복을 입은 여자가 있었다. 여자는 고로와 호타루를 보고 예의 있게 고개를 숙였다.

"잘 오셨습니다. 들어가시죠."

"실례하겠습니다."

신발을 벗고 들어갔다. 그러자 작업복을 입은 여자가 다가와서 막대기처럼 생긴 도구를 고로의 몸에 댔다. 금속탐지기인가 보다. 반응이 있으면 소리가 나는 장치인 듯했고, 고로는 갖고 있던 봉표창을 몰수당했다. 마찬가지로 호타루도 검사를 받고 스마트폰과 마취총, 칼 세 자루를 몰수당했다.

"주인어른께서 기다리고 계십니다. 이쪽으로 오십시오."

가사도우미일까. 여자가 안내하는 대로 안쪽으로 들어갔다. 지금 고로는 카제토미 죠스이의 집에 있다. 그 생각만으로도 긴장이 되어 목이 바싹바싹 말랐다. 원래 같았으면 집 내부를 관찰하고 싶었겠지만, 그럴 여유가 전혀 없었다.

"이쪽입니다."

여자가 무릎을 꿇고 공손하게 장지문을 열었다. 넓은 일본식 방이었다. 다다미 냄새가 향긋했다. 열 평쯤 될까. 세로로 긴 구조였고, 맨 안쪽에는 두 사람이 앉아 있었다.

중앙에 깔린 방석 두 개가 보였다. 거기에 앉으라는 의미일까. 호타루와 눈이 마주쳤다. 그녀가 고개를 끄덕이자, 고로는 똑같이 고개를 끄덕였다. 마음을 다잡고 방 안으로 들어갔다.

다다미 위를 걸어서 방석 깔린 곳으로 갔다. 정면을 향해 가볍게 고개를 숙였다. 거기에 짙은 녹색 기모노를 입은 카제토미 죠스이가 앉아 있었다. 조금 떨어진 곳에 사요도 있었다. 사요는 평소처럼 정장 차림이었다. 죠스이는 긴 머리를 뒤로 묶은 상태였다. 도무지 일흔다섯 노인으로 보이지 않았다.

"앉으시오."

"네!"라고 자기도 모르게 평소처럼 대답한 고로는 민망함을 느끼며 방석 위에 앉았다. 죠스이와 사요는 한 단 높은 곳에 앉아 있었다. 마치 일본 전국시대 영주가 회의를 열던 방 같았다.

"카제토미 가문의 역사도 길건만." 죠스이가 그렇게 말을 꺼냈다. 조금 갈라진 목소리였지만 카리스마가 느껴졌다. "코가 분을 집에 초대하기는 처음이오. 내가 이 집의 가주 카제토미 죠스이요. 여기까지 잘 오셨습니다, 쿠사카리 호타루 경."

진심으로 환영하지는 않을 테지만, 일단은 이야기를 들어줄 생각인 듯했다. 말을 들어보시도 않고 다짜고짜 구속할 가능성도 없지 않았으나, 사전에 호타루와 이야기해보니, 그녀의 견해로는 그러지 않을 것 같다고 했다. 카제토미 죠스이는 우리가 어디까지 아는지, 그 정보를 알아내고 싶을 것이다. 닌자에게 정보는 재산이라 우선순위도 최상위에 가깝다. 호타루의 견해가 들어맞은 모양이다.

"그런데 무슨 용건으로 오셨소? 어제도 이가 빌딩에서 도망친 닌자가 있다고 들었는데, 타격이 꽤 컸다더군. 코가의 사람은 터무니없는 짓을 하는 재주가 있나 보오."

"터무니없는 짓은 한 적 없습니다." 호타루가 냉정하게 대응했다. "감금된 남편을 구했을 뿐입니다. 그게 뭐가 문제죠? 법에 저촉되는 행위를 하는 건 오히려 이가 쪽인 것 같은데요."

고로는 속으로 조마조마했다. 어쨌거나 상대는 이가의 평의원장이자 최고 권력자다. 원래는 그 앞에서 의견을 내기도 송구한 인물이건만, 호타루는 기죽지 않고 말했다. 자신의 아내지만 믿음

직했고, 동시에 불안했다.

"계집이 말 한번 잘하는군." 죠스이가 코웃음을 쳤다. 태도와 말투 모두 돌변했다. "법에 저촉되는 행위를 하는 건 너희 쪽이지. 우리 이가는 정부를 위해서, 자민당을 위해서 땀 흘리며 일하고 있어. 테러 같은 짓을 저지르는 코가와 똑같이 취급하면 곤란해."

정부를 위해서. 자민당을 위해서. 그런 대의명분은 이가 닌자라면 누구나 느낀다. 우리 이가가 정부를 뒤에서 떠받치고 있다. 포기할 수 없는 자부심 같은 것이다.

호타루는 동요하지 않고 지극히 온화한 어조로 말했다.

"얼마 전, 아카마키 쇼스케 중의원 의원이 변사했습니다. 말하지 않아도 다들 알듯, 아니, 일반인들은 모르겠지만, 그 사람은 이가 닌자의 후예죠. 우리 코가가 살해했다고 의심하시는 것 같길래 그 진범을 찾고 있습니다. 그리고 이번에 드디어 진범의 정체를 알아냈습니다. 경찰에 알리는 게 먼저인가 고민했지만, 우선은 카제토미 죠스이 님께 말씀드리려고 오늘 이렇게 찾아뵀습니다."

죠스이는 아무 반응도 하지 않았다. 입을 다문 채 앉아 있을 뿐이었다. 호타루가 이어서 말했다.

"그럼 남편이 설명하겠습니다."

고로는 목소리가 제대로 나오지 않을까 봐 걱정되어 작게 헛기침했다. '좋아, 괜찮아.' 자기 자신을 그렇게 타이르며 이야기를 시작했다.

"그날 밤, 저는 아카마키 저택을 경비하는 임무를 맡았습니다.

동료인 오토나시 유키 상급 닌자와 함께 정문과 가까운 길에서 대기했습니다."

힌트가 된 것은 어제 유키가 한 말이었다. '남의 속도 모르고.' 유키는 그런 말을 던지며 고로를 나무랐다. 자신에게만 주어진 무거운 임무가 있었다는 말로 들렸다.

"아카마키 의원의 시신을 발견한 사람은 저와 유키입니다. 마당 쪽을 감시하던 동료와 연락이 닿지 않아서 저는 동료를, 유키는 의원님의 안전을 확인하려고 따로 움직였습니다. 그러다 저는 도둑을 마주쳤습니다."

그 도둑은 바로 호타루였고, 자기 아내인 술도 모르고 고로가 던진 봉표창을 아주 쉽게 피해 버렸다. 한편 같은 시각 유키는 잠 긴 지하실에 아카마키가 있지 않을까 추측했다. 그리고 고로와 함께 문을 부순 뒤, 지하실에서 시신을 발견했다.

"그날 밤, 시신이 발견되기 직전에 유키는 편의점에 커피를 사 러 갔습니다. 차를 떠나 있던 시간은 15분 정도였습니다. 편의점 은 걸어서 3분이면 가는 곳에 있었으니, 커피만 샀다기에는 가게 에 머무른 시간이 너무 깁니다. 유키는 아내에게 전화가 왔다고 변명했습니다."

그 시간을 이용해서 유키가 아카마키를 살해하지 않았을까. 고 로는 그런 가능성도 고려했지만, 그 방법은 아니었으리라는 결론에 다다랐다. 아무리 닌자여도 결국은 민간인이다. 사람을 죽이라는 터무니없는 임무를 받을 일은 없다. 어젯밤 이가 빌딩에 감금돼 있 었기에 생각할 시간이 많았다. 계속 생각한 끝에 내린 결론이었다.

"유키는 편의점으로 가는 길에 어떤 사람을 만나서 그 사람에게 아카마키 저택의 열쇠를 건넸을 겁니다. 그때 상대의 사정으로 조금 늦어지는 바람에 시간이 오래 걸린 거겠죠."

그 뒤에 일어난 일은 말할 필요도 없다. 유키는 태연하게 커피를 들고 차로 돌아왔다. 그리고 범인은 유키에게 받은 열쇠를 이용해 아카마키 저택에 침입했다.

"같은 시간에 여기 있는 제 아내 호타루도 아카마키 저택에 침입했습니다. 호타루의 목적은 아카마키의 불법 약물 사용 의혹을 폭로하는 것이었습니다. 이가 닌자를 끌어내리면 코가 쪽에도 이점이 있기 때문이었겠죠. 그날 밤에는 빛이 거의 없는 초승달이 떴습니다. 달이 없는 밤은 닌자에게 기회입니다. 그래서 그날 밤 두 닌자가 동시에 아카마키 저택에 침입했습니다."

옆을 보았다. 호타루는 허리를 꼿꼿이 세우고 앉아 있었다. 그 시선 끝에 있는 죠스이는 눈을 감고 이야기를 듣고 있었다. 고로는 추리를 이어 나갔다.

"범인은 계산 실수를 하나 했습니다. 막연하게 아카마키가 거실이나 침실에 있을 거라고 생각한 거죠. 하지만 아카마키는 문이 잠긴 지하실에 있었습니다. 문을 부수면 안에 있는 아카마키가 알아차릴 게 뻔했습니다. 그래서 범인은 어쩔 수 없이 환기구로 지하실에 들어가 아카마키를 살해했습니다."

마침 그 무렵에 호타루도 아카마키 저택 안으로 들어갔다. 호타루는 피킹 기술에 능란해서 자기 힘으로 문을 따고 안에 들어갔다고 했다. 아카마키의 목덜미에서 피부밑 출혈을 발견했지만,

그것 말고는 수상한 점이 없었다고 한다.

"범인이 침입한 경로. 그건 환기통입니다. 영화나 드라마에 주인 공이 빌딩 환기구로 이동하는 장면이 자주 나오는데, 평범한 일반 가정의 환기통은 그리 넓지 않습니다. 성인 남성이 들어가기에는 좁죠. 애초에 이가 닌자는 몸을 키우는 걸 미덕으로 생각하기 때문에 대부분 갑옷 같은 근육을 몸에 휘감고 있습니다. 그래서 환기구를 통해 지하실에 들어갈 수 있는 사람은 얼마 안 되죠. 이가 닌자 대부분이 후보에서 제외되겠지만, 저는 생각나는 후보가 한 명 있습니다."

고로는 사요에게로 눈을 돌렸다. 그녀도 역시 고로를 봤지만, 그 눈빛에서는 감정을 읽어낼 수 없었다. 거기에 있는 사람은 고로의 닌자 학교 동기가 아니라, 카제토미 가문의 적통 후계자였다.

"카제토미 사요. 너라면 범행이 가능해. 그 가녀린 체격을 이용하면 환기구를 통해 지하실로 들어갈 수 있겠지. 아까도 말했지만, 살인은 중죄입니다. 남에게 맡기기보다는 본인들 손으로 직접 처리하는 게 나을 수 있죠. 자, 사요. 솔직하게 말해 줘. 네가 아카마키를 죽였지?"

저 사람 예쁘다. 카제토미 사요를 보고 호타루가 받은 첫인상이었다. 그 인상은 지금도 여전하다. 상석에 정좌한 그녀는 아름다웠다. 투명한 피부라는 말은 바로 저런 것을 두고 하는 말이리라.

자그마한 몸집은 기품 넘치는 고양이를 연상시켰다.

그녀가 아카마키를 죽인 범인이다. 여기에 오기 전, 그 이야기를 고로에게 들었을 때, 호타루는 남편의 추리에 수긍했다. 이유는 고로도 설명했듯 살인이라는 임무를 외부에 맡기는 위험성 때문이었다. 아무리 닌자여도 살인은 무척 어려운 임무다. 만일 성공한다 하더라도 비밀이 새어 나갈 위험성은 영원히 따라다닐 것이다. 그렇다면 직접 손을 더럽히는 편이 낫다. 그 논리에 공감했다.

사요는 아무 말도 하지 않았다. 죠스이도 마찬가지였다. 고로가 이어서 말했다.

"아카마키가 죽은 다음 날이었나? 사요, 유키랑 셋이서 요츠야에서 한잔했잖아. 그때 너는 그날 오전에 오사카에서 돌아왔다고 했지만, 그건 거짓말이었어. 너는 그보다 일찍 도쿄로 돌아왔어. 아카마키가 죽은 날 밤 도쿄에 없었다는 걸 증명할 수 있다면 말해 봐. 알리바이가 될 테니까."

사요는 침묵했다. 아무 말도 할 수 없는 것이 아닐까. 호타루는 문득 그렇게 생각했다. 그녀 옆에는 카제토미 가문의 주인이자 이가 닌자의 최고 권력자가 있다. 아무리 혈연관계라 해도 허락받지 않은 발언은 할 수 없나 보다.

"사요, 가만히 있지 말고 무슨 말이라도 해 봐."

고로가 몰아붙였다. 역시 호타루의 추측이 맞았나 보다. 사요 대신 입을 연 사람은 죠스이였다.

"더는 내 손녀를 모욕하지 마라. 사랑하는 손녀에게 살인죄를 지우는 인간이 어디 있겠나?"

"소거법이죠. 사요 말고는 후보가 없어요."

"만에 하나 그렇다 해도 고발해서 어쩔 건가? 너희한테 무슨 득이 되지? 게다가 아카마키 같은 인간을 죽여봤자 카제토미 가문에는 아무 이득도 없어. 그 인간은 죽일 가치도 없는 속물이었다."

"동기라면 있습니다."

고로가 그렇게 말하며 호타루 쪽을 보았다. 배턴을 넘겨받은 느낌이었다. 이번에는 호타루가 말했다.

"아카마키는 가상 화폐 투자에 실패해서 거액의 빚이 있었습니다. 약에 빠진 것도 그것 때문이었을지 모릅니다. 빚도 모자라서 약을 살 돈까지 필요해진 아카마키는 한 가지 사실을 떠올렸습니다. 정보 유출. 야당인 미래당에 여당의 정보를 팔아넘기기로 했죠. 그래서 아카마키는 미래당의 토요마츠 대표에게 접근을 시도했습니다. 처음에는 반신반의하던 토요마츠 대표는 결국 아카마키의 제안을 받아들인 것 같더군요."

호타루는 주머니에서 사진 두 장을 꺼내 표창처럼 상석으로 던졌다. 나이가 들었어도 상대는 이름난 닌자였다. 죠스이는 날아온 사진을 한 손으로 받아냈다. 아카마키와 토요마츠, 두 사람의 밀회 현장을 찍은 사진이었다. 실제로 두 사람이 동시에 찍히지는 않았지만, 같은 호텔 방에 두 사람이 있었음은 증명할 수 있었다. 죠스이는 사진으로 시선을 떨어뜨렸지만, 표정을 바꾸지도 않고 곧장 사진을 구겨서 던져 버렸다.

"대체 아카마키는 어떤 정보를 팔아넘기려고 했을까요. 조사한 결과, 야마나시현 토시키무라에 있는 빛의 나라 메인 콜로니 빈터와 관련이 있다는 걸 알아냈습니다. 아무래도 정부는 거기에 무언가를 묻으려고 극비리에 계획을 세운 것 같더군요. 정부는 거기에 뭘 묻으려고 했을까요. 어제 토요마츠에게 캐물었지만, 그 사람은 털어놓지 않았습니다. 대신 마지막에 이렇게 말했습니다. '절대 그 장소에 묻으면 안 되는 것'이라고요."

토요마츠가 끝까지 입을 열지 않아서 오히려 그 정보가 얼마나 중요한지 알 수 있었다. 세상에 알려지면 틀림없이 큰 문제로 번질 것이다. 그래서 토요마츠는 끝까지 정보를 밝히지 않았다. 언젠가 자신이 그 정보로 여당에 타격을 가할 날을 꿈꾸며.

"그런데 아드님은 지금 댁에 계신가요?"

호타루가 화제를 바꿨다. 상석에 앉은 두 사람은 대답하지 않았지만, 어쩐지 묘한 분위기가 흘렀다. 핵심에 바짝 다가섰다는 느낌을 받으며, 호타루는 이야기를 이어나갔다.

"카제토미 죠이치로. 아카마키와 마찬가지로 중의원 의원. 원래는 대형 건설사에서 일하다가 12년 전에 입후보해서 당선. 건설사에서 일하던 당시의 지식 덕분에 자연재해 분야에 강하다는 평을 받고 있습니다. 그 경험 덕에 지난번 내각 개편 때 환경부 차관으로 발탁됐죠."

현재 국회는 폐회중이다. 국회의원 숙소도 있으니 평소에는 여기서 지내지 않을지도 모른다. 그의 블로그는 3개월 전에 마지막으로 업데이트되었다. 여기저기 뛰어다니느라 바쁜 것일까.

"대체 무슨 소리인가?" 죠스이가 더는 못 참겠다는 듯 말했다. 초조해하는 것이 느껴졌다. "내 아들이랑은 상관없어. 둘 다 이가 쪽 의원이라는 연관성은 있지만, 그것 말고 다른 이해관계는 없어."

공격할 타이밍이었다. 호타루는 개의치 않고 이어서 말했다.

"카제토미 죠이치로 의원의 블로그를 통해 작년에 몇 번 후쿠시마에 방문한 걸 확인했습니다. 환경부 차관이라는 위치 때문인지 원자력 규제 위원회에도 이름을 올리고 후쿠시마 원전을 시찰한 것 같더군요."

휴게소에서 채소를 샀다든가 그 지역 식당에서 먹은 라멘이 맛있었다는 내용의 글이 올라와 있었다. 전부 시찰 때 들른 것 같았다.

"현재 후쿠시마 제1원전에서 폐로 작업이 한창이라고 들었습니다. 다만 해결할 문제가 산더미 같아서 원자로 안에서 녹은 핵연료, 연료 찌꺼기를 끄집어내는 전례 없는 작업이 진행된다죠. 20년에서 30년쯤 걸리는 작업이라고 들었습니다."

재건과 폐로의 양립. 그것이 정부가 세운 방침이었다. 중장기 로드맵을 정해서 이를 기반으로 폐로 작업을 이어갈 모양이었다. 다만 기술적으로 매우 어렵고 세계적으로 전례가 없어서 앞으로도 시행착오를 반복하지 않겠냐는 견해가 대세였다.

"끄집어낸 연료 찌꺼기는 어디에 보관해야 할까요. 정부 안에서는 아직도 결론을 내리지 못한 모양입니다. 연료 찌꺼기뿐만이 아닙니다. 폐로 과정에서 나온 잔해물, 다시 말해 방사성 폐기물과 처리수 같은 것을 보관할 장소도 엄밀히 말하면 정해지지 않았습니다. 지금은 방사선량에 따라 등급을 나눠서 원전 안에 보관한 상태라고 합니다. 하지만 원전 안에 보관하는 데에도 한계가 있죠. 언젠가 밖으로 꺼내야 하는 순간이 올 겁니다."

호타루는 죠스이를 응시했다. 한 박자 쉰 뒤에 호타루가 덧붙였다.

"당신은, 아니, 카제토미 일가라고 하는 게 더 적절하겠군요. 당신들은 정부와 공모해서 후쿠시마 제1 원전 방사성 폐기물을 임시 보관할 장소로 그 토시키무라 메인 콜로니 빈터를 점찍은 겁니다. 아닙니까?"

예상을 뛰어넘는 이야기였다. 이렇게 엄청난 이야기가 나올 줄은 고로도 몰랐다. 토시키무라 메인 콜로니에 얽힌 카제토미 가문의 음모를 알아냈다. 호타루는 사전에 그렇게 말했을 뿐이었다.

"정신 나간 소리." 죠스이가 내뱉듯 말했다. "다 너희의 상상일 뿐이잖나. 아무 증거도 없어. 천박한 트집 잡기는 그만둬. 우리가 어떻게 그런 당치도 않은 일을 하겠나?"

"무슨 말씀이십니까? 아드님이 현직 국회의원이자 환경부 차관 아닙니까? 그 정도는 충분히 조정할 수 있습니다. 당신이 손녀를 이용해서 아카마키의 목숨을 빼앗은 것도 아카마키가 그 정보를 외부에 유출할까 봐 걱정돼서였죠. 테러로 꾸며서 토요마츠를 죽이려고 한 것도 같은 이유에서입니다. 그렇게까지 해서 지킬 만한 비밀은 그리 흔치 않습니다."

방사성 폐기물 처분 장소를 둘러싸고 지자체에서도 논의가 활발하다고 들었다. 이를 받아들여야 하는지를 주제로 시비를 가리듯 수장 선거가 이루어진 지자체도 있다고 한다.

죠스이의 상태가 명백히 이상해졌다. 분노한 표정이었다. 이가 일족의 수장다운 위엄은 느껴지지 않았다.

"할아버님, 제가 한 말씀 올리겠습니다." 내내 조용히 있던 사요가 입을 열었다. 죠스이보다 손녀인 사요가 더 침착했다. "여기까지 드러난 이상, 계속 숨길 수는 없지 않겠습니까?"

죠스이는 크게 숨을 들이마시고 내쉬었다. 그런 행동을 몇 번 반복한 뒤에 입을 열었다.

"이렇게 단기간에 용케도 알아냈군. 방금 너희가 한 말은 거의 진실에 가깝다. 야마나시현 토시키무라에 방사성 폐기물을 임시 보관할 장소를 건설하자는 건 내 아들 죠이치로의 아이디어였고, 나도 아버지로서 전폭적으로 지지했다. 한 발짝만 더 내디디면 계획이 실현될 거야. 이제 내년에 있을 지방 선거 결과만 기다리면 돼."

다시 말해 임시 보관 장소를 건설하는 데 찬성하는 후보자를 당선시켜 목표에 도달하겠다는 속셈이었다. 그 장소에 무허가로 방사성 폐기물을 옮겨다 놓는 것이 아니라 행정 절차를 밟아서 시설을 건설하고 반입할 계획이었다는 뜻이다.

절대 그 장소에 묻으면 안 되는 것. 토요마츠가 호타루에게 그렇게 말했다고 들었다. 확실히 메인 콜로니 빈터는 후지산과도 가깝고, 포사 마그나라고 불리는 지구대(地溝帶)와도 멀지 않다. 지진 같은 재해를 고려하면 그 장소에 방사성 폐기물을 보관하는 것은 매우 위험하다.

"하지만 중요한 사안이니 문제가 까다로웠어. 아직은 공론화할 때가 아니었다. 그런데 아카마키가 야당 의원에게, 그것도 미래당의 토요마츠에게 정보를 팔아넘겼다는 소리를 듣고 나는 격분했지. 당장 나한테 해명하러 오라고 했지만, 그놈은 내 부름에 응하지 않았다. 게다가 무슨 생각이었는지, 본부에 신변 보호까지 요청했더군. 놈이 그렇게까지 나오니 내 인내심은 바닥났어."

실제로 고로는 아카마키 저택을 경비하는 임무를 맡았다. 거기에 이런 뒷이야기가 있었다는 말인가. 그렇다고 자신의 손녀에게 살인을 사주하는 심리를 고로는 이해할 수 없었다. 죠스이 근처에 앉은 사요의 낯빛을 살폈지만, 그녀의 얼굴에서는 아무런 감정도 드러나지 않았다.

"토요마츠의 목숨을 노린 것도 그런 이유 때문이었다. 다만 그자는 이번에 일련의 사건을 겪으며 정신적으로 초조했을 거라고 짐작이 됐어. 협상의 여지가 있을 것 같아서 타진해 보니 호의적인 답변이 돌아왔다. 정치인으로서 명석한 자야. 이번 기회에 이가에게 빚을 지우는 것도 나쁘지 않겠다고 판단했을지도 모르지."

내년 지방 선거를 목표로 죠스이는 순조로이 준비를 이어가고 있다. 만약 지금 단계에서 정보가 세간에 드러난다면 건설에 반대하는 목소리가 들끓을 것이 분명했다. 반대파가 토시키무라의 주민들을 선동해 조직적으로 움직이면 내년 선거 전망은 어두워진다. 그래서 죠스이는 지금 단계에서 정보가 유출되는 것만은 막으려고 했다. 그 의도는 충분히 이해되지만….

"어째서죠?" 고로는 도저히 가만히 있을 수 없어서 자기도 모르게 물었다. "왜 그렇게까지 토시키무라에 임시 보관 시설을 만들려고 한 겁니까? 애초에 토시키무라는 이가와 아무런 연고도 연관도 없는 땅입니다. 거기에 방사성 폐기물을 옮겨다 놓는 게 어째서 이가에 득이 된다는 겁니까?"

손녀에게 살인죄를 짓게 하면서까지 진행할 만한 프로젝트였나. 매우 의문스러웠다. 그런데 죠스이는 아주 당연하다는 표정으로 대답했다.

"이 계획에 성공하면 내 아들 죠이치로는 다음 내각 개편 때 환경부 장관으로 발탁될 거다. 정부의 윗선, 단적으로 말하면 총리의 비공식적인 승낙을 얻었거든. 장관이라고, 장관. 국무위원을 배출하는 건 이가 일족의 오랜 염원이야. 이가 닌자라면 너도 그 정도는 알잖나?"

과거에도 이가에서 국회의원을 몇 명 양성했지만 장관까지 올라간 사람은 없었다. 다시 말해 죠스이는 아들을 장관으로 만들겠다는 일념으로 계획에 가담했다는 뜻이다.

"한심하네."

호타루가 중얼거렸다. 그 목소리에 죠스이가 민감하게 반응했다.

"이 계집이 못 하는 말이 없군. 이건 이가 닌자의 오랜 염원이다. 정부의 발목이나 잡는 코가는 이해하지 못하겠지만."

한심하다. 그렇게 내뱉는 아내의 마음이 이해되었다. 고로는 이가라는 좁은 사회에서 살아오느라 답답함을 느낀 적이 한두 번이 아니었다. 가끔은 조직의 규칙과 체면이라는 굴레에 묶여 사육되는 느낌마저 들었다. 그와 달리 호타루는 자유로웠다. 그녀의 눈에는 이가가 조직으로서 추구하는 모습과 풍습이 기묘해 보일 것이다.

"더는 여기 못 있겠군요. 저는 이만 가보겠습니다."

호타루가 그렇게 말하며 일어섰다. 이대로 얌전히 보내줄 리가 없었다. 하지만 호타루는 의지가 굳건한 듯 다다미 위를 걸어가서 복도 쪽 장지문을 잡았다. 그 등을 향해 죠스이가 말했다.

"한 가지 재미있는 이야기를 해주지. 지금으로부터 몇 년 전, 어떤 남자가 이즈 산속에 있는 캠핑장에서 한 여자를 만났어. 그리고 두 사람은 몇 주 후에 또다시 같은 장소에서 재회했지. 그쯤 되니 운명 같은 것을 느꼈어. 두 사람은 곧 교제를 시작했지."

고로와 호타루의 첫 만남 이야기다. 고로는 그렇게 짐작했다. 그런데 이 이야기를 꺼내는 이유가 대체 뭘까. 어쩐지 불길한 예감이 들어서 호타루 쪽을 보았다. 호타루도 흥미가 동했는지 장지문에 손을 댄 채 가만히 있었다.

"하지만 두 사람에게는 각자 말할 수 없는 비밀이 있었다. 그 둘은 닌자였거든. 게다가 남자는 이가, 여자는 코가의 후예였지. 이 넓은 일본 땅에서 우연히 이가와 코가의 남녀가 운명적으로 만나 사랑에 빠지는, 그런 우연이 정말 있을 것 같나?"

운명이라고 생각했다. 그 당시에는 그랬다. 설마, 우리의 만남이….

"그래. 처음부터 계획된 거였다. 내가 뒤에서 꼭두각시놀음을 하면서 너희가 만나도록 상황을 짠 거야."

죠스이가 그렇게 말하며 진심으로 즐겁게 웃었다.

◬

"한가하네요. 진짜 집에 가고 싶어요."

우라는 종이컵에 든 커피를 마시면서 말했다. 장소는 메구로구에 있는 주택가였다. 선배 닌자와 함께 차에 타고 있었다. 대나무로 만든 산울타리가 있고, 그 너머로 마당에 심긴 나무들이 보였다. 이곳은 이가 닌자의 수장이자 평의원장인 카제토미 죠스이의 집 앞이었다. 뼈대 있는 닌자 가문답게 격식 높은 일본 가옥의 지붕이 눈에 띄었다.

현재 여기에는 30명 넘는 닌자가 모여 있다. 놀랍게도 지금 저 가옥 안에서 카제토미 죠스이와 쿠사카리 고로, 호타루가 서로 얼굴을 맞대고 이야기를 나눈다고 했다. 어떤 이야기를 하는지는 알 수 없었다. 아무튼 무슨 짓을 해서라도 여기서 그 두 사람을 붙잡아야 한다. 그것이 본부의 명령이었다.

"그나저나 코가는 참 대단하네요. 보통이 아니에요."

어젯밤에도 그랬다. 고로는 감금된 방에서 갑자기 고통스러워했고, 이가 닌자들은 그를 택시에 태워 병원으로 데려가라는 지시를 받고 그대로 따랐다. 그런데 고로는 그대로 모습을 감추고 말았다. 한 시간 후, 이가 빌딩에서 2킬로미터 떨어진 지점에서 문제의 택시가 방치된 채 발견되었고, 그 차 안에는 고로와 동행한 두 닌자가 정신을 잃고 쓰러져 있었다. 그 두 사람은 곧바로 이 사건에서 배제되었다. 문제의 택시를 잡은 사람은 우라였으니 자신도 처벌을 받지 않을까 했지만, 혼나지 않고 넘어갔다. 가능하면 처벌을 받고 집에서 게임이나 하고 싶었다. 어쩌다 보니 벌써 일주일이나 본부가 시키는 일에 동원되었다.

"맞짱 뜨면 분명히 질 거예요. 실제로 본 제가 장담해요. 쿠사카리 호타루는 보통내기가 아니에요."

"우라, 거기까지만 해."

운전석에 앉은 선배 닌자가 말했다. 코가 닌자는 얄미운 적이니 칭찬은 당치도 않다. 그런 분위기가 이가 닌자들 사이에 있었다. 우라도 최근까지는 그렇게 생각했다. 아니, 코가에 흥미가 없었다는 표현이 더 정확하겠다.

그런데 쿠사카리 호타루를 만나고 나서 인상이 180도 바뀌었다. 이가와 달리 그녀는 진짜였다. 목적을 위해서라면 수단을 가리지 않는 강인함과 어떤 상대를 맞닥뜨리든 적절히 대응하는 유연함을 모두 갖췄다. 코가는 대단하다. 진심으로 그렇게 생각했다.

게다가 애초에 똑같은 닌자가 아닌가. 우라는 점차 그런 생각이 들었다. 일본 전국시대까지 거슬러 올라가는 인연이 존재하는 것은 안다. 하지만 이 현대사회에 이르러서는 똑같이 정체를 숨기고 사는 처지다. 그러니 서로 조금 더 존중해도 좋지 않을까. 그렇게 생각했지만, 옆에 있는 선배 닌자에게 이야기해봤자 상대해주지 않을 게 뻔했다. 이가 닌자는 대부분 고지식하다. 고지식함이 미덕이라고 보는 풍조도 있었다.

그때 움직임이 있었다. 우라 일행 앞에 선 차의 조수석 문이 열리더니 남자가 내렸다. 그도 닌자였다. 이곳에 모인 닌자 중 절반은 무슨 일에든 대처할 수 있도록 이렇게 저택 밖 차 안에서 대기하고 있었다. 나머지 반은 부지 안에 들어가서 마당을 비롯해 곳곳에 숨어 있는 듯했다.

남자가 우라 쪽으로 걸어와서 조수석 창문을 두드리자, 우라는 버튼을 눌러 창문을 열었다.

"뭐예요?"

"너 보프라고 알아?"

우라는 갑작스러운 질문에 대답했다.

"보이스 프렌드요? 아는데 다운로드하지는 않았어요."

100퍼센트 초대제로 운영되는 음성 앱이다. 말하자면 동영상 플랫폼의 음성판 같은 개념으로, 몇 년 전에 한때 화제가 되었지만 크게 성행하지는 못했다.

"이 업로더한테 액세스해."

남자가 그렇게 말하며 메모를 건넸다. 업로더의 이름은 '스즈메의 숙소'였고, 아래에 패스코드 같은 알파벳이 죽 적혀 있었다.

"바로 다운로드해서 이 업로더한테 친구 신청을 해. 금방 받아 줄 거야."

남자의 표정은 무척이나 진지했다. 그리고 낯빛이 어두웠다. 어디 아픈가 걱정될 지경이었지만, 남자는 자리를 떴다. 다른 차에서 대기하는 닌자에게도 말을 전하러 가는 모양이었다.

"무슨 일이야?"

운전석에 앉은 선배 닌자가 물었다. 우라는 설명하기 귀찮아서 "잠깐만요" 하고는 스마트폰을 꺼내 애플리케이션 다운로드 사이트에 들어갔다.

단 몇 분 만에 다운로드가 끝났다. 닉네임을 정한 뒤 앱을 가동했다. '스즈메의 숙소'라는 업로더가 금방 눈에 띄었다. 지금도 생방송 중이었고, 청취자 수는 현재 열두 명이었다.

친구 신청을 했다. 패스 코드를 적으라고 해서 메모에 있는 알파벳을 입력했다. 잠시 후 신청이 허가되어 방에 초대되었다. 스마트폰을 조작해 소리를 키웠다.

'…빠진 것도 그것 때문이었을지 모릅니다. 빚도 모자라서 약을 살 돈까지 필요해진 아카마키는 한 가지 사실을 떠올렸습니다. 정보 유출. 야당인 미래당에….'

고로의 목소리였다. 하지만 고로가 직접 업로드할 수는 없었을 것이다. 아마도 녹음된 내용을 업로더가 대신 방송하는 것 같다고 짐작했다.

'대체 아카마키는 어떤 정보를 팔아넘기려고 했을까요. 조사한 결과, 야마나시현 토시키무라에 있는 빛의 나라 메인 콜로니 빈터와 관련이 있다는 걸 알아냈습니다. 아무래도 정부는 거기에….'

이것은 지금 카제토미 가문의 집 안에서 오가는 대화가 아닐까. 아니, 틀림없이 그럴 것이다. 그나저나 내용이 불온하다. 빛의 나라는 예전에 테러 행위로 세상을 떠들썩하게 한 신흥종교 단체다. 그 단체가 이가와 무슨 관련이 있다는 말인가.

옆을 보니, 선배 닌자도 파랗게 질린 얼굴로 스마트폰 음성에 귀를 기울이고 있었다.

처음부터 조작된 만남이었다. 그 말이 뜻하는 바를 이해할 수 없어서 고로는 그 자리에 멍하니 앉아 있었다.

"생각해 보면 알잖나. 이가 닌자와 코가 닌자가 우연히 만나서 사랑에 빠지다니. 벼락 맞을 확률이 훨씬 높을걸."

그럴 리가 없다고, 강하게 부정할 수 없는 것이 사실이었다. 우연이 아니라 설계된 만남이었다. 그런 설명을 들으니 오히려 수긍이 갔다.

"거기 있는 아가씨는 오랫동안 우리의 감시 대상이었어. 하지만 상대도 닌자 아닌가. 가끔 멀리서 지켜보며 동향을 확인하는 게 최선이었지. 어쨌거나 츠키노 가문의 현역 닌자니까 감시해서 손해 볼 건 없었어."

츠키노는 호타루의 결혼 전 성씨다. 죠스이의 말투로 짐작하건대, 코가에서는 유명한 가문인 모양이다. 호타루의 움직임을 보면 뛰어난 닌자인 것은 분명하다. 유능한 닌자를 배출하는 집안인가 보다.

"츠키노 호타루가 주말에 캠핑을 가는 건 알고 있었다. 그 기회를 노리지 않을 이유가 없었지."

고로는 한 달에 두 번 이즈 캠핑장을 찾았다. 그 캠핑장을 소개해준 사람은 유키였다. 유키는 결혼한 뒤로 캠핑과 멀어졌지만, 예전에는 종종 둘이서 캠핑을 했다. 그러니까 그 말은….

고로의 마음속을 꿰뚫어 본 것처럼 죠스이가 말했다.

"그래. 오토나시 유키가 너를 거기 보낸 건 내 명령 때문이었다. 너무 나쁘게 생각하지는 마라. 내 부탁을 거절할 수 있는 닌자는 이가에 아무도 없으니까."

그런 줄도 모르고 고로는 만사태평하게 캠핑장에 갔다. 그러고 보니 어떤 기억이 났다. 처음에 유키가 그 캠핑장을 소개할 때, 팸

플릿을 주면서 추천 장소를 세 곳 정도 가르쳐줬다. 아마 호타루가 자주 텐트를 치는 장소였을 것이다.

"나이와 성격, 이름의 획수 등으로 츠키노 호타루와 어울릴 만한 남자를 추려냈어. 그 안에서 쿠사카리 고로의 이름이 최종적으로 남은 이유는 네 취미가 캠핑이었기 때문이다. 솔직히 잘될 거라고 생각하지 않았어. 만약 실패하면 다른 수를 쓸 생각이었는데, 너희가 사귀는 사이로 발전했지."

그날, 점찍어 둔 장소에 텐트를 치고 음식을 조리하는데, 고로 쪽으로 걸어오는 한 여자가 보였다. 이 자리에 텐트를 치고 싶었나 보다. 고로는 그렇게 생각하며, 돌아서려는 여자에게 말을 걸었다. 조금 망설이는 기색을 보이던 여자는 이윽고 배낭을 내리고 고로가 권한 의자에 앉았다. 그 여자가 호타루였다.

캠핑장에서 처음 만났고, 심지어 둘 다 솔로 캠핑이었다. 상황도 나쁘지 않았다. 게다가 처음 만난 지 2주 후에 또다시 같은 캠핑장에서 재회했으니 운명을 느낄 수밖에 없었다. 고로는 곧장 다음번 캠핑 데이트를 제안했다.

그것이 전부 설계된 것이었다. 믿고 싶지 않았지만, 아마 진실이리라. 닌자끼리 우연히 만나서 사랑에 빠지다니. 확률상 말이 안 돼서 전부 연출이었다는 이야기가 오히려 더 신빙성 있었다.

"연애에 그치지 않고 결혼까지 하는 걸 보고 나도 놀랐다. 이가와 코가 부부는 들어본 적도 없어. 심지어 서로 정체를 숨기고 결혼했지. 쇼윈도 부부라는 말은 너희를 위해 있는 말인 것 같군."

사실 조금 전까지만 해도 고로는 자신들이 우위에 있다고 믿어 의심치 않았다. 토시키무라 메인 콜로니 빈터와 관련한 카제토미 가문의 암약과 야망. 이를 밝혀냈다는 통쾌함도 있었고, 더구나 지금까지 주고받은 대화가 음성 앱을 통해 이가 닌자들에게 전달되고 있을 터였다.

호타루의 아이디어였다. 그녀는 예비 스마트폰을 이곳에 가지고 들어왔다. 현관으로 들어올 때 금속탐지기로 검사를 받으면서 하나 빼앗겼지만, 다른 스마트폰이 호타루의 신발 속에 있었다. 호타루는 검사를 다 받고 신발을 고쳐 신는 척하며 그 스마트폰을 손으로 가져왔다. 녹음된 대화는 호타루의 여동생—스즈메라는 언더그라운드 아이돌—이 음성 앱으로 이가 닌자들에게만 공개할 계획이었다. 다시 말해 카제토미 가문의 악행을 모두 까발릴 예정이었다.

그래서 계속 마음속 어딘가에 여유가 있었다. 그런데 지금은 완전히 사라져 버렸다. 우리 부부의 만남은 처음부터 설계된 것이었다. 충격적인 사실에 고로는 다음 흐름을 전혀 예상할 수 없었다. 밝혀낸 진실을 바탕으로 자신들에게 유리하게 협상하려던 애초의 계획이 근본부터 뒤집혔다.

아마 이 내용은 방송되지 않았을 것이다. 본론과는 상관없으니 스즈메가 눈치껏 조치해줬으리라고 믿고 싶었다.

"어떤가? 놀라서 말도 안 나오나?"

죠스이가 그렇게 말하며 유쾌하게 웃었다. 고로는 호타루를 보았다. 그녀는 죠스이를 등진 채 그 자리에 우두커니 서 있었다. 방에서 나가지 않는 이유는 그녀도 죠스이의 이야기에 충격을 받아서일까. 자신들의 결혼이 알고 보니 이가의 계획이었다. 코가로서도 상당한 굴욕이 아닐까.

"하나만 가르쳐 주십시오." 고로는 의문을 입 밖에 냈다. "왜입니까? 왜 그렇게까지 이가 닌자와 코가 닌자를 만나게 하는 데 집착한 겁니까?"

기분이 썩 좋지 않았다. 인체 실험 대상이 된 기분이었다. 목적이 코가의 정보였다면 단순히 붙잡아서 이가 쪽으로 넘어오라고 회유한다든가, 아무튼 다른 방법이 얼마든지 있었을 것이다. 실제로 이가와 코가에는 간첩이 있어서 스파이 영화를 방불케 하는 첩보전이 펼쳐진다는 소문도 들었다.

"이유는 명백해. 거기 있는 아가씨가 츠키노 가문의 후계자니까."

죠스이가 그렇게 말하며 호타루에게 시선을 던졌지만, 그녀는 등을 돌린 채 그 자리에서 꿈쩍도 하지 않았다. 죠스이가 여유로운 표정으로 이어서 말했다.

"코가의 명문 츠키노 가문에는 대대로 딱 한 명의 자식에게만 전수하는 비기가 있다고 들었다. 츠키노 가문의 적통 후계자에게만 가르치는 비기라지. 아마 츠키노 호타루도 아버지에게 그 기술을 배웠을 터. 나는 그렇게 추측했는데, 어떤가? 내 추측이 틀렸나?"

호타루는 대답하지 않았다. 적통 후계자에게만 전수되는 비기. 대체 어떤 기술일까. 고로는 침을 꿀꺽 삼키며 죠스이의 다음 말을 기다렸다.

"생명 연장술. 그렇게 불린다고 하더군. 말 그대로 생명을 연장하는 술법이야. 죽음이 임박한 자에게 그 술법을 사용하면 죽음이 몇 년 늦춰진다는 금단의 기술이지. 많은 권력자들이 그 술법에 관심을 갖고 츠키노 일족의 행방을 오랫동안 쫓았지만, 그 바람이 이루어지지는 않았다고 한다."

죽음을 늦춘다. 그런 일이 정말 가능할까. 고로는 어쩐지 이야기가 이상하게 흘러가는 느낌을 받았지만, 죠스이는 더없이 진지한 표정으로 말을 이었다.

"그 술법은 평생 한 번만 쓸 수 있다고 들었다. 그야말로 금단의 술법. 그것을 손에 넣기 위해서 이렇게 대대적인 작전을 펼친 거다."

호타루가 뒤를 돌아보았다. 그리고 죠스이에게 말했다.

"그 말이 사실이면, 나더러 뭘 어쩌라고요?"

"뻔하잖나. 써주게. 그대가 계승한 생명 연장술을."

고로와 호타루는 일본식 방에서 나가 복도를 걸었다. 장소를 옮기기 위해서였다. 죠스이의 제안을 받아들인 뒤였다. 고로 옆에는 호타루가 있었지만, 그녀는 살짝 고개를 숙이고 있었다. 그 표정을 보니 죠스이가 한 이야기의 신빙성이 높아졌다. 한 대에 한 명에게만 전수되는 금단의 술법. 호타루가 그 술법을 이어받았다고 했다.

두 건물을 잇는 연결 통로를 걸었다. 양옆에 있는 정원은 어느 료칸이나 사원처럼 깔끔하게 손질되어 있었다. 대나무 물레방아가 돌아가는 맑은 소리가 들려도 이상하지 않을 분위기였다. 기척을 지우기는 했지만, 닌자 몇 명이 조용히 숨어 있을 것이라고 짐작되었다.

별채에 도착했다. 문을 열어보니, 그곳은 바깥과 완전히 딴판으

로 현대적인 느낌이 나는 방이었다. 다만 평범하지는 않았다. 유리
벽 너머에 침대 한 대가 있었고, 그 위에 한 남자가 누워 있었다. 산
소마스크를 낀 그 남자는 지금은 자는 듯했다. 저 남자가 설마….

"내 아들 죠이치로다."

역시 그랬다. 선거 때마다 고로를 비롯한 이가 닌자들은 선거
운동에 동원되어 거리 연설에 참여했다. 그래서 죠이치로를 여러
번 봤지만, 그때보다 몹시 야윈 모습이었다.

"한 달 전이었다. 의원 회관에서 피를 토했다더군. 정밀 검사를
해보니 위암이었어. 이미 많이 진행돼서 수술로는 해결이 안 된다
고 했다. 지금은 항암제 치료로 연명하고 있어. 이대로면 반년도
못 버틸 거라고 의사가 그러더군."

죠이치로는 원래 병원을 싫어했지만, 국회의원이라는 위치상 2
년에 한 번은 빼놓지 않고 건강검진을 받았다. 그런데 최근 몇 년
간 유행한 바이러스 때문에 건강검진을 삼갔다고 한다. 듣고 보니
최근에는 죠이치로의 모습을 공식 석상에서 보지 못했다. 블로그
도 업데이트되지 않았다.

"함구령을 내려서 죠이치로의 병세를 숨겼다. 총리와 사무총장
같은 당 중역들의 귀에 들어간 게 전부야."

방 안에 흰 가운을 입은 간호사도 있었다. 전속으로 고용된 간
호사일까. 죠이치로는 카제토미 가문의 차기 가주다. 아니, 그는
국회의원, 그것도 환경부 차관이라는 책무를 담당하는 사람이니
실질적으로는 이미 죠이치로의 시대라고 해도 과언이 아니었다.
그런 사람이 반년짜리 시한부 선고를 받았다.

"부탁하네. 아니, 부탁합니다, 쿠사카리 호타루 경."

죠스이가 그렇게 말하며 자신의 무릎에 손을 올리고 허리를 꺾으며 고개를 숙였다. 천하의 카제토미 죠스이가 고개를 숙였다. 고로는 자신이 목격한 광경을 믿기 힘들었다.

"제발 내 아들을 살려주게. 경이 계승한 생명 연장술로 내 아들의 목숨을 구해주게."

죠이치로가 병에 걸릴 것을 예견하지는 않았을 것이다. 언젠가 카제토미 가문에 예상치 못한 사태가 벌어졌을 때를 대비해서 호타루를 손안에 넣고—이가 닌자의 아내로서—끊임없이 감시해왔을 것이다. 그런데 이번에 예상보다 일찍 호타루의 비기가 필요한 순간이 찾아온 것이다. 그런데 죽음이 코앞으로 다가온 환자의 목숨을 살리는 것이 정말 가능할까.

호타루는 아무 말도 하지 않고 유리벽 너머 침대에 누운 죠이치로에게 시선을 던졌다. 금단의 비기를 사용할 가치가 있는 사람인지 가늠하는 것일까. 아니면 완전히 다른 생각을 하는 것일까.

"잠깐 한마디 해도 될까요?" 고로는 쭈뼛쭈뼛 입을 열었다. 죠스이가 험악한 시선을 던졌지만, 외면하며 호타루에게 물었다. "호타루, 정말 그런 술법을 쓸 수 있어? 생명 연장술이라는 걸?"

일단 확인하고 싶었다. 그녀가 술법을 사용할 수 있다고 확언한 적은 한 번도 없었다. 호타루는 고개를 끄덕였다.

"쓸 수 있어. 아빠한테 제대로 배웠거든."

죠스이가 안도한 듯 한숨을 내쉬었다. 고로는 질문을 덧붙였다. "죽음을 늦추는 게 가능해?"

고로는 아직도 믿기지 않았다. 지금 눈앞에 있는 죠이치로는 반년 시한부 선고를 받았다. 현대 의학으로는 손쓸 방법이 없는 병세인데도 수명을 늘리는 마법 같은 일이 가능할까.

"귀찮지만 설명할게." 호타루는 정말 귀찮다는 듯 설명을 시작했다. "생명 연장술은 전국시대에 만들어졌어. 그 시대에는 독을 써서 상대를 암살하는 게 유행이었다는데, 거기에 대항하는 수단으로 고안된 기술이야. 간략하게 말하면 기의 흐름을 이용해서 체내에 쌓인 독소를 제거하는 거야. 흡수된 독소 일부가 흡수한 사람의 체내에 남기 때문에 일생에 한 번밖에 못 쓴다고들 해."

기공 같은 것일까. 머리로는 이해했지만, 그런 것이 실재한다고 덜컥 믿기는 힘들었다.

"그래서 칼에 베인다든가 하는 부상에는 효과가 없어. 하지만 암이나 바이러스로 생긴 병에는 어느 정도 대처할 수 있어. 하지만 어디까지나 독을 제거하는 데 특화된 술법이라 암이나 바이러스를 완전히 제거할 수는 없어. 수명을 조금 늘리는 정도라고 들었어."

"좋아. 충분해. 수명을 늘려주기만 하면 돼. 얼마나 늘릴 수 있지?"

죠스이가 끼어들었다. 조금 기뻐 보였다. 호타루는 침대에 누운 죠이치로를 보며 대답했다.

"이렇게 봐서는 병세가 꽤 심각해 보이니까 2년 정도요."

현재 죠이치로는 의사에게 반년 시한부 선고를 받았다. 반년이 2년으로 늘어난들 의미가 있나 하고 고로는 의문을 느꼈다. 하지만 죠스이의 반응은 고로의 예상과는 달랐다.

"2년이라. 2년이면 어떻게든 될 거야. 다음 선거 시기를 맞출 수 있겠어. 후계자를 세워서 지반을 물려주면 돼."

죠스이가 약간 흥분해서 말했다. 그의 머릿속에는 카제토미 가문의 위신을 유지해야 한다는 목표밖에 없는 것 같았다. 아들이 호전되기를 바라는 것이 아니라 적어도 다음 선거까지는 연명하기를 바라는 것 같았다. 그리고 후계자라는 말이 신경 쓰였다. 죠이치로의 자식은 사요뿐이다. 다시 말해 사요가 뒤를 잇게 되는 것일까.

고로는 뒤를 돌아보았다. 벽 쪽에 사요가 서 있었다. 그때 죠스이가 내뱉듯 말했다.

"사요는 아니야. 여자한테 정치는 무리야. 상급 닌자 집안에서 남자 하나를 양자로 들여서 죠이치로의 뒤를 잇게 할 생각이다."

"할아버님, 얘기가 다르잖아요." 사요가 경악한 듯 목소리를 높였다. "제가 아버님의 뒤를 잇게 하겠다고 약속하셨잖아요. 그래서 저는 대학교에서도 정치학을 배웠어요. 성적으로는 남자들한테도 지지 않았어요."

"너한테는 무리다, 사요. 손을 더럽힌 여자에게 카제토미 가문의 장래를 맡길 수는 없어."

처음부터 이럴 작정이었다. 여자 후계자를 인정할 생각은 전혀 없었고, 유능한 남자 상급 닌자를 양자로 들일 계획이었다. 그 구실이 필요해서 사요에게 더러운 일을 하도록 명령한 것일까. 그게 사실이라면 카제토미 죠스이는 뼛속까지 썩은 인간이다.

사요의 눈이 공허했다. 줄곧 믿어 온 조부에게 배신당했으니 당연하다.

"기다려, 사요."

고로는 별채에서 나가는 사요를 보고 손을 뻗었다. 하지만 그녀에게 닿지 않았다. 쫓아가고 싶었지만, 지금은 이 자리를 벗어날 수 없었다.

"자, 쿠사카리 호타루 경." 죠스이는 손녀딸 따위 신경 쓰는 기색도 없이 말했다. "내 아들에게 생명 연장술을 써주지 않겠나? 필요한 도구가 있다면 뭐든 우리가 준비해줌세. 내 바람을 들어준다면 적절히 사례도 하겠네. 특별히 그대가 이가로 귀화하게 해줄 수도 있어. 당연히 코가 닌자와도 이야기를 매듭짓겠네. 그대들은 지금까지 그랬던 것처럼 부부끼리 오붓하게 살면 돼."

모든 것을 덮고 부부로 살 수 있게 인정해주겠다는 말이었다. 반년 남은 목숨을 2년으로 늘려서 얻을 결과치고는 꽤 큰 포상이었다. 양심이 허락하느냐 하는 문제와는 별개로.

"만약 거절하면요?"

고로가 물었다. 그러자 죠스이는 잔인한 미소를 지으며 대답했다.

"그러면 너희는 영원히 갈라질 운명에 처하겠지. 이 저택은 수많은 닌자에게 포위됐어. 쉽게 도망칠 수는 없을 거다."

어떻게 해야 할까. 해결책이 나올 것 같지 않았다. 고로는 호타루를 보았다. 그녀의 시선은 유리벽으로 된 병실 쪽을 향했지만, 그 눈은 아무것도 보지 않는 것 같았다. 술법을 쓸 사람은 호타루다. 결정도 호타루가 해야 한다.

"거절합니다."

호타루는 단호하게 말했다. 죠스이가 곧바로 반응했다.

"왜지? 이렇게 좋은 조건이 또 어디 있나? 코가 때문이라면 걱정하지 마. 이래 봬도 나는 이가의 수장이다. 코가와 이야기를 매 듭짓는 건 어려운 일도 아니야."

"그게 아닙니다. 저는 사용할 수 없습니다."

"술법을 사용할 수 없다고? 그게 무슨 말인가? 조금 전에는 분명히 쓸 수 있다고 하지 않았나? 아버지에게 배웠다면서."

호타루가 잠시 뜸을 들이다가 말했다.

"정확히 말하면 쓸 수 없게 됐습니다. 이미 써 버렸거든요. 그것도 아주 최근에."

호타루가 고로에게로 눈을 돌렸다. 고로는 그 시선의 의미를 깨달았다.

그때인가. 짐작 가는 순간이 있었다. 이즈 캠핑장에서 습격을 당했을 때다. 팔에 봉표창을 맞자, 독이 몸에 퍼졌는지 고로는 정신을 잃었다. 의식을 되찾았을 때는 미시마 시내 비즈니스호텔 방에 있었다. 호타루가 몹시 지쳐 보이던 것이 기억난다. 고로를 혼자 옮겨서가 아니라 술법을 써서 지쳤던 것일까. 다시 말해 그때 고로는 죽음의 문턱을 배회하고 있었던 것일까.

일생에 한 번밖에 못 쓰는 술법. 그것도 흡수한 독소가 호타루의 체내에도 남는 술법을 고로에게 써주었다. 죽어가는 고로를 구해줬다는 말이다.

호타루가 고로를 향해 걸어왔다. 그리고 마주보고 서서 말했다.

"말했잖아. 내 목숨을 걸어서라도 당신을 지키겠다고. 그 말을 실행에 옮겼을 뿐이야."

"호타루, 너…."

고로는 말을 잇지 못했다. 자기도 모르게 아내를 끌어안았다.

그날 일은 호타루의 기억에도 선명하게 남았다. 이즈 산속 캠핑장에서 습격을 받은 아침이었다.

고로는 봉표창에 묻은 독 때문에 의식이 흐릿했다. 때마침 숲속 길을 지나가던 동네 주민에게 소형 트럭을 빌려서—사실은 마취총을 이용해 반강제로 빼앗아서—숲속 길을 쉬지 않고 내달렸다. 조수석에 앉은 고로의 얼굴이 흙빛인 것을 보니 긴박한 상황임은 분명했다. 드디어 나온 마을에서 조제 약국 한 곳을 발견해 필요한 약을 조달했다. 차로 돌아와서 그에게 약을 투여했지만, 몸 상태는 전혀 회복될 기미를 보이지 않았다.

어떻게 하지? 이대로면 죽을 거야.

호타루는 자문했다. 하지만 사실 그 시점에 이미 마음을 굳힌 상태였다. 무슨 일이 있어도 그를 구한다. 남편이 쉽사리 죽게 내버려 둘 수는 없다.

호타루는 빈집을 찾아서 거기에 고로를 옮겼다. 츠키노 가문의 후계자에게만 전해지는 비기, 생명 연장술을 남편에게 사용했다. 사용 방법은 아버지에게 배웠는데, 일생에 한 번만 쓸 수 있다는 이야기를 귀에 못이 박히게 들어서 호타루도 실제로 써보기는 처음이었다.

바로 효과가 나타났다. 앓았던 고로의 호흡이 원상태로 돌아왔다. 그와 동시에 호타루의 몸에도 이변이 나타났다. 몸 마디마디가 아프고 강한 권태감이 들었다. 독소 일부가 호타루의 체내에 남았다. 술법이 효과가 있었다는 증거이기도 했다.

빈집에서 한 시간 정도 쉰 뒤, 호타루는 고로를 다시 소형 트럭 조수석에 태우고 차를 몰았다. 그리고 미시마 시내 호텔에 체크인했다. 다리가 휘청거릴 정도로 지쳐서 고로를 침대에 눕히자마자 소파에 쓰러졌다. 이게 그날 일어난 일들이다.

"장난질도 정도껏 해. 쓸 수 없게 됐다고? 허튼소리 말고 어서 내 아들을 치료해. 안 그러면 너희한테 미래는 없어." 생명 연장술을 한 번 더 쓰라는 말이었다.

호타루를 끌어안은 고로의 팔이 풀렸다. 호타루는 죠스이에게 시선을 던졌다. "두 번은 못 합니다. 제 목숨이 위험해져요."

"그러니까 어떻게 좀 해봐. 여기에 카제토미 가문의 장래가 걸렸어."

발소리가 들려왔다. 별채 복도를 여러 사람이 걸어오는 발소리였다. 문이 열리더니, 남자들 몇이 들이닥쳤다. 그 모습을 보고 죠스이가 소리치듯 말했다. "너희, 어딜 멋대로 들어와?"

"평의원장님, 얌전히 계시죠. 당신이 저지른 짓은 도저히 용납될 수 없습니다."

나이가 지긋한 남자가 앞으로 나왔다. 얼마 전 이가 빌딩으로 연행되었을 때 호타루를 신문한 남자였다. 남자는 스마트폰을 꺼냈다. 죠스이의 목소리가 들려왔다. 스즈메가 음성 앱으로 내보낸 방송이었다. 죠스이가 직접 관여한 악행을 자기 입으로 이야기하고 있었다.

"지금 이가 빌딩에서 임시 평의회가 열리고 있습니다. 의제는 카제토미 평의원장의 사직권고 결의입니다. 결의가 곧 나올 겁니다. 저희와 같이 가시죠."

"웃기는 소리. 어이, 뭐 하는 거야? 이거 놔."

젊은 닌자들이 앞으로 나서더니, 세 명이 죠스이 옆에 달라붙었다. 처음에는 저항하던 죠스이였지만, 서서히 힘이 빠져서 결국 세 사람에게 둘러싸인 채 별채에서 끌려나갔다.

나이 지긋한 남자가 말했다.

"고로, 너한테도 얘기를 좀 들어야겠다. 물론 아내분한테도."

고로와 눈이 마주쳤다. 괜찮다. 그는 그렇게 말하듯 고개를 끄덕였다. 호타루도 따라서 고개를 끄덕였다. 그대로 별채를 벗어나 연결 통로를 지났다. 마당과 복도, 지붕 위 등 저택 곳곳에서 대기하는 닌자의 기척이 느껴졌다.

복도를 중간쯤 나아갔을 때, 충격음이 들렸다. 차가 어딘가에 충돌한 소리 같았다. 주위에 있던 닌자들이 당황한 기색으로 소리가 들린 쪽을 향해 달려갔다. 이윽고 보고하는 목소리가 들려왔다.

"트럭입니다. 대형 트럭이 현관을 들이받았습니다. 운전사는 보이지 않습니다."

스즈메의 짓이다. 호타루는 일반인보다 청력이 뛰어나서 트럭이 돌진해 오는 것을 몇 초 전에 눈치챘다. 동시에 소리를 하나 더 들었다. 진짜는 그쪽이다.

"부상자가 없는지 당장 확인해."

"네!"

많은 닌자가 현관 쪽으로 갔다. 그 틈을 타서 상공에서 그것이 다가왔다. 헬리콥터였다. 헬리콥터가 굉음을 내면서 내려왔다. 헬리콥터 문에서 사다리 하나가 내려와 있었다.

마당 나무들이 바람에 휘날렸다. 무시무시한 다운 워시였다. 헬리콥터는 상승하기 위해서 아래로 바람을 일으키는 구조로 되어 있다. 그때 일어나는 바람을 다운 워시라고 한다.

호타루는 고로의 귓가에 얼굴을 대고 말했다.

"고로 씨, 안녕. 사랑해."

호타루는 곧장 몸을 돌려 연결 통로에서 도약했다. 그대로 정원석을 밟고 그 힘으로 더 높이 뛰었다.

"호타루!"

뒤에서 고로의 목소리가 들렸다. 호타루는 손을 뻗어서 사다리를 잡았다. 몸이 공중으로 떠오르며 상공으로 딸려 올라가는 느낌이 들었다. 헬리콥터가 상승했나 보다.

순식간에 저택이 작아졌다. 호타루는 고도가 유지되는 것을 확인하고는 사다리를 기어 올라갔다. 헬리콥터에는 조종석에 앉은 조종사뿐이었다. 고글을 쓰고 조종간을 쥔 사람은 언니 카에데였다.

호타루는 사다리를 회수하고 조종석 뒤로 갔다. 그리고 언니에게 말을 걸었다.

"언니, 어떻게 된 거야? 오늘 일요일이잖아."

일요일은 경마가 열리는 날이라 언니는 기승 일정이 있었을 것이다. 언니가 대답했다.

"어제 오전에 아버지가 경마장에 왔어. 네가 위험하니까 시간을 비워두라고 했어."

두 번째 경주가 끝난 뒤였다. 조수로 변장한 아버지 류헤이가 접근했다고 한다. 카에데는 마구를 교체하면서 류헤이와 논의했다.

"그래서 어제 여섯 번째 경주에서 낙마한 척했거든. 전치 1주짜리 부상으로 처리됐어. 맨정신인 아빠랑 대화하는 거 꽤 오랜만이었어."

그러니까 아버지가 주도했다는 말인가. 딸의 위기를 눈치채고 구출 작전을 시행한 모양이다. 그래 봬도 가끔은 아버지답게 행동하는구나.

"…괜찮아?"

프로펠러가 돌아가는 소리에 묻혀 언니의 목소리가 들리지 않았다. 호타루는 조종석으로 몸을 기울였다. 언니가 다시 물었다.

"호타루, 정말 이대로 괜찮아?"

괜찮을 리가 없다. 미련이 없다면 거짓말이다. 하지만 이가 닌자와 코가 닌자의 결혼은 어차피 무리였다. 닌자에게 결혼은 어렵다.

"이거면 됐어. 이거면."

2년 반짜리 꿈에서 깨어나 오늘부터 츠키노 호타루로 돌아간다. 그뿐이다.

바깥은 쾌청했다. 호타루는 도쿄의 거리를 내려다보았다.

에필로그

:
:
:
:

텐트를 다 설치한 고로는 가져온 랜턴에 불을 밝혔다. 오후 여섯 시. 바깥은 어슴푸레했다.

이곳은 시즈오카시 북부 오이 강 상류에 있는 자동차 캠핑장이다. 엄청난 악천후만 아니면 주말마다 이곳에서 지내는 것이 관행이 되었다. 남알프스 산맥도 보이는데, 이미 산 곳곳이 벌겋게 물들기 시작했다.

고로는 화로대에 착화제를 놓고 라이터로 불을 붙였다. 장작을 넣고 불을 서서히 키웠다. 불을 보고 있으면 마음이 차분해진다. 이런 것이 캠핑의 묘미다.

일련의 소동으로부터 1년이 지났다. 현재 고로는 시즈오카 시내에 있는 스루가미나미 우체국에서 일한다. 가문 몰락까지는 아니었지만, 고로의 가족도 적절한 처벌을 받았다. 고로는 세타가야 중앙 우체국을 떠나야 했고, 아버지 고이치는 우체국장에서 부국장으로 강등 처분을 받았다. 이가 닌자로서 순위도 3번대 갑(甲)조에서 5번대 을(乙)조로 강등되었다.

전처럼 닌자로서 임무에 동원되는 일도 없어졌다. 아주 평범한 우체국 직원으로 하루하루 열심히 일할 뿐이다.

화력이 적절히 안정되자, 화로대 위에 불판을 놓고 그 위에 물이 든 주전자를 올렸다. 제일 먼저 커피를 마시는 것이 고로의 루틴이었다. 그리고 스마트폰 전원을 끄면 그것만으로도 현실 사회와 분리된다.

고로는 아직 스마트폰 전원을 끄지 않은 것을 깨닫고 겉옷 주머니에 손을 넣었다. 그때 마침 착신을 알리는 진동이 울렸다. 고로는 화면을 보고 놀랐다. 이 녀석의 전화는 1년 만이다. 고로는 망설이다가 스마트폰을 귀에 가져갔다.

"여보세요?"

"오랜만이다, 고로."

유키였다. 그 사건 이후, 유키와 말을 주고받은 적도 없었다. 유키는 지금도 코지마치 우체국에 적을 둔 채 사무국을 돕고 있다. 나중에는 사무국의 정규 구성원이 될 것이라는 말이 돌았다.

"솔로 캠핑은 재미있어?"

유키가 불쑥 묻자, 고로는 주위를 둘러보았다. 어디서 보고 있는 것일까. 그런 걱정을 할 줄 알았는지 유키가 말했다.

"네가 매주 캠핑장에 간다는 보고를 받았어. 걱정하지 마. 너는 이제 24시간 감시 대상이 아니니까."

"용건이 뭐야? 용건도 없이 전화한 건 아니잖아?"

"너무 빡빡하게 그러지 마. 우리 사이에."

유키가 넉살을 부리며 말했다. 고로는 자기도 모르게 실소를 터뜨렸다. 1년 전 사건 때 이런저런 일이 있었지만, 전부 어물쩍 넘겨 버리는 것이 유키다웠다.

"매주 캠핑장에 갈 수 있는 네가 부럽다. 나는 주말에도 일이야."

유키는 그렇게 투덜거렸다. 투덜거릴 만도 하다. 1년 전 사건은 아직도 완전히 끝나지 않았다.

카제토미 일족은 가문 몰락을 맞았다. 주동자인 죠스이는 지금도 연금되어 지낸다고 한다. 아들인 죠이치로를 장관으로 만들겠다는 일념으로 세운 토시키무라 방사성 폐기물 임시 보관 시설 건설 계획은 좌절되었다. 다만 세간에 공개할 만한 이야기는 아니라서 지금도 사무국에서는 정보가 밖으로 새어 나가지 않도록 세세한 작업을 이어가고 있다. 아마 유키도 그런 작업에 시달릴 것이다. 한마디로 고로 일행이 폭로한 스캔들을 수습하는 역할이었다.

"미안하다. 내가 할 수 있는 일이 있으면 돕고 싶은데, 이 신분으로는 아무것도 할 수가 없네."

"괜찮아. 그보다 내일 변호사랑 같이 사요 면회하러 가려고. 뭐 전할 말 없어?"

1년 전 일련의 사건을 정리하며 이가의 간부들이 가장 골머리를 썩인 것은 사요에 대한 처우였다. 조부가 시켰다고는 하나, 그녀는 아카마키 의원을 살해했다. 경찰은 타살 혐의가 없다고 결론지었으니 그대로 조용히 넘어가도 되지 않냐는 의견도 있었지만, 사요는 죗값을 치르고 싶다고 강하게 주장했다고 한다.

심사숙고한 끝에 사무국이 생각해낸 스토리는 다음과 같았다. 사요는 대학생 때 아카마키에게 심각한 성폭력을 당해서—실제로 그녀는 아카마키 선거 캠프에서 봉사한 적이 있다—그에게 엄청난 증오를 품었다. 사요는 그와 연락을 끊었지만, 오오테마치에 있는 사요의 회사 근처에서 아카마키와 우연히 마주치는 바람에 그 트라우마가 되살아나서⋯.

아카마키 쪽 변호사도 이가 닌자라 입을 맞추기 쉬웠다. 다만 경찰의 재수사에 시간이 걸려서 1년이 지난 지금도 재판은 끝나지 않았다. 사요는 구치소에 수감되어 있다.

"나는 건강하게 지낸다고 전해줘."

딱히 과장된 메시지를 전할 마음은 없었다. 사요가 고로를 어떻게 생각하는지 모르기 때문이다. 수화기 너머에서 유키가 말했다.

"알았어. 그럼 그렇게 전할게. 조만간 만나서 한잔하자."

"그래. 조만간 보자."

전화를 끊었다. 주전자 물이 끓어서 옆으로 살짝 빗겨 놓았다. 평소에 애용하는 티타늄 머그잔을 꺼냈다. 개별 포장된 드립백을 머그잔 위에 놓고 위에서 뜨거운 물을 부었다. 커피 향이 콧속을 자극했다.

머그잔에 손을 뻗으려는, 그때였다. 문득 뒤에서 인기척이 느껴졌다. 누가 서 있는 것이 분명했다. 다만 살기는 느껴지지 않았다. 오히려 그리움을 닮은 묘한 감각에 휩싸였다.

고로는 실소를 터뜨렸다. 기척을 내지 않고 여기까지 접근하다니, 역시 보통내기가 아니다.

언젠가 다시 만날 수 있을 거라고, 그렇게 믿었다.

고로는 천천히 뒤를 돌아보았다.

옮긴이 권하영

한국외국어대학교 일본어통번역학과를 졸업하고, 이화여자대학교 통역번역대학원에서 한일번역을 전공하였다. 번역작으로 《전남친의 유언장》, 《루팡의 딸2》, 《루팡의 딸3》, 《루팡의 딸4》, 《루팡의 딸5》, 《내가 나를 버린 날》, 《9번째 18살을 맞이하는 너와》, 《치유를 파는 찻집》 등이 있다.

닌자의 딸

MARRIAGE IS DIFFICULT FOR A NINJA

초판 2023년 11월 8일 1쇄
저자 요코제키 다이
옮긴이 권하영
ISBN 979-11-93324-02-8   03830

출판사 북플라자
주소 서울시 강남구 논현동 118-13 5층
홈페이지 www.bookplaza.co.kr